À
DANS LE QU...
PREMIE...
« CAHIERS NOIRS DE L'ALIENISTE »

2011 — PRIX ARTHUR-ELLIS
(MEILLEUR POLAR CANADIEN)

« LE RÉCIT HISTORIQUE SE DOUBLE
D'UN EXCELLENT ROMAN POLICIER.
RICHE EN ÉMOTIONS ET EN REBONDISSEMENTS,
OÙ L'AMOUR ET LA MORT SONT AU RENDEZ-VOUS.
UN POLAR HALETANT, INSTRUCTIF ET QUI POSE
DES QUESTIONS D'ACTUALITÉ. À DÉVORER ! »
La Semaine

« *DANS LE QUARTIER DES AGITÉS*
EST UNE INTRODUCTION CONVAINCANTE
À CE QUI RISQUE FORT D'ÊTRE
UNE SAGA À SUCCÈS. À SUIVRE… »
Alibis

« L'AUTEUR RACONTE DE FAÇON ROMANCÉE, ET
AVEC DES DÉTAILS FASCINANTS, LA VIE DU PIONNIER
DE LA MÉDECINE LÉGALE AU QUÉBEC. »
Voir – Montréal

« [CÔTÉ] RECONSTITUE SOIGNEUSEMENT
L'AMBIANCE FÉBRILE DU PARIS DE CETTE ÉPOQUE
AVEC UN SOUCI MANIAQUE DU DÉTAIL VRAI
ET DE L'AUTHENTICITÉ. […]
UNE BELLE RÉUSSITE QUI AUGURE BIEN
POUR L'ENSEMBLE DE CETTE SÉRIE. »
La Presse

DANS LE QUARTIER DES AGITÉS

LES CAHIERS NOIRS DE L'ALIÉNISTE –1

DU MÊME AUTEUR

Nébulosité croissante en fin de journée. Roman.
Beauport : Alire, Romans 034, 2000.
Le Rouge idéal. Roman.
Lévis : Alire, Romans 063, 2002.
La Rive noire. Roman.
Lévis : Alire, Romans 092, 2005.
Le Chemin des brumes. Roman.
Lévis : Alire, Romans 113, 2008.

Wilfrid Derome, expert en homicides. Biographie.
Montréal : Boréal, 2003.

LES CAHIERS NOIRS DE L'ALIÉNISTE
Dans le quartier des agités. Roman.
Lévis : Alire, GF 10, 2010.
Le Sang des prairies. Roman.
Lévis : Alire, GF 13, 2011.
Et à l'heure de votre mort. Roman.
Lévis : Alire, GF 27, 2013.

DANS LE QUARTIER
DES AGITÉS

JACQUES CÔTÉ

ALIRE

Illustration de couverture: BERNARD DUCHESNE

Photographie: VALÉRIE ST-MARTIN

Distributeurs exclusifs:

Canada et États-Unis:

Messageries ADP
2315, rue de la Province
Longueuil (Québec) Canada
J4G 1G4
Téléphone: 450-640-1237
Télécopieur: 450-674-6237

France et autres pays:

Interforum editis
Immeuble Paryseine
3, Allée de la Seine, 94854 Ivry Cedex
Tél.: 33 1 49 59 11 56/91
Télécopieur: 33 1 49 59 11 33
Service commande France Métropolitaine
Téléphone: 33 2 38 32 71 00
Télécopieur: 33 2 38 32 71 28
Service commandes Export-DOM-TOM
Télécopieur: 33 2 38 32 78 86
Internet: www.interforum.fr
Courriel: cdes-export@interforum.fr

Suisse:

Diffuseur: **Interforum Suisse S.A.**
Route André-Piller 33 A
Case postale 1701 Fribourg – Suisse
Téléphone: 41 26 460 80 60
Télécopieur: 41 26 460 80 68
Internet: www.interforumsuisse.ch
Courriel: office@interforumsuisse.ch

Distributeur: **OLF**
Z.I.3, Corminboeuf
P. O. Box 1152, CH-1701 Fribourg
Commandes:
Téléphone: 41 26 467 51 11
Télécopieur: 41 26 467 54 66
Courriel: information@olf.ch

Belgique et Luxembourg:

Interforum Editis S.A.
Fond Jean-Pâques, 6 1348 Louvain-La-Neuve
Téléphone: 32 10 42 03 20
Télécopieur: 32 10 41 20 24
Courriel: info@interforum.be

Pour toute information supplémentaire
LES ÉDITIONS ALIRE INC.
C. P. 67, Succ. B, Québec (Qc) Canada G1K 7A1
Tél.: 418-835-4441   Fax: 418-838-4443
Courriel: info@alire.com
Internet: www.alire.com

Les Éditions Alire inc. bénéficient des programmes d'aide à l'édition de la Société de développement des entreprises culturelles du Québec (SODEC), du Conseil des Arts du Canada (CAC) et reconnaissent l'aide financière du gouvernement du Canada par l'entremise du Programme d'aide au développement de l'industrie de l'édition (PADIÉ) pour leurs activités d'édition. Nous remercions également le gouvernement du Canada de son soutien financier pour nos activités de traduction dans le cadre du Programme national de traduction pour l'édition du livre.

Gouvernement du Québec – Programme de crédit d'impôt pour l'édition de livres – Gestion Sodec.

TABLE DES MATIÈRES

Les Cahiers noirs de l'aliéniste

Volume 1

Georges Villeneuve

Surintendant de l'asile Saint-Jean-de-Dieu
– Longue Pointe Lunatic Asylum

Médecin expert à la morgue de Montréal

Professeur de la chaire de médecine légale
de l'Université de Montréal

Membre de la Société des aliénistes de Paris,
de l'Association médico-psychologique américaine
et de la Société de médecine légale de New York

Avertissement au lecteur

Tous les lieux, institutions et personnages publics qui constituent le décor de ce roman ont été empruntés à la réalité.

Toutefois, certains des événements qui y sont racontés, de même que la majorité des actions et des paroles prêtées aux personnages, sont entièrement imaginaires.

Ce sont des aliénés criminels, il est vrai, mais ce sont avant tout des malades qu'on ne doit pas traiter comme des prisonniers ordinaires.

Dr Valentin Magnan

1. Dernier jour en mer

Le paquebot complétait sa manœuvre d'éloignement du quai de Liverpool. À travers le hublot, la ville grise découvrait ses hauteurs tandis que nous prenions le large. La fumée de cheminée du bateau s'effilochait au-dessus de l'édifice des douanes si semblable à celui de Montréal, la ville où j'avais grandi. La sirène du bateau lança son appel de départ.

Je décollai mon nez de la vitre embrumée. La fébrilité me gagnait d'heure en heure. La prochaine halte serait Le Havre. Mon cœur tapait fort comme les pistons du vapeur. Impatient d'arriver, j'avais déjà rangé toutes mes hardes dans la malle.

Je fermai le bouchon de l'encrier et rangeai ma plume. Je tenais un journal quotidien de mes activités depuis mon départ.

En me regardant dans le miroir, je me rappelai que sœur Thérèse-de-Jésus m'avait recommandé, la veille, de tailler ma barbe et mes longues mèches. Si Dieu voyait tout, que dire de ses divines servantes sinon qu'elles mettaient leur nez partout. Je pris les petits ciseaux que ma mère avait mis dans ma trousse. Devant le miroir du lavabo, je relevai le menton, j'inclinai la tête, m'assurant qu'aucun poil ne dépassait. Qui sait si mon avenir, comme aliéniste, ne tenait pas qu'à quelques cheveux…

Satisfait, je voulus déposer les ciseaux, sauf que mes gros doigts se coincèrent dans les œillets. Je secouai la main pour les dégager. J'entendis le fantôme de sœur Thérèse me dire d'ouvrir le robinet pour évacuer les poils qui souillaient le lavabo. Je nettoyai le bout de mes doigts tachés d'encre.

Je jetai un œil par le hublot. L'eau était calme. Le soleil déclinait à l'ouest dans une mer de feu sur la côte anglaise. J'enfilai mon pantalon et ma chemise en contemplant le paysage, serrai mon nœud papillon.

On frappa à ma porte. Le valet tenait mon veston plié sur son bras.

— Docteur Villeneuve, voici votre veste fraîchement pressée.

Je le remerciai d'un pourboire qu'il dut juger insuffisant, car il resta planté là, les yeux rivés sur sa main gantée. Puis il détala.

J'attachai mon gilet et revêtis ma veste de laine noire.

Je n'avais qu'un seul habit et peu d'argent, comme la plupart des jeunes de ma condition. Mon défunt père, modeste douanier, n'aurait jamais eu les moyens de m'instruire. Mes études classiques et universitaires avaient été possibles grâce à des bourses, à ma solde de combattant des North-West Field Forces et à un appétit grandissant pour les sciences.

Je trouvais étrange d'être appelé docteur même si je n'avais aucune expérience hormis mes résidences. J'avais toujours l'esprit du jeune carabin. Un jeune carabin qui s'en allait poursuivre ses études dans la Ville lumière. J'y passerais une année à me spécialiser en médecine mentale auprès des grands de cette discipline que sont Magnan, Charcot et Garnier, et en médecine légale avec Brouardel. Au retour, j'espérais obtenir un poste de médecin expert à la morgue ou à l'asile Saint-Jean-de-Dieu, où l'on me présentait déjà comme la relève des aliénistes.

Avant d'aller rejoindre mes anciens professeurs, il me fallait conclure une tâche qui m'accablait depuis quelques jours. Puisque nous serions reçus au Commissariat général du Canada à Paris et que j'aurais à prononcer un discours, j'avais commencé à écrire un portrait de ma personne et à expliquer mes raisons d'embrasser la médecine mentale. Il me fallait mener à terme ce texte, même si j'avais horreur de me dévoiler. Mais une bourse d'un an à Paris se paie de quelques mercis.

Monseigneur, monsieur le Ministre, sœur Thérèse-de-Jésus, messieurs les aliénistes de Montréal et de Québec, chers amis canadiens et français,

Je suis l'enfant d'un modeste douanier et d'une mère courageuse qui m'a élevé dans le respect des valeurs chrétiennes. J'ai fait mes études au Collège de Montréal, où j'ai développé le goût des sciences au point de devenir médecin. Ma vie a été très intense au cours des cinq dernières années. Quatre ans ont passé depuis l'expédition du Nord-Ouest. La révolte indienne et métisse dans l'Ouest canadien, vous le savez, a amené le gouvernement à déployer le 65ᵉ bataillon. Capitaine de la cinquième compagnie, je me suis rendu jusqu'au nord de l'Alberta pour affronter une bande d'Indiens cris.

À mon retour du Nord-Ouest, à l'automne 1885, je suis entré à la Faculté de médecine de l'Université Laval de Montréal. Même si je n'avais que vingt-deux ans, mon expérience militaire faisait belle impression. On me servait des « capitaine » par-ci et des « my captain » par-là. Je jouais tant des galons que du scalpel. À la demande du propriétaire du journal La Patrie, *j'écrivis mon récit de la rébellion. Le feuilleton intitulé « L'Ouest à feu et à sang » parut un an après la crise. L'éditeur Beauchemin accepta ensuite de le publier avec des dessins d'Henri Julien. Le feuilleton assura à ma famille un moment d'aisance et la tranquillité nécessaire à mes études.*

Cette période fut marquée par une passion grandissante pour la médecine et, bientôt, la médecine mentale.

Le procès de Louis Riel, le chef de la guérilla métisse, et la défense d'aliénation qui lui fut refusée par la couronne n'étaient pas étrangers à mon choix.

Le docteur Clarke, l'aliéniste torontois mis au service de Riel, avait été pitoyable, ce qui n'a fait qu'accentuer mon désir d'embrasser la médecine légale des aliénés. Comme si la guerre du Nord-Ouest allait se poursuivre, mais sur un autre front. Le procès et la condamnation à mort de Riel ont causé un grand remous politique dans la province de Québec et divisé la jeune confédération entre anglophones et francophones. Malgré les exhortations des nôtres, qui réclamaient la clémence pour Riel, les appels furieux des anglophones ne pesaient que trop dans la balance du premier ministre Macdonald. ~~Le clergé catholique se rangea du côté des pendards, et les élites selon des intérêts partisans.~~

Je rayai cette dernière phrase aussitôt écrite, qui était l'équivalent de me tuer sur le plan professionnel. C'est donc à partir de la précédente que je repris ma rédaction.

Dans de vibrants discours à saveur nationaliste, Wilfrid Laurier, Honoré Mercier et L. O. David appuyèrent Riel tandis que les Chapleau, Joly, Caron, Langevin et Macdonald soutenaient les cris meurtriers des orangistes. Le 16 novembre 1885, Riel fut pendu à 8 h 30, heure de Regina. L'exécution ne fit qu'accentuer la controverse et le fossé s'élargit davantage.

Le sombre destin du chef métis, mis à mort malgré sa maladie, me plongea dans un profond désarroi. Mon premier semestre à la Faculté de médecine allait prendre fin sur cette note sinistre, une histoire dans laquelle j'avais été acteur.

Dès le début de ma seconde année, la mort de mon père, J. Édouard Villeneuve, le 29 septembre 1886, allait aussi mettre en péril mes études. Puisque ma mère n'avait qu'une prime de veuvage équivalant à deux semaines de salaire, je dus travailler pour subvenir aux besoins de la famille tout en poursuivant mes études. Avec mon frère Alphonse, lieutenant du 65ᵉ, j'avais loué un appartement au 185 de la rue Berri. Dans le bottin téléphonique Lovell, je m'inscrivis sous le nom de Captain Georges Villeneuve, student. Le logement était près de la Faculté de médecine de la rue Saint-Denis. Avec ma mère, ma sœur Hortense et mes deux frères, cela faisait bien des bouches à nourrir. Malgré le pécule amassé durant mon service actif dans la milice et les ventes du livre, nous ne pourrions tenir très longtemps.

C'est pourquoi je mis alors à profit mes relations dans les sphères politiques. La plupart des officiers supérieurs qui avaient fait la campagne du Nord-Ouest appartenaient à d'influentes et riches familles. Grâce à certains d'entre eux, j'obtins un travail d'assistant-greffier au Conseil législatif tout en poursuivant mes études. Avec 600 $ de plus par année, un salaire fort respectable pour un étudiant, je m'en tirais bien. Ce travail me permit de me rendre fréquemment à Québec, avec tous les avantages que cela comportait. J'en profitai pour me lier à de grands politiciens comme Sir Louis-Olivier Taillon, Louis-Alexandre Jetté, Félix-Gabriel Marchand, le juge Wurtele. Nul doute que ce réseau de contacts me sera utile un jour pour l'amélioration de la médecine dans la province de Québec.

Plus tard, mon savoir en droit constitutionnel et ma connaissance de la pratique parlementaire m'amenèrent à conseiller des orateurs. Je participai avec fierté à l'étude et à l'adoption de divers projets : la loi dotant la province d'un Conseil d'hygiène et forçant les municipalités à améliorer l'hygiène publique, la loi des manufactures régissant le travail en usine. Voilà des raisons qui me font croire que le droit et la médecine légale des aliénés forment une voie prometteuse. Comme il n'existe pas de cours officiel ni de chaire de médecine légale à Montréal, les cours sur la question étant de nature informelle, je suis devant vous aujourd'hui à Paris afin d'apprendre cette branche de la médecine pleine de promesses.

Je vous remercie du soutien dont je bénéficie. Je
compte bien rendre dans ma vie publique future tout le
bien que l'on m'accorde en cette année qui s'annonce
fabuleuse.

Georges-Antoine Villeneuve

Je sortis ma montre à gousset, sursautai en voyant
l'heure. Il était temps de rejoindre la délégation d'aliénistes. Ce serait notre dernier souper avant d'arriver
au Havre, le lendemain. En compagnie des docteurs
Barolet, Prieur, Vallée, Duquette et Bourque, la traversée
avait été des plus agréables. Nous nous rendions assister
au Congrès international de médecine mentale qui avait
lieu à l'asile Sainte-Anne de Paris. Sœur Thérèse-de-Jésus,
la directrice de l'asile Saint-Jean-de-Dieu, visiterait des
asiles européens pour ramener à Montréal de nouvelles
façons de faire dans la gestion asilaire.

Je refermai la porte et m'engageai dans la coursive.
Quelques minutes et quelques escaliers plus tard, j'arrivais à la salle à manger, où le petit orchestre jouait une
valse de Strauss à grands coups d'archets devant un
parterre endimanché. Les cinq docteurs, déjà attablés,
devisaient sur les beautés que promettait Paris en cette
année d'Exposition universelle. La tour de monsieur
Eiffel faisait parler d'elle. Chacun avait son opinion sans
même l'avoir vue.

Comme il était coutume depuis le début du voyage, on
m'avait réservé une place à côté de sœur Thérèse. Elle
tapa nerveusement sur la chaise pour m'indiquer de
venir m'asseoir. J'aurais encore droit au sermon.

— Comme nous approchons de la France, laissez-moi
vous entretenir de Paris et de ses périls, jeune docteur.

Les médecins s'esclaffèrent. Pourtant, sœur Thérèse
était sérieuse dans tout ce qu'elle entreprenait. Paris
constituait à ses yeux une ville de savoir mais aussi de
perdition et de débauche épidémique.

Notre table étant complète, un steward s'approcha
pour distribuer les menus.

— Laissez-lui au moins le temps d'arriver, ma sœur, recommanda le docteur Vallée, le plus grand aliéniste du Québec.

— Je veux surtout qu'il nous revienne en santé… Une place l'attend dans mon asile.

— Ne vous en faites pas pour moi, ma sœur.

— Je m'en fais pour vous, Georges, car vos études coûtent cher et nous comptons bien avoir un retour sur notre capital.

Les aliénistes éclatèrent de rire. Le docteur Duquette en avait les larmes aux yeux.

— Sœur Thérèse, si vous voulez lui réciter les dix commandements d'un étudiant étranger en médecine, eh bien, commencez par celui-ci : « Aux Folies bergères tu ne jouiras qu'avec les yeux », s'esclaffa-t-il.

La servante de Dieu le dévisagea d'un œil sévère.

— Cette blague n'est pas de moi, s'empressa d'ajouter le docteur. Je l'ai entendue de la bouche de Sigmund Freud lors de mon passage à la Salpêtrière, il y a trois ans.

Je me contentai de sourire, car je ne voulais pas ajouter aux éclats sonores des moqueurs. Il ne fallait pas que nous poussions trop loin dans ce type d'humour avec sœur Thérèse, surtout le docteur Duquette, un critique féroce du fonctionnement des asiles au Québec. Il croyait que la surintendance médicale d'un asile revenait au gouvernement et non aux religieuses. Mais sœur Thérèse n'entendait pas abdiquer ce monopole devant les pressions exercées par ce réformateur. Après tout, elle était la fondatrice de l'asile Saint-Jean-de-Dieu.

— Docteur Duquette, je sais trop bien où vous logez par rapport à nous et je suppose qu'à ce congrès vous allez une fois de plus nous attaquer, mais laissez-moi vous dire que notre cher Georges n'entrera jamais aux Folies bergères s'il veut « jouir », comme vous dites, d'une bonne place chez nous.

La repartie souleva un nouveau tonnerre de rires. On ne coinçait pas facilement la révérende mère.

— Chère sœur, à Paris on apprend à ne jamais dire jamais, cancana Duquette au risque de mettre ses collègues mal à l'aise.

— Notre petit Georges aura bien d'autres folies à étudier à Paris que celles de ces bergères dénudées, ajouta aussitôt le docteur Bourque, pince-sans-rire.

— Comme objet d'étude, Paris offre de tout, philosopha le vieux docteur Vallée.

La sœur inspira longuement en me fixant de ses yeux noirs. Elle avait un beau visage aux lignes fines, mais la rigidité morale avait creusé aux commissures de ses lèvres un rictus désapprobateur.

— Qu'en pense le principal intéressé? rétorqua-t-elle enfin.

Tous les regards se braquèrent sur moi, l'apprenti aliéniste.

— Écoutez, sœur Thérèse, je viens à Paris pour comprendre la folie et apprendre de nos pairs français, mais j'espère bien en profiter pour m'imprégner de la vie artistique de la capitale française.

— Voilà qui est sage, dit le docteur Vallée.

Pendant longtemps, les religieuses de la province de Québec avaient montré des réticences à voir leurs médecins étudier à Paris. Cette ville était pour elles un lieu périlleux où l'on avait rompu le lien sacré entre l'État et l'Église. Mais les sœurs avaient aussi compris que les avancées de Pinel, Esquirol, Falret et Magnan traçaient la voie à suivre. Elles étaient butées mais pas idiotes. En fait, toute notre assemblée admirait sœur Thérèse : elle était connue et reconnue comme une bâtisseuse, et les soins qu'elle prodiguait aux aliénés ne cessaient de s'améliorer.

Il est vrai que depuis le début du voyage elle me chaperonnait. Je sentais son regard partout où j'allais. La veille, jour de la fête nationale des Français, je n'avais pu danser durant le bal avec une Américaine. La seule présence de la religieuse m'en avait dissuadé. Elle semblait lire dans mes pensées. Le matin même, alors que je fumais une pipe, le pied sur le bastingage, le regard à l'ouest à rêver d'Emma, la révérende mère s'était approchée subrepticement.

— Cette belle a les cheveux blonds ou châtains ?

— Quoi ? avais-je répondu, pris en flagrant délit de rêverie amoureuse.

Une longue discussion – ou plutôt un monologue – avait suivi sur les écueils qui guettent le jeune étudiant en médecine à Paris. Alors que j'aurais aimé lire *Madame Bovary*, allongé sur un transatlantique au soleil, je devais lire le chef-d'œuvre de Flaubert en cachette dans ma cabine, et même le ranger sous les couvertures, car l'ouvrage figurait à l'Index.

— Vous ne devez pas vous laisser distraire par tout ce qui pourrait nuire à vos études, monsieur Villeneuve. La vie artistique ne sied guère à l'éducation médicale.

— Je sais tout ça, ma mère, répondis-je sans conviction en plongeant plutôt mon regard dans le menu.

Moi qui avais affronté les Indiens cris, mené mes hommes au combat, je me sentais comme un enfant, et surtout très incommodé par le regard maternant de « la patronne », comme je l'appelais dans ma tête. J'avais passé huit ans pensionnaire chez les Sulpiciens et je voulais maintenant jouir de ma pleine liberté.

Le steward s'approcha de nouveau. Après que sœur Thérèse et mes collègues eurent indiqué leur choix, je commandai un pâté de foie en entrée et du confit de canard. Je dépliai la serviette qui se trouvait dans la coupe en cristal devant moi et la déposai sur mes cuisses.

Je savais que mon avenir dépendait de ma bonne conduite durant ce voyage. Je ne deviendrais jamais aliéniste à l'asile de Longue Pointe en me faisant une ennemie de celle qui était à mes côtés. Pendant ces quelques jours où je côtoierais la révérende sœur, je ne la décevrais pas, je lui obéirais comme à un officier supérieur. Néanmoins, après son départ à la fin du congrès, je vivrais la vie parisienne comme bon me semblerait. Je n'irais pas dans des antres de luxure, mais je ne me priverais certes pas d'étudier tout ce que Paris pouvait offrir.

Le steward déposa une assiette devant moi. Je pris le couteau à viande ; aussitôt, sœur Thérèse tapa doucement sur ma main pour m'indiquer de prendre plutôt le plus petit couteau.

— C'est l'entrée. Apprenez les bonnes manières à table, monsieur Villeneuve. Les Parisiens sont forts sur les reproches. Au fait, avez-vous terminé votre discours, comme je vous l'ai demandé tous les jours depuis notre départ ?

— Je viens juste d'y apposer le point final, ma sœur.

Je souhaitai à tous un bon souper, en espérant relancer la conversation générale, mais sœur Thérèse m'accapara de nouveau afin de m'expliquer les particularités langagières de nos cousins français. Le déjeuner en France devenait maintenant le petit-déjeuner, le dîner le déjeuner et le souper le dîner.

— Ne l'oubliez pas, Georges, sinon on vous le reprochera.

À ses côtés, les aliénistes discutaient des mérites de l'hypnose et de Charcot, qu'ils auraient à nouveau l'occasion de voir à Paris. J'écoutais d'une oreille distraite sœur Thérèse, qui en était maintenant aux règles de la bienséance, et, d'une autre, les anecdotes passionnantes des médecins. Le cerveau est une formidable machine capable de départager ce qu'il veut bien entendre.

2. Dans la lumière de Paris

Le conducteur du fiacre s'arrêta devant l'hôtel du Panthéon, sur la montagne Sainte-Geneviève, en plein quartier latin. L'hôtel était « recommandé pour sa bonne tenue », ce qui avait rassuré sœur Thérèse. Le cocher m'aida à descendre mes bagages. Le valet prit le relais. Je ne savais plus où donner de la tête. Après la signature du registre, je montai au troisième étage. Les marches craquaient. Le garçon ouvrit la porte de ma chambre. La pièce était sombre et sentait le renfermé. Je poussai les volets. Une lumière blanche et chaude irradia la pièce. La fenêtre offrait une vue sur le Panthéon. Dormir à proximité des géants de la nation française me chamboulait. J'avais l'impression de me trouver dans le même dortoir. Savoir que Voltaire et Rousseau sommeillaient pour toujours à quelques mètres d'ici avait de quoi stimuler mon esprit. Et surtout Victor Hugo, que j'estimais tant et qui reposait ici depuis un mois à peine, au dire du valet. Son combat contre la peine de mort dans les *Derniers Jours d'un condamné* avait marqué ma jeunesse.

Je testai le mobilier, puis me laissai choir sur le lit grinçant mais confortable. Pour la première fois de ma vie, je vivrais seul. Toutes ces années à dormir avec deux frères dans la même chambre, ou à cent cinquante dans le dortoir du Collège de Montréal, et plus tard avec les trois cents soldats du 65ᵉ bataillon, m'avaient trop longtemps laissé sans intimité.

J'étais au cœur de la cité universitaire avec toutes les facultés de la Sorbonne. Le jardin du Luxembourg, le boulevard Saint-Michel et les restaurants de la rue Soufflot se trouvaient à proximité. J'étais également proche de la morgue de Paris où Brouardel m'accueillerait dans les prochains jours, de la préfecture de police de Paris où je suivrais les cours de Garnier, de la Salpêtrière et des leçons du professeur Charcot et de l'asile Sainte-Anne où professait le célèbre Valentin Magnan. Comment ne pas être fébrile, excité ? J'écrivis une lettre à ma famille et inscrivis mes premières impressions dans mon journal, tout en admirant le panorama entre deux phrases : la vie s'animait sans cesse sous mes yeux, dans la rue, tout autour.

Je pensai à me préparer pour la soirée au Commissariat général du Canada, où je devrais m'enregistrer et assister à la réception en notre honneur. La délégation d'aliénistes avait prévu visiter Paris en soirée après la cérémonie. J'aurais préféré être seul après la promiscuité des derniers jours, mais je me devais de respecter le protocole. Je sortis mon texte, que je trouvai soudainement fade et pédant. En répétant mon discours, je glissai lentement dans le sommeil. À mon réveil, il était déjà temps de partir. Je repliai la feuille de l'ennuyeuse allocution et détalai.

C'était la fête. Les rues grouillaient de quidams. Des tricolores s'agitaient partout. L'Exposition universelle était commencée depuis trois mois. Sur le fronton du Panthéon, je lus l'inscription « Aux grands hommes la patrie reconnaissante ».

Du haut de la rue Soufflot, mon regard fut happé par la tour Eiffel loin en contrebas ! Le monstre ferreux piquait le ciel de ses trois cents mètres. Autour, admirateurs et détracteurs commentaient la construction et sa hauteur vertigineuse. Pour ma part, j'appréciai l'enchevêtrement d'acier si élégant.

Plan de la ville à la main, je partis vers ma destination, rue de Rome. J'arpentai le boulevard Saint-Michel pour la première fois. Le nez retroussé, à l'affût des monuments et de l'architecture, je m'arrêtai pour regarder les ruines de l'abbaye de Cluny. Je traversai le pont Saint-Michel et aperçus la cathédrale Notre-Dame. J'aurais voulu m'y rendre, mais je n'en avais pas le temps. Je longeai le jardin des Tuileries par la rue de Rivoli.

Avant de m'engager dans la rue Tronchet, je contemplai de nouveau la tour Eiffel, plus à l'ouest de l'autre côté de la Seine. Un passant, me voyant tout émerveillé, me confia qu'il avait déjà hâte qu'elle soit démolie après l'Exposition. Son voisin répliqua que raser les conquêtes de la modernité était une sottise.

Un ballon dirigeable bleu, blanc, rouge traversa le ciel près de la tour. Comment avait-on pu réaliser tout cela en si peu de mois ?

Je repris ma marche et, rue de Rome, tombai face à la devanture du Commissariat du Canada.

Monseigneur Hector Fabre, le directeur, s'avança pour m'accueillir à bras ouverts.

— Vous arrivez en pleine fête. C'est l'euphorie à Paris. Vous avez vu la tour ?

— Oui, c'est impressionnant.

— Elle ne fait pas l'unanimité. C'est la fantaisie d'un excentrique. Je trouve terriblement prétentieux d'élever un monument aussi haut dans le jardin de Dieu.

— Mais ne pourrait-on y voir un désir de s'approcher du divin ?

Ses sourcils s'accentuèrent et il piqua ses yeux dans les miens.

— Seules la mort et une vie exemplaire nous y conduisent, mon garçon. L'acier n'a pas d'âme. Elle est comme le cœur des criminels que vous côtoierez dans votre métier.

Il en profita pour m'inviter aux activités du club de la Chasse-Galerie, qui réunissait l'élite du Canada français de séjour à Paris. Il me parla avec enthousiasme des fiertés nationales qui participaient à ces rencontres.

Un à un, les collègues avec qui j'avais passé les derniers jours sur l'Atlantique arrivèrent à la soirée. Ils étaient fatigués mais heureux d'être à Paris. Monseigneur Fabre connaissait les sommités de la médecine canadienne. Tous étaient enchantés de se revoir, se rappelaient des souvenirs. Sœur Thérèse, à son arrivée, eut droit à mille et un compliments de la part de Fabre. Il ne fallut pas deux minutes pour qu'elle me repère et se précipite vers moi afin de me traîner d'invité en invité. Je reconnus des anciens du Collège de Montréal qui ne faisaient pas partie de ma promotion, mais qui y avaient résidé en même temps que moi. Beaucoup de prêtres et de sœurs qui, sous un couvert bienveillant, me mettaient en garde contre les dangers de « la corruption de l'âme » dans une ville comme Paris.

Un curé s'approcha pour me parler. Lorsqu'il ouvrit la bouche, je découvris ses dents qui ressemblaient à des clous de girofle.

— J'en ai connu plus d'un qui, plein d'avenir, est devenu une âme en perdition dans cette ville, me dit à l'oreille le vieux curé rabougri dont je n'avais pas saisi le nom mais dont je percevais trop bien l'haleine fétide. Vous ne voulez certes pas succomber aux vices ? Vous n'êtes pas l'un de ces jeunes scientifiques portés sur le positivisme et le matérialisme, j'espère ?

— Que Dieu m'en préserve ! Mais l'hygiène reste une question fondamentale… dis-je du coq à l'âne.

Heureusement, le docteur Duquette vint me tirer d'embarras. Il s'emballa à l'idée d'aller entendre la symphonie n° 3 de Saint-Saëns le lendemain.

Sœur Thérèse m'accrocha par la manche.

— Nous sommes prêts pour votre discours.

— J'arrive, dis-je en sortant de ma poche mon allocution.

◆

Je profitai des deux jours suivants pour déambuler dans Paris puisque l'ouverture du congrès était prévue pour le vendredi. Je visitai le Louvre, Notre-Dame, la Sainte-Chapelle. C'était étrange, après Montréal, d'être dans une grande ville où l'on parlait français, un français différent du nôtre en raison de l'accent et qui m'obligeait souvent à expliquer d'où je venais. La mention « Montréal, province de Québec » était la plupart du temps bien accueillie.

Partout il y avait foule, mais plus particulièrement sur le site de l'Exposition universelle. Je n'avais jamais vu autant de monde. Plus de trois cent mille Français foulaient chaque après-midi le Champ-de-Mars pour participer à des événements, adorer ou maudire cette tour qui, à leurs yeux, embellissait ou enlaidissait leur capitale. Je découvrais dans les différents pavillons dévolus aux peuples des colonies françaises des coutumes inconnues. Les costumes des indigènes faisaient tourner les têtes. Comment ne pas être envoûté par le son du gamelan, cet instrument de percussion de Bali ? Les étranges gammes produites par ces percussions et les danseuses qui s'exécutaient sur ces musiques attiraient l'attention des visiteurs.

Un manifestant me remit un tract. Il s'affichait comme socialiste. Un groupe s'était formé autour de lui. Il le harangua, le poing vindicatif.

— Si les meilleures conditions de travail apportées par la Révolution sont au cœur de la thématique de l'exposition, il n'en va pas de même dans les usines…

Je n'avais pas envie d'entendre des discours. Je voulais voir la ville, les pavillons. Mais il est vrai que de meilleures conditions de travail signifiaient pour nous, aliénistes, une meilleure santé mentale des travailleurs. Un homme exploité et malheureux au travail est sujet à des troubles d'humeur et à la maladie mentale.

3. Une leçon précoce

Le Congrès international de médecine mentale de 1889 s'ouvrit alors qu'il faisait un temps splendide à Paris. Les journaux rapportaient l'événement en y consacrant de longs articles à la gloire de Charcot, de Magnan et de Falret. Les plus grands aliénistes d'Europe venaient échanger sur leur pratique et sur les enjeux dans les asiles. Les médecins asilaires du Québec se devaient de participer à ce grand cénacle de la médecine mentale.

Le fiacre que notre compagnie avait réservé parcourait à fière allure les rues de la cité pour nous amener à l'événement qui avait motivé notre voyage. Quand il tourna de la grande rue Saint-Jacques à la rue Ferrus, le nom de cette dernière inspira aussitôt les docteurs Bourque, Vallée et Duquette, et une vive discussion s'enclencha. L'apprenti que j'étais écoutait ce que ces brillants professeurs avaient à dire sans oser jamais les interrompre. J'absorbais tout comme une éponge. Vallée s'adressa à moi :

— Ferrus était médecin à Bicêtre. Il a institué pour la première fois, ici même à l'asile Sainte-Anne, le travail obligatoire comme agent thérapeutique. La ferme Ferrus, comme on l'appelait, a connu beaucoup de succès. Des dix aliénés qu'ils étaient en 1861, ils seront plus de deux cents cette année à récolter les fruits de la terre, tout en générant des profits intéressants tant sur les plans thérapeutique qu'agricole.

— C'était exceptionnel, la vision de cet homme ! renchérit Duquette.

Au bout de la rue Cabanis, une grande banderole avait été accrochée au-dessus du portail de l'asile Sainte-Anne.

Bienvenue au

Congrès international de médecine mentale

de Paris

Un gardien ouvrit la grille. Le fiacre de la délégation canadienne passa sous la porte cochère. Devant nous, l'avenue Sainte-Anne s'étirait sur une allée peuplée de marronniers qui menait à la cour principale. Le soleil semblait glisser sous les feuillages. De beaux pavillons en moellons ocre et aux toits de tuiles rouges s'élevaient de chaque côté, prolongés par un préau. Les docteurs Vallée et Duquette avaient effectué plusieurs séjours dans cet établissement. Pour le néophyte que j'étais, mes professeurs avaient prévu une visite guidée des lieux. Il fallait bien initier la relève. Le site s'étendait sur plus de treize hectares. Nous roulâmes sur un terrain pentu en forme de rectangle irrégulier. Une muraille en pierre ocre en délimitait l'espace. De chaque côté, des rues transversales menaient vers ces murs bien gardés : le quartier des folles d'un bord, et celui des hommes de l'autre, derrière le pavillon des agités. À un moment, Duquette me désigna le bâtiment des services généraux, qui était coiffé d'un campanile et d'un clocher. De là, un vigile montait la garde sur l'ensemble du territoire de l'asile. Des drapeaux de plusieurs nations avaient été accrochés à différents mâts.

D'un doigt incolore et veineux, le vieux docteur Vallée me désigna la chapelle de style roman et, juste derrière, la salle d'autopsie. C'est là que Magnan avait fait – et faisait toujours – des découvertes décisives en anatomopathologie du cerveau. À droite et à gauche s'élevaient sur cette avenue les quartiers des aliénés masculins et féminins.

Le fiacre nous ramena devant le bureau d'examen et d'admission où se trouvait l'amphithéâtre. À l'arrière se prolongeait le pavillon d'hospitalisation avec une section pour les hommes et une pour les femmes de vingt-cinq lits chacune.

De nombreux autres fiacres s'arrêtaient l'un derrière l'autre, et de leur habitacle surgissaient les aliénistes de la planète. Sorti de nulle part, un médecin barbu, affligé d'une calvitie, s'avança vers nous en claudiquant. À voir les regards qui se tournaient vers lui, il devait être un homme important. Mes professeurs manifestèrent un grand élan de joie à sa vue et ils eurent un mouvement spontané dans sa direction. Ce fut un concert de « docteur Magnan » et par la suite de « cher Valentin » sur un ton gai de retrouvailles.

— Mes amis canadiens ! Que c'est bon de vous revoir !

Je découvris à cette occasion ce que signifiait la bise. Voir des hommes s'embrasser me parut une aberration que j'allais devoir bientôt surmonter.

Magnan s'approcha de sœur Thérèse pour lui faire la bise à son tour.

— Tiens, la fondatrice !

Il tourna ensuite son regard vers le nouvel apprenti. Je sentis mes genoux flageoler.

— Ah ! En voici un qui apporte un peu de jeunesse, dit-il en me regardant avec bonté.

Duquette me présenta à mon nouveau professeur. Je tendis une main ferme à l'aliéniste, qui s'approcha pour m'offrir une accolade suivie d'une bise.

— Le docteur Villeneuve sera votre étudiant, en profita pour annoncer Duquette.

Bien sûr, on m'avait avisé d'être discret, de le laisser me questionner avant d'interpeller ce savant. Je n'étais là qu'un banal diplômé en médecine sans envergure qui n'avait rien accompli. Magnan était à la médecine mentale ce que Pasteur était à la bactériologie, Hugo à la littérature et Charcot à la neurologie. Ce scientifique avait influencé les écrits de Zola, séduit par la thèse de la dégénérescence héréditaire. J'avais passé une partie de mes vacances à lire quelques-unes des œuvres de Valentin Magnan. Il avait été le premier à pratiquer le *no restraint* en France, en éliminant les camisoles de force, les fauteuils de contention, les entraves et les cellules d'isolement. Il avait suivi l'exemple de John Conolly qui avait aboli les entraves à l'asile de Hanwel, cinquante ans plus tôt, et ce, à la surprise du monde médical international. J'étais intimidé d'être devant une telle sommité.

Les docteurs Bourque et Duquette me présentèrent comme un médecin et le plus jeune capitaine du 65e bataillon de Montréal. Les mots « guerre indienne » et « campagne du Nord-Ouest » faisaient toujours bon effet sur les Français.

J'eus droit d'emblée à la bienveillance de Magnan, qui me présenta au docteur Ball, son collègue, en m'appelant le nouvel interne provisoire. Je me retrouvais, moi, l'apprenti, dans le cercle restreint des aliénistes de Sainte-Anne.

La délégation prit le chemin de la salle de conférences pour l'ouverture du Congrès et les discours protocolaires.

Nous étions à mi-parcours quand un infirmier s'approcha à la course.

— Docteur Magnan, veuillez m'excuser : un homme sous l'effet de l'absinthe…

Il murmura ensuite à l'oreille de Magnan, mais je pus entendre des bribes de ce qu'il disait : « … vient d'arriver à l'admission… hallucinations… poursuivi par des bêtes féroces. On craint pour sa vie… chereau aimerait que vous veniez. »

— Messieurs, lança aussitôt Magnan, voici une belle occasion de montrer à ce jeune homme les méfaits de l'absinthe.

Du doigt, Magnan me pria de le suivre.

— Docteur Villeneuve, votre première leçon commence aujourd'hui, me dit-il avant d'ajouter plus bas, alors que nous tournions le dos à mes compatriotes ; et nous éviterons du coup les longs discours protocolaires qui ne font pas avancer la science.

Nous nous précipitâmes vers la clinique du bureau d'admission, près de la grande porte de la rue Cabanis. Je remarquai de nouveau sa claudication. Mais la jambe qui boitait s'activait avec énergie. Je n'osai pas le dépasser.

On m'avait beaucoup parlé des effets néfastes de l'absinthisme à Paris. J'avais hâte de constater *de visu* les ravages causés par le vert liquide. Plusieurs artistes de la butte Montmartre, des peintres et des poètes, s'y adonnaient avec excès. Baudelaire avait arrosé ses *Fleurs du mal* à l'absinthe.

Magnan était le grand spécialiste des maladies liées à l'alcoolisme. Dès 1864, il avait observé les méfaits de l'alcool chez les gros buveurs. Il avait aussi démontré que la nocivité de certaines liqueurs n'était pas liée uniquement à l'alcool mais à d'autres substances toxiques.

— Docteur Villeneuve, vous allez voir un phénomène effrayant. Je vais vous demander de décrire toutes les phases du délire. Vous le ferez sans fla-fla, comme si vous étiez un Courbet ou un Maupassant. Vous vous en tiendrez aux faits. Observez bien.

Les cris du désespéré, audibles à vingt mètres, étaient terrifiants. Nous entrâmes dans le bureau d'admission. L'homme était couché sur le plancher, une infirmière à son chevet. Deux jeunes résidents écoutaient un aliéniste barbu – Magnan me chuchota qu'il s'appelait Bouchereau – parler au gardien que j'avais vu nous ouvrir la porte quelques minutes plus tôt. Magnan décrocha une blouse de travail qui était accrochée au mur derrière le bureau d'admission et, après l'avoir rapidement endossée, il alla vers l'homme étendu sur le linoléum. Bouchereau, qui venait de constater notre arrivée, fit un résumé de la situation à son supérieur pendant que l'un des jeunes résidents quittait la salle avec le gardien.

— L'individu, dans la trentaine, répond au nom de Napoléon, au dire du gardien. Un Samaritain l'a accompagné jusqu'à la grille pour ensuite l'abandonner après avoir sonné. Il a eu le temps de déclarer au gardien que le malade avait passé la journée et la soirée à boire, qu'il se croyait poursuivi par des monstres et qu'il avait essayé de se jeter dans la Seine. J'ai envoyé un interne et le gardien à la recherche de ce témoin, qui a quitté le malade sitôt celui-ci sous notre protection. Le gardien pourra le reconnaître s'il est encore dans les parages.

— À son haleine, il est clair que cet homme a passé la nuit à chopiner du vermouth, du bitter et surtout de l'absinthe, annonça Magnan.

— Son haleine suffirait à éclairer une rue pendant toute une nuit, ajouta Bouchereau à la blague.

Magnan me remit une tablette et je m'installai sur un comptoir pour écrire ce que je voyais. Le maître écoutait l'agité avec une grande attention et je notai ce qu'il disait. Dans un état d'excitation extrême, le malade se croyait poursuivi par des bêtes diaboliques. Il entendait des chiens aboyer, des fauves rugir. Parfois il fermait les yeux, bouchait ses oreilles et se roulait en boule. Son corps contorsionné se protégeait comme il pouvait d'un danger qui émanait de ses hallucinations. Puis, aux prises avec des démangeaisons, réelles ou imaginaires, le malheureux se gratta avec la fébrilité d'un cabot plein de puces. Ce faisant, il s'occasionna d'horribles plaies. L'infirmière lui demanda de cesser, tenta de l'empêcher, mais l'homme hurlait qu'il fallait chasser la vermine qui contaminait son corps.

Je notais tous les signes physiques du délire. Au premier abord, cet absinthisme me rappelait le délire alcoolique ordinaire que j'avais observé à l'asile de Longue Pointe. Je ne voyais pas de différence.

Magnan tenta d'apaiser le malade, mais sans succès. Les mains de l'homme tremblaient comme celles d'un vieillard.

Le docteur se pencha pour prendre son pouls.

— Ça frise les deux cent vingt pulsations minute, dit-il. Je sens qu'il va péter si ça continue. Ce ne sera pas beau. Crise d'absinthisme avec probablement une attaque épileptique. Un cas d'épilepsie absinthique ! Faites de la place, ordonna-t-il au personnel.

Magnan se tourna vers le résident qui portait un bouc, une barbichette et de petites lunettes rondes.

— Docteur Kerbellec, enlevez tous les objets sur lesquels il pourrait se blesser.

— Oui, docteur.

L'état de l'homme se dégradait à vue d'œil. Magnan nous énuméra les phases qui allaient suivre. Comme prévu, le pauvre devint bientôt livide, lança un cri d'outre-tombe et s'évanouit en tendant ses bras raidis comme des bâtons. Afin que l'halluciné ne soit pas privé d'air, Magnan exigea du personnel qui entourait le patient qu'il s'éloigne. On élargit aussitôt le cercle. Les tendons et les muscles du cou de l'homme étaient tendus comme des cordes de violoncelle. Son visage tout cramoisi, tourné sur le côté, était déformé par un rictus, ses lèvres écumantes. Ses cheveux gris avaient la texture de la laine d'acier. Sur cette face émaciée, toute en arêtes, les yeux tentaient de s'extirper des orbites. Des gouttes de sueur ruisselaient sur ses joues. Le corps s'agita soudain de nouveau, secoué par des vagues de convulsions, puis le malade reprit conscience. Des pièces de monnaie glissèrent de ses poches pour rouler sur le plancher. En les voyant tournoyer comme des toupies, le patient prit peur, y percevant une menace, et se mit à crier.

Je ne comprenais pas un mot de ce qu'il racontait. Magnan nous avisa d'observer les paupières qui clignotaient rapidement.

— Regardez bien la salive spumeuse et rougeâtre qui va s'écouler de la commissure des lèvres. Et voilà les jambes qui se convulsent…

Avec admiration, je constatais que les paroles du vieil aliéniste devançaient même ce que nous allions voir. Je me penchai légèrement en avant. Les membres inférieurs et supérieurs du type donnaient l'impression d'être secoués par une décharge électrique. Le corps semblait rebondir sur lui-même avec une violence extrême. Puis, à la surprise de tous, des ciseaux glissèrent de la poche de sa veste.

— Vite, s'écria Magnan, enlevez ça pour qu'il ne se blesse pas.

Bouchereau ramassa l'outil tranchant.

Les convulsions n'en finissaient plus. Quelques secondes plus tard, c'est une magnifique natte rousse qui glissait de l'intérieur de la veste.

— Merde! s'écria Bouchereau. C'est le coupeur de nattes ou quoi?

Magnan se pencha pour prendre la natte entourée d'un ruban violet.

Bientôt une odeur d'urine et d'excréments s'échappa. Le pauvre avait fait dans son pantalon. C'était horrible. Je regardai ma montre. La crise durait depuis près de trois minutes. Ses yeux étaient injectés de sang, son visage passait de rouge à violet et sa respiration était saccadée, bruyante. Cette démonstration me donna à jamais le dégoût de l'absinthe. Puis les convulsions s'arrêtèrent d'un coup. Du sang s'écoula de la bouche. Magnan nous rappela que, pendant les crises d'épilepsie, il fallait éviter que le patient ne se tranche la langue en se mordant et ne s'étouffe avec le bout.

Avec de grands moulinets maladroits, l'homme essaya de retirer veste et chemise, s'empêtrant avec les manches, la tête prisonnière du col d'où sortaient ses cheveux en bataille. Dans ce pathétique combat, il semblait défait et prisonnier, contraint dans ses haillons. Bouchereau s'empressa de l'aider à se dégager. Le dos du patient dégoulinait de sueur. Il entra enfin dans une torpeur totale, après s'être laissé choir mollement sur le dos, les bras en croix, les yeux grands ouverts, le souffle court.

Il fallut quinze minutes pour qu'il revienne à lui. L'infirmière s'approcha pour le réconforter. « C'est fini, c'est fini », répétait-elle. Le malade ne se souvenait de rien, ce qui était typique dans les cas de crise d'épilepsie. Quelques instants plus tard, cependant, les hallucinations hantaient de nouveau le pauvre garçon.

Magnan inscrivit l'entrée du patient dans le grand livre des admissions.

— Si c'est le coupeur de nattes, il faut faire venir la police, docteur, mentionna Bouchereau. Cela fait des mois qu'on le cherche activement, et voilà qu'il nous tombe du ciel.

— Vous avez raison, Bouchereau, mais on va le laisser se reposer. Si on le remet à la police dans cet état, ils vont nous l'achever.

— Contention alors ?

— Criminel ou non, c'est toujours le *no restraint*, mais comme l'affaire est judiciaire, je veux qu'on le surveille bien. De toute façon, l'absinthe l'a déjà mis dans un véritable état de contention !

Magnan en profita pour me présenter à une partie de son équipe.

— Bouchereau, voici le docteur Villeneuve. Ce garçon est canadien et il suivra mon enseignement.

Gustave Bouchereau tendit une poigne ferme et généreuse.

— Bienvenue à Sainte-Anne, docteur Villeneuve.

— Le docteur Bouchereau, qui a commencé à Bicêtre, est entré en même temps que moi à Sainte-Anne comme médecin au bureau des examens, reprit Magnan.

— Ça fera bientôt vingt-deux ans que Magnan et moi sommes enfermés ensemble.

— Et nous ne nous sommes pas encore rendus fous l'un l'autre !

— Peut-être le sommes-nous devenus un peu malgré nous, mais sans le savoir. Et méconnaître son état n'est-il pas le propre du fou ?

— Eh bien, si c'est le cas, nous sommes au bon endroit !

J'étais ébahi par l'esprit des deux aliénistes que l'on disait aussi de grands amis.

Magnan me présenta ensuite à Kerbellec, le résident qui était resté sur place, et à Marie, l'infirmière, mais mon attention revint vite vers l'aliéniste barbu.

D'une stature imposante, Gustave Bouchereau portait le nœud papillon, un gilet et un complet noir. Il souffrait d'une forte calvitie qui contrastait avec sa barbe blanche bien garnie. Ses yeux, sous des arcades sourcilières prononcées, exprimaient la douceur. Il profita de ce que je le regardais pour m'expliquer l'affaire du coupeur de nattes.

— Nous avons un, voire deux coupeurs de nattes qui sévissent dans Paris. Dans un cas, il s'en prend à de très jeunes filles et, dans l'autre, à des femmes plus mûres de mauvaises mœurs. Est-ce le même homme ? On ne sait pas. Il semble que ce ou ces coupeurs de nattes obtiennent une satisfaction sexuelle au toucher de la chevelure et au moment de la couper. Le docteur Magnan, qui a écrit un livre sur les fétichistes, pourra vous en parler bien plus que moi, mais pour l'instant la police et le docteur Garnier, de l'infirmerie spéciale, sont sur le coup. Ils ont appréhendé quelques suspects qui ont été mis en garde-à-vue, mais sans qu'on puisse en tirer quelque chose.

— Nous savions que Paris était un coupe-gorge, mais un coupe-nattes… blagua le jeune docteur Kerbellec.

Bouchereau s'esclaffa devant la repartie, puis nous montra ce qui ressemblait à des taches de sperme sur la natte de cheveux.

— On voit qu'elle a déjà servi, conclut-il, pince-sans-rire.

Pendant ce temps, Magnan avait pris une loupe sur une tablette et il observait attentivement les ciseaux.

— Ce qui m'inquiète, ici, c'est de constater la présence de taches de sang sur les lames. Il faudra les envoyer au laboratoire médicolégal.

Chacun s'approcha pour constater le fait.

— Docteur Bouchereau, faites prévenir Brouardel et Garnier pendant que je retourne au congrès.

— Je crois bien que l'on tient notre barbier, conclut Kerbellec.

Magnan passa devant moi. Il se pencha pour inspecter les poches de l'aliéné à la recherche d'une pièce d'identité. Il ne sortit que quelques bouts de papier sans intérêt et un mouchoir souillé. Mais il fouilla un peu plus profondément et ressortit ce qui ressemblait à un bout de billet de concert ou de théâtre, mais dont on ne pouvait découvrir la provenance. L'aliéniste se releva.

— Pas un seul indice sur son identité. Appelons-le donc simplement Napoléon, puisqu'il semblait répondre à ce nom...

L'aliéniste consulta sa montre de poche et se tourna vers moi.

— Finissez votre rapport, docteur Villeneuve, et allons assister aux conférences de la délégation de Montréal qui ouvriront le congrès dans quelques minutes, dit-il en retirant sa blouse.

C'est à ce moment que l'interne et le gardien qui étaient partis à la recherche du bon Samaritain rentrèrent, manifestement bredouilles.

— Il s'est perdu sur le boulevard Saint-Jacques.

— Vous pourrez en faire une description à la police ? demanda Bouchereau au gardien.

— Il était habillé comme un dandy, docteur. Tout en noir, avec un chapeau à large bord et un foulard rouge autour du cou.

— On dirait le portrait d'Aristide Bruant... fit remarquer Magnan.

— En tout cas, il n'était pas de la même classe que notre agité. C'est clair qu'il a voulu poser une bonne action avant d'aller au travail. Un gentilhomme, je vous dis. À preuve, il lui a sans doute sauvé la vie. Si tous les Français étaient comme lui, la vie à Paris serait bien meilleure.

— Bien parlé, mon ami. Néanmoins, j'aurais aimé le voir. Il nous aurait dit dans quel quartier il a recueilli notre homme, peut-être même dans quel établissement on l'a laissé ainsi trop boire.

Pendant que je complétais mes observations, Bouchereau m'expliqua que l'on devait à Magnan les grandes connaissances des maladies liées à l'alcoolisme. Il militait pour que l'absinthe devienne une boisson prohibée. Les alcooliques représentaient le contingent principal des malades de l'établissement.

— Docteur Magnan, je sais que vous êtes opposé à la contention, mais qu'est-ce qu'on fait dans ce cas précis ? s'informa l'autre interne qui avait manqué la consigne de Magnan.

— Surveillance accrue, docteur Masson. Vous le gardez cette nuit au pavillon d'hospitalisation. Arrangez-vous pour qu'il ne nous file pas entre les mains. Au réveil, vérifiez s'il répond bien au nom de Napoléon.

Le patient fut conduit dans le pavillon d'hospitalisation situé derrière le bureau d'examen, celui où l'on gardait les épileptiques et qu'on appelait aussi le quartier des agités. Magnan, qui avait ses appartements dans ce bâtiment, aurait ainsi notre mystérieux malade à l'œil.

◆

Ce n'est pas sans un certain trouble, après ce que je venais de voir, que j'entrai dans la salle de conférences. Tous les sièges étaient occupés.

Le docteur Bourque, médecin en chef des sœurs de la Providence, était en train de faire l'apologie du système privé des asiles et des économies qu'il faisait réaliser à l'État. Le fait que les médecins-visiteurs du gouvernement se chargeaient des admissions et de l'élargissement des patients garantissait la bonne marche de l'asile : *primo*, on ne pouvait y admettre ou y retenir des personnes guéries ou non aliénées ; *secundo*, cette surveillance de l'État cautionnait les soins prodigués, la qualité de la nourriture et un traitement adéquat. Sœur Thérèse-de-Jésus approuvait par sa mine réjouie chacun de ses mots.

À mes côtés, le docteur Duquette secouait la tête. Il semblait prêt à exploser. « Les médecins ne doivent pas être que des visiteurs », ruminait-il. Je sentais qu'il avait hâte de donner la réplique au médecin des sœurs de la Charité. Il était un farouche opposant du système privé dans le soin des aliénés. Le système de médecins-visiteurs du gouvernement ne suffisait pas, selon lui.

Dès la fin de la présentation de Bourque, le docteur Duquette se leva d'un bond. D'une voix ferme et convaincante, il lança son argumentation en balayant la salle d'un regard animé.

— Je ne puis accepter les conclusions de travail de mon collègue, le docteur Bourque, parce que je suis convaincu que l'État doit prendre lui-même soin de ses aliénés ; le système préconisé par mon confrère est défectueux parce que, selon mes observations, les médecins-visiteurs nommés par l'État éprouvent des difficultés dans leur inspection. En fait, il ne se passe pas une semaine sans que des conflits s'élèvent entre eux et les propriétaires des asiles. J'occupe cette position de médecin-visiteur depuis quatre années déjà, je puis donc en parler en connaissance de cause : ce système génère des ennuis à tout bout de champ.

Sœur Thérèse pinça ses lèvres minces en un rictus désapprobateur. J'approuvais de la tête les réflexions de l'aliéniste. Mais il me fallut refréner mes hochements quand la religieuse me toisa avec animosité.

Le docteur Duquette poursuivit sa réplique et marqua des points : il y avait un assentiment majoritaire dans la salle. C'était la façon moderne de faire fonctionner un asile.

— En 1885, poursuivit-il, une loi sur les aliénés a été votée à la législature de Québec, à l'unanimité des députés. Cette loi stipulait qu'un bureau médical, composé de trois médecins nommés et payés par la province, aurait le contrôle du traitement médical dans les deux asiles de Longue Pointe et de Beauport. Les propriétaires des asiles ont refusé cette loi, s'appuyant pour ce faire sur des contrats passés entre eux et le gouvernement, qui leur donnait le privilège de choisir des médecins. Et par ce biais de choisir le traitement médical dans les asiles d'aliénés.

Le docteur Duquette ajouta que les embûches n'avaient cessé d'exister depuis cette date. Sœur Thérèse n'allait certes pas dîner à ses côtés ce soir !

Après ces mises au point et la discussion qui suivit, ce fut au tour du délégué de la Serbie de venir informer l'assemblée du placement des aliénés dans son pays. Je l'écoutai religieusement pendant quelques minutes mais, avisant alors sœur Thérèse qui se rapprochait de moi, je fis semblant de ne pas la voir et retournai plutôt à l'accueil. Là, par la porte d'entrée, j'aperçus le docteur Bouchereau qui fumait une cigarette sous un platane. Je sortis le rejoindre.

— Puis, comment se passe le congrès ? me demanda-t-il d'entrée de jeu.

— Intéressant, mais il n'y a rien comme la pratique.

— Attendez à cet après-midi, Magnan et Ball vont se disputer, ça créera de l'animation…

— Comment va le patient admis ce matin ?

— Il nous a refait une grosse crise dans sa chambre. On est toujours incapable de lui parler. Il a repris son délire, ce qui se produit fréquemment dans ces cas-là.

— Des nouvelles de l'homme qui l'accompagnait ?

— Non. La police est venue et on lui a fait verbalement un portrait de l'individu. Un bon signalement, je pense. L'un des policiers croit lui aussi que ce pourrait être Aristide Bruant. Ils vont vérifier.

— Est-ce que le coupeur de nattes est un homme violent, selon les rapports qu'on a faits de lui ?

— Je n'ose pas appeler ça une « amputation de cheveux », mais il n'y a rien d'agréable à se voir dépouiller d'une partie de sa chevelure. Et puis l'individu qui attaque les jeunes filles, toutes pubères, éjacule sur elles en coupant la natte, ce qui laisse les fillettes sous un choc terrible. Ce type s'adonne à son vice près des théâtres. Il frappe le jour. Il a sévi deux fois sur le boulevard des Italiens avant une représentation de théâtre pour enfants. L'autre pervers arpente le quartier des prostituées et des danseuses. Deux femmes du quartier Pigalle ont été la cible d'un coupeur de nattes. Ce coiffeur-là œuvre la nuit. À moins qu'il ne s'agisse du même, ce qu'on ne peut exclure. Au dire des témoins, l'homme de Pigalle est grand et fort. Il agresse sexuellement ses victimes et leur ravit violemment leur chevelure comme un trophée de chasse. Si on a affaire à deux fétichistes, l'un agit pour atteindre l'orgasme et l'autre pour conserver un souvenir de son crime. Je sais que les prostituées et les danseuses commencent à en avoir très peur. Le premier, lui, coupe par surprise. Il arrive par-derrière, il est vif comme un chat. Aussitôt qu'il a frotté son organe contre la chevelure, il éjacule et coupe. Quoi qu'il en soit, nous sommes face à un ou à des pervers qui assouvissent leurs pulsions sexuelles fortes et qui ont le fétichisme des cheveux.

Gustave Bouchereau écrasa du pied sa cigarette. Le bruit qui provenait de la cour du quartier des folles était perçant.

— Vous aimez Paris ? me demanda-t-il soudain.

— Je ne suis arrivé que depuis quelques jours, docteur Bouchereau, mais je suis très heureux d'être ici.

Bouchereau fit quelques pas en direction de l'accueil et se retourna.

— Auriez-vous le loisir de venir dîner avec moi, ce soir ?

— Oui, et j'en serais très heureux. Il faudra que je me dérobe à sœur Thérèse-de-Jésus, mais je devrais y parvenir.

— Je vous attends à sept heures à la porte de la rue Cabanis.

— Merci.

— Bien. Il me faut y aller. J'ai une formation à donner sur l'utilisation des douches à des médecins anglais. À plus tard.

◆

En fin d'après-midi, alors que j'écoutais la communication d'un aliéniste allemand, un jeune messager vint me remettre un mot du docteur Bouchereau qui souhaitait me voir. Je me rendis donc aussitôt à son bureau.

— Changement de plan, docteur Villeneuve. Le commissaire Goron sera ici à six heures. Il veut rencontrer tous ceux qui ont été en contact avec notre absinthiste. Ils viennent de retrouver au bois de Boulogne le corps d'une femme sans famille qui était portée disparue et à qui il manquait la chevelure. D'après Goron, la natte qui est sortie de la poche de notre malade pourrait correspondre aux cheveux de la victime.

La nouvelle me renversa.

— Ne faites pas cette tête-là, docteur Villeneuve, et sachez que vous verrez de tout, ici.

Je repris mes esprits.

— Nous irons dîner un peu plus tard, poursuivait Bouchereau. Sinon, nous nous reprendrons au banquet de l'hôtel Continental, mardi, pour la soirée de clôture du congrès. Il y aura ensuite une réception à l'hôtel de ville.

— Je n'ai pas été invité.

— Eh bien moi, je vous y invite. Falret, qui préside le congrès, fera un discours.

On frappa à la porte. C'était Kerbellec, manifestement essoufflé.

— Docteur Bouchereau, je viens vous aviser, comme vous me l'aviez demandé, que le porteur de nattes a repris son délire. Il semble parler à un individu à qui il demande de ne pas faire ça. Que c'est méchant...

— Prenez note de tout ce qu'il dit. Est-ce qu'il a mangé ?

— Non, pas encore.

— Alors, il faut l'hydrater. Une fois qu'il aura retrouvé ses esprits, qu'il aura avalé un repas, nous le ferons parler plus en profondeur. J'arrive dans un instant.

Le résident retourna à la course vers le quartier des agités.

— À l'asile, le temps ne vous appartient plus, soupira Bouchereau.

Je hochai la tête en signe d'acquiescement et retournai à la salle de conférences en attendant de rencontrer le commissaire de police.

◆

Dans la salle d'admission, Magnan regarda sa montre. Il parut impatient, puis songeur. Le commissaire de la Sûreté était en retard de plusieurs minutes. L'aliéniste avait les traits tirés. La journée avait été longue mais combien fructueuse.

Bouchereau, qui patientait avec nous, tout comme le préposé à l'accueil et le gardien, avait plus tôt félicité son patron, qui avait accepté avec timidité les éloges.

Le docteur Magnan venait de vivre un grand moment, sans doute le moment le plus fort de ce deuxième congrès de médecine mentale. Les délégués avaient adopté une nouvelle classification des maladies mentales. Tant Magnan que Ball, tous deux partisans de la dégénérescence héréditaire, proposaient une terminologie personnelle. Tous les aliénistes avaient été impressionnés à la vue de ces savants qui s'affrontaient devant les grandes sociétés médico-psychologiques de l'Europe. Moi, je m'étais senti comme un idiot qui ne sait rien. Le jargon m'était incompréhensible. La nouvelle nomenclature était attendue depuis longtemps, mais le débat durait depuis deux ans. J'avais tout de même saisi l'essence du conflit. Deux idées opposées, et leurs auteurs étaient tous deux aliénistes à l'asile Sainte-Anne. Ball avait contesté la rubrique « délire chronique » dans la classification de Magnan, ce dernier voulait que la notion de folie héréditaire soit occultée chez Ball. Finalement, l'assemblée avait adopté une synthèse des deux projets. Les deux aliénistes de Sainte-Anne avaient toujours été en compétition. Magnan et Ball avaient été reçus *ex aequo* à la chaire de médecine mentale, mais on avait préféré Ball à Magnan. Néanmoins, Magnan s'était vengé en imposant sa doctrine depuis plus de vingt ans sur le continent européen.

Un infirmier entra avec un journal, qu'il mit sous le nez de Magnan.

— Regardez, docteur. On parle de notre coupeur de nattes.

La nouvelle déplut à Magnan, qui se braqua.

— Pas déjà ! Et qui a dit que c'était un coupeur de nattes ? râla-t-il.

Alors que Londres cherchait toujours à épingler *Jack the Ripper*, qui avait éventré ses victimes, Paris avait à son tour son maniaque, pouvait-on lire en fin de journée dans la presse à sensation.

— C'est n'importe quoi, renchérit Bouchereau.

— Ce n'est pas n'importe quoi, cracha Magnan. C'est une manie appelée le journalisme.

Chacun s'esclaffa, puis l'attente reprit.

Le commissaire entra finalement comme un coup de vent à sept heures trente-sept. Il était visiblement agité et décoiffé par la pluie qui s'était mise à tomber et qui dégoulinait encore de ses vêtements. Il replaça sur sa tête les quelques cheveux qui lui restaient. Son visage bouffi, ses arcades sourcilières affaissées et ses petits yeux lui donnaient un air mauvais.

— Désolé pour le retard, docteur Magnan, je reviens de la morgue où a été transporté le corps de la femme trouvée au bois de Boulogne. Le docteur Brouardel, à qui j'ai remis la chevelure que vous avez trouvée, est catégorique : cette natte a été coupée sur la tête de la victime. Demain, à l'autopsie, il va essayer de savoir, avec l'aide du docteur Mégnin, depuis combien de temps le cadavre se trouvait à cet endroit. Il était dans un état de décomposition avancée. En tout cas, ça ouvre la porte sur d'autres disparitions de femmes. C'est pour ça qu'il me faut interroger au plus vite votre coupeur de nattes.

Magnan s'avança d'un pas, gratta ses tempes grisonnantes.

— Commissaire Goron, tant mieux si nous pouvons régler cette affaire rapidement. Mais le patient que nous avons reçu aujourd'hui n'est pas en état de répondre à vos questions, du moins pour le moment. Il a plongé deux fois dans une crise de délire après sa première attaque. Il est faible, amaigri, épileptique. Je ne veux pas qu'il nous claque dans les mains. Il doit peser à peine cinquante kilos. Il n'est pas question de le soumettre à un interrogatoire. Et, vous savez, il sera mieux gardé ici. Appelez-moi demain et je vous dirai dans quel état il est, mais je crains qu'il faille attendre. Il se peut fort bien que ce soit notre suspect, mais laissez-moi le remplumer. Le docteur Bouchereau, qui a passé du temps à son chevet aujourd'hui alors que j'assistais au congrès, peut vous confirmer l'état pitoyable du suspect.

— Le docteur Villeneuve et moi avons essayé de le faire manger tout à l'heure, précisa Bouchereau. Mais il refuse de s'alimenter.

— Eh bien, gavez-le, bon sens ! tonna Goron.

— Nous ne pratiquons plus le gavage, monsieur !

Goron secoua la tête de dépit. Sa pomme d'Adam allait et venait comme un coucou qui ne parvient pas à sortir de l'horloge.

— Depuis quand on ne gave plus les fous ?

— Nous avons d'autres moyens de les faire manger, rétorqua Magnan.

— Je veux bien vous croire. Mais moi, si je ne tire pas en vitesse les vers du nez de votre fou, je vais subir beaucoup de pression de la part de mon chef.

— Et moi du mien si je vous laisse le faire ce soir, dit Magnan en désignant la reproduction d'un grand tableau où l'on voyait Pinel libérant les fous de leurs entraves à Bicêtre pour leur offrir des soins.

Goron fixa le tableau, incrédule. Magnan s'expliqua :

— Pinel n'aurait pas accepté qu'on livre à la justice un malade qui n'est pas en état de parler. Alors, forcément, moi non plus.

Goron soupira bruyamment.

— Je vais revenir demain soir. Si jamais vous ne lui avez pas délié la langue entre-temps, nous nous en chargerons. Et vous aurez à répondre aux journalistes et aux parents de la jeune femme, qui se manifesteront dès la nouvelle connue.

Il se tourna brusquement vers la porte, les mâchoires serrées par la colère.

— Et au juge d'instruction également, comptez sur moi, lança-t-il en menaçant Magnan du doigt.

Manifestement, il n'avait pas l'intention de questionner personne d'autre, même pas le préposé à l'accueil ni le gardien.

— Et qu'en est-il de Bruant ? lança alors Bouchereau.

— Ce n'est pas votre bon Samaritain, gronda le policier sans se retourner. Il dormait, à cette heure-là.

Goron demanda à sortir. Le préposé à l'accueil s'empressa de lui ouvrir la grille.

En soupirant, Magnan remercia le gardien de sa présence et le libéra pour la soirée, puis il se tourna vers moi et le docteur Bouchereau.

— Bon, avant de retourner à mes occupations d'hôte du congrès, je voudrais m'entretenir avec le docteur Villeneuve. Ça ne vous dérange pas trop, Bouchereau, si je chamboule les projets de dîner que vous aviez pour ce soir ?

— Faites donc, docteur ; nous aurons l'occasion, le docteur Villeneuve et moi, de nous reprendre.

Magnan m'invita à le suivre jusqu'à son cabinet.

— Asseyez-vous, dit-il en s'effaçant pour me laisser franchir la porte qu'il venait d'ouvrir.

Magnan s'installa derrière sa table de travail. Plusieurs dessins et tableaux de patients ornaient les murs de son bureau. Une alcôve à porte coulissante contenait un lit.

— Je suis désolé pour cette affreuse journée. J'aurais aimé mieux vous accueillir, et surtout dans un autre contexte, mais c'est ça, la vie à l'asile : toujours imprévisible. Ajoutez-y un congrès, un maniaque suspecté de meurtre… Mais je dois dire que vous arrivez à point. Vous avez été militaire et il paraît que vous avez enquêté sur une tuerie dans l'Ouest ?

— Oui. Qui vous a dit ça ?

Il sortit d'une poche de sa blouse *L'Ouest à feu et à sang*. Je rougis.

— Votre livre m'a été offert en cadeau par le docteur Duquette. Il m'a confié que vous aviez enquêté sur un massacre. Il faudra me raconter tout ça, mon petit. Ça m'intéresse. J'ai peine à vous imaginer, vous qui me semblez si jeune, aux prises avec des Indiens.

— Je dois vous avouer que j'étais davantage aux prises avec ma conscience qu'avec les Indiens.

— Vous avez donc une certaine expérience des expertises ?

— Oui, mais tout cela se passait dans les plaines de l'Ouest, à trois mille kilomètres de Montréal.

— Mais vous vous destinez bien à la médecine légale des aliénés ?

— Oui. À mon retour, un poste m'attend comme médecin expert à la morgue de Montréal. Aucune place d'aliéniste ne sera disponible avant plusieurs années.

— Écoutez, Georges… Vous permettez que je vous appelle par votre prénom ?

— Bien sûr, docteur Magnan.

— Cette affaire va rapidement nous dépasser. J'ai travaillé dans le passé avec Goron et il n'est pas commode. C'est un bull-terrier. Quand il mord, il ne lâche plus. Quand il a besoin d'un coupable, il le trouve. Si certains policiers ont la détente rapide, Goron a l'accusation facile. Il ne supporte pas la pression des enquêtes. C'est pourquoi je vais solliciter votre aide.

Je dus montrer quelque peu ma surprise, car le docteur s'arrêta quelques instants pour me jauger. Son examen sembla le satisfaire puisqu'il reprit en s'accordant le luxe de se caler dans son fauteuil :

— Comme vous le savez, les résidents non français ne peuvent dormir à Sainte-Anne. Mais je passerai outre cette restriction pour vous à certaines occasions. La vie de nuit à l'asile, c'est un autre monde. On y apprend énormément. Je compte vous garder pendant une semaine ou deux comme résident. Je vais en échange vous demander d'essayer de faire parler le buveur d'absinthe. Il nous faut son identité.

Il s'arrêta de nouveau, attendant une réaction de ma part. Je me contentai d'acquiescer de la tête, trop touché par sa confiance pour le lui dire de vive voix. Il continua :

— Il faudra aussi vérifier nos archives. Si on nous l'a amené, c'est qu'il a peut-être déjà séjourné dans notre asile. Vous chercherez tous les cas de fétichistes que nous avons eus ici ou à Bicêtre. Dans votre métier d'aliéniste, vous aurez à faire des enquêtes sur des individus. Je vous en confie donc une première. Bien entendu, vous ne l'endosserez pas. C'est une investigation parallèle qui restera à l'interne.

Comme je ne disais toujours mot, Magnan conclut à mon accord.

— Bien. Demain, en matinée, je vous envoie chez Brouardel avec une lettre de recommandation.

Il trempa sa plume dans l'encrier et rédigea la lettre d'une écriture arrondie et très liée. Il l'inséra dans une enveloppe et la scella.

— Je tiens à ce que vous soyez présent à l'autopsie du cadavre du bois de Boulogne. Ce sera une intervention très instructive, car Mégnin, le vétérinaire – vous vous entendrez bien, il a été militaire comme vous –, sera là pour dater la mort. Il est à écrire un ouvrage fascinant, *La Faune des cadavres*, qui fera grand bruit à sa sortie. Goron sera présent aussi à l'autopsie. Je veux que vous me rapportiez ce dont il aura été question, les conclusions auxquelles arrivera Brouardel et ce qu'en fera le commissaire.

Il me remit la lettre de recommandation. Il chercha dans sa bibliothèque un exemplaire d'un livre qu'il avait écrit avec Charcot sur le fétichisme. Il le trouva et me le tendit.

— Faites-en la lecture. Je vous laisse aller dormir chez vous ce soir. Comme vous habitez le Ve arrondissement, vous pourrez vous rendre directement au laboratoire médicolégal. C'est juste derrière Notre-Dame. Vous comparerez les odeurs de la Seine… et celles des habitants que loge Brouardel.

Magnan se leva, déposa ses lunettes rondes, frotta ses yeux fatigués.

— Je sens que vous allez m'être d'un précieux secours, Georges, au cours de votre séjour à l'asile Sainte-Anne. Nous tiendrons bientôt ici, dans quelques semaines, le deuxième congrès d'anthropologie criminelle. C'est beaucoup d'organisation. Je vous confierai aussi des tâches pendant cet événement, qui sera l'une des rencontres scientifiques les plus courues d'Europe.

— Je suis honoré par votre confiance, docteur Magnan, réussis-je enfin à dire, toujours sous le choc de ce qu'il venait de me proposer.

— Bien. Nous nous reverrons donc demain après-midi pour votre première clinique.

Je rentrai à pied. Moins de trois kilomètres séparaient l'asile de ma chambre d'hôtel. Après cette pluie chaude, l'humidité imprégnait tout. La journée m'avait épuisé, mais je me sentais bien, en dépit des lourdes responsabilités qui m'incombaient soudain. Tout en marchant sur le boulevard Saint-Jacques, je repassai les faits des dernières heures. Je me plaisais à Sainte-Anne.

La ville de Paris était belle mais ne sentait pas bon. Les bouches d'égout poussaient leur haleine fétide, les soupiraux dégageaient le froid humide des caveaux... À la place Denfert-Rochereau, le tumulte de la vie parisienne me détourna des préoccupations du jour. Les terrasses et les cafés étaient bondés. J'aurais aimé profiter de ma soirée, mais je devais me rendre très tôt le lendemain à la morgue. J'arrivai finalement rue Soufflot et remontai jusqu'à la place du Panthéon. Une fois dans ma chambre, je m'épongeai le visage et me laissai choir sur le lit. Je pris ma plume et mon cahier pour inscrire les événements de la journée. Mais la fatigue me faisait tomber la tête par à-coups. Mon cahier noir glissa du lit sur le plancher. Je ne me réveillerais qu'au petit matin.

4. Tu es poussière et tu retourneras poussière

Sept heures. La concierge frappa trois coups francs sur la porte.

— Docteur Villeneuve, c'est l'heure !

Je roulai jusqu'au bord du lit et me redressai en bâillant. Les rideaux laissaient filtrer la lumière. Une fois sur pied, je les ouvris d'un geste brusque et un bel éclairage illumina la pièce. Je tirai vers moi les fenêtres et le tintamarre emplit la chambre. Deux pigeons nichés sous la corniche roucoulaient. Je ne pus m'empêcher d'y voir une métaphore de la fin de mon célibat.

Je cherchai dans la malle une chemise, des chaussettes et un pantalon propres. Il me fallait ranger mes vêtements. Tout était si excitant que la simple pensée des tâches ménagères à accomplir me rendait léthargique. Je les reportais. Mais à court de vêtements, je devais me rendre chez la blanchisseuse.

Devant le miroir, je nouai ma cravate bleu foncé, enfilai un gilet puis le veston. Avant de sortir, je nettoyai mes chaussures. Une journée dans Paris salissait les vêtements.

Je m'assurai que j'avais sur moi la lettre de recommandation de Magnan. Je traversai la place du Panthéon et m'arrêtai rue Soufflot pour acheter une pâtisserie pour le petit-déjeuner. La vieille boulangère me reconnut et me servit un petit sourire en coin. La dernière fois, j'avais de nouveau confondu déjeuner et petit-déjeuner ; je ne connaissais pas le terme croissant pour désigner la pâtisserie ; je m'étais trompé avec mes francs, j'avais dit bonjour au lieu d'au revoir. Elle avait tout fait pour m'embarrasser, pour que je me sente idiot.

La boulangère, le visage cramoisi et tout en sueur à cause de la chaleur des fourneaux, s'approcha.

— Qu'est-ce qu'on prend ce matin ?

Je désignai un pain aux abricots qui semblait délicieux.

— Ah...

— Oui.

Je comptai la monnaie exacte et la remis à la dame au tablier souillé de gras.

— On a appris à compter...

La vieille chipie enfarinée ne me laissait pas une once de répit.

Je lui dis au revoir, mais elle me nargua d'un « bonjour » ironique. C'était aussi ça, Paris, depuis mon arrivée : de la gentillesse et de la morgue.

Je dégustai mon pain aux abricots le long du boulevard Saint-Michel, bifurquai dans la petite rue de la Harpe, passai devant l'église Saint-Séverin.

Au milieu du Petit Pont, je m'assis sur le garde-fou pour contempler Notre-Dame et ses gargouilles gothiques.

Un soleil ardent montait derrière la cathédrale. Une péniche chargée de bois passa sous le pont. Les grues près du quai de la Tournelle s'activaient à charger des péniches. Les gens marchaient vite, pressés de se rendre au travail.

J'avais encore vingt-cinq minutes, assez pour prendre un café dans la rue de la Cité. Le garçon en pantalon noir et chemise blanche me salua avec entrain.

La confiance du docteur Magnan à mon endroit me laissait toujours pantois. J'aimais sa simplicité. Ce fils de menuisier, d'origine catalane, n'affichait jamais sa supériorité. Et sa confiance envers moi me laissait encore plus admiratif. Quelques minutes avant de rencontrer Brouardel, je me sentais comme un écolier le matin de sa première rentrée scolaire. Les mêmes papillons voltigeaient dans mon estomac que ce jour où maman m'avait traîné pour la première fois à l'école. Bien sûr, je n'avais aucune raison de douter de mes capacités à assumer ces responsabilités. Les Jésuites m'avaient appris à croire en mes moyens.

J'entendis alors le garçon commenter devant un client la nouvelle à la une d'un journal. Le gros titre annonçait le « scalp d'une femme au bois de Boulogne ».

— Sans doute le coupeur de nattes, répondit son interlocuteur avant d'avaler cul sec son café noir.

L'actualité me rattrapait ici même alors que j'étais en route pour l'antichambre de la mort.

Je me remémorai le peu que je savais de l'affaire en continuant mon chemin vers la morgue. Je m'arrêtai devant un kiosque à journaux pour acheter une édition du matin. Toutes les unes concernaient la macabre découverte. Le commissaire Goron commentait avec circonspection le cas et affirmait être sur une piste prometteuse avec un suspect en vue : « Je ne donnerai aucun autre détail pour l'instant. » Sans doute faisait-il référence au nouveau locataire de Sainte-Anne.

La morgue de Paris était située sur l'île de la Cité, derrière la cathédrale Notre-Dame. L'abside monumentale de cette dernière, avec ses arcs, ressemblait à une araignée géante. Cet environnement gothique seyait bien à la morgue. Il n'y manquait que Quasimodo. Il se dégageait de l'imposant bâtiment gris un aspect austère. Seule la symétrie des ailes encadrant le portail avait un certain cachet.

Mes professeurs de Montréal m'avaient parlé de la vieille morgue de Paris et du laboratoire médicolégal, le seul en son genre. On y faisait des recherches uniques dans le domaine. La morgue attirait nombre de visiteurs qui venaient se repaître des cadavres que l'on exposait dans les vitrines. Comme j'étais souvent allé à la morgue de Montréal pour mes cours et que j'avais eu à m'acheter un cadavre durant mes études de médecine, je n'avais ni la peur ni la nausée des macchabées.

Quand j'ouvris la lourde porte, une odeur de formol se répandit autour de moi. Le vestibule donnait sur un sinistre couloir d'identification où se tenait près d'une porte le gardien. Il me regarda comme l'on remarquerait un banal visiteur. Derrière une élégante cloison vitrée, les cadavres reposaient sur des dalles de marbre noir avec leur tête relevée pour être identifiables. Ils étaient exhibés le corps nu hormis un morceau de cuir sur le pubis. De véritables natures mortes, pensai-je en les voyant pour la première fois. À une patère au-dessus de leur tête étaient accrochés leurs vêtements. Les gens défilaient, à la recherche d'un disparu. Il y en avait trois ce jour-là : un homme qui avait le front troué d'une balle, une femme affreusement gonflée par la putréfaction, conséquence d'une noyade, et un homme victime d'un accident atroce puisque sa tête avait été broyée. Ce Louvre de la mort n'avait rien de réjouissant. Quelle étrange galerie que cette exposition humaine ouverte à tous ! Beaucoup de Parisiens et de voyageurs s'arrêtaient pour observer la galerie de cadavres. Ce lieu était même devenu une attraction. La nature humaine est d'une singulière morbidité. Zola avait d'ailleurs écrit que certains Parisiens venaient y faire leur éducation sexuelle.

Je me présentai devant le gardien.

— Je viens voir le docteur Brouardel.

— Et qui êtes-vous pour ainsi venir voir le docteur Brouardel ?

— Je suis le docteur Villeneuve, de Montréal. Je suis recommandé au docteur Brouardel par le docteur Magnan, dont je suis l'étudiant à Sainte-Anne.

— Alors, faut le diiiirrrre… On ne rencontre pas le maître sans présentation. Suivez-moi.

Quelle mouche avait piqué les Parisiens, ce matin-là ? Je souhaitai que la journée ne soit pas à l'image des êtres cassants rencontrés depuis mon lever. Comment pourrais-je passer une année dans une ville de rouspéteurs ?

Je descendis sur les talons du gardien un escalier qui menait à la cave. L'odeur âcre des cadavres me prit aussitôt à la gorge.

— Comme ça, vous travaillez avec les loufs de Sainte-Anne, dit l'homme.

— Vous parlez des aliénés ?

— Ah, moi, j'appelle ça des loufs, lança le gardien en se tournant vers moi et en éclatant de rire.

D'affreuses dents jaunes saillaient de travers de sa bouche.

— Avez-vous déjà fait des leçons d'anatomie ? reprit-il aussitôt.

— C'est sûr, je suis médecin.

— Ce qui est sûr, c'est que vous êtes canadien, avec cet accent. De quelle ville ?

— Je vous ai dit que je venais de Montréal.

— J'aimerais tellement aller au Canada me balader dans vos forêts.

Le gardien adopta dès lors un ton plus sympathique. J'avais remarqué que cette approche fonctionnait à Paris : au feu, on répondait par le feu.

Quelques secondes plus tard, le gardien m'invitait à entrer dans une vaste pièce, pareille à un entrepôt, où l'on gardait les cadavres sur de grandes étagères qui faisaient jusqu'à deux étages. Un long escabeau donnait accès aux tiroirs supérieurs.

— C'est ici qu'on les conserve.

Il ouvrit le tiroir d'un cadavre moisi comme du fromage.

— Ce barbillon a clamsé sur le boule-miche et personne ne le réclame à part les asticots et bientôt la fosse commune.

L'odeur était insupportable et je fus content de retourner dans le corridor.

Le gardien me montra ensuite la salle de cours. Sur une vitre givrée était inscrit le nom « Docteur Brouardel ».

Ce dernier était le doyen de la Faculté de médecine. Sa réputation dans son domaine égalait bien celle de Magnan. Le surveillant frappa trois coups.

— Oui ?

— C'est le gardien. Je vous amène un visiteur.

— Entrez.

Il ouvrit la porte. Derrière son bureau, Brouardel écrivait un rapport. Il ne leva même pas la tête. On y voyait le dessin d'un corps humain sur lequel il avait indiqué ce qui ressemblait à des blessures au thorax.

— Professeur, ce jeune homme de Montréal au Canada vous est envoyé par le docteur Magnan.

Le vieil homme leva la tête, me scruta de pied en cap.

— Entrez, venez vous asseoir.

— Il arrive de Sainte-Anne, dit le gardien.

Je remis la lettre au maître des lieux.

— Ainsi, c'est Valentin qui vous envoie ici, dit-il en souriant enfin.

Les lettres de Magnan étaient des passe-partout qui assuraient le respect des maîtres. Il la replaça dans l'enveloppe.

— Vous avez été militaire ? J'ai entendu parler de l'affaire Riel par le docteur Lachapelle de Montréal. J'ai trouvé odieux le sort qu'on a fait subir aux Métis. Pas vous ?

— Oui. La pendaison de Riel a élargi un peu plus le fossé entre les Canadiens français et les Canadiens d'origine britannique.

— Vous allez vous spécialiser en médecine légale des aliénés ou vous comptez faire la médecine légale ?

— La médecine légale des aliénés est mon premier choix, mais comme il s'ouvrira une chaire de médecine légale à Montréal, je veux passer l'examen.

Il se leva et me pria de le suivre dans le long corridor.

— Je demande juste aux étudiants de ne jamais révéler aux journaux ou à des inconnus ce que nous découvrons au cours des autopsies, car cela pourrait nuire au moment de l'instruction. Ce matin, je veux comparer le corps de la femme que nous avons retrouvée hier au bois de Boulogne, dans les taillis près d'une grotte, à celui d'un corps en état de décomposition très avancée, disons-le, momifié, que nous avons retrouvé il y a deux semaines à la campagne, au sud de Paris. Comme cette dernière a les cheveux courts, on s'est demandé s'il n'y avait pas un lien entre les deux cadavres. Le commissaire Goron veut que nous établissions un lien possible entre les deux affaires qui, au départ, nous semblaient étrangères. Je tenterai avec Mégnin de déterminer la cause du décès de la dernière victime. Il y a beaucoup de sang sur son manteau. La mort a été violente. J'ai demandé à Mégnin de découvrir, par l'entomologie, le nombre de semaines écoulées depuis le décès des deux victimes. Vous aurez donc une double initiation ce matin. Si ça vous intéresse, on examinera aussi la natte que m'a rapporté Goron pour la comparer avec les cheveux des deux femmes. On tentera de voir s'il y a correspondance. À première vue, il semble que la natte retrouvée à Sainte-Anne soit celle qui manque sur le cadavre découvert hier, mais les impressions sont parfois trompeuses. Goron est tellement pressé d'obtenir un avis positif que je lui ai dit, sous toutes réserves, que c'était à peu près semblable.

On passa devant le bureau d'Alphonse Bertillon.

— Je ne vous ferai pas visiter aujourd'hui le bureau de monsieur Bertillon. Il développe des photos en ce moment. Vous aurez l'occasion de le croiser dans la cour où il photographie avec des appareils de son cru des cadavres non identifiés. Suivez-moi. Avant que Mégnin et Goron n'arrivent, nous avons quelques minutes.

Brouardel me montra l'amphithéâtre de la morgue qui attirait autant les étudiants en médecine que les curieux. Les gradins pentus montaient sur une dizaine de rangées. Deux petits soupiraux laissaient entrer un peu d'air... Une rampe séparait la scène des spectateurs. Un tableau noir faisait face aux tables d'autopsie. Une balance Toledo se dressait avec ses lugubres plateaux.

— Les leçons d'anatomie sont si populaires… Cherchez à comprendre ce qu'il y a d'attirant dans le spectacle de cadavres.

Le vieux médecin me conduisit ensuite vers la salle d'analyse. Une multitude d'appareils de précision se trouvaient dans cette pièce : des spectroscopes, des microscopes, de la vaisselle de laboratoire, des lunettes, des lampes…

Sans dire un mot, je regardais tout en essayant de ne rien oublier.

— Allons dans la salle d'autopsie.

Dans la pièce se trouvaient deux tables d'autopsie en porcelaine avec un gros bloc de bois pour soutenir la tête. De nombreuses mouches voltigeaient autour de nous.

Un préparateur passa devant nous en poussant une civière qui sentait mauvais.

— Je vous apporte le corps de la dame qui a été trouvée hier. Vous avez ici la boîte contenant les objets à examiner.

Le préparateur glissa le cadavre de la civière sur la table. Le corps dégageait une odeur rance et désagréable. Il avait été partiellement enseveli sous les pierres et des branches de sapins. C'était atroce de voir le travail de la mort. La femme n'était plus qu'un amas de chair putrescente et des larves ondulaient dans son abdomen. La colonne, dans sa partie lombaire, était apparente et replongeait sous le tissu noirci. La peau avait un aspect de cuir noir séché. Une fine poussière, de la poudre de déjection, s'était déposée un peu partout dans les tissus. Je remarquai la chevelure qui avait été coupée.

— Je vous amène l'autre corps, avisa le préparateur.

Un homme en blouse blanche et un autre en uniforme passèrent le seuil de la porte.

— Tiens, voilà Mégnin et Goron, lança Brouardel. Vous connaissez le lieutenant Goron de la Sûreté, je crois ?

Le regard non intéressé et courroucé de Goron croisa le mien. S'il avait pu me chasser de la main comme une vulgaire mouche, il l'aurait fait.

— Je vous présente le docteur Jean-Pierre Mégnin, poursuivit mon hôte. Un militaire comme vous, colonel dans l'armée. Il enseigne à la Bibliothèque nationale vétérinaire et a été président de la Société zoologique de Londres.

Le vétérinaire inclina la tête, embarrassé par tant de compliments.

— Il travaille à un ouvrage qui s'intitulera *La Faune des cadavres,* le titre d'une conférence qu'il a donnée et qui a fait grand bruit. Voilà un livre qui ne figurera jamais parmi les meilleurs vendeurs de nos librairies, mais il apporte un éclairage nouveau à la médecine légale. L'an dernier, une expertise entomologique du docteur Mégnin a été très importante dans une affaire.

Brouardel me présenta à son savant collègue comme un médecin et militaire du Canada. Mégnin me serra la main avec fermeté.

— Quel est votre grade ? me demanda aussitôt Mégnin sans relâcher sa poigne.

— Capitaine.

— Capitaine, vous me voyez ravi, dit-il en serrant encore plus.

— Vous êtes donc aussi militaire ?

— J'ai été vétérinaire dans l'armée avec le grade de lieutenant-colonel. J'ai dirigé l'école vétérinaire de Vincennes, dit-il en libérant enfin ma main.

— Vous serez donc entre officiers, messieurs, dit Brouardel en taquinant le commissaire.

À ses côtés, Goron, manifestant déjà de l'impatience, sourcilla.

Au-dessus d'un visage aux os saillants, Mégnin portait une tuque foncée. Ses sourcils et ses yeux proéminents contrastaient avec son nez mince et crochu et ses lèvres fines.

Après être entré dans la salle d'autopsie, Mégnin déposa sa houppelande sur la patère dans le bureau de Brouardel puis enfila un sarrau.

— Il nous faudra l'aide de l'escouade ailée du docteur Mégnin.

La présence d'insectes sur les cadavres permettait, selon Mégnin, de dater précisément la mort. Dès 1876, Brouardel avait eu recours à plusieurs reprises à ses services. Ils s'étaient autant intéressés à la faune des cadavres qu'à la faune des tombeaux.

— Je vais d'abord procéder à l'examen du corps qui a été le plus affecté par la décomposition, mon cher Brouardel. Le préfet attend mon expertise avec impatience.

Goron afficha un rictus, outré d'avoir à attendre.

Le préparateur apporta sur un chariot une longue boîte qu'il déposa sur une table d'analyse.

Le médecin légiste et le vétérinaire s'empressèrent de m'instruire sur ce cas. Le préfet voulait savoir à quand remontait la mort et de quelle façon la femme avait été tuée.

Le cadavre, retrouvé dans un champ, avait été déposé dans un cercueil de fortune lors de sa découverte.

Mégnin s'approcha de la bière et la décloua. Dans le fond reposait le squelette d'une personne de petite taille, celui d'une femme dont le pendentif en argent tout oxydé avait glissé dans la cage thoracique. Les vestiges d'une robe et d'une chemise habillaient les os. Des escarpins avaient été trouvés à côté de la dépouille et les policiers les avaient placés dans un sac, ainsi que d'autres objets, pour aider à l'identification : médaille de saint Joseph, chapelet et barrette.

Mégnin disserta aussitôt sur ce qu'il observait.

— Le cadavre reposait sur le dos. On voit tout de suite qu'il a séjourné dans un endroit sec où le soleil et une température chaude ont accéléré la décomposition. Mes tables de température peuvent en témoigner. Il a fait des températures plus élevées qu'à la normale depuis le début du printemps. Des températures estivales. Les conditions étaient réunies pour une dégradation rapide, ce qui n'est pas le cas pour l'autre cadavre, dit-il en le regardant, et ce, même s'ils se trouvaient à moins de trente kilomètres l'un de l'autre.

— Vous n'avez pas tous les os ? demandai-je.

— Plusieurs ossements ont été arrachés par des animaux carnassiers. Il n'y a pas que les insectes qui s'activent sur les cadavres, d'autres prédateurs s'y font la dent. Vous serez sans doute surpris de mes conclusions, mais les corps des deux personnes de sexe féminin ont séjourné dans la même zone à peu près le même temps et ce, même si l'un est à l'état quasi squelettique tandis que l'autre subit la deuxième vague d'insectes. L'un ne sent pas grand-chose et l'autre dégage une odeur pestilentielle. Le moins entamé a été mieux préservé par le camouflage mis en place par le meurtrier.

Nos quatre têtes se penchèrent sur le cadavre retrouvé à la campagne. Brouardel plaça le crâne là où auraient dû se trouver les vertèbres cervicales, qui avaient disparu. Il mesura le corps. Il faisait un mètre soixante-cinq. Brouardel chercha un projectile mais n'en trouva point. Puis il examina les os. À première vue, il s'agissait d'une dame d'un certain âge qui souffrait d'arthrite déformante, au dire de Brouardel qui examinait les jointures.

Les insectes avaient été nombreux à déposer des larves ou pondre des œufs, qu'ils soient ovipares ou vivipares. Leurs crochets insatiables s'étaient repus de la chair.

Mégnin examina les replis des tissus où se trouvaient des résidus laissés par les insectes : déjections, pupes, coques de chrysalides et mouches mortes.

— Ce sont des centaines de milliers de larves qui se sont nourries sur ce cadavre et des insectes qui sont morts sur la carcasse. Je vais maintenant identifier les variétés de pupes ou de cocons de chrysalides. Vous verrez, docteur Villeneuve, qu'il s'agit d'un marqueur temporel à ne pas négliger.

Brouardel ajouta :

— L'enquête prendra une tout autre tournure si l'on sait que le corps est là depuis la fin de l'été 1888 ou s'il n'y est que depuis le printemps 1889.

Pinces à la main, Mégnin observa la variété de mouches et de larves sur le cadavre. Il les ramassa une à une et les posa devant mes yeux en identifiant chacune d'elles.

— Vous pouvez m'aider, docteur, à ramasser nos croque-morts. Nous allons tous les mettre dans un bocal et les identifier.

Brouardel me remit des pinces tandis que Mégnin reprenait le ton du pédagogue.

— Il existe huit phases dans le phénomène de la putréfaction. À première vue, cinq vagues d'insectes sont passées sur ce corps. Pour qu'un cadavre comme celui que nous avons sous les yeux aboutisse à cet état, il a dû séjourner dans un endroit sec. À première vue, cette femme est morte au début d'avril 1889. Le zèle implacable des travailleurs de la mort s'est manifesté aussitôt.

Cette première conclusion me stupéfia par sa précision. Le vieux Brouardel s'amusait de mon air étonné.

— Comment en arrivez-vous à ce constat ? demandai-je à Mégnin.

Avec une assurance doctorale, Mégnin affirma :

— Ce sont mes petites bestioles qui me disent tout ça. Elles sont comme des réactifs. La succession des vagues d'insectes nous indique les stades de décomposition cadavérique. Plus fiables que tous les témoignages, les insectes ne se parjurent jamais et œuvrent sans solde pour le bienfait de la justice.

— Qui dit mieux en cette année où l'Exposition universelle a pour thème les conditions de travail ! s'exclama Brouardel.

J'entendis le long soupir impatient de Goron qui, assis dans son coin, se croisait et se décroisait les doigts.

— Mais vous verrez que les espèces peuvent changer selon les localités, que ce soit à la campagne ou à la ville. Les différences de température jouent un rôle selon que vous êtes ici ou en Afrique. Ce n'est pas une science aussi mathématique qu'elle peut le sembler à première vue si l'on ne tient pas compte de certaines données. À Montréal, vous obtiendrez des résultats sans doute différents. Que les conditions soient sèches, humides, sous le point de congélation ou qu'il fasse une chaleur très intense, cela fera varier les données.

Le professeur identifiait ses « travailleurs de la mort », les glissait dans un bocal en me racontant leur cycle de vie et de mort.

— Un corps en putréfaction attire des microbes qui dégagent des gaz qui convient à leur tour des insectes. Le commissaire Goron est bien placé pour le confirmer, n'est-ce pas commissaire ?

Le commissaire roula des yeux, énervé par tant d'érudition.

— Les médecins légistes de Paris aiment disserter, ça, je peux le confirmer. Pendant ce temps les mouches pondent… et la criminelle attend ! lança-t-il, sardonique mais sur un ton neutre.

Brouardel et Mégnin s'esclaffèrent, habitués aux sautes d'humeur du limier parisien.

Le vétérinaire me replongea dans ce champ dévasté.

— Dans la première phase, docteur Villeneuve, les diptères, des mouches grises et bleues, constituent la première escouade à pondre leurs œufs microscopiques sur le cadavre encore frais ; elles le font dans les narines, la bouche, les oreilles. Leurs deux petits crochets sur la tête des larves en font des équarrisseurs redoutables, s'attaquant aux fluides du cadavre. Les larves atteignent leur pleine taille en huit jours. Au bout d'une quinzaine de jours, la mouche est prête à s'envoler et à venir pondre à nouveau sur le gibier humain jusqu'à vingt mille larves.

Avec des pinces, il récolta des pupes cylindriques de couleur brune qu'il déposa dans un tube.

— Mais bientôt attirées par une nouvelle odeur de putréfaction et les acides gras, c'est au tour des mouches à viande, *lucilia sarcophaga*, d'y léguer leurs pontes sous forme de larves. C'est l'étincelante et jolie mouche verte que vous voyez ici. La sarcophage est vivipare et compte une trentaine de variétés, et les larves ont besoin d'un endroit souterrain pour s'épanouir. Vous me suivez toujours, docteur ?

J'acquiesçai.

— La troisième escouade survient entre deux et trois mois après la mort, appâtée par les substances grasses que vous connaissez sous le nom de gras de cadavre, qui attirent à leur tour, comme la fleur l'abeille, les lépidoptères et les dermestes, qui en sont friands. Le chantier d'équarrissage se poursuit.

Il prit un spécimen de papillon et ses coques de chrysalides qu'il posa devant mes yeux.

Il glissa le papillon dans un vase qu'il identifia aux fins de l'enquête : « *aglossa pinguinale* », écrivit-il sur l'étiquette.

— La quatrième vague d'insectes coïncide avec la fermentation caséique. La mouche du ver à fromage, *Pyophila*, que vous voyez ici, s'active autour du troisième mois. Vous reconnaîtrez ces mouches à leurs sauts particuliers. Elles ne chôment pas. À cette étape vont se presser les coléoptères et les diptères. En les voyant, je sais que je pourrai recueillir les coques de nymphes de trois générations. Attaqué par autant de cisailles et de bouches affamées, regardez le nombre de pupes et de chrysalides, le corps est vite entré dès le quatrième mois en fermentation ammoniacale. C'est à ce stade de la cinquième vague que nous avons découvert le cadavre.

Mégnin retira un diptère appelé *Thyreophora* et un coléoptère au nom approprié de *Necrophorus*. Il plongea sa pince dans la boîte pour en sortir les larves pondues sur le corps.

— Depuis qu'il est ici, les acariens aussi y ont trouvé un terreau fertile. C'est le début de la sixième phase. Nos croque-morts microscopiques laissent derrière eux des excréments sous forme de fine poussière, comme ils le font sans gêne sur les moquettes, les tissus de nos maisons et sur nos poils. Venez voir à la lunette. C'est le *trachynotus cadaverinus* que l'on retrouve sur les cadavres momifiés.

Au microscope, je vis les bestioles rousses de forme ronde ou ovale aux pinces redoutables, poils épars.

— Dans sa septième et sa huitième phase, à laquelle le cadavre aurait fini de se dégrader, les os auraient blanchi.

Mégnin avisa Goron que le corps avait séjourné au même endroit pendant presque quatre mois, que cinq vagues d'insectes s'y étaient attaqués et que la décomposition avait été accélérée par des conditions très favorables.

— Et vous avez ici une femme d'un âge certain, ajouta Brouardel. D'après les os et les sutures bien ossifiées du crâne, ce corps est celui d'une dame d'une soixantaine d'années, contrairement à la jeune fille que nous avons juste à côté.

Je hochais la tête, séduit par l'efficacité de ces équarrisseurs aux noms tout désignés pour cette funeste routine : *Sarcophaga carnaria*, *Cordylobia anthropophaga*, *Phaleria cadaverina*, *Pyrella cadaverina*, *Necrophorus cadaverinis*, *Necrobia violacea*, *Tenebrio molitor* et *obscurutus*. On eût dit les noms d'un grand opéra funèbre. Mais j'étais davantage impressionné par la science de Mégnin et son apport à la médecine légale.

Le professeur Brouardel se montrait d'ailleurs tout aussi enthousiaste.

— Il est étrange de constater, remarqua-t-il, que la vie foisonne dans la mort, que des invités y trouvent un repas, et la justice, son compte. Comment peut-on fouler aux pieds ces merveilleuses bestioles qui vaquent à leurs occupations tout en servant l'humanité ?

— Et moi, j'attends, pendant ce temps, j'attends… grogna Goron.

— La vie est un cours de patience, commissaire. Vous devriez le savoir.

— Je sais que la patience n'est pas une de mes vertus ; moi, c'est dare-dare, conclut Goron en grimaçant. Les cheveux ? Qu'est-ce qu'il en est des cheveux ? dit-il en se levant.

Mégnin et Brouardel se regardèrent avec un sourire en coin.

Puisque la morte avait les cheveux très courts, l'hypothèse qu'elle ait été victime d'un coupeur de nattes était envisageable, mais Brouardel refroidit le commissaire. Il remarqua que les cheveux, infestés de poux, avaient été coupés avec méticulosité d'un côté à l'autre et en déduisit que la personne n'avait pas été victime d'un coupeur de nattes. Il coupa une mèche de cheveux et l'examina au microscope. Même constat :

— Ils ont été coupés de façon méthodique et selon un angle normal, ce qui n'est pas le cas avec l'autre corps que nous allons examiner. Les coupeurs de nattes agissent en un instant et cela paraît.

D'après Brouardel, on ne pouvait comparer ce cas avec celui de la victime récente. De plus, aucune trace de couteau n'était visible sur le corps. Un examen plus long permettrait sans doute d'en savoir davantage, mais les signes de la mort s'étaient envolés avec le travail des équarrisseurs.

Mégnin acheva son rapport à l'intention du préfet. Assis dans un coin, celui-ci se rongeait les ongles, épuisé par la faune des cadavres. Au moment où Mégnin me recommanda de lire la belle étude sur la putréfaction du docteur Bordas, Goron coupa court à son enthousiasme.

— Et l'autre cas, dit-il avec son air bourru. L'autre cas. Je ne suis pas venu ici pour entendre parler de « belle étude sur la putréfaction ». En quoi une étude sur la putréfaction peut-elle être belle ? Il n'y a rien de magnifique à pourrir.

— Commissaire, elle vient de nous rendre de précieux services. Je parlais de l'étude et non de la décomposition.

Goron leva la main, exaspéré.

— La jeune fille égorgée, messieurs. Qu'en est-il ? Allez !

— Nous y arrivons.

Le docteur Brouardel se déplaça vers l'autre table d'autopsie. La troisième vague d'insectes avait élu domicile dans le cadavre. De grosses larves ondulaient sur les chairs putrescentes. Mégnin, à première vue, parla d'un séjour de deux à trois mois dans des conditions plus ou moins humides.

— Il ne faudra pas l'exposer avec ceci, conseilla le garçon de laboratoire. Cela ferait scandale.

Il sortit de la boîte une cornette, un plastron blanc et un gros crucifix argent au bout d'une chaîne. J'étais bouche bée. Le plastron avait été aspergé partout d'une grande quantité de sang.

— Voilà ce que nous n'avons pas encore révélé au public, lâcha Goron.

Brouardel ajouta, l'air pensif :

— On se demandait tous comment on allait annoncer la nouvelle à la presse : une religieuse violée, assassinée puis outragée. Je dois vous avouer que j'ai des doutes quant à la supposée vocation de la demoiselle que vous avez devant vous.

— Que voulez-vous dire, docteur ? demanda Goron.

— Le cadavre, à demi nu, a été retrouvé le visage contre terre. J'ai soumis la petite culotte de la religieuse au test de Florence et j'y ai retrouvé de nombreuses taches de spermatozoïdes. Je doute de plus en plus que cette fille ait été une sœur ; je crois bien davantage qu'il s'agissait d'une prostituée qui s'est pliée aux caprices d'un pervers, lequel l'a violée et tuée.

— Quand le corps a été découvert, précisa Goron, la petite culotte se trouvait baissée à la hauteur des chevilles.

Dans un sac à l'intérieur de la boîte, Brouardel prit la chevelure trouvée en possession du patient de Sainte-Anne. Il déplaça le faisceau de la lampe au kérosène sur le visage verdâtre et putride.

— Vous pouvez voir la parenté de la coloration des cheveux. Elle utilisait une teinture rousse au henné. Je doute qu'une religieuse se soucie de son apparence au point de recourir au henné.

Quand il plaça la natte près de la nuque, on vit parfaitement la parenté de couleur. Habituellement, une chevelure se compose d'une coloration principale, mais on y trouve presque toujours quelques cheveux d'une couleur autre. Ce n'était pas le cas ici, où il y avait uniformité totale de la couleur en raison de la teinture.

Brouardel simula ensuite comment s'était faite la coupe des cheveux sur la tête de la victime.

— Je vais presser la chevelure sur la nuque comme l'a fait le meurtrier et je vais placer la natte au-dessous. Regardez comme elles se joignent parfaitement. L'une ne peut qu'être la continuité de l'autre. Ça veut dire que la natte découverte dans les poches de ce pervers à Sainte-Anne est bien celle qu'on a coupée à la chevelure de cette femme. Je vais l'examiner au microscope et comparer plus précisément la forme et surtout la coupe. Mais, dans mon esprit, il n'y a plus aucun doute.

Brouardel sortit d'un sac une perruque noire et me demanda de la tenir.

— Si je prends des ciseaux et que je taille dans une chevelure dont la tête est en posture immobile, la coupe est franche. Même si elle s'agite un peu, il m'est encore possible de trancher assez franchement. Ici, la victime s'est débattue et les marques de cette opposition transparaissent dans la coupe. Si vous observez la trace laissée par l'objet tranchant – regardez bien l'inégalité de la coupe –, vous constaterez que seul un couteau, sur une victime qui se débat, peut occasionner ce genre de coupe. D'ailleurs, voyez, il y a des lacérations au cuir chevelu. La pointe du couteau l'a touché accidentellement.

Sans nous consulter, nous avançâmes tous les trois la tête pour bien voir les marques que nous indiquait le spécialiste.

— Bien, lança alors Brouardel. Docteur Villeneuve, nous allons maintenant procéder à une expérience pratique. Courez dans la salle, comme si vous cherchiez à fuir un agresseur qui veut vous poignarder.

Je m'exécutai et j'eus aussitôt à mes trousses Brouardel qui imitait le meurtrier courant derrière sa victime, bras levé et allongé pour lui saisir les cheveux et les couper.

Sauf que là, il s'agissait des miens, et il avait la poigne forte. Il approcha le couteau de ma nuque.

— Mais voilà, reprit Brouardel, le souffle déjà plus court, il a dû taillader en courant. La natte dans la poche du suspect et ce qui reste des cheveux de la victime nous disent la même histoire.

— On aurait affaire à un sadique pervers qui effraie ses victimes ? avança Goron.

— Le meurtrier avait un couteau. S'en est-il servi pour tuer sa victime ? Il y a de fortes chances.

— Vous voulez dire que les ciseaux trouvés dans les poches de ce saoulon n'ont rien à voir avec le cas qui nous préoccupe, mais que la natte, elle, appartient bel et bien à la victime ? reprit le commissaire.

— Je dis que les ciseaux n'ont pas servi à couper cette chevelure et, surtout, qu'ils n'auraient pu trancher l'artère carotide d'une façon aussi nette.

— Mais ça n'a pas de sens. Ce n'est pas logique.

— Je n'ai pas dit que des ciseaux n'avaient pas été utilisés pour tuer la victime, Goron. Mais avouez que ce serait aberrant : le tueur coupe les cheveux avec un couteau et tue avec des ciseaux ? Ça ne tient pas.

Le commissaire de la Sûreté parut dubitatif, mais n'ajouta rien. Manifestement, il ruminait tout ça.

Mégnin en profita pour commencer sa tâche. Il s'approcha du cadavre avec sa loupe et ses pinces et s'activa quelques instants.

— Le travail de mes collaborateurs ailés a été plus court ici que dans le cas de la dame d'une soixantaine d'années : trois mois, puisque le cadavre montre seulement trois phases. Le meurtre a donc été commis au début de mai, ce qui correspond à peu près à l'ouverture de l'Exposition universelle.

Goron nota l'information.

— Je sais que le lendemain de l'ouverture de l'Exposition, le 10 ou le 11 mai, il y a eu un bal costumé dans Paris, fit remarquer Brouardel. Je m'en souviens fort bien, car ma femme m'y a traîné de force alors que je n'en avais pas du tout envie.

Sourire aux lèvres, Brouardel revint vers le cadavre, dont il entreprit de fouiller les chairs à la recherche de blessures.

— Il est fort à parier que le même couteau a servi à trancher la carotide.

Il prit une sonde qu'il enfouit dans la cavité où Mégnin avait débusqué des larves.

— À l'examen de cette blessure, je constate que la victime a été égorgée. De mémoire, je n'ai jamais vu de cas où des ciseaux avaient été utilisés pour égorger une victime. Les tranchants sont à l'intérieur. Les meurtriers aux ciseaux les plantent habituellement comme un poignard dans le corps de leur victime, même s'il n'est pas aisé de manier cet instrument comme un couteau. Dans le cas qui nous occupe, la victime était maintenue au sol. On a sûrement lavé la chevelure par la suite, car elle a dû être éclaboussée de sang.

Brouardel se tourna vers moi et me demanda de mesurer la blessure. Je pris la règle et calculai la longueur de la cavité : quatre centimètres.

— Plus tard, pour en avoir le cœur net, nous irons voir si les os ont été touchés par la lame ou les dentelures. Si c'est le cas, nous aurons une preuve supplémentaire.

Goron soupira.

— Je vous recommande de chercher un couteau, commissaire, dit Brouardel en regardant l'homme qui semblait de plus en plus exaspéré.

— Dans le bois de Boulogne... Nous avons fouillé comme nous avons pu, mais il faudra élargir l'examen des lieux. Le suspect détenu à l'asile a dû se débarrasser de l'arme du crime. S'il portait des ciseaux sur lui au moment de son admission, c'est qu'il s'apprêtait peut-être à commettre une autre perversion.

Un jeune garçon avec une casquette de laine apparut soudain à l'entrée de la salle d'autopsie. Son visage grimaçant et son nez plissé trahissaient son inexpérience du lieu.

— J'ai un message pour le commissaire Goron, dit-il en tendant le bras sans oser entrer plus avant.

Goron s'avança en grommelant pour s'en emparer et, après l'avoir lu, il changea subitement d'expression.

— Dis à Pineau que je file directement à l'asile pour ramener à la préfecture le saligaud qui a tué cette pauvre femme.

Le jeune garçon hocha la tête et n'attendit pas une seconde de plus pour déguerpir.

— Mon assistant me fait dire que la nouvelle a filtré dans la presse qu'une jeune nonne a été assassinée. Qu'elle aurait été sauvagement violée. Imaginez quand on découvrira qu'il s'agit d'une prostituée. Il ne manquait plus que ça. Je m'en vais à Sainte-Anne. Il me faut parler à Magnan. Si je dois lui mettre un mandat sous les yeux pour faire sortir son fou, je vais le faire dès ce midi.

— Je ne crois pas, commissaire, que le mandat puisse avoir une influence sur le docteur Magnan.

— On leur donne la Légion d'honneur et ça leur confère tous les droits, pesta le policier.

— Vous exagérez, Goron ! La Légion d'honneur ne vous donne droit qu'à des éloges et à une épinglette. Je le sais pour les avoir obtenues.

Goron baissa la tête d'embarras. Moi, qui ne tenais pas à me retrouver au milieu d'une chicane, je gardais un profil bas.

— Messieurs, je vous salue, lança soudain Goron en tournant les talons sans plus tarder.

Nous restâmes tous les trois sans rien dire, surpris par le départ précipité du commissaire. Pour ma part, je me demandais si je devais aussi retourner immédiatement à Sainte-Anne quand Brouardel lança :

— Bien, nous pourrons terminer l'autopsie sans avoir à endurer l'impatience de notre cher commissaire !

Une heure plus tard, l'affaire était terminée et je pus enfin prendre congé de la morgue. Brouardel et Mégnin me serrèrent la main.

— Revenez quand vous voulez, docteur.

— Certainement. Je suis ici pour un an.

— Il y a donc fort à parier que nous nous reverrons.

◆

L'air frais le long du quai des Tournelles me rasséréna. Je restai un instant debout sur le pont de l'Archevêché. Mes vêtements empestaient la mort, odeur que j'avais connue avant même mes études de médecine. Une fois mes esprits retrouvés, je traversai le pont pour monter dans l'omnibus qui m'amena jusqu'à Sainte-Anne. Je révisai tout ce que je venais de voir.

Je passai sous la porte cochère de l'asile. Le gardien, qui me reconnut, m'ouvrit la grille. J'aperçus dans la cour sœur Thérèse, heureusement avant qu'elle ne m'aperçoive. Je me faufilai pour m'extirper de son champ de vision. Si je tombais sur elle, j'en avais pour deux heures à parler de mes premières impressions de Paris et à subir l'épreuve des mises en garde. Je préférais de loin la tâche que m'avait confiée Magnan. En m'éloignant de sœur Thérèse, je songeai à nouveau à cette fausse religieuse qui avait été sauvagement assassinée et profanée. Toute la ville de Paris croirait bientôt qu'une sœur avait été tuée et on en parlerait comme d'une sainte dans quelques jours.

Je retrouvai au bureau d'admission Magnan qui, entre deux conférences, allait rejoindre Bouchereau pour la tournée des patients. Il se disait fatigué des mondanités, même si le volet scientifique et les échanges étaient passionnants.

— Docteur Villeneuve, avez-vous lu les journaux ?

— Je reviens tout juste de la morgue. J'ai tout vu.

— C'est triste qu'on s'en prenne à une pauvre religieuse.

Magnan me regardait avec les yeux de celui qui a observé toutes les perversions de la nature humaine, de la bestialité à la pédophilie en passant par le sadomasochisme. Plus rien ne l'ébranlait.

— Justement, docteur, vous devez savoir qu'il s'agissait plutôt d'une prostituée déguisée en sœur. Par contre, Brouardel a démontré sans doute aucun que la natte en possession de notre malade appartenait bien à cette fille. Et que c'est un couteau qui aurait servi à la coupe, et non des ciseaux.

— Ah! Voilà qui renforcera notre position contre Goron, s'exclama Magnan, satisfait de ces conclusions. Sinon, comment s'est passée la leçon avec le docteur Brouardel?

— Très bien. J'ai été vivement impressionné par la qualité des observations du vétérinaire Mégnin. Vraiment intéressante, l'idée de se servir des insectes pour faire parler les cadavres.

— Mégnin nous est arrivé avec ça il y a une dizaine d'années déjà.

— Les bestioles sont des dateurs précis. À croire que Dieu a voulu en faire des alliées de la justice. Et comment va notre Napoléon?

— Eh bien, notre buveur d'absinthe est en état de catatonie, comme c'est souvent le cas après ce genre de crise. D'ailleurs, vous arrivez à point nommé, je m'en allais justement retrouver Bouchereau pour la visite journalière, mais aussi pour essayer un traitement expérimental. Je crois que ce dernier sera une découverte pour vous, mon cher Villeneuve. Mais d'abord, donnez-moi tous les détails de ce que vous avez appris avant que Goron ne vienne m'importuner de nouveau…

Je relatai au vieil aliéniste tout ce qui s'était dit à la morgue. Quand il apprit que Goron, dont il avait réussi à éviter la rencontre plus tôt cet avant-midi, avait mentionné qu'il reviendrait avec un mandat s'il le fallait, il avisa aussitôt le gardien et le secrétaire du bureau d'admission.

— Dès qu'il se pointe, retenez-le le plus longtemps que vous pourrez, puis, lorsqu'il sera sur le point d'exploser, envoyez-le à l'endroit où normalement je me trouve à la fin de la clinique. De cette façon, il y aura toutes les chances qu'il se perde dans les pavillons en raison de son énervement, dit-il d'un sourire malicieux.

— Ne vous inquiétez pas, docteur, nous allons le faire languir puis chercher.

— Ce n'est pas que je fuie mes obligations envers la justice, reprit Magnan à mon intention alors que nous nous mettions en route pour notre destination, mais je crains les méthodes que Goron prendra pour faire parler Napoléon. Tant que j'ai cet aliéné, criminel ou non, sous ma garde, Goron n'en aura pas la responsabilité. C'est notre devoir de protéger nos malades.

Je ne pus qu'acquiescer vivement de la tête en entendant cette affirmation à laquelle je croyais sincèrement.

— Aujourd'hui, Villeneuve, poursuivait Magnan, je vais vous demander de vous rendre dans ces cafés où l'on sert de l'absinthe. Vous montrerez au personnel la photo que nous avons faite ce matin de notre patient.

Puisque Magnan claudiquait, il lui fallait plus de temps pour se déplacer et nous marchions toujours lentement vers l'aile des hommes. C'est à ce moment que, à ma grande surprise, il me parla de mon livre.

— Je suis rendu à Lac-à-la-Grenouille. Cette scène de crime est terrifiante.

Je pris quelques instants avant de répondre – le diable d'homme avait lu presque les trois quarts de mon ouvrage dans la nuit !

— J'aimerais un jour rééditer mon livre. Comme c'était une commande, je l'ai écrit dans l'enthousiasme, ce qui est bon en soi, mais j'y vois beaucoup de maladresses. À commencer par le titre, *L'Ouest à feu et à sang*. C'est trop convenu. Je trouverais un autre titre. J'aimerais aussi mieux défendre la mémoire des Métis.

— Je vous le souhaite. J'aime beaucoup votre livre. Je suis sincère. D'ailleurs, il y avait un article l'autre jour sur le *Wild West Show* de Buffalo Bill, qui prendra bientôt l'affiche à Paris. On disait que quatre Métis, dont Gabriel Dumont de qui vous parlez dans votre livre, seront de la distribution.

Cette nouvelle me causa une vive émotion. La récente histoire sanglante du Canada me rattrapait à Paris. Je croyais que Dumont était toujours un fugitif recherché par la police canadienne. Peut-être avait-il obtenu son amnistie ?

— Dumont était le chef militaire des Métis. Il pratiquait la guérilla, ce qui plus d'une fois a confondu les Britanniques.

— Une journée à Sainte-Anne est un récit en soi, reprit Magnan du coq à l'âne. Il s'y passe forcément quelque chose. La tournée est longue. Nous circulons d'un bâtiment à l'autre. Nous parcourons les cinq pavillons qui accueillent cinq types de malades : les gâteux, les paralytiques, les agités, les semi-paisibles et les paisibles. Votre tâche, Villeneuve, consistera à noter les observations individuelles du docteur Bouchereau.

J'étais heureux de marcher dans l'ombre d'un maître accueillant et qui n'écrasait personne de son savoir.

Les cliniques avaient lieu le matin, mais en raison du congrès, celle de ce jour s'était étirée exceptionnellement. Les résidents y apprenaient un nouvel alphabet, celui de la folie, de la maladie mentale avec toutes ses catégories. D'ordinaire, les étudiants s'agglutinaient autour de Magnan. Mais ce jour-là, ils écoutaient la conférence d'un aliéniste allemand et il n'y avait que moi et Kerbellec, le résident que j'avais rencontré la veille, pour entourer Bouchereau, le médecin chargé du pavillon des hommes, et le docteur Bachelard, qui remplaçait le docteur Dubuisson dans le pavillon des femmes.

Les patients étaient partout entassés. Dans les dortoirs, il y avait une vingtaine de lits par salle. L'intimité n'existait pas, mais on n'était pas si loin de l'époque où il y avait jusqu'à soixante lits dans certains dortoirs. Les cris, les pleurs, les ronflements et les délires rendaient le sommeil pénible.

Après avoir parcouru l'étage des gâteux et constaté l'horrible carnage de la démence sénile sur l'homme, je trouvai tout aussi difficile de voir autant de paralytiques dans le pavillon suivant.

Magnan me montra un enfant de dix ans couché sur son lit, le visage asymétrique, atteint de paralysie aux quatre membres.

— Les parents du petit étaient des buveurs d'absinthe.

Quand Magnan s'approcha, les yeux de l'enfant s'allumèrent. L'aliéniste s'assit près du lit, passa une main dans les cheveux du gamin, qui n'avait pas l'usage de la parole.

— Comment vas-tu ce matin, Augustin? dit-il en consultant le rapport sur l'enfant.

Il avait eu une crise d'épilepsie durant la nuit. Magnan examina ses yeux, prit son pouls.

L'enfant posa un intense regard sur moi.

— Ce grand barbu, c'est un gros ours du Canada, dit l'aliéniste en tirant sur ma barbe.

Je fus aussi amusé que l'enfant, car je savais que Magnan était en train de lire le récit de mes aventures dans l'Ouest. En l'observant continuer à parler au petit garçon, je m'émerveillai du don de l'aliéniste de communiquer avec ses patients, même ceux qui ne parlaient pas. Aurais-je cette empathie?

Le docteur chatouilla l'enfant, ce qui déclencha chez lui un rire rauque un peu dément.

— Sois sage jusqu'à demain, Augustin, termina l'aliéniste en lui tapotant le crâne.

Avant de quitter son petit patient, Magnan ouvrit le rideau, laissa entrer plus d'air par la fenêtre grillagée. Toutes ces menues attentions ne passaient pas inaperçues à mes yeux: je comprenais le rôle que je devrais jouer dans cette branche de la médecine.

Mais avant de sortir, il me présenta un cas atroce. C'était un patient atteint d'une démence causée par la syphilis. La maladie avait incrusté sur le front et les joues de l'homme des plaies qui ressemblaient à ces balanes qui parasitent les baleines et qui sécrètent des dépôts calcaires. De grands yeux tristes perçaient ce champ

d'infection. C'était horrible. L'homme était totalement
défiguré par la plus affreuse des maladies. Il avait aussi
sur les mains et sur les parties intimes des chancres mous
qu'il fallait soigner avec de l'iodure de potassium.

— Nous avons beaucoup de cas semblables, soupira
Magnan lorsque nous sortîmes de la salle. Mais celui-là
est particulièrement laid. Des enfants également naissent
avec la syphilis.

L'accueil fut le même chez les semi-agités. Aussitôt
que le docteur Magnan arrivait à proximité d'un malade,
celui-ci changeait d'attitude. Une petite lumière s'allu-
mait sur son visage. L'aliéniste, qui n'a souvent pour
seule cure que la clinothérapie ou le traitement moral,
pouvait par sa bienveillance aider à guérir certains patients
ou rendre la vie meilleure aux incurables. Magnan était
lui-même un agent thérapeutique, constatai-je. Sa seule
présence apaisait les agités, remontait le moral des neurasthéniques. Le ton de sa voix changeait, sa physionomie
aussi, quand il parlait à un malade. Il était tout ouïe. Le
surnom moqueur de « bénédictin de la médecine » lui
avait été attribué, mais c'était tout à son honneur.

Plus loin, nous entrâmes dans la chambre de réclusion
d'un homme atteint de convulsions. Penché sur le lit du
patient, le docteur lui prêta une oreille attentive. Quelques
minutes plus tard, le malade semblait plus calme. Il
écouta ensuite longuement les doléances d'un autre qui
se plaignait de la nourriture. Il le fit avec une disponibilité
qui, parfois, agaçait les étudiants qui suivaient le maître,
m'apprit Kerbellec avec un petit sourire en coin. Mais
loin d'être complaisant à l'égard des malades, Magnan
mettait du baume sur leur sombre destin, à ces « perdants
de la vie », comme il les appelait. Le drame de ces malades de la raison passait dans l'émotion que le maître
dégageait. Il s'arrêta pour parler à un maniaque qui se
lança dans un étrange discours accompagné de gestes
saccadés. L'aliéniste s'amusa de ses reparties, mais sans
jamais offusquer le malade. Il alla même jusqu'à participer au délire du malade, qui projetait de construire

dans l'espace une harpe céleste que ferait résonner la ceinture d'astéroïdes, une voile rapportant ensuite la musique des étoiles à Sainte-Anne en offrande à Notre-Dame. Magnan écouta le patient longuement avec une bonté infinie.

— J'irai au concert lorsque tout sera au point, dit-il quand l'autre eut enfin terminé sa tirade, et j'inviterai monsieur Fauré, du conservatoire. J'aimerais bien entendre ce concerto céleste. Vous aussi, docteur Villeneuve, et vous, Kerbellec?

— Bien sûr, répondîmes-nous en chœur.

Il souhaita bonne chance au patient et la tournée se poursuivit.

◆

Napoléon avait été transféré dans le quartier des agités, près des douches, le long de la rue Alésia. Le bâtiment de deux étages en demi-cercle comptait neuf cellules, dont une matelassée ainsi que la chambre du veilleur. Un système de chauffage au sous-sol gardait une température constante et confortable. Autour de ce pavillon, les patients avaient accès à un petit préau où ils pouvaient profiter de la verdure ou se rendre aux toilettes. Un saut-de-loup, un muret de quatre mètres, dissuadait de toute tentative d'évasion.

Bouchereau était au chevet de Napoléon et, dès qu'il nous aperçut, il vint vers nous.

— Messieurs, ça va?

— Comment ça se passe? demandai-je aussitôt.

— J'ai justement en main son rapport de nuit.

Bouchereau me tendit la feuille sur laquelle le surveillant compilait des informations à propos de chaque patient: alimentation, digestion, temps de sommeil, périodes de délire, de dépression... En analysant ces données, j'inscrivis aussitôt « Sitiophobie » dans mon cahier puisque le malade refusait toujours catégoriquement toute nourriture. Je fis remarquer à Bouchereau les pesées périodiques qui indiquaient une perte de poids depuis son arrivée vingt-quatre heures plus tôt. Sa condition se dégradait d'heure en heure. Il hocha la tête, manifestement inquiet de la situation.

Magnan, qui avait suivi notre échange, s'adressa à moi :

— Son sevrage de l'alcool est difficile ; aussi il vous faudra être très vigilant en ce qui concerne ce dont nous avons discuté hier soir, Villeneuve.

J'acquiesçai gravement d'un signe de tête au moment où nous prenions place près du lit de notre buveur d'absinthe.

Le docteur Magnan salua le patient. L'homme affaibli par l'inanition était livide, sans aucun tonus. Il était émacié, décharné. Il bougea un peu et je notai la sécheresse de ses gestes. L'aliéniste ouvrit le couvercle du plateau de nourriture. Rien n'avait été touché. Bouchereau avisa le malade que « son refus de s'alimenter » nuisait gravement à sa santé. Napoléon s'agita soudain, en proie à des bouffées délirantes.

— Une infirmière a essayé tout l'avant-midi de le convaincre de manger, mais il est demeuré fermé à sa requête.

Le docteur Magnan se pencha sur le lit du patient et lui parla doucement, en lui expliquant qu'il lui fallait avaler quelques bouchées, qu'il allait se sentir mieux s'il le faisait, que c'était un dur moment à passer mais que son état s'améliorerait par la suite…

— Nous sommes en France, au pays de la gastronomie, mon ami. C'est un crime de ne pas manger, lança-t-il en tout dernier lieu, comme s'il voulait faire réagir le patient avec une boutade.

Aucune réaction notable ne vint récompenser l'effort de l'aliéniste.

— On va le perdre si ça continue, conclut Magnan en mesurant la tension artérielle du malade. Imaginez si, en plus, Goron le met en état d'arrestation…

Il nous prit à l'écart pour nous entretenir du moyen à prendre pour le forcer à manger.

— J'ai toujours détesté le gavage de patients, mais heureusement il y a des alternatives. Essayons le chlorhydrate d'hyoscine.

Il se tourna vers moi et Kerbellec, qui roulait sa barbichette blonde entre ses doigts.

— C'est un agent thérapeutique mis au point et testé par les docteurs Bruce, de Philadelphie, et Salgo, de Budapest. Il donne de bons résultats chez certains types de patients.

Il ordonna à l'interne en pharmacie qui sortait de la chambre d'en face d'apporter le remède en question.

Lorsqu'il revint, Magnan me demanda d'injecter une dose de un milligramme du médicament. Je pratiquais mon premier acte médical à Sainte-Anne. Je désinfectai la zone d'injection à l'aide d'alcool et de gaze. Je tirai du flacon un milligramme avec la seringue. Je choisis une des grosses cordes veineuses que rendait si apparentes la maigreur de l'homme. Sans offrir de résistance, le patient se laissa injecter le chlorhydrate d'hyoscine. Kerbellec appliqua un pansement pour arrêter le saignement.

Magnan commenta pour moi l'effet du médicament.

— Ce traitement va faciliter notre tâche. Le patient devrait manger par la suite. Chez les maniaques, il procure rapidement une détente musculaire, freine le cours des idées délirantes et les gestes vifs ; peu à peu, une torpeur intellectuelle s'installe, la logorrhée et les mouvements de surexcitation cessent ; parfois ils s'assoient, parfois ils se couchent pour tomber dans un sommeil de cinq à dix heures. Quand le patient dort, comme vous le remarquerez, il semble que rien ne le trouble : pas un cauchemar, pas un rêve. Au réveil, le calme peut durer de trente à soixante minutes. Puis l'agitation prend peu à peu le dessus, comme avant le traitement. Chez les dépressifs, les pensées noires et les angoisses s'estompent sous l'effet de la dose.

— Cette méthode est plus humaine que l'usage du tube œsophage, qui nous ramène au gavage des oies, conclut Bouchereau sous le regard approbateur de Magnan.

L'observation clinique corrobora les enseignements de Magnan. Le suspect, dont nous ne savions toujours pas avec certitude s'il se prénommait bien Napoléon, sombra peu à peu dans un sommeil réparateur. La « clinothérapie » ou l'alitement prolongé était pour Magnan essentielle afin que le cerveau du malade se repose.

Magnan se tourna vers Bouchereau.

— Vous indiquerez à l'infirmière de lui apporter de nouveau un repas à son réveil. Cette fois, il devrait accepter sans résistance les bouchées qu'elle lui tendra.

Nous sortîmes de la salle dans laquelle dormait maintenant le présumé coupeur de nattes ou égorgeur du bois de Boulogne. Le docteur Magnan se dirigea alors vers le pavillon des neurasthéniques. Un interne avec des airs hautains, appelé Masson, se joignit à nous. Il me lança un regard hostile et condescendant.

Nous pénétrions dans « le pavillon des paisibles » pour examiner un neurasthénique quand un infirmier tout essoufflé nous rejoignit.

— Docteur Magnan, il y a un policier qui veut vous parler. Il n'est pas content du tout et il vous cherche partout depuis une heure.

Un petit sourire de satisfaction éclaira le visage de Magnan.

— Dites-lui que je serai à l'admission dans quinze minutes.

— J'ai aussi un message pour le docteur Villeneuve. Sœur Thérèse-de-Jésus, qui est en bas au bureau d'admission, fait dire qu'elle aimerait dîner avec vous ce soir.

Une ombre de contrariété se posa sur mon front. Je me tournai vers le vieil aliéniste.

— Docteur Magnan, je comptais entreprendre ce soir la « recherche » que vous m'avez confiée. Pourriez-vous aviser sœur Thérèse que vous m'avez assigné plusieurs tâches ?

L'interne Masson regarda Kerbellec. Il semblait jaloux.

— Oui, je peux faire ça. D'ailleurs, en l'absence du docteur Dubuisson, il est vrai que j'ai besoin d'aide, je lui expliquerai donc que vous tombez comme un cadeau du ciel. Cela dit, entre vous et moi, mon cher Villeneuve, je comprends que vous vouliez échapper à la susceptibilité de votre future patronne.

Bouchereau et Kerbellec s'esclaffèrent. Mais Masson resta de marbre.

Si la séparation de la religion et de l'État affirmait ses droits dans les hôpitaux et les asiles en France, ce n'était pas le cas dans la province de Québec, à mon grand regret.

Quelques minutes plus tard, Kerbellec me prenait à part sous le préau du quartier des agités. Il semblait embarrassé.

— Georges, me dit le Breton, Masson répand la rumeur qu'un étranger est devenu le piston de Magnan.

— Qu'est-ce que ça veut dire ?

— Que tu es pistonné par le médecin-chef pour quelque raison. Et que tu aurais des privilèges.

— Mais c'est faux.

— Je sais. Il faut te méfier de lui, c'est un goujat, un arriviste.

Puis il m'invita à passer des vacances chez lui à Dinan et à découvrir la Bretagne.

Ce n'est qu'après la visite des neurasthéniques que Magnan et moi dirigeâmes nos pas vers le bureau d'admission. Dans la cour intérieure, Goron faisait les cent pas sous les platanes en compagnie de Masson, un résident parisien qui n'appréciait guère ma présence à Sainte-Anne, selon la rumeur qui s'était rendue jusqu'à moi. Tous les deux semblaient au cœur d'une conversation intense.

— Tiens, je vais appeler Goron, dit Magnan à voix basse avec un sourire malicieux.

— Ho, commissaire !

Goron tourna vivement la tête et lança un regard peu amène à Magnan. Presque au même moment, je vis sœur Thérèse jaillir du bureau d'admission et porter sur ma personne son regard perçant. L'un comme l'autre marchèrent d'un bon pas vers nous.

— On ne vous voit guère aux conférences, docteur Villeneuve, me tança sœur Thérèse aussitôt près de moi.

— C'est que le docteur Magnan me fait déjà beaucoup travailler, répliquai-je en prenant mon air le plus neutre.

— La congrégation des sœurs de Saint-Joseph, qui œuvre à Sainte-Anne, nous invite ce soir à une réception, et j'aimerais que…

Magnan, qui s'était tourné vers nous plutôt que vers le commissaire, coupa le plus poliment possible la phrase de mon interlocutrice.

— Pardonnez-moi, très chère sœur Thérèse, mais en raison du congrès et de l'absence de quelques-uns de mes collaborateurs les plus précieux, dont le docteur Dubuisson, que vous connaissez de réputation, le docteur Villeneuve a accepté de commencer plus tôt sa formation.

Elle afficha une mine dubitative.

— Et ce soir, il a accepté d'aller pour moi dans quelques caf'conc.

— Les cafeconces ? Mais de quoi parlez-vous, docteur Magnan ?

— Je parle de cafés-concerts. Notre jeune Villeneuve va découvrir la butte Montmartre, ce soir.

— Sainte mère de Dieu, vous n'y pensez pas, docteur.

— Mais si, ma sœur, mais si, répliqua Magnan en éclatant de rire en voyant la mine scandalisée de sœur Thérèse. Ne vous inquiétez pas. Votre protégé participe ainsi de façon active à la recherche d'identité d'un malade dont j'ai la responsabilité.

— Est-ce que c'est en rapport avec l'assassin de la religieuse, docteur Magnan ? s'enquit aussitôt Goron, qui avait entendu l'échange.

— L'assassin de la religieuse ? s'écria sœur Thérèse. Bonne Sainte-Anne, j'en suis toute renversée. On ne verrait pas ça chez nous.

— Il ne faut jamais dire jamais, ma sœur, répliqua Goron le plus sérieusement du monde.

Magnan, tout comme moi, remarqua que le commissaire n'avait pas démenti ce que les journaux rapportaient.

Mais Goron reprenait déjà la parole et, cette fois, s'adressait directement à Magnan.

— Expliquez-moi, docteur, pourquoi vous faites travailler cet étudiant étranger sur cette affaire.

— Parce qu'il est venu apprendre le métier d'aliéniste, commissaire, et qu'il sera aussi expert médicolégal à son retour à Montréal.

— C'est mon affaire, ce cas. Pas un travail d'interne.

— Notre affaire à nous, commissaire, c'est de déterminer l'identité de nos patients, et c'est ce que nous ferons ce soir.

— Sauriez-vous des choses que je ne sais pas, docteur Magnan ?

— Non.

La mine que fit Goron indiquait qu'il ne croyait pas l'aliéniste, mais il préféra passer outre.

— J'aimerais parler à ce pochard.

— C'est un patient, commissaire, non un suspect. Et avec ce qu'on vient de lui administrer, il ne se réveillera pas avant plusieurs heures.

— Pourquoi le faire dormir ?

— Pour qu'il reprenne des forces, se détende enfin et recommence à s'alimenter, car sinon il court à sa perte.

— J'aimerais quand même lui parler, docteur.

— Vous allez le tuer si vous tentez de l'éveiller en ce moment, commissaire, trancha Magnan, catégorique. Revenez demain matin, vers neuf heures. Le patient devrait être alors en état de parler.

— Je n'ai pu avoir un mandat aujourd'hui, mais demain j'en aurai un, Magnan.

— C'est parfait, répondit aimablement le vieil aliéniste. À demain, donc, commissaire !

Goron s'éloigna rapidement vers la porte de la rue Cabanis. Quand il fut assez loin pour ne plus nous entendre, Magnan soupira en se tournant vers sœur Thérèse et moi :

— Nous avons vingt-quatre heures devant nous pour trouver l'identité du malade. Docteur Villeneuve, votre mission de ce soir est d'autant plus capitale. Je pense que vous en conviendrez avec moi, sœur Thérèse ?

Cette dernière se rongeait déjà les sangs d'inquiétude.

— Vous ne vous attarderez pas trop dans ces lieux malsains, Georges ? me demanda-t-elle.

— Je ne ferai que mon travail.

◆

L'heure verte avait sonné sur la place Pigalle. La foule moutonnait sur le boulevard. De la musique entraînante s'échappait des troquets, bistrots et cafés. Les auvents colorés et bariolés des commerces de Montmartre s'accordaient avec la joie ambiante. Les poseurs dégingandés, les bourgeois en bras de chemise et les buveurs invétérés entraient dans les cafés pour goûter à l'ivresse et se divertir. Grâce à la liste d'adresses que m'avait fournie le docteur Magnan, je savais où trouver les cafés reconnus pour servir de l'absinthe. Mais je les aurais repérés facilement, car s'y trouvaient attablés, l'air hébété et hagard, les buveurs hypnotisés par leur vert liquide.

Je commençai mon enquête au Cabaret des Assassins, où étaient affichés des photos et des dessins de criminels célèbres. Après avoir mangé et lu le journal, bien assis à une petite table près d'une fenêtre, je présentai ma photo au serveur. Il se méfia.

— Êtes-vous de la renifle ?

— Quoi ?

— Vous êtes policier ?

— Non. Je cherche l'identité d'un patient de l'asile Sainte-Anne.

Il fit une moue dédaigneuse en regardant la photo.

— Non, connais pas ce type. On en voit par dizaines, des mabouls comme lui sur la butte. Nous ne sommes pas un repère de criminels, malgré notre enseigne.

Boulevard de Clichy, je passai devant un ancien moulin qu'on repeignait en rouge et qui allait bientôt devenir un cabaret de french cancan. Les quatre pales avaient été déplacées pour former une immense croix écarlate, ce qui, avec la nouvelle basilique Sacré-Cœur que l'on bâtissait en contre-haut, prenait des airs de profanation. Sur une affiche où l'on voyait une jambe en l'air, il était inscrit :

BIENTÔT AU MOULIN ROUGE

Nini-Patte-en-L'air, Grille-d'Égout,
La Goulue, La Môme Fromage

OUVERTURE LE 6 OCTOBRE / AUDITION DE DANSEUSES

Pèlerins et fêtards se partageaient Montmartre, les uns priant et les autres s'encanaillant.

Je me dirigeais vers le Chat Noir, qui était situé pas loin de l'asile sur le boulevard Clichy à Montmartre. Cet établissement avait la réputation d'attirer la bohème et de nombreux adeptes de l'absinthe, au dire du docteur Kerbellec. Sur la butte Montmartre, j'aurais aimé croiser des compatriotes artistes. Le sculpteur Hébert et l'écrivain Fréchette étaient fréquemment à Paris. J'aperçus enfin le cabaret, coincé entre deux gros bâtiments. À peine cinq jours que j'étais à Paris et déjà je mettais les pieds dans l'un de ces lieux honnis par l'Église canadienne.

Le Chat Noir avait un cachet médiéval avec ses gros colombages apparents sur sa façade. Un garde suisse en vigie, que l'on interpellait du nom de Bel-Ami, accueillait les visiteurs à la porte. Devant le cabaret s'était formée une queue. Sur une pancarte rouge était annoncé :

À L'AFFICHE

JULES JOUY

Une quinzaine de personnes attendaient devant le portier. Avais-je le courage de patienter ? Devais-je me diriger plutôt vers un autre établissement indiqué sur ma liste ? La journée avait été longue. Mais Kerbellec m'avait bien dit que le Chat Noir était le haut lieu des buveurs d'absinthe. Le garde frappa le trottoir avec sa canne et laissa entrer une dizaine de clients. Je fus du nombre.

À l'intérieur, une bouffée d'air chaud et d'haleine fétide vous prenait à la gorge. Un pianiste borgne, cigare au coin des lèvres et chapeau melon, gueulait des chansons anarchistes en tapant lourdement du pied la mesure. Il me dévisagea en reprenant le refrain de *La Marseillaise des pauvres*. Sans doute me trouvait-il un air trop bourgeois. La décoration était baroque, très bigarrée : la sculpture d'un gigantesque chat noir appuyé contre un soleil d'or était accrochée au plafond. De grandes plantes vertes exotiques se dressaient dans les coins. Sur les murs se trouvaient de belles appliques, des tableaux, des sculptures. C'était plein de bizarreries.

Autour de longues tables rectangulaires étaient accoudés des clients d'allure bohème, anarchiste ou bourgeoise, certains plongés dans la lecture de leur journal, d'autres discutant ou levant le coude avec enthousiasme. J'observai un client dissoudre un carré de sucre dans son verre d'absinthe. À ses côtés, deux amateurs du vert liquide avaient le regard rivé sur leur bouteille de Pernod. Il y avait surtout des hommes, mais j'aperçus deux femmes qui accompagnaient des messieurs.

Toutes les tables étaient occupées. J'allai au bar commander une bière. Le serveur, qui portait un binocle et un bouc, fit glisser le bock jusqu'à moi.

Je sortis la photo. Je la montrai au barman qui, d'un air dédaigneux, fit signe que non en secouant la tête. Un client qui attendait derrière mon épaule examina la photo.

— Je crois avoir déjà vu votre type, mais où… dit-il en étirant le mot. Dans Paris… bien sûr, mais… c'est si grand… si grand… Paris…

L'homme à l'haleine avinée était ivre et je refusai d'engager une conversation qui, manifestement, ne mènerait nulle part.

Je montrai la photo au serveur de plancher quand il vint remplir ses commandes pour regarnir son plateau. Il l'observa longuement puis en vint à la conclusion qu'il croyait avoir vu cet individu, mais qu'il ne pouvait pas le certifier.

— On voit tellement d'énergumènes ici. Peut-être bien…

C'était la première fois qu'un serveur n'était pas totalement négatif et je me mis à espérer que je parviendrais à résoudre le mystère entourant l'identité de mon patient.

— Vous travaillez à la préfec ? reprit le serveur vêtu de son justaucorps alors qu'il alignait sur son plateau des verres de bière, de vin et d'absinthe.

— Non, je fais des études à l'asile Sainte-Anne et nous sommes à la recherche de l'identité de cet homme.

— Pourquoi ? C'est un fou qui s'est esbigné ?

— Je ne peux pas le dire, mais ça implique la justice.

— Vous venez d'où, avec cet accent ?

— De la province de Québec.

— Ah ! le Canada ! Mais ce n'est pas à la porte, ça, le Canada.

— Oui. Il en faut du temps pour venir ici.

— Laissez-moi distribuer mes commandes et je suis à vous…

Après avoir fait sa tournée, il revint vers moi.

— Passez-moi votre photo, dit-il en tendant la main.

Je m'exécutai et il repartit aussitôt, circulant à toute vitesse d'une table à l'autre pour demander si quelqu'un connaissait cet homme. Après un instant de réflexion, les têtes répondaient par la négative. Puis il s'attarda plus longuement à une table où se trouvaient deux hommes aux joues cramoisies d'inextricables veinules. Ils discutaient entre eux de la photo qu'ils se passaient de main à main en hochant la tête.

Le serveur, d'un signe du doigt, m'invita à les rejoindre. Mon verre à la main, je m'approchai en vitesse.

— Ces messieurs semblent le connaître.

— Bonsoir, messieurs. Vous pouvez me dire de qui il s'agit ?

— Ah ! C'est que vous n'êtes pas d'ici, vous, ça s'entend tout de suite, lança aussitôt l'un des hommes.

Il me regardait avec des yeux de poisson mort qui aurait longuement mariné dans l'alcool. Son visage dodu luisait sous les lampes. J'expliquai de nouveau d'où je venais, puis l'homme daigna revenir à mon sujet de préoccupation.

— Il y a quatre ou cinq jours, je marchais dans le parc Montsouris quand j'ai vu un bourgeois qui pintait avec un poivrot. J'ai trouvé ça bizarre. Ils semblaient avoir pris toute une barbe.

— Quoi ?

— Vous parlez pas fraaançaaaaiiiis ? Ils avaient bu ! Ils s'étaient rincé la dalle.

— Je comprends. Continuez.

— Mais le pochard semblait encore plus paf que le dab tiré à quatre épingles.

— Avez-vous remarqué ce qu'ils buvaient ?

— Non, j'ai pas de bons yeux, mais ce n'était pas de la bibine, c'était plutôt vert… s'esclaffa-t-il en déclenchant le rire rauque de son voisin.

En riant, il postillonnait et je me reculai. Son haleine puait comme s'il avait avalé un pied de pèlerin. Il reprit son sérieux.

— Quel jour et quelle heure ?

— Hé, ho ! Vous voulez en savoir, des choses, monsieur le Canadien ! m'apostropha mon interlocuteur.

— C'est que ça donne la soif, parler autant, lança alors son compagnon.

Je jetai un coup d'œil sur les verres. Ils buvaient de l'absinthe. Je me tournai vers le serveur, qui était resté là à nous écouter.

— Servez-leur la même chose, mon ami.

Je revins à mon informateur.

— Pouvez-vous être plus précis quand vous dites de quatre à cinq jours ?

— C'était… laissez-moi me rappeler… dans la nuit de jeudi à vendredi, je crois, reprit aussitôt mon informateur. Oui, c'est ça. Et je les ai croisés un peu plus tard la même nuit, de nouveau rue d'Alésia.

Je me demandai quelle crédibilité accorder à son témoignage, mais les dates concordaient avec l'arrivée de Napoléon, et la rue d'Alésia était près de l'asile.

Je remarquai soudain qu'il avait deux rangées de dents sur la mandibule inférieure. Ce n'était pas la vue la plus belle de Paris, mais je n'allais pas lui demander d'où provenait cette tare.

— Aviez-vous déjà vu cet homme auparavant ?

— Il m'arrive de le croiser parfois.

— Vous ne savez pas son nom ?

— Meuh non… Meuh non… Pourquoi je saurais ça… dit-il en rotant.

Le serveur rappliqua avec les verres d'absinthe. Je payai avec remords, en me demandant ce que penserait Magnan de ce témoignage de saoulons. Après avoir pris une lampée de sa consommation, mon informateur reprit :

— En tout cas, ce que j'ai trouvé bizarre, c'est que le monsieur habillé comme un vrai seigneur, je vous dis, il avait des cheveux longs sous son tuyau de poêle. Il portait d'étranges bagues, très étirées, comme des cigares sur les doigts, avec des pierres à part ça. Son regard était bizarre, on aurait dit qu'il sortait d'un conte pour enfants.

Je me rappelai que le gardien avait plutôt vu un homme chauve accompagner notre patient, un homme très bien vêtu.

— Vous êtes certain qu'il avait de longs cheveux ?

— Il avait des cheveux longs sous un haut-de-forme. Oui, mais pas de sourcils ni de cils. Ça lui faisait un visage de peau de fesse. Il y avait aussi comme des traces de maquillage, de la poudre. J'ai trouvé ça bizarre. Mais sans doute joue-t-il dans l'un des théâtres du coin.

Il reprit une gorgée de son poison.

— Ce que je veux dire, reprit le buveur en marquant chacune des syllabes, c'est qu'en aidant le pochard à se redresser, le tuyau de poêle m'a vu et je n'ai pas aimé le regard qu'il m'a lancé, un œil sinistre, un regard méchant... Laissez-moi vous dire que dans cet état il n'allait pas très loin.

Il imita le regard du suspect, puis éclata de rire, un rire fou qui ne voulait plus finir, un rire jaune et puant.

Mais il y avait trop de détails dans ce témoignage pour qu'il soit entièrement inventé. Peut-être trouverions-nous là une piste.

Je remerciai infiniment mes deux informateurs et leur signifiai que je n'avais pas d'autres questions.

— Tant que ça paie un peu, lança l'autre en levant son verre.

Je me tournai vers le serveur, qui était demeuré à la table pour entendre ce que l'homme avait à dire.

— Allez voir du côté du parc Montsouris, me lança-t-il alors que nous retournions ensemble vers le comptoir.

— L'homme au regard sombre, l'avez-vous déjà vu ?

— Non, mais il doit vivre dans un bel hôtel...

Je terminai ma bière alors que Jules Jouy remontait sur scène. Quelques minutes après, je quittais le cabaret du Chat Noir. Puisqu'il était trop tard pour rapporter ces informations à Magnan et que je ne pourrais me rendre au Bureau de bienfaisance de l'assistance publique, je retournai directement place du Panthéon. J'avais hâte de me jeter dans mon lit. Cette journée m'avait siphonné toute énergie.

Lorsque j'entrai dans l'hôtel, une voix m'apostropha.

— Vous étudiez fort, docteur Villeneuve, dit la femme de chambre avec ironie.

— Vous me réveillez à 7 h 30, s'il vous plaît, dis-je en montant à ma chambre.

— Mais c'est dimanche, demain.

— Pas grave. Il faut bien étudier, comme vous dites…

Avant de me coucher, je m'installai devant la fenêtre qui donnait sur le Panthéon. J'inscrivis dans mon cahier, malgré mon scepticisme, tout ce que j'avais entendu des clients du Chat Noir, sans omettre un détail ni mes doutes. Au bout d'un instant, j'aperçus, collés l'un contre l'autre sur le bord du châssis, mes deux pigeons endormis. Je me surpris à fredonner *Romance à Paris*.

◆

Cette nuit-là, j'eus beaucoup de mal à dormir. Je me levai plusieurs fois pour prendre des notes, préciser le récit de la journée. Je repassais sans cesse dans ma tête le fil des événements en cherchant un indice qui pouvait lier l'homme flamboyant à mon aliéné. Je ne voyais pas le début d'une explication.

Si l'agent thérapeutique du docteur Magnan s'avérait efficace, il était à souhaiter que le malheureux sorte de son mutisme. Je m'endormis finalement là-dessus, en me promettant d'écrire une lettre à ma mère et une autre à mon frère Alphonse.

5. Dans la tourmente

La pluie tombait dru en ce lundi à l'aube charbonneuse. Je voyais Paris sous un voile gris. De biais sous ma fenêtre, un gagne-petit aiguisait les couteaux d'un restaurateur avec sa meule sur roue. La lame étincelait sur la pierre. Sur le bord de la fenêtre, mes deux pigeons roucoulaient. Le mâle gonflait son poitrail en courtisant la femelle. Je décrochai mon imperméable et mon parapluie.

Je me remettais à peine d'un dimanche bien rempli. J'avais assisté très tôt à la messe avec les membres de la délégation de la province de Québec. Puis un dîner protocolaire avait suivi au Commissariat du Canada. Sœur Thérèse avait voulu me tirer les vers du nez sur mes activités de la veille au soir. Il m'avait fallu évoquer le secret professionnel, à son grand désarroi. Je m'étais ensuite rendu à Sainte-Anne pour assister à des conférences et livrer à Magnan ce que j'avais appris au Chat Noir. Napoléon, lui, était toujours plongé dans une profonde léthargie…

À l'accueil de l'asile Sainte-Anne, le secrétaire m'annonça que Magnan avait laissé une note pour moi.

J'entrai dans l'antichambre de son bureau. Je lus le message. L'aliéniste me demandait de faire la tournée des patients avec Bouchereau.

J'allais partir quand j'aperçus Magnan qui marchait en compagnie de Goron sous un marronnier près de la fenêtre. La conversation semblait houleuse. Magnan essayait de remettre au commissaire un papier, mais ce dernier le refusait et le redonnait à l'aliéniste. Je m'approchai de la fenêtre entrouverte.

— Prenez-le !

— Non, pas question !

— Prenez-le, je vous dis !

— Non !

— Prenez, s'il vous plaît !

— Non ! Vous savez que les aliénistes ont des pouvoirs qui dépassent dans certains cas ceux des juges.

— Je m'en fous, prenez-le.

Bref, cet échange, qui aurait pu passer pour une manie dans cette cour d'asile, donnait le ton de la journée.

Ils entrèrent dans une petite pièce qui menait au bureau de Magnan. De là, je pus entendre leurs échanges acerbes. Magnan était furieux.

— Il devrait se réveiller dans les heures à venir. Essayez de comprendre qu'il n'a pas dormi depuis des jours, voire des semaines, à cause de l'absinthe. Il m'a fallu le calmer. J'y suis parvenu. Il est beaucoup moins agité. Maintenant, il n'y a plus qu'à lui donner des forces. Je comprends la portée du mandat que vous me présentez, mais il ne servira à rien tant que notre homme sera dans cet état. Je vous répète, tout comme hier, que sa santé s'est améliorée durant la nuit. Le pouls et la tension se rétablissent et je suis sûr qu'il va accepter de manger. Sinon vous n'en tirerez rien.

— Docteur Magnan, nous connaissons maintenant le nom de la prostituée déguisée en religieuse grâce à l'expertise de samedi et au recoupement qu'elle a permis. Elle s'appelle Marie Daumier. Elle était portée disparue depuis la mi-mai. Elle tapinait boulevard de Clichy. Il n'a pas fallu vingt-quatre heures pour qu'elle soit reconnue dans le hall d'exposition de la morgue. L'affaire progresse de notre côté et se voit freinée du vôtre. Une amie affirme qu'un des derniers clients avec qui elle aurait été vue au bordel était un marin barbu de Rotterdam.

— Ce qui ne correspond pas du tout à l'homme qui accompagnait notre dipsomane, riposta l'aliéniste.

— Cette fille était une paillasse à soldats qui jouait du croupion pour quelques balles, alors un de plus, un de moins...

— Cessez de parler gras en ma présence, commissaire. C'est indigne du poste que vous occupez.

Goron et Magnan sortirent du bureau. Le commissaire me toisa du regard. Il se tapota le bout du nez avec son pouce.

— Ah! Villeneuve, dit aussitôt Magnan en venant vers moi. Vous avez eu mon message?

— Oui, docteur.

Il me prit par le bras et se tourna vers le commissaire.

— Le docteur Villeneuve a découvert un début de piste intéressant pour nous permettre de retrouver l'homme qui nous a amené le patient, commissaire. Faites-lui part de vos trouvailles, mon cher.

Je résumai au commissaire ce que j'avais appris samedi. Mais le regard sceptique de Goron coupa vite mon enthousiasme.

— Depuis quand, jeune homme, un alcoolique est-il un témoin fiable, surtout lorsqu'on le croise au malheureux Chat Noir?

— Ce monsieur n'était pas saoul, commissaire. Il a reconnu l'homme sur la photo. Il en était sûr. Notre suspect aurait été aperçu dans le parc Montsouris avec un type d'apparence bourgeoise et excentrique. Comme le parc Montsouris n'est pas très loin de l'asile, tout au plus cinq cents mètres, cela nous indiquerait qu'ils se dirigeaient peut-être vers Sainte-Anne. Ce témoin avait de longs cheveux, mais il n'avait ni sourcils ni cils. Aucun poil sur le visage, et du maquillage en plus.

— Pourtant, répliqua Goron, le gardien, qui a vu l'homme, tout comme l'interne confirment que l'accompagnateur n'avait pas de cheveux!

La conversation était dans une impasse. Comme le docteur Magnan ne parlait pas, je me dis qu'il était temps d'aller à la clinique. Mais avant que je ne puisse les saluer pour me rendre dans les quartiers, Magnan repensa à un détail et se tourna vers moi.

— Vous dites que l'homme n'avait ni sourcils ni cils ou poils au visage ?

— C'est ça, docteur.

— Il pourrait alors s'agir d'une personne qui souffre d'alopécie. Quant au maquillage, il pourrait servir à camoufler la vérole.

Magnan scruta la réaction du commissaire, qui réfléchissait en se grattant le menton.

— Avez-vous pris l'adresse de votre poivrot ou dois-je le rencontrer au Chat Noir derrière une bouteille ?

Avant que je dusse avouer ne pas savoir comment retrouver mon informateur, un infirmier entra en vitesse pour s'entretenir avec Magnan.

— Le docteur Bouchereau m'envoie vous dire que le patient de la 9, pavillon des agités, a demandé à manger malgré son état de confusion.

— Bien, j'y vais de ce pas !

Goron voulut nous suivre, mais Magnan refusa catégoriquement, lui disant de revenir plutôt dans l'après-midi pour voir si des progrès avaient eu lieu. Un nouvel esclandre s'ensuivit, mais le vieil aliéniste tint bon et Goron, en colère, finit par tourner les talons en envoyant au diable tous les « soigneurs de fous » de la Terre.

◆

Quand j'entrai dans la chambre, Bouchereau et une infirmière observaient le patient, qui dévorait du gruau et des tartines.

— Il a enfin dit ses premiers mots sensés : « J'ai faim ! » clama Bouchereau dès que j'arrivai avec l'infirmier.

Je lus le rapport de nuit : à part une période de suda-tion intense et d'agitation, tous les signes vitaux s'étaient avérés à peu près normaux.

Magnan passa le seuil de la chambre quelques minutes après, le souffle court.

— Tiens, tiens, on redécouvre le plaisir de manger, lança-t-il en s'approchant du malade.

Le patient regarda Magnan de ses yeux caves, puis se gratta la tête sans dire un mot. Sa chevelure allait dans tous les sens, comme une laine d'acier.

— Je suis le docteur Magnan. À qui ai-je l'honneur ?

L'homme continua d'avaler son pain, mais resta coi. Il mangeait avec l'avidité d'un animal. Le gruau coulait au coin de ses lèvres.

— Ne mangez pas trop vite, l'avisa Bouchereau, votre estomac est fragile.

Quand l'homme eut terminé ses tartines, il demanda à nouveau de la nourriture.

Magnan fit non de la tête.

— Pas tout de suite. Nous devons d'abord avoir des informations sur vous.

Le patient se pourlécha les lèvres puis fixa la fenêtre. Le soleil faisait une longue bande de lumière sur la moitié de son corps.

— Ch'ai faim, dit-il.

— Comment vous appelez-vous ? demanda Magnan.

— Na... po... lé... on, grommela-t-il en bâillant et laissant échapper une longue coulée de salive.

— Ce Napoléon, il a un nom de famille ?

— Na... po... lé... on, souffla-t-il de nouveau péni-blement.

— Pas encore un autre ! s'exclama Bouchereau, dé-couragé. On en a au moins quinze qui se prennent pour Napoléon.

D'une voix douce, Magnan lui redemanda son nom complet, mais sans obtenir d'autre réponse que le célèbre prénom.

Je m'approchai un peu plus du lit.

— Napoléon, vous rappelez-vous être allé au parc Montsouris avant d'être admis ici ?

Son visage se crispa. Une lueur d'angoisse nimba son regard. Le docteur Magnan me regarda. De la tête, il me fit signe de poursuivre.

— Un bon Samaritain est venu vous conduire jusqu'ici, Napoléon. Un homme bien habillé qui portait des bagues, sans sourcils et…

Le malade poussa un hurlement et se recroquevilla dans le coin du mur. Son front perla de sueur et le lit se mit à trembler comme s'il était possédé d'un esprit diabolique.

— *Vade retro !* Sale Boche ! hurla-t-il comme s'il était pourchassé par le diable en personne.

Il se cacha sous la couverture.

— Vous avez déclenché une hallucination, dit le docteur Bouchereau.

— Mais à partir d'un souvenir terrifiant, nuança Magnan.

— Il va faire une autre crise, reprit Bouchereau. Infirmier, faites attention qu'il ne tombe du lit.

Les mains du malade tremblaient, puis tout son corps fut secoué par de terribles convulsions. Il se mit à saliver à l'excès. Bouchereau disposa des oreillers près de sa tête pour qu'il ne se cogne pas contre les barreaux du lit pendant que l'infirmier tentait de contenir les débordements du malade. Mais ce dernier tressautait à en déchirer sa chemise d'hôpital.

Se révélèrent alors dans son dos d'horribles cicatrices en forme étoilée et, sur l'omoplate droite, un étrange tatouage qui montrait deux baïonnettes croisées avec la mention : « Balan, TPLF 1-09-70 ».

— Un tatouage d'armée ! s'exclama Magnan.

L'aliéniste se tourna vers l'infirmier.

— Pourquoi, lors du changement de vêtements, on ne m'a pas avisé de ce détail ?

— Ce n'est pas moi qui les ai changés, docteur, se défendit l'infirmier en haletant, toujours aux prises avec le malade.

Heureusement, une minute plus tard, la crise finit par se calmer. Le malade était épuisé comme s'il sortait d'un dur combat. C'est à ce moment qu'une puissante gerbe fusa de sa bouche. Le repas qu'il venait d'avaler se retrouva sur le matelas. Napoléon tomba ensuite dans une profonde léthargie. L'infirmière s'approcha pour aider son collègue à le changer de lit et procéda au nettoyage.

— Trop d'émotions. Je n'aurais pas dû, m'excusai-je en regardant mon professeur.

— Ne vous inquiétez pas, docteur. Au contraire, nous progressons.

Bouchereau, qui avait examiné pendant ce temps les cicatrices du dos, déclara :

— Ce sont des éclats d'obus. Il a fait la guerre.

— La guerre franco-prussienne, sans doute, si l'on se fie à la date du tatouage, ajouta Magnan.

— La date correspondrait effectivement, confirma Bouchereau.

— Balan est un petit village situé non loin de Sedan et de la frontière belge. C'est là que l'armée française a été encerclée sur le plateau d'Illy par les Prussiens, dit Magnan. L'armée a manqué de vivres. La fuite vers Mézières était impossible. Ç'a été un vrai massacre. Après la capitulation, les soldats français ont été mal traités, humiliés. Les conditions sanitaires étaient déplorables et une épidémie de dysenterie a éclaté. J'ai l'impression que ce tatouage raconte l'histoire de ces blessures qui ont mis fin au combat de notre malade.

Le chapelet de cicatrices serpentait le long du dos et remontait jusqu'au milieu de la nuque, près du tatouage.

— Des éclats d'obus sont sans doute restés coincés dans la tête, ce qui expliquerait les crises d'épilepsie, conclut Bouchereau.

— Bien, lança Magnan. Nous sommes en mesure d'établir un lien entre ces blessures et la guerre franco-prussienne. Nous pourrons donc retrouver plus facilement son identité. Quant au mystérieux individu qui l'accompagnait, et qui souffre fort probablement d'alopécie, il est, je crois, la clé de l'énigme : pas de sourcils et pas de cils.

Magnan se rapprocha pour dessiner le tatouage et inscrire le message.

— Que veulent dire les lettres TPLF ? demandai-je.

— C'est peut-être la devise de son bataillon.

— La date correspondrait-elle à la journée où il a été blessé ? dis-je.

— Sans doute. Il faudra vérifier, conclut le patron avant de se retourner vers le patient. Mais pour l'instant, tout est à reprendre. Il va falloir le nourrir à nouveau…

— S'il passe la nuit, ajouta Bouchereau.

— Je ne lui redonnerai pas du chlorhydrate d'hyoscine immédiatement. On va plutôt tenter de le réhydrater.

Magnan, Bouchereau et moi-même nous consultâmes dans le corridor. Le vieil aliéniste regarda sa montre. Il manifesta un peu d'exaspération en voyant qu'il était en retard pour la communication d'un collègue à laquelle il tenait à assister.

— Écoutez, docteur Villeneuve, voici ce que vous aurez à faire…

Magnan détacha la feuille sur laquelle il avait grossièrement reproduit le tatouage, puis reprit :

— Rendez-vous aux Invalides. Allez voir le major Petit. C'est un médecin militaire que je connais bien. Il faudra vérifier dans les livres des blessés et des morts ce qui s'est passé ce jour-là. On saura à cette date qui a subi ce genre de blessures et, surtout, à qui l'on a affaire.

— Bien, docteur. À propos, vous l'avez entendu établir un lien entre Satan et un individu de race allemande ? fis-je remarquer.

— Il a effectivement parlé de sale boche, dit Bouchereau. C'est sans doute lié à ce mauvais souvenir de la guerre.

— C'est une possibilité, admit Magnan.

Je les saluai et m'en allais d'un bon pas pour entamer ma mission quand je m'arrêtai, une interrogation en tête.

— Docteurs Magnan et Bouchereau, sauriez-vous me dire s'il existe près du parc Montsouris un hospice qui accueille les indigents ?

Les deux hommes se consultèrent du regard.

— Il y a des bureaux de bienfaisance dans tous les arrondissements, dit Bouchereau, et plusieurs hospices qui accueillent les vieillards, les invalides, les incurables et qui offrent des soins aux malades.

— Ce sont plutôt…

Je m'interrompis, rassemblant mes idées.

— J'ai lu sur Napoléon. Il a été inhumé aux Invalides… mais j'ai cru comprendre que ce bâtiment sert aussi à recevoir les grands blessés de guerre…

— Pourquoi n'y ai-je pas pensé avant ? s'exclama Magnan.

Il s'approcha de moi en claudiquant.

— Les Invalides comportent en effet un hôtel qui accueille les grands blessés de guerre. Voyez les registres et puis vérifiez si notre homme n'y a pas été pensionnaire.

Cette fois, je tournai les talons pour de bon, en route pour les Invalides.

◆

De l'omnibus, je vis avec le même émerveillement la tour Eiffel qui piquait le ciel. Je ne l'avais pas encore observée sous cet angle. Il avait cessé de pleuvoir, mais le temps était lourd et orageux. Les visiteurs se promenaient avec des imperméables et des parapluies. Il y avait partout des voyageurs. Je vis le train miniature de Decauville sortir d'un tunnel. Mon omnibus s'arrêta devant une pancarte indiquant la direction du pavillon des colonies.

En arrivant à la hauteur de l'Esplanade, j'embrassai du regard ce vaste édifice construit sous Louis XIV. Sa vocation était d'accueillir les blessés de guerre. Six années avaient été nécessaires pour ériger ce temple des victimes de Mars. À l'arrière-plan du premier bâtiment s'élevait le dôme de la chapelle Saint-Louis-des-Invalides.

Dix-neuf ans après sa mort, Napoléon y avait été inhumé. Je tenais à prendre quelques minutes pour voir son tombeau. Je m'avançai sur la longue avenue de l'esplanade entourée d'une pelouse entretenue avec le plus grand soin. Tout en marchant, je comptai le nombre de fenêtres par étage, et j'en perdis le compte, ce qui donnait l'ampleur du bâtiment.

Dans le hall du bureau d'accueil, j'expliquai au préposé à la réception le but de ma visite. Il m'avisa que le major Petit était parti dans les colonies et me référa ailleurs.

— Dépôt des archives, deuxième étage, porte 335…

Pressé de plonger mon regard dans les livres, je m'élançai dans l'escalier.

J'entrai dans une pièce de consultation qui comptait de nombreuses tables et de grandes étagères. Une fenêtre donnait sur l'une des vastes cours intérieures.

Un archiviste médical avec un bouc et des cheveux fins blonds comme du blé replaçait des dossiers. Il portait des lunettes ovales à monture dorée. D'un air maussade, il s'enquit aussitôt de ma visite.

— Que puis-je faire pour vous ?

— Je suis le docteur Villeneuve, interne à Sainte-Anne. Nous cherchons à découvrir l'identité d'un individu qui aurait pu séjourner ici. Il porte un tatouage qui suggère sa participation à la guerre franco-prussienne en raison de la date et des baïonnettes croisées.

Je sortis d'une poche le dessin du tatouage.

— L'homme, qui n'a plus toute sa tête, dit répondre au nom de Napoléon. Il a un imposant lacet de balafres au milieu du dos et sous les omoplates, sans doute causées par des éclats de shrapnells, au dire de mon supérieur, le docteur Magnan.

— Vous pouvez me passer le dessin ?

Je lui remis le croquis.

— TPLF veut dire : « Tombé pour la France ». Balan a été le théâtre d'une boucherie.

— Ah ! Voilà qui confirme notre hypothèse.

— Asseyez-vous et je reviens avec les livres. Je vais voir ce que je peux faire. Mais je sais qu'il y a eu de nombreux blessés durant cette période du conflit. Napoléon, vous dites ?

— Oui.

— Nom de famille ou prénom ?

— Nous l'ignorons.

Cinq minutes plus tard, l'homme rappliquait avec trois gros livres noirs à la reliure rouge. Y étaient consignés les actes médicaux pratiqués durant la guerre franco-allemande du 19 juillet 1870 au 29 janvier 1871.

J'allai à l'index. Le deuxième livre couvrait la période du mois d'octobre. La description des blessures de guerre donnait le tournis : une véritable anthologie de la souffrance humaine, un abécédaire de la douleur, un martyrologe. À la date du 1er septembre 1870, je tombai sur un Napoléon Michard (médaillé), cavalier sous le commandement du général Margueritte, vingt-deux ans, blessé gravement par des éclats d'obus dans le dos et à la nuque à Balan alors qu'il portait secours à un blessé. Sur la presqu'île d'Iges, où les Allemands avaient entassé les blessés et les prisonniers, il avait contracté la dysenterie après avoir bu l'eau de la Meuse contaminée par les cadavres. S'en étaient suivis plusieurs mois d'hospitalisation.

Même s'il y avait trois autres Napoléon sur la liste, le type de blessures, la date et le lieu semblaient confirmer que je tenais notre homme. Une fois l'information recueillie, l'archiviste me proposa de trouver le dossier médical complet du lieutenant Michard.

Quelques minutes plus tard, l'archiviste déposa une nouvelle brique sur la table. Michard avait séjourné de longues années aux Invalides. Son dossier médical, contresigné par le docteur Petit, était un feuilleton hospitalier et asilaire.

Je notai tous les renseignements qui me tombaient sous la main. J'étais fébrile. L'enquête venait de faire un grand pas. Je ne m'en attribuai pas le mérite, car c'est Magnan qui m'avait acheminé ici.

Comme l'avait supposé Bouchereau, les shrapnells s'étaient logés dans la tête : ils avaient causé de l'amnésie, des migraines, un affaiblissement de la vision, des crises d'épilepsie. Séjournant pendant plusieurs mois à l'hôtel des Invalides, Napoléon Michard avait lutté pour sa survie, mais son corps avait subi des séquelles importantes. Des épisodes de délire alcoolique et un placement à Bicêtre, où alternaient des périodes neurasthéniques et de grands efforts pour retrouver une vie normale, avaient par la suite ponctué la vie de Michard. On lui avait fourni un travail dans un abattoir de La Villette, mais tuer des bêtes et les découper lui avaient fait revivre le carnage de Balan. Il s'était déniché un emploi à Javel, dans l'usine qui fabrique le produit du même nom. Mais les émanations toxiques du produit le rendaient agressif et lui donnaient des migraines. Un matin, il avait battu son contremaître. Si un ouvrier n'était pas intervenu, était-il écrit dans le dossier, Michard l'aurait sans doute tué. Par la suite, Michard avait vécu longtemps ici, à l'hôtel des Invalides, et il avait été souvent blâmé pour sa consommation excessive d'alcool. Avec sa rente d'invalidité, il avait souhaité retrouver son indépendance et on l'avait aidé à se trouver un endroit où habiter.

Le diligent archiviste arriva avec un autre document.

— Docteur, j'ai trouvé l'adresse de Napoléon Michard.

— Est-ce qu'il réside encore là ?

— Sa dernière adresse connue est rue de Linois, dans le quartier de Javel. Le service de secours à domicile du XVe arrondissement lui fournit des vivres. Je sais qu'il adore l'Allée des Cygnes, qui est une petite île au milieu de la Seine. Il aime s'y reposer à l'abri des regards. Le personnel du bureau de bienfaisance pourra vous renseigner sur lui mieux que nous. J'ai aussi le dossier militaire du lieutenant Napoléon Michard.

— Merci, mon ami. Grâce à ces renseignements, nous pourrons progresser dans notre enquête.

À la lecture des premières lignes, une boule d'émotion comprima ma poitrine. À vingt et un ans, Napoléon Antoine Michard, né le 27 octobre 1848, s'était joint à l'armée française, dans le corps de génie. Il souhaitait faire des études d'ingénieur. Je découvris sur un daguerréotype un jeune homme souriant et fier, un regard intelligent, des yeux dans lesquels brillait l'avenir. Cela n'avait rien à voir avec la loque humaine que nous gardions à l'asile. Vingt et un ans… C'était l'âge auquel je m'étais engagé dans le 65e bataillon et mon deuxième nom de baptême était Antoine. La coïncidence me troubla. J'avais eu peur de mourir, mais j'avais survécu à l'épreuve du feu. Bien évidemment, ces deux conflits n'avaient rien en commun, outre l'ambition territoriale. De mon côté, j'avais pu faire des études et je me trouvais à Paris pour approfondir mes connaissances. Napoléon Michard, lui, n'avait pas eu cette chance. Il faisait partie d'un des régiments qui s'étaient sacrifiés à Sedan sous les ordres du général Margueritte. Il avait reçu une médaille militaire pour ses actions héroïques. Mais de héros, il était devenu paria. Sa vie n'avait plus été la même : la souffrance, l'invalidité, le regard des autres, la maladie, l'alcoolisme, la misère et les arrestations.

Cet historique fournirait aux aliénistes de précieuses informations sur les séquelles que Michard avait subies durant et après la guerre. S'il était le meurtrier de cette prostituée, il ne pourrait en être tenu responsable et échapperait à la pendaison. Mais avant d'en arriver là, il faudrait parfaire le dossier de Napoléon Michard. Agir sous l'impulsion de la maladie mentale ne vous rend pas nécessairement innocent aux yeux de la loi.

Je m'approchai pour remercier de nouveau l'archiviste et en profitai pour me renseigner sur mon prochain objectif.

— Pouvez-vous me dire où je peux voir le sarcophage de Napoléon Bonaparte ?

— Oui, bien sûr, je vous indique le chemin pour vous rendre à la salle.

J'écoutai avec attention ses explications, puis le saluai et me dirigeai vers le mausolée.

Le sarcophage qui contenait les cendres de Napoléon, en quartz sur un socle de marbre gris, était impressionnant. Dix-neuf ans après la mort de l'empereur à l'île Sainte-Hélène, ses restes avaient été transportés ici. Le quartz rouge symbolisait-il tout le sang versé en Europe ? J'aurais aimé visiter plus à fond le musée des Invalides, la chapelle Saint-Louis-des-Invalides, mais il me faudrait repasser. J'étais trop impatient de prévenir Magnan.

Alors que tout le monde se donnait rendez-vous à Paris pour voir ses attractions, j'y avais surtout vu la morgue, l'asile, de vulgaires cabarets et un hôtel pour invalides. J'avais visité quelques salles du Louvre, mais n'avais pas encore eu la chance de monter dans la tour Eiffel ni de visiter Versailles. Ma famille allait devoir attendre avant d'obtenir le récit de mes exploits à Paris.

Je repartis sous la pluie en direction de l'esplanade pour prendre un omnibus.

◆

En entrant à Sainte-Anne, je me dirigeais vers le bureau de Bouchereau quand j'entendis la voix de Goron sans l'apercevoir. Il se trouvait dans la salle d'attente, de l'autre côté, et argumentait avec le préposé à l'admission.

— Le docteur Magnan m'avait pourtant dit de revenir cet après-midi.

— Je veux bien, monsieur le commissaire, mais je vous répète qu'il a dû organiser à la toute dernière minute une visite des bains pour les délégations étrangères.

Le commissaire m'aperçut alors que je tentais de m'éclipser.

— Hé, Villeneuve, comment ç'a été, la rencontre de ce matin avec le suspect ?

— Désolé, commissaire, je ne peux vous donner d'informations sur les patients. Il faudra parler au docteur Magnan.

— C'est tout ce que je fais, essayer de lui parler. Si on veut me jouer un pied de cochon, on va me trouver, tempêta-t-il en retournant sa colère contre le préposé.

À voir le sang-froid de ce dernier, je compris pourquoi il avait été choisi pour occuper ce poste, hautement difficile.

Je profitai du fait que Goron ne me regardait plus pour filer à l'anglaise. Une minute plus tard, je frappais à la porte du bureau du docteur Bouchereau.

Il fit tourner sa chaise de quatre-vingt-dix degrés.

— Georges ! Vous avez le visage de quelqu'un qui a du neuf !

— Et comment ! Je reviens des Invalides, j'ai le nom du patient et des renseignements qui nous éclairent sur sa vie et sa personnalité.

— C'est formidable ! Laissez-moi me rendre auprès d'une patiente et je suis à vous dans trente minutes. On fera le point là-dessus. En passant, le docteur Magnan a laissé une note pour vous.

Il me la tendit.

La note demandait que je retire tous les livres de la bibliothèque qui racontaient la vie de gens fous et les œuvres des écrivains rongés par la folie. Magnan spécifiait que ces ouvrages excitaient les patients et allaient à l'encontre de la clinothérapie.

Voyant que j'avais terminé ma lecture, Bouchereau ajouta en se levant :

— Et il souhaiterait aussi que vous fassiez une semaine d'internat de nuit.

— Mais je croyais que c'était un privilège réservé aux internes français ?

— Pour Magnan, vous êtes un cousin français. C'est la même chose, non ?

— Si vous le dites…

Bouchereau s'empara du dossier de sa patiente sur le bureau et me fit signe de le suivre. Mieux valait que je l'accompagne plutôt que de l'attendre bêtement, me dit-il, et puis on pourrait parler de mes découvertes au retour de la visite.

— Mathilde Poisson souffre de bouffées délirantes mystiques, d'idées obsédantes et d'impulsions suicidaires. Une infirmière l'a retrouvée écrasée dans un coin après qu'elle eut uriné sur le plancher. La malade pense que Magnan et moi lisons dans ses pensées. C'est un cas typique d'hérédité : plusieurs débiles et idiots dans la famille. Elle a des visions de la Sainte Vierge, entend des anges, des injonctions divines… Tenez, prenez connaissance de son dossier pendant qu'on s'y rend.

À sa sortie du couvent, Mathilde s'était mariée. De ce mariage étaient nés deux enfants. De la Bourgogne, elle était montée à Paris. Elle y avait développé la phobie de ne plus voir son mari rentrer du travail. Elle avait tenté à plusieurs reprises de se jeter sous les rails du tramway et avait menacé de tuer ses enfants avec des ciseaux, une hache… Elle avait été admise à Sainte-Anne. En proie à une vive excitation et à des crises d'anxiété, elle hantait les couloirs de l'asile, se sauvait dans les salles à la vue des médecins, qu'elle disait capables de lire dans ses pensées. On n'avait eu d'autre solution que de la placer dans le quartier des agités, où elle bénéficierait d'une garde accrue. Depuis, son délire mystique, annonciateur d'apocalypse et de visions morbides, n'avait cessé de croître.

Dans le dortoir, on la retrouva blottie dans un coin, ses longs cheveux de jais couvrant à moitié son visage exsangue. Ses yeux, aux iris d'un noir profond, étaient grands ouverts. Ses paupières ne bougeaient pas. Elle s'était rongé les doigts au sang, frottait pour l'instant son sternum sous le sein gauche. Elle semblait calme. Elle ne réagit pas à notre présence.

Bouchereau s'approcha doucement pour l'examiner. Il parvint, en parlementant, à la faire se coucher sur son lit.

— Avez-vous une douleur à cet endroit, Mathilde ? Pourquoi vous frottez-vous ainsi ? Vous avez un point ?

Ses lèvres bleuies se mirent à psalmodier ; dans son long délire de fin du monde imminente, elle devait mourir en expiation de ses péchés et pour la rédemption des chrétiens. D'un doigt maigre, telle une fine porcelaine marbrée de bleu et de blanc, elle me désigna comme étant Moïse, sans doute en raison de ma barbe.

Bouchereau toucha l'extrémité de ses doigts.

— Ils sont froids et cyanosés.

Je pris mon stéthoscope et constatai que les battements cardiaques de la malade étaient faibles et sa respiration ardue.

— Ses signes vitaux sont anormaux, dis-je à Bouchereau.

Les yeux de la malade fixèrent soudain les miens et elle me demanda de me mettre à genoux et de prier pour expier les péchés du monde. Je poursuivis le plus doucement possible son auscultation.

Bouchereau appela l'infirmière pendant que la patiente continuait de se gratter obstinément le sternum sous son sein gauche. On n'y voyait que les rougeurs laissées par le frottement obsessif.

— Avez-vous donné à cette femme un médicament qui l'aurait mise dans cet état ? demanda-t-il à l'arrivée de l'infirmière.

Elle regarda la fiche de traitement et répondit par la négative.

Quelques minutes plus tard, les lèvres de la patiente bleuissaient et sa condition se dégradait davantage.

Bouchereau demanda à l'infirmière d'apporter de l'éther et de l'ammoniac.

On lui fit respirer d'abord le premier produit, sans succès, puis le second. En vain : Mathilde Poisson semblait quitter peu à peu ce monde.

Son cœur cessa alors de battre. Je sentis son dernier souffle sur mon visage.

Je me tournai vers Bouchereau. Il était ému, dubitatif et sidéré. Il ne comprenait pas. Nous avions pourtant fait tout ce que nous pouvions.

— Nous mettrons le docteur Magnan au fait de ce trépas mystérieux, murmura-t-il dans son accablement. Sans doute devrons-nous faire une autopsie plus tard dans la journée.

Il fit appeler les brancardiers et s'en alla, le regard troublé, me laissant seul avec la défunte, morte dans mes bras. Plus tard, Kerbellec s'amena pour m'aider à transporter la malheureuse à la morgue de l'asile. Une fois cette tâche morbide accomplie, je m'aperçus que je n'avais encore rien dit de mes découvertes au docteur Bouchereau.

◆

Ce n'est qu'à la fin de l'après-midi que je pus rencontrer le docteur Magnan dans son bureau. Bouchereau nous y rejoignit et je leur fis un résumé de mes activités du matin. Le vieil homme avait les traits tirés par toute la sollicitation dont il était l'objet. Il se réjouit néanmoins, tout comme Bouchereau, en apprenant que notre patient s'appelait Napoléon Michard, qu'il était un vétéran invalide de la bataille de Sedan.

— Mon cher Villeneuve, vous avez accompli de l'excellent boulot. Notre coupeur de nattes a maintenant un nom et un passé. Il reste à savoir si Michard est un individu criminellement irresponsable. Je vous laisse aller au Bureau d'assistance publique. Et j'aimerais que vous alliez aussi à l'adresse de Michard. De mon côté, je m'occupe de faire venir son dossier de Bicêtre.

Après un moment de réflexion, l'aliéniste me demanda le lieu de résidence de notre malade.

— Il habite dans le quartier de Javel, rue Linois. C'est sa dernière adresse connue aux Invalides.

Magnan afficha un air inquiet.

— J'ai su que la prostituée habitait près du pont de Grenelle.

— Et puis?

— C'est aussi dans le quartier de Javel.

— Il y a peut-être un lien entre Michard et la prostituée, lança Bouchereau.

Magnan réfléchit, le regard vers la fenêtre.

— Il est aussi possible que Michard ait servi de bouc émissaire, qu'on cherche à l'accuser d'un crime qu'il n'a pas commis…

— Permettez-moi d'en douter, docteur Magnan, rétorqua Bouchereau. Le dossier des Invalides nous dit bien que Michard n'était pas un ange et que l'alcool et la dégénérescence avaient causé des séquelles irréparables et généré un comportement intolérable.

— Je sais, mon ami, mais laissez-moi croire le contraire.

Magnan me regarda, mais je n'osai rien ajouter.

— Maintenant que nous avons une piste, reprit-il, il nous faut dégoter le mystérieux individu qui accompagnait Michard. La description qu'on en a faite et toutes les contradictions qui en ressortent me laissent penser qu'il peut nous éclairer sur cette affaire.

Magnan réfléchit, le menton entre son pouce et son index, puis lança soudain :

— Mardi prochain.

— Quoi, mardi ? demanda Bouchereau.

— Je vais parler à Jean-Martin.

— Qui est Jean-Martin ? demandai-je.

— Charcot. Vous ne connaissez pas Charcot ?

— Mais bien sûr, je sais qui est Charcot.

Qui ne le connaissait pas ? Je savais qu'il avait écrit des livres avec Magnan sur les fétichistes. La science du médecin de la Salpêtrière faisait école partout en Europe. Mais ce rapport de proximité entre Magnan et tous ces savants qui étaient ses amis me surprenait. De l'entendre dire Jean-Martin en toute familiarité m'étonnait. C'était l'Histoire qui parlait devant moi.

— Cela fait partie du programme d'études que j'avais préparé pour vous. Vous assisterez aux leçons de Charcot. Elles ont lieu le mardi à la Salpêtrière. Vous y ferez de belles rencontres. Je vais parler à Jean-Martin dès aujourd'hui.

— Qu'allez-vous lui demander?

— Nous allons demander à Charcot d'hypnotiser notre patient pour qu'il nous révèle ce qui s'est passé, ce soir-là.

— Mais il n'est pas en état, s'inquiéta Bouchereau.

— On le remet sur pied une fois de plus. On le transportera en ambulance jusqu'à la Salpêtrière.

— Mais cette leçon se passe devant public. Cela ne risque-t-il pas d'effrayer notre patient?

— Je demanderai à Martin de réduire le nombre d'auditeurs pour l'occasion.

— Pourquoi n'accepterait-il pas plutôt de venir ici? demandai-je naïvement.

— Il est trop occupé. Si je lui propose d'hypnotiser le malade dans le cadre d'une leçon du mardi, il ne me refusera pas ce petit service. Je lui fais envoyer un télégramme à l'instant.

◆

En sortant de l'asile, je dépliai mon plan pour trouver la rue Linois. Je la repérai rapidement dans le XVe arrondissement.

Alors que j'observais le plan, je sentis une ombre imposante me cacher le soleil. Relevant la tête, je vis le visage en arêtes de Goron, son nez camus enluminé de veinules, sa pomme d'Adam tressautant et ses yeux d'oiseau. Il affichait un regard hautain, inquisiteur.

— Rebonjour, docteur Villeneuve.

— Bonjour, commissaire. L'enquête va bien?

— Si j'avais autant de contacts que vous, ça irait mieux, dit-il en tapotant son nez.

Son ton et son arrogance étaient menaçants.

— Docteur, vous allez me fournir immédiatement les informations que vous détenez.

Je bafouillai.

— Mais… je n'ai pas grand-chose, commissaire. Comme je vous l'ai dit cet après-midi, il faudrait demander au docteur Magnan, pour les détails. C'est lui, mon directeur d'internat. Je fais quelques investigations à sa demande, ce qui équivaut à remplir ma tâche d'étudiant. Je ne peux malheureusement rien vous dire sans sa permission. Je suis tenu par le secret professionnel.

— Moi, mon directeur, c'est la justice française. C'est à elle que je réponds. La justice a le bras long. Je peux vous mettre en état d'arrestation, vous savez. Si je décide de vous coller au clou, j'ai plus d'un moyen à ma disposition.

— Pourquoi feriez-vous cela? Je n'ai rien fait de mal.

Il darda mon épaule de son index menaçant.

— Vous dissimulez des preuves, Villeneuve. C'est un crime! C'est une entrave à la justice. Je pourrais vous faire déporter vers le Canada demain matin, s'il m'en prenait l'envie. Je crois aussi comprendre que vous prenez la place d'un interne français, la nuit, alors qu'une règle l'interdit formellement…

— Je n'ai pas fait d'internat de nuit.

— Dites-moi ce que vous savez! tonna-t-il. Sinon, je vous mets en état d'arrestation.

— Je ne peux pas, commissaire, il s'agit d'un secret médical.

— Secret médical, mon œil! Ne jouez pas ce refrainlà avec moi, le Canadien. Par votre silence, vous nuisez à mon enquête, vous protégez un meurtrier sadique. Je ne pourrai pas tolérer plus longtemps votre arrogance. On me refuse de voir le suspect, on me fait poireauter comme un idiot et maintenant on me cache des preuves. C'est assez!

— Je vais parler uniquement en présence du docteur Magnan. Tout comme lui, j'ai fait le serment d'Hippocrate.

— Serment d'hypocrite, vous voulez dire! Moi, j'ai fait la promesse de servir la justice française et laissez-moi vous dire que votre voyage achève. Je vous mets en état d'arrestation.

— Voyons! Ça n'a pas de bon sens. Laissez-moi!

Goron sortit ses menottes. Alerté par nos voix, le préposé à l'admission surgit dans la cour.

— Qu'est-ce qui se passe?

— Allez chercher le docteur Magnan, le commissaire veut procéder à mon arrestation.

L'homme courut en direction du bureau de l'aliéniste, heureusement pas très loin.

Pendant ce temps, je refusais de présenter mes mains au commissaire, qui s'emportait de plus en plus.

— Je vous accuserai en plus d'avoir résisté à votre arrestation, Villeneuve.

— C'est complètement ridicule, commissaire. Ressaisissez-vous! Vous perdez la tête.

L'insulte porta. Son visage s'empourpra.

Je reculai. Bien plus lourd que Goron et avec vingt ans de moins, je pouvais lui résister longuement. À mon air déterminé, le commissaire comprit que je ne me laisserais pas inculper sans preuve et il n'osa pas me molester physiquement.

— Écoutez, commissaire, je conclus un marché avec vous.

— On ne conclut pas de marché avec la justice française. Demain, je vous mets sur un bateau et vous retournez dans votre pays. Et je vous promets une traversée mémorable sur le pire des rafiots grecs que je trouverai au Havre ou à Marseille.

Des membres d'une délégation étrangère qui passaient par là s'étaient arrêtés pour suivre l'altercation. J'étais humilié. Je souhaitais que les médecins de la province de Québec n'assistent pas à mon arrestation.

Puis l'interne Masson passa comme par hasard en se délectant de la scène.

Le préposé à l'admission s'amena à la course, hors d'haleine.

— Le docteur Magnan arrive dans un instant.

Par une fenêtre, je vis Magnan marcher avec peine dans un couloir. Il semblait visiblement contrarié. La mort de la patiente l'avait sans doute ébranlé, et déambuler par ce temps humide le fatiguait encore plus. En sortant nous rejoindre, il épongea son front avec un mouchoir. Mis au fait de la menace de mon arrestation, il posa un regard courroucé sur le commissaire.

— Commissaire, pourquoi voulez-vous mettre ce jeune homme en état d'arrestation ? Ne cherche-t-il pas la vérité tout comme vous ? Il a été capitaine de son bataillon. Il a servi la justice de son pays lors des guerres indiennes de l'Ouest canadien. Il m'est ici d'un précieux secours. Vous savez que les aliénistes doivent procéder à des enquêtes sur des individus. C'est ce que je lui ai demandé.

— Mais il me cache des informations qui pourraient être cruciales pour l'enquête !

— Si je lui dis de vous révéler ce qu'il sait, allez-vous le laisser tranquille ?

Goron me dévisagea.

— Oui, je le laisserai tranquille. Du moins jusqu'au moment où il entravera de nouveau la justice.

— Bien. Dites-lui ce que vous savez, docteur Villeneuve.

— Je suis allé à l'hôtel des Invalides et j'ai découvert que notre patient s'appelle Napoléon Michard. C'est un médaillé de la bataille de Sedan. Il y a été gravement estropié, comme les docteurs Magnan et Bouchereau l'avaient déduit. Tous ses problèmes ont commencé ce jour-là : sa maladie, son alcoolisme. Il a fait un séjour à l'asile de Bicêtre.

Goron avait sorti calepin et crayon pour noter les renseignements.

— Est-ce tout ce que vous savez ?

Magnan devina bien que j'avais d'autres informations. D'un signe de tête discret, il me signala de ne rien dire.

— C'est tout ce que j'ai appris.

— Où habite-t-il ?

— Il n'est plus aux Invalides.

— Bon !

Goron se gratta le front avec le bout du crayon, puis se tourna vers Magnan.

— Et notre tueur de gouine, comment se porte-t-il ?

— Je vous répète ce que je vous ai dit plus tôt, répondit Magnan. Il est toujours en crise. Son regard est fixe, ses pupilles dilatées. Il est dans un état de torpeur près de la catatonie. Il faut le réhydrater et le nourrir si on ne veut pas le perdre définitivement.

— Justement, c'est le temps d'en tirer quelque chose.

— Goron ! On est sur le point de le perdre ! insista Magnan en haussant le ton.

Mes professeurs de Montréal m'avaient dit que le célèbre aliéniste ne se fâchait jamais, mais là, c'était l'exception à la règle. Il fulminait littéralement. J'entendis même un relent de cet accent du sud qui me rappela qu'il était né à Perpignan.

— Et si je vous le dis, commissaire, poursuivait-il, c'est parce que je suis sûr que nous le perdrons si vous l'interrogez maintenant. Et si cela arrivait, je vous en tiendrais responsable. Vous m'entendez bien, Goron ? Res-pon-sa-ble !

Le commissaire émit un rire forcé, pinça son nez épaté, ce qui le fit ressembler encore plus à une betterave.

— Calmez-vous, docteur, je ne vous ai jamais vu dans cet état. Je vais vérifier si ce dégénéré n'a pas un dossier criminel. Mais je reviendrai.

— Je n'accepte pas que l'on traite un héros de la bataille de Sedan en ces termes, commissaire. Je vous demande de partir d'ici. Vous êtes odieux. Vous faites honte à mon institution et à la médecine légale des aliénés, qui, elle, est une branche noble de l'arbre de la justice.

Goron reçut les insultes comme un poteau lapidé par des cailloux.

— Là-dessus… annonça-t-il en s'éclipsant.

Une fois le commissaire parti, Magnan se tourna vers moi et mit une main sur mon épaule.

— Je suis désolé de vous voir subir ces affronts, Georges.

— Ce n'est pas votre faute, docteur, c'est…

— Je sais : c'est la justice, ou plutôt l'aveuglement de ceux qui pensent prodiguer la justice ! N'empêche, vous avez bien mérité un congé, alors remettons à demain votre visite au Bureau d'assistance publique. Je vous envoie plutôt vous reposer. Et puis demain soir, vous serez des nôtres pour le gala au Continental.

— Merci, docteur Magnan. Je pourrai reprendre en matinée la recherche d'informations sur Michard.

— Excellent.

Magnan releva la tête. Il regardait quelqu'un qui venait manifestement vers nous. Je me retournai.

J'aperçus la cornette de sœur Thérèse qui s'approchait à bonne allure.

Magnan me fit un clin d'œil.

— Soyons heureux que votre future patronne ne soit pas arrivée quelques minutes plus tôt.

L'idée me donna froid dans le dos.

— Docteur Villeneuve, je vous cherchais partout. On ne vous a pas vu de la journée, me reprocha-t-elle d'entrée de jeu. On dirait que vous nous fuyez.

Magnan rit et se porta à ma défense.

— Pas du tout, sœur Thérèse. C'est plutôt moi qui l'oblige à travailler pour qu'il soit mûr lorsque vous ferez appel à ses services.

— Vous m'en voyez ravie, cher docteur Magnan, mais je tiens à ce qu'il rencontre les étudiants canadiens qui viennent d'arriver à Paris.

— D'accord, dis-je aussitôt, je serai là.

Pendant que Magnan et sœur Thérèse conversaient à propos des conférences de la journée, je gobai ma déception. Dire que je venais à peine de me prescrire une soirée tranquille pour arpenter Paris, découvrir la rive gauche, m'offrir un repas rue Monbourg et me mêler à la foule en visitant les pavillons de l'Exposition. Il me faudrait remettre les sorties culturelles à plus tard pour me farcir plutôt une nouvelle leçon de morale toute canadienne.

6. Des progrès

Je me réveillai vers huit heures. Tout en m'étirant à m'en décrocher les vertèbres, je pensai au bonheur de faire la grasse matinée avant de reprendre la mission que m'avait confiée Magnan. J'étais rentré tôt de ma visite à la maison du Canada. J'avais écouté avec lassitude les discours des convives, le prêchi-prêcha d'un curé en voyage qui mettait en garde les étudiants qui l'entouraient contre tout ce qui était laïque ; j'avais supporté la voix éreintante d'une chanteuse de Trois-Rivières, d'un ecclésiastique qui qualifiait le roman *Jean Rivard, le défricheur* de chef-d'œuvre universel. Un séminariste m'avait demandé si j'éprouvais de la culpabilité en voyant le corps nu des patientes et si je m'en confessais. Moi, je ne pensais qu'à l'enquête. J'étais obsédé par l'idée de découvrir la vérité. Je revivais cette tension et cet urgent besoin de résolution que j'avais ressenti si fortement à Frog Lake.

Pendant que la soprano atteignait le « si » perçant et sonore de l'*Ave Maria* de Schubert, je sus que j'avais choisi la juste voie, que j'étais au bon endroit, au bon moment, et que je serais heureux dans mon travail. Avant de me coucher, j'avais entrepris la rédaction d'une longue lettre à ma mère, une autre à mon frère Alphonse et inscrit dans mon cahier les actes du jour, comme je les appelais.

L'ouverture des volets de la chambre inonda les murs d'une intense lumière. En bas, la place foisonnait d'activités dans un chassé-croisé d'étudiants, de touristes, de charretiers, de fiacres et d'omnibus.

En sortant prendre mon petit-déjeuner, je m'arrêtai devant un kiosque à journaux. Là, plusieurs manchettes de première page m'arrachèrent un blasphème. « Progrès dans le meurtre du coupeur de nattes » ; « Goron progresse » ; « Un héros de la bataille de Sedan dans la soupe de Goron » ; « Affaire Michard » ; « Il possède un passé criminel » ; « Résolution imminente de l'affaire ? »

Tous les quotidiens faisaient état du dossier, plusieurs parlaient des manœuvres de Magnan pour protéger l'assassin. Goron entendait sortir le suspect de l'hôpital pour le mettre en garde à vue à l'Hôtel-Dieu. Dans un des journaux, il était même question d'un médecin étudiant étranger qui nuisait à l'enquête et risquait l'expulsion. Je sentis ma gorge se nouer. Et pestai : Goron s'était manifestement servi des journalistes pour faire triompher son point de vue. Il prenait tout le crédit de l'avancement de l'enquête, et si je n'étais pas dûment nommé, j'étais néanmoins sali dans l'histoire. Et puis la mention que Michard possédait un passé criminel me laissait plein d'appréhension. Et si nous cherchions à protéger malgré nous un transgresseur ?

Le commis du kiosque s'approcha.

— Ho, si vous les lisez tous ici, mon garçon, je ne pourrai pas manger, moi…

Je sortis de mes réflexions et achetai les journaux qui faisaient référence à l'affaire du coupeur de nattes.

Je pris place sur une terrasse au soleil, rue de la Harpe. Ma lecture m'absorba au point que j'avalai mes croissants sans rien goûter. Ce fut l'article sur le passé judiciaire de notre patient qui m'intéressa le plus, car il apportait un nouvel éclairage. Michard avait été accusé à plusieurs reprises de désordre, de voies de fait, de vagabondage. Il était question de l'agression sauvage commise à l'endroit d'un contremaître de l'usine de Javel. La brigade des mœurs l'avait aussi arrêté à deux reprises dans un lupanar du boulevard Clichy. Il avait été accusé d'avoir attaqué une prostituée de la place Blanche. Cette information avait de quoi m'inquiéter, même si elle n'était guère développée. Il faudrait sans doute attendre l'édition du soir ou le lendemain pour en connaître plus. « Le héros de Sedan vivait de rapine dans Montmartre », pouvait-on lire dans cet article, et « L'asile Sainte-Anne protège un criminel ». Je trouvai injuste ce dernier commentaire. Le même journal rappelait que « … l'aliéniste Magnan exhibait ses patients et, de 1873 à 1876, cette pratique odieuse avait été interdite par les autorités. » Le journaliste poursuivait en affirmant que Magnan avait ainsi trahi le secret professionnel et la confidentialité à l'égard de ses patients. C'était odieux…

Il se pouvait fort bien que Michard soit le meurtrier de la prostituée – Goron avait rectifié la rumeur voulant qu'il s'agisse d'une religieuse et confirmé que le meurtre de celle qu'on savait maintenant s'appeler Marie Daumier avait eu lieu le soir du bal masqué –, mais encore fallait-il qu'il soit jugé responsable de ses crimes. Par contre, les liens que l'on établissait avec le fétichiste qui sévissait sur de jeunes filles dans Paris depuis six mois laissaient un autre journaliste sur une interrogation : était-ce possible qu'il s'agisse d'une seule et unique main criminelle ? La nature des délits, si différents l'un de l'autre, malgré les actes fétichistes, incitait à la prudence ; pourtant Goron affirmait pouvoir tout résoudre d'un coup.

Je me réjouis en me disant que j'en connaissais encore plus que Goron sur Michard, car Magnan et moi savions où habitait notre patient.

Après le déjeuner, je postai mon courrier. De manière à ne pas m'embarrasser avec tous les journaux, je retournai à ma chambre pour les y laisser. Il me faudrait découper les articles afin d'étoffer mon dossier. À peine le temps de déposer ma pile que je ressortais. En bas, l'hôtelière me remit une lettre que je venais de recevoir en provenance du Manitoba. Emma Royal me donnait enfin des nouvelles. J'en fus tout remué. Je sentis son parfum qui imprégnait la missive, puis les souvenirs de l'Ouest canadien émergèrent : le voyage dans des conditions pénibles, les escarmouches, les orangistes canadiens, les images insoutenables... mais aussi la belle Emma. L'omnibus m'amena en direction du quartier de Javel. Je décachetai la lettre. La belle du Manitoba m'annonçait sa venue très prochaine.

◆

Je descendis près du pont de Grenelle. Sur la Seine, des péniches étaient amarrées en double et en triple. Une île artificielle de dix mètres de large et d'un kilomètre de long s'étirait au milieu de la Seine. L'Allée des Cygnes était un lieu paisible avec des bancs de chaque côté du sentier verdoyant. Mais Javel n'avait rien de la blancheur du cygne ni de la splendeur parisienne que j'avais vue jusqu'à présent. Il était coincé entre les quartiers bourgeois de Paris, à l'ombre de la tour Eiffel qui ajoutait un peu de joie dans la grisaille industrielle de Javel avec les toits des usines et des manufactures de briques. C'était un peu comme l'est de Montréal, mais à Paris avec toute son indigence. Le désespoir résidait ici. De grandes cheminées industrielles laissaient échapper d'âcres émanations qui prenaient à la gorge et piquaient les yeux. Les odeurs de chlore et de soude étaient irrespirables. C'étaient celles de l'eau de Javel, si utile en médecine, qui avait été inventée au siècle dernier et qui était produite ici. Je croisai plusieurs ouvriers et chiffonniers aux visages songeurs.

Je marchai jusqu'au 10, rue Linois.

Le crépi de l'immeuble de cinq étages était noirci par la souillure et les volets de l'immeuble semblaient tout pelés.

Devant la porte d'entrée, un homme au visage émacié et avec de longs poils au nez me dit que Michard n'habitait plus là, qu'il était déménagé non loin dans le même quartier.

— On dit qu'il a tué une retapeuse, qu'il lui a coupé les cheveux. Les docteurs de Sainte-Anne le protégeraient. C'est écrit dans les journaux. Il mérite juste la guillotine.

— Pourriez-vous me donner sa nouvelle adresse ?

— C'est dans la rue Ginoux, un immeuble aux volets jaunes au coin de la rue Émeriau. C'est le plus moche. Vous ne pouvez pas le manquer. Vous remontez vers la Seine, vous tournez à droite et c'est tout de suite à droite. On le voit souvent balocher dans les rues ou dans l'Allée des Cygnes, Michard, mais ça fait plusieurs jours que je ne l'ai pas vu.

Je le remerciai. J'entrai quand même dans le vestibule, afin de m'assurer que l'homme ne m'avait pas mené en bateau, mais ne vis pas le nom de Napoléon Michard sur les boîtes aux lettres. Je frappai à la porte du logeur.

Un homme rustre au torse nu et velu ouvrit la porte en mâchouillant un bout de saucisse. Je le dérangeais, à voir son faciès.

— Je voudrais parler à Napoléon Michard.

— C'est qu'il a déménagé il y a un temps, le Michard. Il ne payait plus sa turne. Il vit au 30, rue de Lourmel, à côté de l'impasse du boulanger. C'est juste au bout : vous remontez jusqu'au coin de la rue de Javel et vous tombez sur la rue de Lourmel. Mais il est à l'asile. C'est écrit dans les journaux. Il a tué une pute. Je ne suis pas étonné.

Je soupirai d'impatience. Il était si facile de faire le procès d'un individu bien avant qu'il se présente devant ses juges. Pourtant, un homme était innocent à preuve du contraire.

Combien de temps allait durer ma recherche si chaque personne que j'interrogeais me donnait une adresse différente ? Me mentait-on effrontément ou Michard était-il un être instable qui déménageait fréquemment d'un lieu à l'autre ?

Je ne savais trop vers quelle adresse me rendre en premier, mais une odeur de pain fraîchement sorti du four me guida tout naturellement vers la boulangerie. Ma longue marche m'avait ouvert l'appétit. J'entrai dans la boulangerie pour m'acheter un pain au chocolat.

Le logis de Napoléon Michard était situé juste à côté.

L'immeuble délabré de quatre étages n'avait pas été repeint depuis des lustres. Le crépi sur la façade craquait de partout. La porte s'ouvrit en grinçant. Une odeur de soupe aux choux imprégnait les lieux. Je frappai chez la concierge. Une dame aux cheveux gris et au teint cireux ouvrit. Son regard dans la porte entrebâillée était méfiant.

— Bonjour, je suis le docteur Villeneuve de l'asile Sainte-Anne. Je viens au sujet de Napoléon Michard, un locataire qui habiterait ici.

Elle m'examina de pied en cap avant d'engager la conversation.

— Bin, justement, dit-elle d'une voix de corneille haut perchée, nous n'avions plus de nouvelles de lui. Il avait disparu. Et voilà que c'matin tous les journaux parlent de lui. Personne n'a jamais parlé de Napoléon, et là tout le monde parle de Napoléon. Les gens de l'assistance publique qui lui apportaient ses paniers de provisions ne savaient plus où il était. Voulez-vous entrer ?

— Avec plaisir, mentis-je avec assurance.

Le studio comptait deux petites pièces qui offraient une vue sur un arbre. Sur la cuisinière mijotait une soupe.

— C'est une histoire horrible, vous savez, me dit la logeuse. Le pauvre homme est un héros de la bataille de Sedan. Le saviez-vous ?

— Nous l'avons appris récemment.

— Il était très démoralisé ces derniers temps, car la semaine avant sa disparition, il a parlé de vendre sa médaille pour boire un coup. On l'a découragé de le faire, mais ça n'a rien donné, vous pensez bien. Quand il s'est remis de sa cuite, il s'en voulait tellement. Il s'insultait, se traitait de tous les noms…

— Savez-vous à qui il a vendu cette médaille ?

— Bin non, je ne sais pas.

— Vous parlait-il de relations qu'il avait avec des prostituées ?

Elle prit un air scandalisé.

— Bin sûr que non ! Mais… mais monsieur Laroche, son voisin de palier, m'a déjà dit que Napoléon était très amer envers les femmes.

— Croyez-vous que je pourrais rencontrer ce monsieur Laroche ?

D'un coup de tête, elle désigna l'étage du haut.

— Je vais aller voir s'il est là.

Je la suivis jusque sur le pas de sa porte. Elle monta quelques marches péniblement en toussant. Elle avait les genoux cagneux. Un lacis de varices couvrait ses jambes d'éclairs violacés.

— Monsieur Laroche, cria-t-elle soudain, vous êtes là ? Monsieur Laroche ? Il est un peu sourd, me confia-t-elle d'une voix à peine plus basse. Monsieur Laroche ? Y a un médecin qui vient chercher des nouvelles de Napoléon.

Une porte s'ouvrit quelque part dans les étages supérieurs. Une voix rauque répéta en écho la dernière phrase de la concierge.

— Des nouvelles de Napoléon ?

— C'est un docteur de Sainte-Anne. Il a un drôle d'accent, hurla-t-elle.

J'entendis des pas lourds qui descendaient interminablement des marches. Il devait habiter les combles. Je décidai de monter à sa rencontre. Je dépassai la concierge, qui me suivit en soupirant, puis j'aperçus enfin monsieur Laroche. Il portait une camisole blanche avec des cernes jaunes de fluides corporels. Il sortait du lit, à voir ses cheveux embroussaillés. Il gratta sa moustache poivre et sel jaunie par la fumée de cigarette, dégagea un grain de tabac entre ses dents qu'il souffla au bout de ses doigts. Je tendis une main incertaine. Il la saisit d'une poigne molle et humide.

— Vous avez des nouvelles de Napoléon?

— Oui. Il est soigné chez nous.

— C'est où, ça, chez vous?

— À Sainte-Anne.

— Chez les fouuuus? Encore! On pensait qu'il était retourné aux 'valides. Mais là… Oh là…

— Quand l'avez-vous vu la dernière fois?

— Il y a une semaine et demie. Il avait fait une terrible rechute à l'absinthe. C'était l'homme le plus malheureux de la terre. Il était dans la dèche, je vous dis!

— La médaille… rappela la concierge qui était à côté de moi, parlez-lui de la médaille.

— Ah oui, sa médaille… Il avait vendu pour boire ce qui faisait sa gloire, sa médaille de bravoure. Ça l'a complètement démoralisé. Il venait de fichtre en l'air son honneur.

— Savez-vous si monsieur Michard a de la famille?

— Non, il n'a que nous, dit le vieil homme. Nous et l'assistance publique.

Je demandai à la concierge si je pouvais visiter la chambre de Napoléon.

— Venez, venez. Elle ne restera pas la sienne très longtemps. Nous allons devoir la vider puisqu'il ne peut plus payer.

— Ben moi, puisque je suis rendu au premier, lança le vieil homme, je ne remonterai pas avec vous, je vais plutôt continuer ma descente vers la rue. Au revoir, monsieur le docteur, et soignez bien notre Napoléon.

Je le saluai à mon tour, puis j'accompagnai la concierge jusque dans les combles par l'escalier étroit qui serpentait. Pendant que nous grimpions, une engueulade éclata dans une des chambres. L'un des querelleurs accusait l'autre de lui avoir dérobé sa bouteille.

— Ils crient tout le temps, me dit la concierge, la mine dégoûtée. Ça ne sait pas vivre, ces gens-là.

Nous étions montés lentement, mais elle arriva si essoufflée au dernier étage qu'elle dut s'appuyer au mur pour reprendre sa respiration. Elle se ventila avec la main puis inséra la clé de son gros trousseau dans la serrure. Lorsqu'elle ouvrit la porte, une odeur rance de vêtements sales et poisseux envahit mes narines.

— Ça chlingue, ici. Je vais aérer.

Le lit était défait et les couvertures n'avaient pas été lavées depuis longtemps. Le vase de nuit n'avait pas été vidé.

— Je vais sortir son pot de chambre.

La concierge se pencha pour le ramasser.

— Quelle négligence !

Dans un coin s'entassait du linge sale à l'odeur de ranci.

— La débine, je vous dis. Toujours sale. Il portait le deuil de sa blanchisseuse.

L'expression me plut et j'appréciai la bonté de cette dame. Je me penchai pour voir s'il n'y avait pas de traces de sang sur les tissus. Je n'en vis point.

Sur une table s'empilaient des liasses de journaux et de papier. La commode rehaussée d'un miroir était encombrée de vêtements. Une bouteille vide d'absinthe Pernod était surmontée d'une chandelle rouge qui avait répandu sa cire sur tout le col.

J'ouvris un à un les tiroirs, m'attendant à trouver d'autres nattes. Mais, à mon grand soulagement, je n'en trouvai point. C'était un vrai capharnaüm. Sur une tablette s'accumulaient des livres – presque tous des ouvrages sur l'histoire militaire. Dans la penderie, j'aperçus deux dagues et un sabre. Je pris chacune des armes pour en observer les lames sans y déceler de traces de sang. Je remarquai, dépassant de la poche d'une chemise encrassée, un carnet de notes. Je le feuilletai. Il était plein de gribouillis, mais un nom suivi d'une adresse était inscrit dans les pages centrales : celui de Gilbert Duparc. S'agissait-il de l'homme qui avait raccompagné Napoléon à l'asile ?

Ce nom sonnait quelque peu dandy à mes oreilles. Plus loin, j'en déchiffrai péniblement un deuxième : Henri Lépine.

Ma fouille terminée, la logeuse me raccompagna jusqu'en bas. Je la remerciai chaleureusement avant de partir. En entrouvrant la porte de l'immeuble, j'eus la surprise d'apercevoir, accoté à un réverbère, le commissaire Goron. Je feignis de ne pas le voir mais m'engageai tout de même dans la rue de façon à m'éloigner rapidement de lui. Après les menaces dont il m'avait accablé, il valait mieux me tenir loin de ce zélé. Le policier dut comprendre ma manœuvre, car j'entendis sa grosse voix m'ordonner de m'arrêter. Je n'obtempérai pas, mais continuai mon chemin comme si de rien n'était d'une démarche leste. À ses pas durs martelant le pavé, je compris qu'il s'élançait à mes trousses. Mais j'étais déjà à la hauteur d'une venelle que j'empruntai aussitôt pour me mettre à courir à toute vitesse à mon tour. Empruntant un lacis de ruelles, je semai rapidement mon poursuivant, mais finis par me perdre complètement.

Une bonne demi-heure plus tard, quand un omnibus me passa sous le nez, je me lançai derrière pour le rattraper, mais en vain. Je marchai cependant jusqu'à trouver l'arrêt suivant et attendis le passage d'un autre omnibus, mes yeux ne cessant d'épier les alentours. À chaque instant, je m'attendais à voir surgir Goron.

Pour moi, il ne faisait plus de doute que le commissaire Goron m'avait suivi. Ce qui voulait dire non seulement qu'il m'avait à l'œil, mais que l'épée de Damoclès de l'extradition et de la honte pendait toujours au-dessus de ma tête.

◆

Après le déjeuner – ce qu'on appelle le dîner chez nous –, je me rendis au Bureau d'assistance publique à quelques pas de l'endroit où j'étais descendu de l'omnibus, rue de la Convention. Je demandai à la dame derrière le guichet de rencontrer celui qui s'occupait du dossier de Napoléon Michard, qui venait d'être recueilli à l'asile Sainte-Anne.

— Qui dois-je annoncer ?

— Le docteur Villeneuve.

— Asseyez-vous, docteur, il est à préparer des paniers pour sa tournée de l'après-midi, mais il devrait être à vous dans un instant.

Pendant mon attente, je fus renversé en découvrant dans le hall l'œuvre sublime d'un peintre qui m'était inconnu. À défaut de retourner au Louvre avant longtemps, je profitai de l'instant pour admirer ce chef-d'œuvre. Le tableau était signé Tony Robert-Fleury et il immortalisait le geste grandiose de Philippe Pinel.

En entrant à Bicêtre, malgré les menaces des gardiens de la Révolution française, le docteur Pinel avait décidé de libérer de leurs chaînes les détenus qui croupissaient dans de minuscules cellules. Un certain capitaine anglais, considéré comme très violent, s'y trouvait depuis quarante ans. Après s'être assuré de la bonne volonté des aliénés, le docteur Philippe Pinel le désenchaîna comme les autres.

Le tableau montrait l'arrivée des aliénés dans la cour de l'asile, affranchis de leurs entraves, entourés de l'affection de Pinel, le père du traitement moral. En fait, il s'agissait plus d'indigents que l'on avait placés là à la demande du roi pour chasser la pauvreté des rues de Paris. On avait rapidement imité le geste de Pinel dans les autres hôpitaux de la charité. Certains malades, incapables de marcher après toutes ces années, étaient représentés écroulés. Plusieurs personnages étaient assis, couchés, incrédules. La plupart ressentaient un choc en redécouvrant la lumière qui les aveuglait et la liberté de mouvement. Une femme baisait la main du médecin, encerclé comme un libérateur ; à côté, des femmes et des enfants paraissaient affaiblis par cette longue captivité…

J'entendis un pas décidé qui foulait le carrelage. Un homme au menton en galoche s'approchait. Habillé d'un veston à carreaux, il portait des rouflaquettes, des mèches de cheveux ramenées sur les tempes, et de longs favoris.

— Docteur Villeneuve?

— Oui. Enchanté, monsieur…?

— Je suis Paul L'Herbier, l'agent de Napoléon Michard. Je suis content que vous nous apportiez de ses nouvelles. Nous étions très inquiets en lisant les journaux ce matin. Nous ne comprenons pas que Napoléon ait pu commettre un pareil acte. Venez à mon bureau, nous serons mieux pour discuter.

— Je vous suis, monsieur L'Herbier. Mais je vous rassure tout de suite: monsieur Michard est soigné et sous bonne garde à Sainte-Anne.

Son bureau était situé au rez-de-chaussée, près du comptoir d'accueil.

— Asseyez-vous. Je crois comprendre que vous n'êtes pas français?

— Non, je viens de Montréal.

— Montréal, au Canada! Mais que faites-vous à Paris?

— Je parfais mes études à l'asile Sainte-Anne, sous la direction du docteur Magnan.

— Ah! Avec Magnan. Vous êtes privilégié. C'est un médecin qui a une grande réputation. Il a milité activement, comme plusieurs aliénistes de Paris tels Pinel, Broussais, Corvisard, Charcot et Cabanis, pour l'élaboration du service d'assistance publique.

— Ah bon? Je ne savais pas cela.

J'avais toujours le sentiment d'être ignorant à Paris. J'avais vu les rues Broussais et Corvisard, à proximité de Sainte-Anne, mais je n'avais pu établir un lien entre l'assistance publique et les aliénistes de Sainte-Anne.

— Magnan est modeste. Les aliénistes français sont des êtres à part. C'est triste, tous les commentaires négatifs que j'ai lus sur lui ce matin, entre autres au sujet de ses fameuses présentations…

— Je suis d'accord avec vous. La présentation de malades a lieu pour l'avancement des sciences. C'est ce qui fait d'ailleurs le grand intérêt des Mardis du professeur Charcot.

— Comment se porte Napoléon? continua mon interlocuteur.

— Il est arrivé à l'asile Sainte-Anne vendredi dernier en état de délire absinthique.

— Une autre rechute!

— Il a été aussitôt frappé par une crise d'épilepsie. Il s'est ensuite retrouvé dans un état catatonique, et jusqu'à aujourd'hui, il refusait de manger.

— Sa santé est très fragile.

— Vous avez raison, mais Michard est en plus dans une situation grave puisque, comme vous avez pu le constater en lisant les journaux, le commissaire Goron croit qu'il a tué cette prostituée et qu'il lui a ensuite coupé la chevelure. Comme vous l'avez sans doute lu aussi, les cheveux que nous avons trouvés sur Michard lors de son admission à l'asile étaient bel et bien ceux de la victime.

L'agent de l'assistance publique grimaça.

— C'est épouvantable! Comment a-t-il pu en arriver là?

— L'avez-vous déjà vu manifester de la violence?

— Il s'emportait parfois, mais si vous ajoutez à son fardeau tout ce qu'il a vécu, vous conviendrez qu'il ne l'a pas eu facile.

— J'ai découvert deux dagues militaires et un sabre dans la penderie de monsieur Michard.

— Vous allez retrouver ce genre d'armes blanches dans tous les foyers de France, docteur Villeneuve. De Napoléon 1er à Napoléon III, tout le monde a eu un parent qui a fait la guerre. Nos maisons sont des armureries.

— Croyez-vous qu'il ait pu en faire usage dans un geste de folie?

Il hésita à répondre.

— Écoutez, la folie, c'est autre chose. Ce n'est pas de mon ressort. Mais s'il a été touché par la folie, ce fut momentanément, et je n'ose pas le croire. Ça ne lui ressemble pas.

— Les journaux parlent pourtant de ses démêlés avec la justice, sans en dévoiler toute la nature. Vous, vous devez être au courant, non?

L'Herbier se rembrunit.

— Hélas oui, dit-il en se levant. Un instant, je vous reviens.

Il marcha vers une série de classeurs en bois, ouvrit un tiroir et en tira un dossier. Puis il revint s'asseoir en face de moi. Il sortit un lorgnon avec un manche en corne et consulta le document, qui avait au moins dix centimètres d'épaisseur. Il le parcourut de long en large.

— Ce sont tous les rapports que j'ai écrits sur lui. Au retour de la guerre, il a été très long à récupérer de ses blessures. Il n'allait plus jamais être le même. Son autonomie avait été très réduite. Sa pensée n'était plus aussi vive qu'avant 1870. On avait pourtant dit de lui que c'était un garçon fort intelligent. Puis il a essayé de travailler, mais ç'a été un échec, autant dans les boucheries de La Villette que dans l'usine de Javel. Il n'y arrivait pas.

Je savais déjà tout cela, mais je laissai L'Herbier parler. Je sentais qu'il avait besoin d'un préambule pour arriver à ce qu'il avait à m'apprendre. Il résuma enfin le parcours de Michard depuis la guerre franco-prussienne en un mot: malédiction. Puis il répondit à la question que je lui avais posée.

— Oui, il est vrai qu'il a eu des démêlés avec la justice.

Il se remit à lire. Son visage grimaçait pendant qu'il poursuivait sa lecture.

— Il s'est vu interdire d'aller dans les bordels de Montmartre pour avoir causé du désordre et menacé une prostituée qui, semble-t-il, s'était payé sa tête… ou plutôt son impuissance! Vous devez savoir que sa blessure a altéré ses capacités sexuelles. Mais de là à tuer une prostituée… j'aurais été le premier à rire si l'on m'avait affirmé que Napoléon était dangereux pour autrui. Mais je dois vous avouer que la chevelure retrouvée dans sa poche me laisse confondu.

Dès que j'entendis qu'il avait menacé une prostituée, je compris l'acharnement du commissaire Goron à désigner Michard comme le suspect numéro un.

— Monsieur L'Herbier, que lui a-t-il fait, à cette prostituée ?

— Il s'en est pris à elle, l'a saisie par le cou à lui en causer des ecchymoses. Il a fallu l'intervention d'un client pour l'empêcher d'aller plus loin. La demoiselle a dit au juge qu'il avait essayé de l'étrangler. Heureusement, ce dernier ne l'a pas crue et Michard a été reconnu coupable de simples voies de fait. Mais les accusations n'étaient pas de nature sexuelle.

Michard n'en était pas pour autant tiré d'embarras. Pour Goron, le lien était facile à établir. Il s'en était pris jadis à une prostituée et il avait récidivé. L'objet fétiche trouvé sur lui était une preuve accablante. Goron allait sûrement rappeler en temps et lieu les accusations de tentative de meurtre que la cour n'avait pas retenues.

— C'est arrivé quand ?

— Il y a deux ans. Depuis, son comportement a été irréprochable.

L'Herbier regarda l'heure.

— J'ai une distribution de denrées dans vingt minutes. Je devrai partir dans quelques instants. Il me faut vérifier mes paniers.

— J'ai encore une question.

— Alors, faisons vite.

— Le gardien de Sainte-Anne a vu quelqu'un qui l'accompagnait jusqu'au bureau d'admission, mais ce personnage a pris la poudre d'escampette par la suite. Comme s'il n'avait pas voulu dévoiler son identité. Cela évoque-t-il quelque chose pour vous ?

— Comme Napoléon errait dans Paris et se tenait notamment près des bistros, il y faisait toutes sortes de rencontres. Mais il ne m'a pas parlé d'un individu en particulier dans les dernières semaines. Il faisait sa tournée comme toujours. Il marchait beaucoup.

— J'ai une dernière requête, monsieur L'Herbier : pourriez-vous passer voir Michard ?

— Mais bien sûr. Si ça peut aider…

— Il parle très peu depuis sa crise d'épilepsie. Il n'est toujours pas sauvé, vous savez.

— Donnez-moi un instant, docteur.

Il alla dans ce qui ressemblait à une pièce d'entreposage de denrées.

— Tenez, vous lui remettrez ça. C'est du chocolat. Il en raffole.

— Merci.

— J'irai le voir dès demain.

L'Herbier me tendit la main, que je serrai avec tout autant de vigueur que lui.

Lorsque je fus de nouveau sur le trottoir de la rue de la Convention, je regardai à gauche et à droite. Je ne vis pas l'ombre d'un commissaire. Je me demandai si je n'avais pas tendance à devenir paranoïaque, puis balayai d'un geste ces préoccupations. Il me fallait passer chez la blanchisseuse récupérer mon habit en prévision de la soirée en marge du congrès de médecine mentale qui avait lieu ce soir à l'hôtel de ville de Paris.

◆

Les bonzes de la médecine mentale se retrouvaient entre eux pour renouer et faire la fête. Et moi, je longeais les murs, mal à l'aise parmi ces sommités. Sous la dorure et le cristal des lustres de l'hôtel de ville, je me sentais étranger à tout le gratin médical qui festoyait en grande pompe. Je n'étais rien. Un sans-réputation qui frayait avec le beau monde. Où me mettre ? me demandai-je plusieurs fois. Les membres de la délégation canadienne-française n'étaient pas encore arrivés. L'invitation de Bouchereau était une belle marque de confiance, et je l'avais accompagné pendant quelques instants, mais je me sentais bien petit devant toutes ces personnalités alors que Bouchereau, lui, semblait les connaître toutes.

Un quatuor à cordes interprétait une œuvre romantique qui me faisait rêver à Emma Royal, que j'allais bientôt revoir après tant d'années.

Seul dans mon coin, je remarquai que certains en regardaient d'autres de haut, avec la bouche pincée. Plusieurs Français portaient leur insigne de la Légion d'honneur. L'ambiance était on ne peut plus raffinée, voire pédante. Les plus grandes sommités sur place avaient été présentées à leur arrivée et j'avais pu mettre un visage sur plusieurs monstres sacrés de cette nouvelle médecine qui m'attirait tant. Comme le docteur Voisin, qui avait organisé le congrès d'hypnotisme, qui discutait avec Magnan et que je n'osais déranger. Brouardel s'était joint à eux. J'avais salué ce dernier plus tôt dans la soirée, mais il avait semblé ne pas me reconnaître. Heureusement que le service de petits canapés et de vin était efficace. Les serveurs fendaient constamment la foule pour nous alimenter. Cette longue journée m'avait donné faim et soif.

Le docteur Magnan m'aperçut enfin du coin de l'œil et s'approcha de moi, mais il fut aussitôt intercepté par une autre sommité du monde médical parisien. En entendant le nom de Garnier, je sus qu'il s'agissait du réputé expert en médecine légale des aliénés criminels. Magnan prit le temps de me le présenter. Le docteur Garnier me serra la main avec une sincère bienveillance.

— Je comptais vous envoyer de temps à autre le docteur Villeneuve, annonça Magnan. Vous savez, nos collègues canadiens pensent beaucoup de bien de lui. Il est d'ailleurs appelé à remplacer les aliénistes de Saint-Jean-de-Dieu.

— Fort bien, fort bien. Vous n'avez qu'à vous présenter à l'infirmerie du Dépôt à côté de la préfecture, docteur Villeneuve. Je vous initierai, au cours d'un interrogatoire d'aliénés, à la manière dont on peut distinguer le vil simulateur de l'aliéné criminel. Cela vous sera certainement très utile à Montréal. Je vous y attends, n'est-ce pas ?

Je remerciai Garnier avec empressement pour son invitation. Mais déjà un autre invité s'approchait de lui pour le saluer, et je me retrouvai en tête à tête avec Magnan.

— Ça va, mon ami ? me demanda-t-il. Vous avez l'air perturbé.

— Docteur, j'ai de nouvelles informations au sujet de Napoléon Michard…

Je lui dévoilai une à une les péripéties de ma folle journée : d'abord ma visite dans la maison de chambres de Javel, la collection de couteaux de Michard, ma rencontre avec l'agent de l'assistance publique… Je sortis de mon veston la coupure de presse qui mentionnait que Michard serait transféré de Sainte-Anne à l'Hôtel-Dieu au cours de la nuit et placé là-bas en garde à vue. Comme le même journaliste avait bénéficié d'une longue entrevue avec Goron, j'avais pris son hypothèse au sérieux.

Une sourde colère envahit Magnan lorsqu'il apprit ce que le commissaire s'apprêtait à faire pour lui ravir son patient. Il prit quelques instants pour réfléchir.

— Ça ne se passera pas comme ça. Suivez-moi, Villeneuve, dit-il en me tirant par la manche.

Nous serpentâmes parmi les invités. Magnan s'approcha d'un petit monsieur aux cheveux filasse qui ressemblait à un pingouin dans son costume trois pièces. Il s'entretenait avec un homme d'une trentaine d'années qui avait été présenté comme étant Gilles de la Tourette.

— Jean-Martin, excuse-moi de t'interrompre…

L'homme se tourna vers lui. À l'audition du prénom, je compris qu'il s'adressait à Jean-Martin Charcot.

— Accepterais-tu que l'on transfère Michard dès cette nuit à la Salpêtrière ? Le commissaire Goron tient mordicus à le placer en garde à vue et je suis persuadé que le patient ne survivra pas à un tel traitement.

Charcot était déjà avisé du cas Michard puisqu'il avait accepté de l'inscrire dans le cadre de sa prochaine soirée du mardi à la Salpêtrière.

— Je n'y vois aucun inconvénient.

— Comment veux-tu que je procède ?

— Voici : je vais faire aviser l'équipe de garde. Vous le transporterez par ambulance et nous poursuivrons sa convalescence jusqu'à ce que je puisse l'hypnotiser pour en savoir un peu plus.

Magnan profita de l'occasion pour me présenter à son collègue et au docteur de la Tourette, qui me serrèrent la main sans trop s'intéresser à moi. Mais je ne m'en offusquai pas tant j'étais secoué d'être face à ce triumvirat de la médecine parisienne.

— Docteur Villeneuve, me dit alors Magnan, je fais prévenir le médecin de nuit et le gardien. Vous accompagnerez le malade jusqu'à la Salpêtrière.

— Je suis votre homme, docteur. Mais si jamais le commissaire Goron ou un de ses hommes voit une ambulance quitter Sainte-Anne à cette heure de la nuit, il se doutera de quelque chose. Je vous propose plutôt d'évacuer notre patient en corbillard.

Charcot s'esclaffa devant l'astuce.

— Mais vous restez avec le patient pour le rassurer, n'est-ce pas ? Inscrivez-le sous le nom de Jean-Baptiste Rameau. J'avertirai le bureau d'admission de votre arrivée.

Pendant notre échange, Magnan avait fait signe à Brouardel de venir nous rejoindre. Dès que ce dernier arriva, Magnan lui mit une main sur l'épaule.

— Paul, j'aurais besoin d'un fourgon dans l'heure.

— Ça ne peut pas attendre ?

— Et c'est pour transporter un patient…

— Je ne te suis pas très bien, Valentin.

— Goron veut soumettre un de mes patients absintho-épileptique à un interrogatoire alors que nous luttons pour le garder en vie. Cet idiot va le tuer.

Brouardel sembla me remarquer à ce moment-là.

— Je vous connais, vous, dit-il en m'examinant.

— C'est mon étudiant canadien, Georges Villeneuve, répliqua Magnan. Je te l'ai envoyé l'autre jour…

— Ah oui, cette histoire de prostituée assassinée et dont les cheveux ont été coupés.

— J'ai mis Georges sur l'affaire. Il a déjà travaillé comme enquêteur au Canada.

— D'accord, je t'arrange ça tout de suite.

Magnan le remercia puis se tourna vers moi.

— Vas-y maintenant. Prends soin de Michard. Quant à Brouardel, Charcot et moi, nous allons de ce pas à la salle de télégraphe de la mairie pour tout mettre en branle.

Je quittai la réception et l'hôtel de ville. Sur la place, il y avait une multitude de carrosses, dont plusieurs avec des appliques dorées. En sortant dans la rue, je regardai à gauche et à droite pour m'assurer que je n'étais pas suivi, puis marchai jusqu'au Châtelet avant de monter dans un omnibus.

◆

Quand j'arrivai à Sainte-Anne, le gardien m'avisa que le transfert allait avoir lieu dans la demi-heure. L'interne Kerbellec et un infirmier préparaient la sortie du malade. Michard avait été déplacé du quartier des agités au troisième étage du pavillon d'hospitalisation dans une chambre individuelle.

— Le corbillard est en route. Il devrait être ici d'un instant à l'autre. Il se rendra directement près de la chapelle, où est la morgue.

Je grimpai à la course l'escalier qui menait au pavillon des semi-agités. Je croisai Kerbellec et remarquai qu'il affichait un coquart. Voyant que je le dévisageais, il m'expliqua :

— Un patient m'a frappé sans aucun signe d'avertissement. Ça t'arrivera à toi aussi, va.

— Je sais, sinon j'aurais choisi l'obstétrique.

Son sourire et son coquart lui donnaient l'air d'un lutteur de foire.

— Tout est prêt, Villeneuve ! Dans quelques minutes, tu pourras partir avec Michard.

— Comment va-t-il ?

— Il a mangé aujourd'hui sans qu'on utilise le tube de gavage ou l'hyoscine.

— Est-ce qu'il a parlé ?

— Non, mais il avait bien meilleure mine que les jours passés.

— Est-il conscient de son transfert ?

— Oui, mais il ne réagit pas.

Nous nous dirigions vers la chambre de Michard.

— On l'emmènera jusqu'à la morgue par les catacombes, mentionnai-je à Kerbellec. De là, on le hissera dans la voiture. Est-ce qu'on lui met des entraves ?

— Le docteur Magnan ne le souhaiterait pas. De toute manière, depuis plusieurs jours, il ne bouge pas.

Nous arrivâmes à la chambre. Michard avait les yeux ouverts, mais ne semblait pas s'intéresser à notre arrivée. L'infirmier alla chercher une civière sur roues et, pendant que nous l'attendions, Kerbellec me fit une confidence qui ne me surprit guère.

— Villeneuve, je dois te dire que la possibilité que tu prennes la place d'un étudiant français pour un internat de nuit dérange beaucoup Masson, un des internes que tu connais déjà pour toutes les rumeurs qu'il répand sur toi. Et ça, c'est sans parler de ton accent qu'il ridiculise sans cesse. Il connaît la règle et entend demander que tu ne puisses pas en profiter. D'apprendre que Bouchereau t'a invité au banquet de ce soir l'a éreinté. Méfie-toi de lui, c'est un roublard.

— J'apprécie beaucoup cette révélation, Kerbellec. Mais j'ai tellement à faire avec Michard que je n'ai pas le temps de m'inquiéter de Masson.

— Je tiens aussi à te préciser que ce n'est pas ce que pensent les autres internes qui, dans leur grande majorité, sont heureux de t'avoir ici.

— Merci, je suis honoré d'avoir votre soutien.

Je me penchai au chevet du patient. Ses paupières s'ouvraient et se refermaient lentement. Je me demandai s'il était bon de lui dire ce que j'avais appris dans la journée. D'une voix calme, j'essayai de réveiller quelques souvenirs en lui.

— Monsieur Michard… Napoléon… J'ai parlé aujourd'hui à vos proches. Votre logeuse, votre voisin de chambre, monsieur Laroche, et monsieur L'Herbier, de l'assistance publique. Ils étaient très contents d'avoir de vos nouvelles. J'ai su pour votre médaille. C'est dommage. Mais en écrivant au ministère de la Guerre, vous pourrez sans doute vous en procurer une autre, m'a-t-on assuré.

Les paupières bougèrent un peu plus vite. Il réagissait clairement à ce que je venais de dire.

— Maintenant, Napoléon, on vous emmène dans un autre hôpital.

L'infirmier entra dans la chambre avec la civière. Il semblait à bout de souffle, le visage en état d'alerte.

— Vite, lança-t-il aussitôt, le veilleur du pavillon vient de m'avertir que Goron est en bas et qu'il s'apprête à monter ici. Il semble qu'il ait été mis au courant non seulement du transfert de Michard mais aussi de ta présence. Il aurait même dit qu'il avait un mandat d'arrestation contre toi pour entrave à la justice. Je vais aller au-devant de lui et tenter de le retenir au deuxième étage. Pendant ce temps-là, vous pourrez descendre Michard.

Nous plaçâmes rapidement ce dernier sur la civière. L'infirmier était déjà parti à la rencontre de Goron et de son adjoint qui, à en croire les bruits qui provenaient jusqu'à nous, étaient déjà rendus au deuxième étage.

À toute vitesse, Kerbellec et moi poussâmes la civière hors de la chambre qui était située à la jonction de deux ailes, près de la cage d'escalier. Nous roulâmes Michard vers l'escalier du centre, mais après quelques marches il fallut remonter : la voix impatiente de Goron portait jusqu'à nous. Il était juste en bas de l'escalier !

L'infirmier lui dit d'attendre, qu'il devait finir un traitement avant de le conduire jusqu'à Michard.

— Faites vite, alors, car nous, on monte. Ma patience a ses limites. Et avec Sainte-Anne, c'est un cas désespéré…

J'aperçus la tête chauve de l'enquêteur qui s'engageait dans la cage d'escalier.

Kerbellec ouvrit la porte de la pharmacie de l'étage et me fit signe d'y pénétrer. Comme la civière n'entrait pas dans le petit cagibi et que le commissaire se dirigeait vers nous il fallut nous résigner à la laisser dans le corridor mal éclairé. Kerbellec remonta le drap par-dessus le visage de Michard en lui murmurant à l'oreille : « N'aie pas peur, Napoléon, tu n'as qu'à faire le mort si le commissaire soulève le drap. »

Pressés derrière la porte, nous entendîmes Goron passer à côté de la civière, son adjoint sur les talons, puis s'arrêter. Il devait observer le gisant, me dis-je. Quelques secondes plus tard, les pas reprirent leur avancée et continuèrent vers l'autre aile du pavillon. Sans attendre, Kerbellec et moi jaillîmes sans bruit de notre cachette et saisîmes la civière pour rouler Michard jusqu'à l'escalier qui était à l'autre bout de l'aile. Nous entendîmes à nouveau des pas et la voix de Goron qui revenaient vers nous, mais nous avions déjà entrepris notre descente.

Une fois dans la cave, nous pûmes reprendre notre souffle.

— C'est la première fois que tu viens en bas ? me demanda Kerbellec.

— Oui.

— Le bâtiment des morts est par là. Viens, je vais te guider parce qu'on s'y perd facilement. Il y a des ossuaires partout et il vaut mieux être prudent.

En effet, des catacombes s'allongeaient le long du corridor humide. Des centaines de crânes et d'ossements empilés s'accumulaient dans des boîtes. C'était une vision d'enfer.

— Une chance que Napoléon a toujours son drap sur la tête, murmurai-je à Kerbellec. Il ne faudrait pas qu'il voie ça.

Nous arrivâmes à la hauteur d'une porte en bois massif garnie de nombreuses ferrures noircies par le temps, sur laquelle était inscrit au pochoir le mot « Morgue ».

— Nous y voici.

L'odeur de formol et de putréfaction dans la pièce non aérée était irrespirable. La salle comportait un petit amphithéâtre surmonté d'une rampe. Les restes de la dernière leçon d'anatomie n'avaient pas été ramassés. Nous remontâmes une allée pentue qui conduisait à la sortie.

Une fois à l'extérieur, il fallut traverser un long préau. Nous aperçûmes l'ambulance de la Croix-Rouge commandée par Goron. Elle était garée près du pavillon d'admission. Sur sa banquette, le conducteur fumait tranquillement sa pipe.

J'entendis les sabots fringants de chevaux qui cognaient contre le pavé de la rue Broussais. Le fourgon de la morgue entra à l'épouvante, un corbillard noir orné de motifs ouvragés avec de longs cordons jaunes tressés sur les côtés, une croix noire sur le toit et quatre plumeaux noirs à chaque coin. Il passa sous l'arche sans ralentir tandis que le gardien refermait aussitôt la grille derrière lui. Le conducteur tenait la bride comme s'il retenait les chevaux de Lucifer. Le gardien les dirigea vers la morgue près de la petite chapelle.

— Ho ! cria le conducteur pour freiner son attelage.

L'homme descendit. Kerbellec et moi lui fîmes signe. En voyant surgir la civière brinquebalante, il ouvrit les portes du fourgon. Je relevai le drap sur la tête de Michard. Il s'était rendormi. Kerbellec prit son pouls. Celui-ci était normal. Le conducteur du fourgon s'approcha. Il avait une tête de poireau avec un teint vert.

— Bonne nuit, messieurs. Faucheuse jour et nuit ne te fait chômer, philosopha-t-il.

— Ah ! Votre passager n'a peut-être pas bonne mine, mon brave, mais il n'est tout de même pas mort, lui rétorqua Kerbellec.

Le conducteur de la morgue semblait trouver la situation plutôt amusante.

— Brouardel m'a demandé de venir recueillir un vivant et de le mener à la Salpette ! J'aurai tout vu.

L'homme nous aida à glisser la civière sur la dalle, puis à la sangler solidement. Michard ne broncha pas. Dans sa condition, s'il s'éveillait une fois à l'intérieur, il ne saurait distinguer entre une ambulance et un corbillard.

— Voilà, Villeneuve, je retourne auprès de Goron, où qu'il soit rendu dans l'asile, pour lui conter… ma foi… pour lui conter une histoire. Bonne chance !

— Merci. On se reverra jeudi pour l'hydrothérapie, dis-je, bien assis à côté du conducteur de la morgue.

— Hé, t'es au courant pour la tradition des douches ? me lança Kerbellec.

— Une tradition ?… Non, personne ne m'a rien dit.

— Le dernier arrivé sert de sujet ! Alors ne t'avise pas d'être en retard, d'autant plus que l'interne Masson serait sûrement heureux de te faire la leçon…

Une voix en colère perça le calme de la soirée, en provenance de l'entrée principale, à laquelle répondait celle du gardien.

— Quoi ?! Il s'est enfui ? Voilà ce que donnent les mesures de Magnan : pas d'entraves, pas de contention. Les criminels ont tous les droits ici. C'est comme si on laissait les portes de nos prisons déverrouillées…

— Vite, il faut partir, dis-je au conducteur. Et tentez de faire le moins de bruit possible jusqu'au mur de la rue Broussais.

Il donna un petit coup sur la bride et les deux chevaux noirs s'engagèrent lentement dans la courte allée qui menait à la rue Broussais, puis dans cette dernière. Au moment où nous traversions l'intersection de la rue

Cabanis, je vis l'ambulance sortir en trombe de la porte cochère de l'asile. Goron avait-il deviné nos intentions et se lançait-il à notre poursuite ? Je me dis que nous ne pouvions courir le risque.

— Mon ami, je vais devoir vous demander de semer l'ambulance.

— Hein ? Pourquoi voulez-vous que… ?

— Parce qu'il le faut ! Allez, fouettez vos chevaux. C'est pour ça que le docteur Brouardel vous envoie !

Le conducteur s'exécuta et notre appareillage prit sa vitesse dans le dernier bout de la rue Broussais et tourna rue Dareau dans un bruit d'enfer. Nous faisions route à grande vitesse vers le boulevard Arago. En me retournant, je compris que je ne m'étais pas trompé et que l'ambulance nous suivait elle aussi à vive allure. J'entendis Goron qui hurlait au conducteur d'aller plus vite.

Alertés par le charivari, les rares marcheurs encore sur les trottoirs se retournaient au passage des chevaux endiablés. Afin de semer l'ambulance, le croque-mort tourna à gauche dans Émile-Dubois dans un virage si serré que la voiture faillit se renverser. Il prit ensuite à droite la rue de la Tombe-Issoire et fila jusqu'au boulevard Arago. Sur le trottoir, d'autres piétons, plus nombreux sur cette grande artère, sursautèrent. Plusieurs se terrèrent sous un porche de peur d'être écrabouillés. Le croque-mort se retourna. Goron n'avait pas été dupe de la manœuvre.

— Il nous suit toujours. Au lieu de remonter tout du long Arago, je vais tenter de le semer en prenant par la rue des Gobelins.

Les deux virages qui nous amenèrent dans la rue des Gobelins furent pris si brusquement que j'eus du mal à m'accrocher. Je me demandai comment Michard se portait. Je regardai par la petite fenêtre l'état du patient. Ses yeux étaient fermés. Il semblait complètement indifférent à tout ce boucan. Il faut dire que l'agitation, il connaissait.

En reportant mon regard vers l'avant, je crus notre mort venue. Un étrange chariot contenant des empilades de paniers vides en osier sur au moins six mètres de haut s'engageait dans l'étroite l'intersection vers laquelle nous foncions à toute épouvante.

— Attention ! criai-je. Nous allons l'emboutir.

Le conducteur ne fit rien pour ralentir nos chevaux et hurla plutôt : « Pousse-toé d'là, l'cageux ! » L'autre nous avait déjà aperçus et fouettait son cheval afin de l'obliger à avancer plus vite. Il cria à son tour dans notre direction quelque chose que je ne compris guère en raison du tintamarre que faisait notre fourgon. En tirant la bride à droite puis à gauche, notre conducteur réussit à aligner ses chevaux de façon à ce que le fourgon évite d'à peine deux centimètres l'arrière de l'autre chariot.

— Espèce de malade, cria l'autre conducteur.

— Tu es trop chargé, pauvre mule ! hurla mon collègue alors que nous nous éloignions toujours aussi rapidement.

Pendant que je me remettais de mes émotions, nous empruntâmes toute une série de petites rues dont je ne retins que quelques noms – Lebrun, Pirandello, Jeanne-D'Arc… – avant que le fourgon n'atteigne le boulevard Saint-Marcel. Nous étions presque rendus à destination.

— Je crois bien que vous avez réussi à semer notre poursuivant ! félicitai-je le conducteur.

Il s'esclaffa.

— Il est dans les brumes, dit-il en exhibant ses mandibules à moitié édentées.

Alors que nous reprenions une allure plus normale qui permettait aux chevaux de souffler un peu, j'eus droit à quelques confidences du conducteur.

— Hier, commença-t-il, je suis allé chercher un mac-chabée un peu plus haut que la Salpette, près de la gare d'Austerlitz. Le type s'était suicidé au gaz. Je ramasse au moins un gazé par semaine, vous savez ?

Je ne savais pas.

— Et v'là tout juste une semaine, toujours pas loin d'ici, rue du Fer-à-Moulin, j'ai ramassé un homme qui s'était tué après avoir battu à mort sa femme. C'était pas beau ! C'était pas beau, je vous dis ! Ah non ! C'était laid, mon bon monsieur !

Je n'en revenais pas de mon initiation à la ville de Paris. J'aurais souhaité découvrir la capitale des arts sous d'autres angles que celui de la folie ; aller à Versailles, voir les impressionnistes et les expositions exotiques… Mais, pour tout dire, je ne détestais pas du tout ce qui m'arrivait depuis quelques jours à Sainte-Anne. Après tout, ne savais-je pas, en empruntant la voie de la médecine mentale, que je serais marié à la folie et à la mort, qu'elles m'accompagneraient tout au long de ma vie ? Mon univers serait peuplé de fous et d'asiles, de morgues et de cadavres, et j'en avais de beaux exemples depuis quelques jours.

La Salpêtrière occupa bientôt notre champ de vision. C'était le plus vaste hôpital d'Europe. Mon regard embrassa avec incrédulité cette citadelle de la médecine. Je n'avais pas assez d'yeux pour tout voir. Mes professeurs de Montréal m'en avaient tellement parlé !

— Ici, il vaut mieux ne jamais entrer, s'esclaffa le conducteur.

Ce pandémonium avait été érigé par ordre de Louis XIV afin de nettoyer Paris des gueux, des prostituées, des syphilitiques et en général de toute la lie parisienne. Pendant longtemps, on y naissait et on y mourait dans l'indifférence totale. Plus de cinq mille patients vivaient dans ces bâtiments. Le docteur Duquette m'avait conté, lors de notre traversée, qu'une fois par année on permettait aux pensionnaires de se rendre à Notre-Dame pour un service religieux. Je m'imaginai la triste parade de mendiants le long de la Seine : hommes, femmes, enfants, que la foule dévisageait comme des objets de curiosité morbide.

La voiture arriva à la hauteur de la statue de Pinel, son premier médecin-chef. Il avait répandu son humanité ici comme il l'avait fait à Bicêtre.

Une chapelle était intégrée à cette forteresse. Le fourgon passa sous la porte cochère et déboucha dans un vaste jardin où se multipliaient les bâtiments médicaux.

Je dirigeai le cocher vers la clinique externe où Charcot avait bâti sa réputation, ce qu'on appelait le théâtre de Charcot. J'utilise ce mot parce que ses « leçons » revêtaient un caractère dramatique. Il œuvrait ici depuis 1870 dans la division consacrée aux maladies nerveuses. Le jeune et maintenant célèbre docteur Freud y avait fait des études trois ans auparavant.

Le conducteur arrêta le véhicule devant la porte d'admission. J'allai m'enquérir de l'état de Michard. Il semblait rêver. Ses yeux grands ouverts fixaient le vide – deux points noirs inertes accrochés à un ciel de nuit.

Deux infirmiers sortirent nous prêter main-forte. Comme il avait été convenu avec Charcot, je fis inscrire Michard sous le pseudonyme de Jean-Baptiste Rameau.

— Oui, Rameau… Le docteur Charcot nous a avisés, me dit le préposé à l'admission. Une chambre spéciale l'attend. On ne va pas le garder en salle, à la demande du docteur Charcot. Vous êtes le docteur Villeneuve ?

— C'est exact.

— J'ai un message pour vous, de la part du docteur Magnan.

Je pris la petite feuille bleue que me tendait le préposé.

> *Georges, il vaut mieux ne pas dormir à votre adresse habituelle. Vous êtes recherché par la police parisienne. Goron et des agents sont passés à l'hôtel de ville pour vous mettre en état d'arrestation. Je vais m'occuper de vous tirer de là. Je vous prie infiniment de m'excuser de vous mettre dans le pétrin. Docteur Charcot a fait mettre une chambre à votre disposition. Après ce qui vient de se produire, le commissaire Goron va vouloir se venger sur vous. Reposez-vous. Veillez sur le patient. Je veux un suivi régulier de son état de santé. Demain, allez vous promener dans le jardin des Plantes.*

*Vous y serez en sécurité et pourrez profiter
d'une journée tranquille. Le docteur Mégnin,
qui possède une résidence à la campagne,
m'a dit que vous pourriez vous y cacher si
jamais il fallait en arriver là. D'ici là je
tenterai de régulariser votre situation auprès
de la justice française.*

Dr Valentin Magnan

Je sentis mes jambes ramollir. Une vision s'imposa à
moi : celle de Goron me raccompagnant au Havre pour
me jeter sur un vieux rafiot. Mais je dus me ressaisir
puisque la responsabilité du patient m'incombait. Comme
Magnan s'occupait de me sortir d'embarras, je m'en
remettais totalement à lui. Pour l'instant, il fallait dormir.
Comment pourrais-je y arriver ? Je demandai plutôt du
papier et un encrier pour faire le récit des dernières
heures, certes les plus haletantes de ma vie depuis la
rébellion de 1885.

7. De garde à la Salpêtrière

Ma chambre à la Salpêtrière avait une vue sur le pont et la gare d'Austerlitz. Le personnel me traitait bien, mais je m'ennuyais ferme. Après le petit-déjeuner, je pris même le temps d'ausculter un patient à la demande d'un infirmier. Puis je descendis à l'étage retrouver mon précieux malade. Je consultai la planchette avec son bilan de santé. Son état était stable. Le veilleur de nuit mentionnait que Michard avait fait un cauchemar, mais qu'il avait mangé un peu au déjeuner.

Je me plaçai à ses côtés, essayai d'entrer en communication avec lui, mais il ne réagissait à rien. Le regard fixe, le pauvre Napoléon dérivait dans ses pensées.

Je sortis me promener. Je passai les heures suivantes à m'inquiéter pour la suite de mon séjour à Paris. S'il fallait que je revienne à Montréal avec un dossier criminel, ma carrière d'aliéniste serait à jamais compromise. Pourtant, je n'avais fait qu'écouter Magnan. Être renvoyé de la France aurait été une humiliation dure à prendre et certainement néfaste à mon futur statut.

Plus j'approchais du boulevard Austerlitz, plus la ville répandait son tapage urbain. Il y avait partout des véhicules, des piétons et des chevaux, des omnibus à l'impériale à deux étages, des fiacres, des berlines, des véhicules de livraison… C'était un roulement sans fin et anarchique. Il fallait faire attention en traversant les rues pour ne pas être écrasé par une voiture ou un cheval.

Sur le quai Saint-Bernard, je regardai un temps passer les péniches, qui laissaient dans leur sillage une myriade floue de lumières. Des blanchisseuses lessivaient leur linge dans la Seine.

Je me dirigeais vers un bouquiniste quand la vue d'un policier venant vers moi me fit me sentir comme un criminel. Je rebroussai chemin pour me terrer dans le jardin des Plantes.

Pour goûter à la tranquillité et me rappeler nos forêts, ce luxuriant jardin valait bien un autre endroit, et je m'y promenai longuement, m'allongeant même sous un saule pour un petit somme. Mais c'était peine perdue ; constamment aux aguets, j'ouvrais l'œil devant chaque promeneur qui passait, car je craignais d'être repéré par la police.

Pour tuer le temps, je suivis le conseil du docteur Vallée, qui m'avait recommandé une visite du Musée d'histoire naturelle. Mais c'était plutôt le temps perdu qui me tuait. J'entrai néanmoins au musée, même si je n'avais la tête à rien, moi qui pourtant adorais la biologie. Je m'y ennuyai ferme. Au bout d'une demi-heure à peine, je m'en retournai à la Salpêtrière vérifier l'état de mon patient.

Il avait dormi, s'était levé seul pour aller aux latrines. Il avait mangé la moitié de son dîner. J'écrivis un rapport à l'intention de Magnan. Comme j'avais encore du temps à tuer, je marchai de nouveau dans la ville.

Vu que je ne savais pas grand-chose de la bataille de Sedan, j'achetai sur les quais un livre qui traitait du sujet. En apprenant par quoi ce pauvre Michard était passé, je me retrouvais totalement absorbé par l'enquête. Je pris plusieurs notes dans mon cahier et je rentrai à l'hôpital.

◆

En me voyant entrer dans la chambre, Michard jeta un petit coup d'œil dans ma direction. Il n'était plus complètement indifférent à ma présence. Le sevrage d'alcool se passait de mieux en mieux.

En le regardant, je peinai à l'imaginer dans cette guerre sur laquelle je venais de me renseigner. Je comprenais mieux la signification du tatouage et de la date inscrite en dessous. J'hésitais à lui parler de la terrible bataille et des conditions hygiéniques déplorables qui avaient suivi la capitulation, de la cruauté des armées prussiennes. Je préférai causer de tout et de rien tout en souhaitant qu'il s'habitue au son de ma voix, à force de l'entendre, et finisse par me répondre. Il ressemblait à un paquet d'os tellement la vie l'avait décharné. Il ne restait que cent livres à peine de ce long corps fluet. Je voyais les pommettes saillir chaque jour davantage et l'orbite des yeux se creuser un peu plus.

— Il fait beau dehors, Napoléon. J'ai hâte que vous puissiez sortir à nouveau. Vous savez, il y a des gens de partout qui sont venus voir l'Exposition universelle. Le docteur Bouchereau doit vous examiner demain et vous aurez la chance d'obtenir les soins du docteur Charcot. Auriez-vous envie de jouer aux cartes ?

Il me regarda puis fixa le ciel de la cour arrière.

— Je suis allé au Musée d'histoire naturelle, continuai-je sans m'offusquer de son silence. Si jamais vous vous sentez bien cette semaine, Napoléon, je vous emmènerai au jardin des Plantes prendre l'air. Est-ce que je vous ai dit que moi aussi j'ai été dans l'armée ? Si vous le voulez, je vous parlerai de ma guerre.

Il resta coi. Je pris son pouls, vérifiai ses réflexes.

— Je reviendrai vous voir ce soir avant de me coucher.

Puis je me rappelai que j'avais toujours ce morceau de chocolat dans mon veston. Il avait beaucoup ramolli. Puisque je devais éviter de trop exciter les nerfs de Michard, je ne lui en offris qu'une petite partie.

— Tenez, mon ami, c'est du chocolat. J'ai rencontré, hier, monsieur L'Herbier, de l'assistance publique. C'est lui qui m'a remis ceci à votre intention. Il devait venir vous voir, mais comme il ne sait pas que vous avez été transféré ici, à la Salpêtrière, il n'a pu le faire.

J'avais tendu le bras pour lui offrir la friandise, mais comme il ne la prenait pas, je déposai le chocolat entre ses lèvres. Il le saisit comme un caméléon éperonne un insecte avec sa langue. Michard enfourna la friandise. Je mis un autre morceau devant sa bouche et, sensible à l'odeur, Michard l'avala à son tour avec un plaisir manifeste. Le chocolat s'avérait, en clinothérapie, un agent thérapeutique très efficace pour remonter le moral d'un malade.

— Bien, très bien, Napoléon. Mais c'est assez pour le moment. Maintenant, je dois m'absenter pour quelques heures. Moi aussi, je dois me sustenter. À plus tard, Napoléon.

Il ne répondit pas et resta dans son état de torpeur.

Après avoir mangé dans un bistro du boulevard Saint-Marcel, je pris de nouveau du temps pour flâner en remontant vers le Ve arrondissement. Je m'arrêtai près des quais devant un kiosque à journaux. À la une, je trouvai un quotidien qui s'intéressait à notre affaire : « L'évasion du meurtrier de Sainte-Anne », était-il écrit en gros caractères. Un sous-titre annonçait : « Il s'est évadé à la faveur de la nuit grâce à la complicité d'un membre du personnel ».

J'achetai le journal, que je lus avec stupéfaction. On y faisait à nouveau mention d'un mystérieux médecin canadien qui interférait dans l'enquête, qui déshonorait son visa de séjour et qui méritait l'extradition, voire la prison. Mon identité allait sans doute apparaître dans la prochaine édition. La lecture de l'article me laissa avec la certitude que j'étais dans un pétrin épouvantable.

J'aurais bien aimé aller à ma chambre pour prendre des vêtements propres, mais j'entendais dans ma tête les recommandations du docteur Magnan. Pourtant, me disais-je, cela ne prendrait que quelques minutes. Plus j'approchais de l'endroit, plus la tentation d'entrer dans ma chambre me gagna. Mes vêtements fripés et le col cerné de ma chemise faisaient pitié à voir. On passe vite du gentilhomme bourgeois au clochard gris. Je ressemblais à un chiffonnier. Cette migration sociale dans mon apparence me tourmentait. Et puis j'avais un urgent besoin de changer de chaussettes et de sous-vêtements. Le temps chaud me faisait transpirer et, en bon marcheur rapide, je suais beaucoup. Je dénouai ma cravate. La décision s'imposa : je devais me rendre coûte que coûte à ma chambre.

Quand j'entrai dans l'hôtel après avoir vérifié tout autour qu'il n'était pas la cible d'une surveillance policière, la tenancière me regarda d'un drôle d'air alors que je m'élançais à l'étage. Elle me baragouina une phrase que je ne compris pas immédiatement, mais qui s'incarna sous mes yeux à l'étage du haut. Ma chambre avait été mise sous scellés par la police de Paris. Il m'était interdit d'en franchir la porte. Je descendis et demandai des explications.

L'hôtelière se montra apeurée et hostile.

— Ils m'ont dit que vous étiez recherché.

— Ils font erreur…

— Moi, je ne sais pas. Je fais confiance à la police.

Je vis qu'il était vain de lui fournir une explication. Il valait mieux sortir de là avant qu'elle me dénonce ; son attitude annonçait clairement ses intentions.

— En tout cas, vous comprendrez avant longtemps qu'il s'agit d'un terrible malentendu.

— Ils disent tous ça.

Ma montre à gousset indiquait six heures. Je cherchai une boutique où je pourrais me procurer des vêtements, mais tout était fermé. Je me rendis sur les quais. J'y aperçus une lavandière avec un joli châle bleu à pois blancs. Elle transportait des chemises qui avaient une fraîche odeur de lavande. Je m'approchai et lui demandai de me vendre une chemise.

— Mais ça va pas, la tête ! Vous êtes pas à la mercerie !

Elle passa devant moi en m'invectivant.

Découragé, je m'assis sur le bord du quai, les pieds ballants. Je me trouvais dans une situation pitoyable. L'idée de me rendre à la délégation canadienne effleura mon esprit. Je pourrais faire appel à sœur Thérèse. Elle ne partait que le lendemain. Mais cette perspective me découragea. Je trouvais infantilisant de quémander l'aide de ma future patronne ou de mes anciens professeurs. D'ailleurs, consentiraient-ils à me parler après tout ce qui s'était écrit sur moi dans les journaux ? Après seulement quelques jours à Paris et après avoir promis de briller et de faire honneur à ma profession, j'humiliais la patrie tout entière.

À la faveur de la brunante, je repris mon errance. Je me sentais en sécurité lorsque je marchais ainsi. Je déambulai sur le boulevard Clichy où je fus sollicité malgré ma tenue par des filles de joie.

— Hé dis, tu m'cherches, toi ?

Le regard farouche que je jetai sur la fille qui m'avait hélé l'apeura. D'être considéré comme un vulgaire criminel par la justice française me révoltait. À la demande de Magnan, j'avais tout fait pour éclairer la justice. N'était-ce pas le travail de la médecine légale des aliénés ? Je poursuivis ma longue marche au bord de la Seine alors que le soir tombait, flânai sous le pont Neuf.

J'allais retourner à la Salpêtrière quand je vis en contre-plongée, à la lueur d'un bec de gaz, un homme avec un haut-de-forme et une redingote violette qui jeta un coup d'œil dans ma direction. Nos regards se figèrent un instant l'un dans l'autre. Le visage de l'homme ressemblait à un masque de cire. Il correspondait à la description que l'on m'avait faite à l'asile Sainte-Anne et au café.

Je courus vers l'escalier et grimpai les marches à toute vitesse. Parvenu au boulevard Saint-Michel, je cherchai l'individu des yeux, mais ne le vis point. Je me faufilai en courant dans le cordon noir de la foule. Je ne le voyais toujours pas. Puis, je m'aperçus qu'il avait retiré son chapeau et qu'il traversait le boulevard en oblique. Il rejoignit de l'autre côté les quidams dans la rue de la Cité. Je remarquai son profil. Une longue couette sombre se balançait sur le vêtement mauve. Il marchait en se dandinant, canne à la main.

Deux omnibus passèrent et me coupèrent la vue. Je voulus traverser, mais j'en fus empêché par d'autres voitures.

Une fois enfin de l'autre côté, j'avais perdu l'homme de vue. Il n'était pas question d'aller plus loin. Les dernières couleurs du soir se reflétaient dans la grosse rosace de Notre-Dame et la préfecture de police, qui se trouvait juste en face du parvis. De toute manière, mon quidam s'était volatilisé. Il ne me restait plus qu'à rentrer à l'hôpital. Je m'arrêtai en route dans un bistro pour avaler un croûton au jambon.

◆

Arrivé à la Salpêtrière, je montai examiner mon patient. Le rapport de l'infirmier indiquait qu'il avait mangé un peu, qu'il avait bu un thé et qu'il avait ensuite marmonné quelques phrases.

— Comme ça, vous avez été militaire, monsieur Michard ? lui dis-je d'entrée de jeu en m'asseyant près de son lit. Moi aussi, j'ai fait l'armée au Canada. J'ai participé à l'expédition du Nord-Ouest, à une guerre indienne. Ça n'a rien à voir avec ce que vous avez vécu à Sedan et à Bazeilles. Vous, vous avez affronté le tonnerre du feu.

Même si j'avais l'impression de parler dans le vide, je savais que mes efforts consolideraient un éventuel rapport de confiance.

Avant de monter dans ma chambre, j'eus la possibilité de laisser mon linge à la buanderie. Un infirmier me prêta une blouse d'hôpital. Quelques heures plus tard, j'enfilais enfin des vêtements propres. En échange, je l'aidai à soigner un patient qui s'était coupé avec du verre. Je retirai le tesson, désinfectai la plaie et je cousis les points.

Je me retirai enfin dans ma chambre. Je sortis le roman d'Eugène Sue que j'avais emprunté à la bibliothèque de Sainte-Anne. Son titre, *Les Mystères de Paris*, prenait une résonance toute particulière pour moi. J'entrai dans l'intrigue avec avidité.

En fin de soirée, je fus réveillé par un infirmier.

— Docteur Villeneuve, votre patient délire ou il fait un cauchemar! Il est très agité. J'aimerais que vous veniez le voir.

Je le suivis au pas de course.

J'avais l'impression que Michard ne dormait pas. Il marmonnait parfois des mots pour lui-même, puis semblait converser avec un être imaginaire. Entre deux phrases incohérentes, deux gestes brusques, je saisis quelques mots que je tentai de lier en signification. « Le mal… court dans l'ombre… mes pensées. » « Non, garde-la… » « Mets-la sur ta tête de lune… Ta tête de lune Titi. Ta tête de lune Titi. Ma médaille. Elle a ni cul ni téton ta Vénus populaire. C'est juste une diva d'égout. » Puis il éclata de rire et sa joie se fondit dans une torpeur mélancolique.

Sur ta tête de lune… Je notai toutes ses paroles énigmatiques. J'essayai de le rassurer en lui parlant doucement, car je craignais qu'il ne fasse une nouvelle crise épileptique. Comme il avait chaud, je lui donnai à boire, ce qui l'apaisa. J'attendis patiemment qu'il se rendorme et je retournai dans ma chambre. Avant de me coucher, je notai la phrase mystérieuse de Michard. Je réfléchis à ces paroles, mais n'y compris rien. Je m'affalai dans mon lit, priant que le sommeil me ravisse à la sombre réalité.

8. Une situation intenable

En matinée je reçus un télégramme de Bouchereau, qui me demandait de rester encore une journée à la Salpêtrière. Cette nouvelle m'abattit. Il allait passer me voir à l'heure du déjeuner. Il terminait en me disant de ne pas m'en faire, que Magnan essayait de trouver une solution à ma pénible situation et que la séance d'hydrothérapie était remise à plus tard.

Je m'installai à une table minuscule pour rédiger mon rapport à l'intention de Magnan. Je décrivis l'homme que j'avais aperçu la veille sur le boulevard Saint-Michel. J'insistai sur le haut-de-forme, la redingote et la canne. Je mentionnai sa démarche expansive, sa chevelure. Nous avions affaire à un dandy excentrique. Je composai ensuite un portrait avec tout ce que je savais de lui, tout ce qu'on m'en avait dit au Chat Noir. Je descendis à la bibliothèque de l'hôpital. Dans les quartiers de Charcot, j'aperçus à ma grande joie Bouchereau, qui parlait à un autre médecin. Il s'avança vers moi avec un air rassurant.

— Georges, content de vous retrouver. Vous me paraissez fatigué.

— Un peu. Avec tout le mal qu'on dit de moi…

— Ne vous inquiétez pas, Magnan fait tout son possible pour régulariser votre situation.

Je lui racontai que le patient avait eu une crise de délire durant la nuit, mais sans conséquence fâcheuse. Il avait eu plusieurs fois le réflexe de se lever, signe que son corps reprenait de la vigueur.

— Ma chambre de l'hôtel du Panthéon est sous scellés, ajoutai-je enfin d'un ton plus dépité que je ne le voulais.

— Je sais. Valentin me l'a appris. Je le répète, nous essayons de vous tirer de cette malencontreuse situation. Mais le commissaire Goron est têtu comme une bourrique. Magnan a demandé la collaboration du docteur Garnier. Ce dernier connaît bien le commissaire. Magnan fait vraiment tout pour vous sortir du pétrin dans lequel il vous a plongé.

— De quoi m'accuse-t-on au juste ?

— D'entrave à la justice, de conspiration et de complicité criminelle.

— C'est ridicule ! Bientôt on va me tenir responsable de la mort de cette prostituée.

— C'est ce que nous avons dit à Goron. Enfin… Magnan a peut-être trouvé une solution. Il a demandé à un ami qui travaille pour un grand quotidien d'écrire un long article sur le quiproquo qui vous a mis dans un tel merdier. Nous avons les preuves qui démontrent que vous avez apporté un premier éclairage significatif à cette enquête. Nous menacerons de faire paraître l'article. Nous nous en servirons comme monnaie d'échange pour l'annulation des charges qui pèsent contre vous. Magnan a rendez-vous demain avec Goron. Si ça ne suffit pas pour le faire changer d'idée, le patron promet de jouer dans les hautes sphères, car il y a ses entrées. Il vient de recevoir la Légion d'honneur et ses admirateurs sont nombreux dans l'administration publique.

Nous montâmes ensuite voir Michard. Assis dans son lit, il fixait les branches d'arbres derrière la fenêtre. Bouchereau prit ses signes vitaux et constata que tout semblait en ordre.

— Il reprend du mieux. Son teint, sans être celui du montagnard, est meilleur qu'il y a deux jours. Il est encore maigre comme un chicot, mais il tient le coup.

— Il sera prêt pour la séance de mardi prochain, assurai-je.

— Charcot va lui tirer les vers du nez, vous allez voir. Bien ! Je vous invite à déjeuner, Georges. Je connais un bon petit resto sur le boulevard Saint-Marcel qui, rassurez-vous, n'est pas fréquenté par les policiers.

J'acceptai volontiers. Je me sentais de plus en plus seul et menacé.

Alors que nous mangions, je me rappelai soudain que c'était cet après-midi que repartaient pour Montréal sœur Thérèse et la délégation canadienne-française. Je me désolai de ne pouvoir être sur place pour leur souhaiter un bon voyage, et encore plus de ce qu'ils penseraient de moi en constatant mon absence.

— Rassurez-vous, Georges, Magnan a prévu le coup. Il ira lui-même saluer leur départ et expliquera que c'est entièrement de sa faute si vous n'avez pu être présent. En fait, il se propose de leur dire qu'il vous a expressément demandé de veiller jour et nuit sur un patient dont la vie même est en danger, et que vous vous acquittez à merveille de votre tâche.

Je convins que c'était bien aimable de la part de l'aliéniste de me couvrir ainsi, mais, dans mon for intérieur, je ne m'en désolai pas moins de ne pas revoir mes compatriotes avant leur départ.

Plus tard, en fin de journée, je reçus un télégramme de Magnan qui m'invitait à suivre le lendemain la leçon d'hydrothérapie. Il n'y avait pas un mot sur ses adieux à ma délégation, mais un passage me rasséréna : « Goron a décidé de surseoir provisoirement à votre arrestation – stop – Il a décidé d'entendre mes doléances – stop – Je vous attends demain. »

9. Une douche écossaise à Paris

J'avais hâte de retrouver Magnan et Sainte-Anne, mon lieu d'étude, et je ne fis donc pas exprès ce matin-là pour me présenter quelques minutes en retard : j'avais passé une partie de la nuit au chevet de Michard, qui avait encore eu des cauchemars, et je m'étais éveillé plus tard que prévu.

En me voyant arriver, le gardien me salua.

— J'ai bien peur que vous soyez le dernier, docteur Villeneuve.

Je m'étais habitué à l'idée d'être le dindon de la douche.

Le docteur Magnan m'attendait en compagnie d'autres internes dans le pavillon des bains de la division des hommes. On aurait dit une volée d'oies dans un pâturage. C'était l'une de nos tâches de donner les bains et les douches thérapeutiques. Leurs bras tendus vers moi et leurs sourires moqueurs disaient tout. J'étais leur condamné à la douche. Je comptai. J'étais bel et bien le dernier. Je fis à peine semblant de m'en plaindre.

— Docteur Villeneuve ! J'espère que vous profiterez bien de ce traitement d'hydrothérapie, railla Magnan.

— Mais je n'ai rien d'un mélancolique !

— Vous ne le serez jamais plus après la douche écossaise...

Les internes éclatèrent de rire.

Puis il me prit à part et me raconta qu'il aurait à la fin de l'avant-midi un entretien avec Goron.

— Je sais que les derniers jours ont été bien éprouvants, reprit Magnan. Tout est en train de se régler. Goron a reçu une mise en demeure et une idée de la teneur de l'article qui doit paraître dans le journal. Il est dévastateur. On ne s'accapare pas le mérite des autres comme il l'a fait. Je crois que vous pourrez dormir tranquille ce soir dans votre chambre de l'hôtel du Panthéon.

Magnan demanda ensuite le silence. Il nous fit entrer dans un vestibule couvert de céramique blanche. Dans une pièce se trouvait une trentaine de bains de pieds disposés en cercle. Une agréable odeur de conifères titilla mes narines. Cela faisait du bien après l'air puant de la Salpêtrière. Magnan nous mena dans une autre pièce où s'étalait une succession de cabinets de bains avec une céramique blanche lustrée. Des hommes y bénéficiaient de soins sous la supervision d'un interne. Ils étaient enveloppés d'un nuage de vapeur d'où émanaient les effluves de sapin. Les hommes se détendaient, les yeux fermés, oubliant leurs idées noires et fixes. Les agités se reposaient, immergés jusqu'au cou dans des bains munis d'un couvercle de tôle pour éviter qu'ils ne se blessent ou ne se noient. Seules leurs têtes émergeaient. On aurait dit des coléoptères humains enveloppés d'une étrange carapace. Magnan disait le plus grand bien de la balnéo-thérapie dans le traitement des dépressions. Les agités aussi s'apaisaient pendant ces traitements.

— C'est l'un de nos seuls traitements vraiment efficaces, me précisa-t-il alors que j'observais la scène.

Magnan expliqua par la suite que ce n'était pas un hasard si les bains étaient situés à proximité du quartier des agités.

— Vous avez ici, docteur Villeneuve, l'espace où se donnent les bains résineux à base d'essence de sapin baumier, les bains de térébenthine et les bains sulfureux.

La voix de Magnan se réverbérait étrangement dans le pavillon des bains.

— Ce traitement apaise et repose le malade. Il le met dans un état d'esprit positif. Le patient se détend pendant dix à vingt minutes et se sent beaucoup mieux. Nous recommandons de terminer le traitement par un massage.

Un interne titulaire avisa le docteur Magnan que le bain de vapeur achevait. Les deux patients qui le recevaient enroulèrent leur serviette autour de leur corps et sortirent. Nous traversâmes pour notre part le vestibule afin d'entrer dans une deuxième salle, divisée en deux parties. Dans la première pièce s'alignaient dix nouvelles baignoires, qui étaient placées loin des murs. Selon le traitement exigé, la température des bains pouvait varier de moins 10 degrés à plus de 25 degrés Celsius.

Magnan nous conduisit ensuite dans l'autre partie de la salle, consacrée à l'hydrothérapie. Au milieu de la pièce se trouvait une piscine en briques et en ciment avec des marches. Il me désigna, à la grande joie de Masson. Kerbellec me tapa amicalement l'épaule pour me donner du courage.

— Docteur Villeneuve, puisque vous êtes le dernier arrivé, vous allez maintenant vous rendre dans la cabine. Prenez une serviette de bain.

Je me déshabillai, recouvris mes parties intimes avec la serviette. Lorsque je me présentai devant mes confrères, un fou rire éclata.

— Je comprends pourquoi on vous appelait Gros Ours dans le Nord-Ouest, s'esclaffa Magnan. Docteur Villeneuve, dirigez-vous vers la douche. Ouvrez les robinets d'eau chaude et d'eau froide pour obtenir une chaleur agréable.

Une intrigante tribune en tôle dominait la pièce. Elle était munie de plusieurs manivelles. Magnan y monta comme dans une chaire.

— Pendant que le patient est sous la douche, je peux, avec ces leviers, le traiter à distance avec une série de jets d'eau variés. Vous êtes prêt, docteur Villeneuve ?

— Vous pouvez y aller !

Il actionna un robinet et pointa un boyau vers moi. Je sentis dans mon dos un giclement chaud fort agréable.

— Vous avez aussi les jets d'eau en pluie froide, qu'on utilise rarement, mais croyez-moi, cette flotte hivernale revigore les sens les plus léthargiques.

Je poussai un cri quand le nouveau jet m'atteignit. Malgré les rivières que j'avais traversées à gué dans ma vie, le sang me glaçait raide.

— Ça ne vous rappelle pas les hivers canadiens, docteur Villeneuve ?

— J'ai plutôt l'impression de traverser à nouveau la rivière au Chevreuil, docteur Magnan.

— Il y a aussi le jet doux, mitigé, ou ce que nous appelons la lance mobile.

Il passa de l'un à l'autre.

— Le jet fort, lorsqu'il touche des points précis, a des effets bénéfiques sur le patient. Il le réveille, le stimule, le masse.

J'avais effectivement la sensation d'un massage. Ma peau semblait faire des vagues sur mon corps.

— Est-ce agréable, docteur ?

— Oui, mais ne changez plus la température.

J'entendis des rires autour de moi.

— Je peux aussi doucher le malade avec une trombe d'eau circulaire, verticale, ou avec le bain de siège, que j'épargnerai au docteur, dit Magnan en faisant redoubler l'hilarité des étudiants.

— Merci !

— Avec un peu d'habitude, un seul médecin peut traiter deux patients à la fois avec un boyau dans chaque main.

Je sentis soudain la pression d'eau faire glisser ma serviette. J'étais nu comme un ver et affreusement embarrassé. Le délire des sains d'esprit fut total. Magnan aussi participait à l'ambiance, car j'entendais au milieu des autres son rire communicatif.

— Par la suite, nous les douchons avec des jets d'eau en éventail ou en pluie. Fort apaisant, n'est-ce pas, docteur Villeneuve ?

— En effet, docteur Magnan.

Je sortis de la douche sous les applaudissements nourris de mes collègues. Seul l'interne Masson me regardait avec hargne sans applaudir. S'il avait fallu que sœur Thérèse me vît déambuler nu comme un ver, j'eusse été excommunié le lendemain par l'archevêque de Montréal.

— Pour terminer, je suggère au malade de s'immerger dans la piscine pour prolonger son traitement. Pour les malades rébarbatifs à l'hydrothérapie, nous avons quelques douches avec un cercle en armature et dotées d'une toile qui permet d'y maintenir le patient. Mais vous connaissez ma position sur la contention…

La leçon était terminée. J'allais sortir pour me rhabiller quand Magnan me demanda de venir le retrouver après à son bureau.

Une fois bien séché et plutôt ragaillardi par le traitement que je venais de subir, je sortis du pavillon des hommes et profitai du beau temps pour marcher lentement entre les platanes de la cour de l'asile.

Je retrouvai le vieil aliéniste dans son bureau en train de régler une admission problématique, car elle concernait le fils d'une personnalité française. Je ne cherchai pas à savoir de qui il s'agissait, et Magnan me dit simplement que la folie frappait souvent sans discrimination de sexe, de race ou de religion, et encore moins de statut social.

Il me tendit soudain quelques feuilles de papier.

— Tenez, Villeneuve, rendez-moi service et allez porter cette réquisition à la bibliothèque, le temps que je règle cet épineux dossier. Vous reviendrez me voir après.

◆

La bibliothèque de l'asile était bien garnie. Les beaux rayons en bois franc blond contenaient une vaste collection de livres que n'auraient pas décriée les auteurs des Lumières. Les malades de Sainte-Anne n'étaient pas privés de lectures instructives. Mais la note montrait que l'aliéniste se souciait de l'effet de certaines lectures devenues un peu trop populaires.

Le docteur Magnan croyait en effet que les histoires écrites par un déséquilibré – c'était le cas selon lui d'un auteur comme Edgar Allan Poe, par exemple – avaient un effet néfaste sur les aliénés qui les lisaient. Loin d'être des agents thérapeutiques, ces livres pouvaient s'avérer un engrais pour la folie. Se retrouvaient ainsi sur la liste des dizaines de titres, dont certains me surprirent, comme *Splendeurs et misères des courtisanes* de Balzac et *Les Mystères de Paris*, d'Eugène Sue. Heureusement, j'avais emprunté un exemplaire de ce dernier avant et il était toujours dans ma chambre de la Salpêtrière.

Je remis au bibliothécaire la réquisition et la liste qui l'accompagnait. Celui-ci parut surpris en en faisant la lecture.

— Tous ceux-là ? Mais c'est me priver de mes meilleures lectures que de les retirer des rayons, râla-t-il en secouant la tête de dépit.

Mais, comme l'ordre venait du patron, il ne pouvait que s'exécuter.

De retour au bureau de Magnan, je fus soulagé de voir qu'il avait réglé son problème et qu'il pouvait s'occuper de moi.

— Docteur Villeneuve, dit-il aussitôt que je me fus assis face à lui, puisque le volet judiciaire de la médecine légale des aliénés semble vous intéresser, j'aimerais vous mettre en contact avec un de mes anciens étudiants, le docteur Paul Garnier, que vous avez rencontré l'autre soir. Je vous ai déjà recommandé à lui par lettre. Garnier travaille aussi sur l'affaire du coupeur de nattes. Il va nous éclairer sur ce crime.

Garnier était une autorité en médecine légale des aliénés criminels. Son nom apparaissait fréquemment dans les journaux et il était connu dans tout Paris. Il militait pour la création d'un asile de sûreté où seraient logés les aliénés criminels.

— Comme vous le savez, le docteur Garnier a la responsabilité de déterminer pour la justice parisienne le degré de folie des criminels. Vous verrez une fois de plus les conséquences néfastes de l'alcool sur la criminalité. Garnier est souvent appelé à témoigner dans les procès quand il s'agit de cas d'aliénation mentale. Simulet-on ou a-t-on vraiment commis un crime sous l'effet de la folie ? Je vous ai recommandé à lui, car, tout comme il vous l'a dit l'autre soir à l'hôtel de ville, il y a de bonnes chances pour qu'un jour vous ayez à vous occuper de cette classe particulière de criminels à Montréal. Avec Garnier, vous apprendrez donc à interroger les témoins suspectés d'aliénation mentale. Il n'y en a pas un comme lui pour démasquer les imposteurs. Vous apprendrez aussi la jurisprudence à cet effet. Garnier est un homme simple, vous l'aimerez. Et vous verrez de l'action avec lui ; je vois bien que vous adorez le travail sur le terrain, les enquêtes.

Je le remerciai.

— Il est vrai que j'aime le travail d'enquête, docteur Magnan, mais l'infirmerie où travaille le docteur Garnier n'est-elle pas adjacente à la préfecture et au palais de justice ?

— Vous avez raison, Villeneuve, mais en quoi… ?

— Sauf votre respect, docteur, considérant ma situation actuelle, je ne m'y sentirai pas très en sécurité.

— Ah ! oui, justement… Je vous ai fait venir pour régler cette histoire une bonne fois pour toutes.

Il farfouilla dans une liasse de papiers et me tendit quelques feuillets.

— Lisez ce document et dites-moi s'il correspond à tout ce que vous avez fait jusqu'à maintenant dans votre enquête sur Napoléon Michard. Ensuite, je le signerai.

Ce que je lus correspondait aux faits.

— Tout ce qui est écrit là est parfaitement exact.

Magnan apposa son paraphe au bas de la dernière feuille.

— Voilà. Je dois rencontrer Goron dans quelques minutes. S'il ne retire pas les charges contre vous, je vais faire publier ce papier dévastateur dans *Le Figaro*. Tous les témoignages montrent qu'on vous doit les progrès réalisés dans le cadre de cette enquête, que Goron s'est contenté de prendre vos informations et vous a accusé par la suite.

Le secrétaire du bureau d'admission entra dans la pièce.

— Docteur Magnan, le commissaire Goron est arrivé.

— Bien. Faites-le venir. Quant à vous, Villeneuve, allez vous cacher dans mon bureau de consultation. Vous n'en sortirez que lorsque je vous appellerai.

Je me glissai dans la pièce adjacente, fermai la porte puis me penchai pour observer la scène par le trou de la serrure.

Magnan accueillit froidement Goron d'un simple « Commissaire », et ce dernier lança aussitôt les hostilités.

— Docteur Magnan, je veux savoir où est passé Michard. Il est introuvable.

— Vous le saurez après que vous m'aurez écouté, Goron. Je dois vous avouer que votre comportement en tant qu'officier judiciaire m'a grandement déçu.

— Hé, ho, vous n'allez pas commencer la leçon de morale. Ce n'est pas parce que vous avez la Légion d'honneur que vous pouvez vous adresser à moi sur ce ton, monsieur le docteur.

— Je prends le ton qui sied à votre conduite indécente. Vous devriez avoir honte, commissaire Goron. Grâce à ce brave médecin de Montréal et au personnel de Sainte-Anne, vous avez pu avancer dans votre enquête. Comble du déshonneur, vous en avez pris tout le crédit. Vous aurez à répondre de vos mensonges dans les journaux.

— Quels mensonges ?

— Les mérites que vous accordent les journaux depuis quelques jours sont ceux de notre service, et plus particulièrement ceux d'un médecin venu se spécialiser à Sainte-Anne, mais qui a lui-même enquêté dans son propre pays où il a été capitaine de bataillon.

— Je n'en ai rien à faire qu'il soit capitaine, caporal ou cul-de-jatte tambour-major. Je ne veux plus voir cet étranger nuire à mon investigation.

— Tenez, lisez ceci, Goron. C'est l'inventaire que j'ai dressé à l'aide des rapports que mon étudiant a rédigés dans l'affaire Michard. Vous y trouverez les heures et les dates de chacune de ses interventions ainsi que les miennes.

Goron commença la lecture du texte. Une minute plus tard, il s'exclamait :

— Vous ne pouvez pas publier ce texte, docteur.

— Il sera étalé demain matin dans un grand quotidien et vous devrez vous expliquer.

Les cordes des tendons du cou de Goron se bandèrent comme si elles allaient éclater.

— C'est de la diffamation !

— Moi, j'appelle plutôt ça de la vérité.

— Un commissaire prend son information là où il la trouve. C'est connu !

— Entre prendre et piller l'information pour en tirer vanité, il y a toute une différence.

— C'est ignoble, docteur !

— Je vous propose une entente, Goron. Vous laissez tomber toutes les charges à l'endroit de mon étudiant et je ne publierai pas ce texte. Sinon, il paraîtra demain et ce sera à votre tour d'être dans l'embarras.

Goron, qui contenait à peine sa bile, réfléchit. Il donnait l'impression qu'il allait déchirer la lettre.

— C'est bon, j'accepte votre marché. Mais vous me dites où est Michard.

— Oui, mais avant, vous signez ce papier où vous vous engagez à abandonner tous vos griefs contre le docteur Georges Villeneuve, qui ne faisait qu'obéir à mes ordres.

D'une main rétive, le commissaire accepta d'apposer sa signature sur le document.

— Bien. Alors voici, commissaire : mardi prochain,
à la Salpêtrière, le docteur Charcot hypnotisera Michard
pour tenter de savoir ce qui s'est passé dans les heures
qui ont précédé son internement.

— Charcot ! Pas un autre docteur pour toqués. Ah !...
je comprends, maintenant : Michard est à la Salpette et
c'est Villeneuve qui a aidé à le transférer.

— Oui, mais suivant mes ordres. Je ne laisserai jamais
le docteur Villeneuve être arrêté sans que me soient
reprochées les mêmes fautes.

— Vous me promettez que toute cette histoire, dit-il
en désignant la lettre, restera ici entre vous et moi et le
docteur Villeneuve ?

— Vous avez ma promesse. Le docteur Villeneuve
n'est pas le genre à pécher par vanité. Il vient juste
chercher un diplôme et des connaissances qu'il veut
rapporter au Canada.

Derrière la porte, je me sentis libéré d'un poids énorme.
Je pourrais retourner à ma chambre, marcher librement
dans Paris.

— Je serai mardi soir à la Salpette ! grogna Goron.
Monsieur Charcot a besoin de me fournir de bonnes
explications.

— Charcot vous fournira surtout des réponses, monsieur le commissaire... répondit Magnan d'un ton narquois.

J'entendis un soupir et le claquement de la porte fermée
par l'enquêteur en colère. Je jubilais dans ma cachette.
Mon stage d'étude était sauf.

◆

En fin de journée, je pus enfin rentrer dans ma chambre.
Goron avait fait enlever les scellés. Mais la logeuse continua de me regarder avec méfiance. Je la narguai avec
plaisir.

J'avais accumulé une fatigue accablante dans les
derniers jours et j'étais heureux de retrouver l'intimité de
ces quatre murs, ma vieille malle, mes deux pigeons, ma

plume et mon encrier. J'avais reçu du courrier. Alphonse m'avait envoyé une lettre dans laquelle il m'annonçait ses fiançailles avec une fille de l'Ontario.

J'appris aussi, par le biais d'un télégramme, que mademoiselle Royal arriverait à Paris la semaine prochaine et que je pourrais la rejoindre à l'hôtel où elle logerait pendant son séjour. Je ressentis une flambée de désir qui me troubla. Je me rappelai le conseil de sœur Thérèse, à savoir qu'à Paris études et amour formaient un vilain couple. Mais les avis, qui normalement à la maison auraient agi sur ma conscience, demeuraient sans effet dans la Ville lumière.

Je me jetai ensuite dans mon lit. Bien emmitouflé dans mes couvertures, j'eus du mal à choisir un livre. Devais-je continuer *Les Mystères de Paris* ou commencer la lecture d'un des romans mis à l'Index sur lesquels j'avais fait main basse ? J'hésitais entre *La Dernière Incarnation*, *La Maison Nucingen*, *Les Sept Péchés capitaux* et *Le Juif errant*.

Finalement, j'optai pour le recueil d'Edgar Allan Poe, mais au bout de dix pages de « La Chute de la maison Usher », mes paupières s'alourdirent et le bouquin me glissa des mains. Je fermai le bec de gaz. J'avais eu ma ration d'histoires extraordinaires.

Avant de fermer l'œil, je me rappelai qu'il faudrait terminer mes lettres à ma mère et à mon frère, des lettres dans lesquelles je leur épargnerais mes récents déboires, qui leur causeraient trop de mauvais sang. Mais d'ici là, je me réservais un samedi tranquille.

◆

Paris, dimanche 28 juillet, 1889

Chère mère,

Je suis désolé d'avoir mis du temps à t'écrire. Tout va pour le mieux ici. Je me plais à Paris et mes études, auxquelles je me consacre totalement, se déroulent comme je le souhaite. Je trouve les gens d'ici sympathiques bien que je sois fatigué de me faire rappeler mon accent. Les Parisiens croient qu'ils n'en ont pas. La tour Eiffel est aussi impressionnante que ce que l'on en dit dans nos journaux.

J'adore mes leçons-cliniques même si le sujet d'étude, le classement des maladies mentales, pourrait rebuter le commun des mortels. La terrible loterie de l'hérédité qui frappe sans discernement ne sied guère à tous les esprits. En moins de deux semaines, j'ai énormément appris sur l'épilepsie et l'absinthisme. Magnan a beaucoup écrit sur ces questions. L'étude et les ravages de la dipsomanie – ce désir morbide de consommer des boissons alcooliques – ainsi que la théorie de Magnan sur la dégénérescence héréditaire constituent un grand apport à la médecine. Déjà Magnan m'a montré les états délirants, les hallucinations et la démence d'un patient. J'ai vu un persécuté-persécuteur, des obsédés, des hystériques, des êtres aux manies diverses. Chaque heure, j'ai le sentiment de devenir un aliéniste avec cette somme de théorie et de pratique.

J'observe le maître pendant la tournée des patients, me rapproche peu à peu de lui par mon assiduité et mon intérêt pour la médecine mentale. Je crois qu'il m'apprécie, car il m'a confié des responsabilités. Magnan ne ressemble pas à certains professeurs que j'ai eus et qui se rendent populaires par leurs plaisanteries ou détestables par leur suffisance. Magnan gagne votre respect par sa connaissance, sa modestie et sa compassion.

Madamoiselle Emma Royal sera bientôt à Paris. J'ai hâte de la revoir. Aujourd'hui, je me suis rendu à l'église Saint-Sulpice assister à la messe. Comme tu vois, je n'oublie pas mes devoirs chrétiens.

Vous me manquez tous et toi particulièrement.
Ton Georges-Antoine

10. La pire des nouvelles

Après une fin de semaine sans histoire qui m'avait permis de récupérer, ce lundi s'annonçait chargé et plein de surprises, car j'avais rendez-vous avec Paul Garnier à l'Infirmerie spéciale du dépôt de la préfecture de police. Je quittai mon hôtel tôt le matin et je marchai sur le boulevard Saint-Michel d'un pas vif, m'arrêtant pour acheter un pain au chocolat et un croissant que j'avalai en chemin.

Arpenter Paris ne m'épuisait jamais, mon regard s'accrochait à tout – monuments, corniches, portails, jardins – et mon odorat, aux effluves des grands restaurants et des boulangeries. Après ma longue traversée du Nord-Ouest, ces distances ne me rebutaient pas. J'étais aguerri.

Dans la Ville lumière, les institutions judiciaires se trouvaient toutes dans le même secteur, l'île de la Cité : la préfecture, le palais de justice, la morgue… Le bureau de Garnier était un petit bâtiment carré qui ne payait pas de mine, contrairement à ceux qui lui faisaient ombrage tout autour. Lorsque je me présentai à l'Infirmerie spéciale du dépôt de la préfecture de police, le secrétaire de Paul Garnier m'annonça à son patron. Quand j'entrai dans son bureau, il était enseveli sous les notes, plongé dans un manuscrit. Il le referma aussitôt à ma vue. Je lus sur la couverture : *La Folie à Paris*. Il me tendit la main. Ses yeux en ogives aux paupières tombantes, ses bajoues arrondies lui donnaient des airs de gros saint-bernard. Le regard vif, le sourire accueillant et la petite moustache me conquirent immédiatement.

— Tiens, le docteur de Montréal !

— Docteur Garnier, je suis content de vous rencontrer.

— J'ai reçu la note du docteur Magnan. Vous tenez à vous initier au monde des aliénés criminels ?

— C'est effectivement un de mes souhaits les plus chers.

— Eh bien, c'est ici que ça se passe. Si vous voulez apprendre à les interroger, je vous montrerai les méthodes. Vous noterez mes observations et tout ce que vous jugerez pertinent. Vous me suivrez parfois à la prison de la Mazas, à la cour et dans mes interrogatoires. Je suis prêt à vous recevoir dès vendredi.

Garnier m'expliqua brièvement qu'il avait été médecin inspecteur adjoint des asiles d'aliénés de 1881 à 1887 et qu'il était médecin-chef à l'Infirmerie spéciale depuis deux ans. Il m'avisa que les cas qui se présentaient à lui touchaient principalement les problèmes que posent la toxicomanie et l'alcoolisme dans la genèse du crime, et plus particulièrement les crimes à caractère sexuel et la simulation.

— Il y a beaucoup de simulateurs ?

Il hocha la tête d'un air sévère.

— Depuis que le gouvernement a voté il y a quatre ans une loi qui autorise la déportation en Guyane des récidivistes, les tentatives pour feindre la folie ont augmenté. Cela nous oblige à plus de discernement.

— Est-ce que les criminels sont de bons simulateurs ?

— Imposteurs de nature, certains pourraient fouler les planches des grands théâtres parisiens et recevoir les éloges de la critique. De vrais tartuffes, des faux jetons et des chafouins qui nous font perdre un temps précieux.

Encouragé par son ton bienveillant, je lui montrai du doigt le texte manuscrit au titre mystérieux qui reposait sur son bureau.

— Vous écrivez un ouvrage sur la maladie mentale ?

— Je termine ce livre, qui s'intitulera *La Folie à Paris*, et que je dois remettre à mon éditeur dans quelques jours. C'est très fastidieux. J'en suis à réviser les cas.

Il sortit sa montre à gousset, regarda ensuite son agenda.

— Je suis désolé de ne pas avoir plus de temps pour vous. Je dois être à la cour à deux heures. Il me faut réviser un dossier. Nous subissons, comme vous le savez, beaucoup de pression et nous avons une obligation de résultat.

Je profitai de sa dernière phrase pour ajouter :

— Avez-vous eu le temps de consulter le dossier du coupeur de nattes ?

— Je vous en reparlerai. Nous n'en sommes pas à notre premier maniaque aux ciseaux, mon cher. J'ai revu mes rapports à cet effet.

Il ne m'en dit pas davantage, se leva et me tendit la main.

— Revenez vendredi, docteur Villeneuve, et nous commencerons votre formation en examinant les cas de fétichisme.

Je sortis satisfait de mon premier contact avec Garnier. Avec lui, j'allais connaître une autre facette du crime à Paris.

Puisque l'entretien avait été bref et que j'avais du temps devant moi, je partis me promener près du Châtelet et des Halles. Je visitai le palais de justice, arpentai la salle des pas perdus, contemplai dans la salle du tribunal criminel la fresque de Prud'hon, *La Justice et la Vengeance divine poursuivant le crime*. Un meurtrier roux et barbu y traîne le corps nu de sa victime sans voir que Némésis, déesse de la vengeance, et Thémis, déesse de la justice, tels des anges de proie, fondent sur lui pour le livrer à la justice.

Je restai un instant le regard rivé sur la beauté des anges de la justice et sur la grandeur de cette salle. J'imaginai ce que ce devait être d'y témoigner à la fois comme expert, procureur et accusé. Tous ces bancs comme au théâtre…

Puis je sentis un doigt taper mon épaule. Je me retournai.

Un gardien me demanda ce que je faisais là. « Vous devez sortir, une audience va bientôt commencer. » Je pris ensuite l'omnibus pour me rendre à la Salpêtrière, impatient de constater comment se portait Michard, puis de revenir à Sainte-Anne assister à la leçon-clinique.

◆

Au bureau d'admission de l'asile Sainte-Anne, chacun vaquait à ses occupations. Je croisai Bouchereau, qui me demanda de l'accompagner. Magnan avait une nouvelle tâche à me confier.

Après la leçon-clinique, Magnan préparait le sujet de sa conférence en prévision d'un autre grand événement qui aurait lieu à Paris. Bouchereau m'avait rappelé avec fierté, alors que nous longions ensemble les corridors, que le deuxième congrès d'anthropologie criminelle se tiendrait ici dans deux semaines et que Sainte-Anne préparait des événements en prévision de ce congrès. Des personnalités comme Lombroso viendraient défendre leur thèse à l'effet que le criminel naît criminel et que sa physionomie en témoigne.

— La délégation italienne apporte une grande quantité d'artefacts et le docteur Magnan veut vous demander si vous voulez organiser la disposition des objets pour les mettre en valeur.

— Oui, bien sûr, je m'en occuperai avec plaisir.

Dès que nous fûmes en présence de Magnan, celui-ci me tendit le rapport médicolégal de l'autopsie qu'il avait pratiquée sur la patiente qui était décédée devant Bouchereau et moi.

— Vous allez comprendre pourquoi elle appuyait fortement sous son sein.

Rapport d'autopsie

Nom : Mathilde Poisson
Âge : 30 ans

Lors de leur visite, les docteurs Bouchereau et Villeneuve ont retrouvé la patiente dans un état de semi-conscience. Avec ses doigts, elle appuyait fortement sur un point sous son sein gauche.

Autopsie :

Retiré une épingle de 3 cm logée dans le sixième espace intercostal et pénétrant la paroi du péricarde

Plusieurs marques de piqûres (7) au ventricule gauche

Aucune lésion sur les coupes des hémisphères du cerveau, surface lisse

Poids du cerveau :   hém. droit : 455 g
hém. gauche : 450 g

Protubérance, cervelet, bulbe : 145 g

J'étais sidéré.

Du doigt, Magnan désigna un bocal contenant une épingle qui faisait effectivement trois centimètres de long.

— Le cœur a mis beaucoup de temps à péricliter. Une lente hémorragie s'est déclarée et la patiente a finalement succombé.

Chaque semaine la mort frappait à l'asile. Mais cette fin absurde avait bouleversé Magnan, qui avait pris des mesures de contrôle pour qu'un tel décès ne se produise plus.

Puis le patron de Sainte-Anne me confia une nouvelle tâche. Décidément, il ne me laissait jamais sans travail. Les internes étaient utilisés pour maximiser l'efficacité de l'asile. Il me demanda de réfléchir à une activité musicale ou théâtrale qui pourrait avoir lieu au parc Montsouris ou au jardin du Luxembourg, deux endroits fréquemment visités par les malades. L'asile Sainte-Anne avait son propre festival de théâtre qui attirait de nombreux spectateurs et le potentiel artistique des patients n'était pas à négliger. Le traitement moral allait de pair avec les divertissements. J'avais fait un peu de théâtre au collège classique, mais je n'y connaissais pas grand-chose. Même le marquis de Sade, m'avait dit Kerbellec lorsque je lui avais raconté mon expérience, était monté sur les planches durant son séjour à l'asile. « Je n'ose pas imaginer qui en a souffert », avait-il ironisé.

J'en étais là de mes réflexions quand un messager entra en trombe dans le bureau de Magnan.

— Docteur Magnan, une catastrophe vient de survenir à la Salpêtrière.

— Michard est mort ?

— Non, il s'est sauvé. Il a profité d'un moment d'inattention et s'est enfui. Le docteur Charcot n'a pas encore avisé la préfecture.

— Charcot est sûr qu'on ne l'a pas enlevé ?

— Il vous assure que ce n'est pas le cas.

— Croyez-vous que Michard simulait en refusant de parler ? demandai-je à Magnan.

— Non, je ne crois pas, répondit l'aliéniste en se massant les tempes. Il est plutôt terrifié. C'est près de chez lui qu'il se sent en sécurité. Il faut néanmoins le ramener au bercail.

— Écoutez, dis-je, je sais où il habite. Je connais son agent à l'assistance publique. Il n'a pas dû aller très loin. Laissez-moi me rendre chez lui.

— Je veux bien, mais s'il n'est pas à la Salpêtrière en prévision de l'intervention de Charcot, demain, on bouillira tous dans la marmite et Goron, avec sa grosse cuillère, n'aura plus qu'à nous touiller à feu vif.

— Et avec le signalement qu'on a lancé dans les journaux, il sera vite repéré, ajouta Bouchereau.

— Je pars immédiatement à sa recherche.

◆

En descendant sur la rive gauche par le pont de Grenelle, je me dirigeai vers l'île aux Cygnes. À l'ouest de l'allée centrale, le soleil éclaboussait de lumière les saules. J'arpentai l'îlot de tout son long. Il faisait à peine dix mètres sur un kilomètre. J'y vis plusieurs clochards couchés à l'ombre sur les bancs publics, mais pas Napoléon. Je retournai vers le quai.

J'allai frapper chez sa logeuse. Je lui demandai si elle avait vu son désormais célèbre locataire. Mais elle me répondit par la négative.

— Il s'est échappé de l'asile ?

Elle afficha un air apeuré comme si Michard représentait une menace pour elle.

— Est-ce que je peux entrer dans sa chambre ?

— Oui.

Je montai au dernier étage sans l'attendre. L'oreille sur la porte, je vérifiai s'il y avait du bruit. Rien.

— Napoléon, vous êtes là ? C'est Georges, le Canadien, dis-je d'une voix que je voulais la plus douce possible.

La logeuse arriva enfin sur le palier, si essoufflée qu'elle dut se tenir à la rampe. Elle me remit la clé, incapable de parler, la respiration sifflante.

J'ouvris la porte. Napoléon n'y était pas. Mais je sus qu'il était venu puisqu'il avait changé de vêtements. Et que son odeur imprégnait aussi la pièce.

— Vous êtes sûre de ne pas l'avoir vu ? Il est passé ici.

— Non, je vous dis.

Je remarquai qu'il avait pris la feuille avec les noms qui se trouvait sur la commode. Comme je les avais notés, je les sortis de ma poche.

— Connaissez-vous ces personnes ?

Elle inspira longuement et, bourrue, jeta un regard sur le bout de papier.

— Non. Connais pas.

— Avez-vous un bottin des adresses de Paris ?

— Oui, en bas, dans mon appartement.

Je descendis l'escalier sans la presser. J'avais au moins la certitude que Michard était passé par sa chambre ; et il allait sans doute y revenir. Je pourrais l'y retrouver et le ramener à Sainte-Anne ou à la Salpêtrière.

J'entrai dans le logement de la dame qui sentait fort la cannelle et les épices.

— Je mets de la cannelle pour chasser les mauvaises odeurs des usines. Ça sent bon, vous ne trouvez pas ? Les odeurs du quartier sont insupportables.

J'acquiesçai pour lui faire plaisir. Elle me remit le bottin.

Je le consultai aussitôt. Je trouvai l'adresse du premier nom sur ma liste, un certain Gilbert Duparc, qui vivait dans une rue adjacente. Le second, Henri Lépine, était si commun que je me demandai ce que je pourrais bien en tirer. Puis, je me rendis compte qu'un dénommé Henri Lépine était antiquaire et qu'il vendait des reliques et du matériel militaire antique. Je partis aussitôt à l'adresse mentionnée : 2, rue Rivoli, place du Palais royal.

Mais je fis de nouveau un crochet par l'île des Cygnes. Des clochards étaient toujours couchés sur les bancs, mais point de Michard en vue.

Je me rendis à la station d'omnibus. Le transporteur arriva dix minutes plus tard. Le véhicule ne cessait de faire des arrêts. Je descendis devant le Louvre. Le Palais royal se trouvait juste en face. De nombreux antiquaires et marchands d'art y ayant pignon sur rue étalaient des richesses inaccessibles.

Je découvris le magasin de Henri Lépine, courtier d'objets militaires. La vitrine contenait des armures, des casques et des tapisseries médiévales avec chevaliers. Elle comportait des armes de toutes les époques et des costumes ayant appartenu à Napoléon.

J'entrai. Une petite cloche sonna. Un homme vêtu avec raffinement sortit de l'arrière-boutique. Il s'approcha de moi en tenant son porte-cigarettes d'une façon maniérée.

— Bonjour, dis-je, je voudrais parler à Henri Lépine.

— Il n'est plus de ce monde pour vous répondre. C'était mon père. Je suis Jean-Louis, son fils.

— Je suis le docteur Georges Villeneuve, de l'asile Sainte-Anne.

— Ah, quelle vocation ! J'entends souvent parler du docteur Magnan.

— C'est d'ailleurs lui qui m'envoie, ajoutai-je afin de l'impressionner.

— Vraiment ? dit-il en laissant échapper un nuage de fumée.

— Il me faut vous dire que je ne viens pas en tant que client, car je mène une enquête à la demande de l'asile. Nous avons un patient du nom de Napoléon Michard qui souffre de maladie mentale et nous avons retrouvé votre adresse sur sa table de travail. Serait-il venu vous vendre une médaille de la bataille de Sedan ?

— S'il est venu avec juste une médaille de Sedan, je ne l'ai certainement pas achetée. C'est trop récent, pour ne pas dire trop douloureux. Mais je ne me rappelle pas avoir vu un client du nom de Napoléon Michard.

Il fouilla dans ses factures et hocha négativement la tête.

— Par contre, j'ai eu quelqu'un, ça me revient, qui avait dans sa collection une médaille de Sedan, que je n'ai pas prise, et une rare Médaille militaire, quoique récente, la première du genre émise par Louis-Napoléon, qui date de 1852. J'ai pris celle-ci et deux autres médailles et j'ai restitué celle de Sedan à la personne. Il s'agissait d'une collection qu'on s'était transmise de père en fils et qui témoignait du passé militaire de la famille.

Il déposa dans le cendrier son porte-cigarettes, puis ouvrit le comptoir vitré pour en sortir la Médaille militaire. Il me la tendit. On y voyait l'effigie de Louis-Napoléon Bonaparte, le président de la République. Sur le revers, un aigle accrochait ses serres à deux éclairs. Un ruban argenté complétait la décoration.

— Pouvez-vous me donner le nom du vendeur ?

— Non, je respecte le principe de confidentialité.

— Écoutez, ce sont sans doute des médailles volées. Si vous ne tenez pas à ce que j'appelle le commissaire Goron de la brigade parisienne, vous seriez bien avisé de me divulguer l'identité de cette personne.

— Vous me mettez dans une situation difficile, monsieur.

— Vous aussi. L'homme à qui appartient cette collection est l'un de nos patients.

Il ouvrit un coffret pour y prendre un reçu qu'il avait émis deux semaines plus tôt.

— Comme je dois m'assurer de l'honnêteté de mes clients, je prends des précautions sur leur identité. Il m'a certifié qu'il avait racheté cette collection à un malade logeant dans un pavillon des Invalides. L'homme se nommait Gilbert Duparc.

Je sursautai en reconnaissant le nom qu'avait noté Michard sur un bout de papier.

— Duparc habite dans le XVe à l'adresse suivante : 15, rue Héricart.

— À quoi ressemblait cet homme ?

— Un gros monsieur, bien habillé, un gentilhomme. Il était chauve.

Je sentis un éclair me traverser l'esprit. Le bon Samaritain. Tout se recoupait maintenant.

— Je vais vous demander de ne pas vendre les médailles. Elles risquent fort d'être confisquées comme pièces à conviction.

Lépine afficha une mine atterrée. Non pas en raison de la faible valeur de ces objets, mais à cause de la mauvaise publicité que pourrait lui occasionner cette affaire.

— Je ne veux pas d'ennuis. J'ai tout fait en bonne et due forme.

— Ne vous inquiétez pas, la tenue de votre commerce plaidera en votre faveur. Merci, vous nous êtes d'un grand secours.

Je sortis en trombe du magasin. Apercevant un omnibus qui s'éloignait de l'arrêt, je courus derrière et sautai sur le marchepied, fier de ma chance. Je retournai chez la logeuse. Elle n'avait toujours pas vu Michard. Je lui montrai l'adresse de Duparc, rue Héricart.

— C'est une impasse qui donne dans la rue de Lourmel, m'assura-t-elle.

Je descendis les marches deux à deux, courant vers l'endroit où vivait Gilbert Duparc.

Lorsque j'entrai dans la petite rue sans issue, quelle ne fut pas ma surprise d'apercevoir Michard qui discutait seul devant l'immeuble de Duparc. Il se parlait à lui-même en gesticulant, frappait à la porte, se reculait pour voir par une fenêtre. Il semblait à nouveau en proie à une crise à le voir aussi agité.

Je m'approchai de lui à pas de loup. En me voyant, il recula, chercha à fuir, adopta une attitude de repli en feignant de ne pas me reconnaître.

— Napoléon, vous me reconnaissez ? C'est moi, le docteur de Montréal. Je ne vous veux pas de mal. Je viens tout simplement vous chercher. Je vous ramène à l'hôpital. Vous avez encore besoin de soins.

Il était difficile de raisonner Michard. Je ne tenais pas à utiliser la force, mais s'il le fallait, je ne me défilerais pas.

Sans avertissement, il bondit comme un fauve en chasse. Il passa près d'être piétiné par un cheval en se faufilant entre deux fiacres. La surprise me fit perdre quelques instants, puis je me lançai de toutes mes forces à sa poursuite dans Lourmel. Il n'était pas question qu'il m'échappe. Il sauta un muret de pierre et se précipita à travers un petit parc. Je l'imitai. Il courut mais il se retrouva presque aussitôt devant un haut mur de brique, ce qui le décon. Il s'arrêta, regarda à gauche et à droite s'il n'y avait pas un passage par lequel fuir. Se retournant, il m'aperçut. Pris de panique, il tenta d'escalader le mur mais sans succès. Il repartit en courant vers la gauche. Je m'approchai à un mètre de lui, allongeai mon bras et l'agrippai par le collet. Il tomba lourdement sur le gazon, mais sans trop de mal. J'étais par-dessus lui et j'entendais son cœur battre la chamade. J'avais peur qu'il ait une attaque au beau milieu du parc. Je me relevai pour ne pas l'empêcher de respirer, mais demeurai à genoux à côté de lui afin de ne pas perdre ma prise.

Il avait un visage de chien apeuré.

— Vous avez le choix, Napoléon : je vous ramène à Sainte-Anne ou je vous laisse à la préfecture. Le commissaire Goron sera très heureux de vous loger. Si j'étais vous, je remettrais mon sort entre les mains du docteur Magnan. Il est là pour vous aider. Ne comprenez-vous pas que Magnan vous fait bénéficier d'un traitement rare ? Pas d'entraves ni de camisole de force, et vous en profitez pour vous évader. À cause d'une attitude comme la vôtre, on en viendra un jour à obliger tous les patients à vivre sous contention. C'est ça que vous voulez ?

Des passants ralentissaient pour observer l'étrange scène, le spectacle de la folie en plein Paris.

— D'ailleurs, j'ai retrouvé vos médailles. Quelqu'un a cherché à les vendre. Je ne me trompe pas ?

Il se mit à pleurer comme un enfant fautif.

— Qu'est-ce que vous faisiez devant cet immeuble, Napoléon ?

Il grimaçait comme un masque de théâtre grec.

— Qu'est-ce que vous faisiez là ?

— …

— Cet homme est votre ami ? Il vous doit quelque chose ? Qu'est-ce qu'il sait ? C'est lui qui est venu vous reconduire à l'asile ?

Il ne disait toujours rien. Je m'impatientai.

— Mon ami, si tu ne veux pas répondre, le docteur Charcot se chargera d'aller voir dans ta tête. Sinon, ce sera au tour du gentil commissaire Goron d'essayer d'y voir clair. Et ce ne sera pas beau !

Il me fixait de ses grands yeux vides.

— Tu veux que nous allions ensemble voir l'homme qui habite ici ?

Même s'il ne répondait pas, je compris vite qu'il ne souhaitait pas le voir en ma compagnie.

— Alors, dis-moi ce qui t'amenait ici. C'est cet homme qui t'a conduit à Sainte-Anne l'autre jour. Qu'est-ce qu'il te veut ?

Michard restait emmuré dans le silence. Je commençais à trouver son attitude suspecte. J'aurais eu envie de lui parler des cheveux retrouvés dans sa poche mais je préférai l'épargner. Je lui avais assez fait la morale comme ça.

— Tu es certain que tu n'as rien à me dire de Gilbert Duparc ?

Il parut surpris que je connaisse son nom. Il me regarda et détourna aussitôt la tête.

— Moi, je le connais. Parce que tu nous fais travailler, toi. On fait tout pour te sortir du pétrin et tu es muet comme une carpe.

Le moment était venu de rentrer. Je me relevai et l'aidai à se redresser. Je replaçai les plis de ma redingote. Une longue tache de gazon humide s'était imprimée sur mon pantalon. J'essayai de la faire disparaître en frottant avec mon mouchoir, mais sans résultat.

— Voici ce qu'on va faire, Napoléon : on va prendre tous deux l'omnibus jusqu'à Sainte-Anne. Mais si jamais tu essaies de te sauver, ton voyage va prendre fin à la préfecture. Terminus. En prison.

Il me suivit sans opposer de résistance.

◆

Le voyage de retour se déroula bien. Michard scrutait le vide tout autour de lui de ses yeux creux ; boulevard Saint-Jacques, il regarda pendant un instant son reflet dans une vitrine. On tourna rue Ferrus. La vue des portes de Sainte-Anne ne sembla pas le troubler.

En me voyant avec Michard, le gardien ouvrit en affichant un air stupéfait.

— Docteur Villeneuve, mais où l'avez-vous retrouvé ?

— Près de chez lui.

En entrant dans le bureau d'admission, Magnan tomba nez à nez avec Michard. Il n'en croyait pas ses yeux et parut soulagé d'un poids énorme.

— Mais où était-il ?

— À proximité de chez lui.

— Comment va-t-il ?

— Son état de santé physique me paraît correct. Il m'a fait courir sur au moins cent mètres.

Kerbellec entra avec une infirmière, tous deux surpris de voir Michard ici.

— A-t-il mangé ? demanda Kerbellec.

— Je ne crois pas, dis-je.

Magnan se tourna vers l'infirmière.

— Pouvez-vous lui faire préparer un repas ? Quelque chose de léger.

Il demanda à Kerbellec d'installer Michard dans une chambre du pavillon d'hospitalisation près du bureau d'admission et, avec discrétion, exigea une surveillance accrue de la part du personnel.

— Bien, docteur, répondit le Breton.

Magnan dicta ensuite un télégramme à envoyer à Charcot :

> Docteur Charcot – stop – Nous avons retrouvé
> Michard – stop – Il est sain et sauf – stop –
> Nous serons là comme prévu demain – stop

Il s'approcha pour évaluer l'état de santé de Michard.

Bouchereau, qu'on avait prévenu, entra à son tour. Éberlué, il regarda s'éloigner Michard entre Kerbellec et l'infirmière.

— Vous l'avez retrouvé, Georges ? Mais comment vous y êtes-vous pris ?

J'expliquai à Bouchereau où mon itinéraire m'avait mené.

— Qui est ce Gilbert Duparc ? demanda Magnan.

— Il faudrait vérifier dans nos registres ou dans ceux de Bicêtre. Peut-être se sont-ils connus là-bas ? répondit Bouchereau.

— Et s'ils s'étaient connus dans l'armée ?

— C'est une autre possibilité à vérifier. Toutefois, je me demande bien quel est le lien avec ces médailles. Je suspecte Gilbert Duparc de chercher à exploiter la folie de Michard. Ce ne serait pas la première fois qu'on verrait un fou être victime d'un usurpateur.

— Si Duparc est l'homme qui a mené Michard jusqu'à l'asile, il pourrait bien être celui qui a mis dans son veston cette chevelure qui correspond à celle de la prostituée assassinée au bois de Boulogne, avança Bouchereau.

— Mais cette chevelure était peut-être depuis très longtemps dans la poche de Michard, rétorqua Magnan. Il ne faut pas oublier qu'il a été jadis accusé d'avoir battu une tapineuse.

— Pourtant, lorsqu'il disait être poursuivi par le diable… mentionnai-je.

— Il était sans doute poursuivi par ses vieux démons, souligna Bouchereau.

— En tout cas, Georges, enchaîna Magnan, vous allez devoir chercher à découvrir qui est ce Gilbert Duparc. Nous savons d'ores et déjà qu'il cherche à fourguer des objets militaires appartenant à la famille Michard.

— Ne devrions-nous pas plutôt en parler au commissaire Goron ?

— Non, laissez-le mener son enquête. Vous êtes ici pour apprendre le métier d'aliéniste, et ce genre de recherches fait hélas partie du travail. Je vous laisse quelques jours. De toute façon, Goron sera à la séance de Charcot demain. S'il découvre les clés de l'affaire à ce moment-là, vous reprendrez vos études. Mais je trouve excellent que vous puissiez entre-temps vous familiariser avec tous les intervenants du milieu. C'est ce que vous ferez à Montréal.

Magnan passa son stéthoscope derrière son épaule et regarda tour à tour Bouchereau et moi.

— Messieurs, il nous reste une nuit à veiller sur Michard avant de nous rendre à la clinique de Charcot. Allons nous sustenter. Les prochaines heures seront longues.

11. La leçon du mardi soir

À 19 h 30, le porche de la chapelle Saint-Louis, avec ses trois arches et sa coupole noire, apparut dans mon champ de vision. La voiture entrait enfin dans la cour de la Salpêtrière. À mes côtés, Michard était demeuré calme mais atone. Il se rongeait les ongles, fixait ses pieds, clignait des yeux. Dans un sens, il s'agissait de sa dernière chance avant d'être remis entre les mains de la justice. Chacun souhaitait que Charcot lui tire les vers du nez. Moi le premier.

Je dois avouer que j'avais hâte de reprendre mes études d'une manière plus intensive. J'adorais les enquêtes de terrain, mais pendant ce temps-là je manquais la moitié de mes leçons-cliniques et je me faisais interpeller dans tout Paris en raison de mon accent. Néanmoins, le temps s'était écoulé très lentement toute la journée, alors que je m'étais consacré à veiller Michard et à vaquer à mes tâches quotidiennes.

Magnan et Bouchereau m'entretenaient de Charcot et de la Salpêtrière depuis notre départ de l'asile. Le passé du célèbre établissement n'avait pas toujours été glorieux. Au XVIIᵉ siècle, la pauvreté était perçue comme un danger sur le plan social. On avait créé alors l'Hôpital Général, un hôpital d'enfermement pour les pauvres avec un système carcéral. La Salpêtrière avait reçu aussi des indigentes, des filles enceintes, des nourrices avec des poupons, des enfants de quatre à quinze ans, des aveugles, des teigneuses et autres folles. À cette époque, on arrachait les enfants à leurs mères pour les faire travailler. Contre quelques deniers, les gardiens ouvraient les rideaux pour permettre aux Parisiens de se repaître du spectacle de ces agités et assister aux convulsions et contorsions des folles furieuses. Folles que l'on considérait au Moyen-Âge comme des sorcières destinées au bûcher.

Avec les philosophes des Lumières, au XVIIIe siècle, l'hôpital s'était métamorphosé de lieu d'enfermement en machine à guérir. L'idée était lancée. La médecine devait s'humaniser. Pinel allait accomplir dans ces lieux une révolution.

Un siècle plus tard, d'un mardi à l'autre, le cas d'un malade atteint d'hystérie, de paralysie, de troubles de la sensibilité ou d'épilepsie était l'objet de la leçon du docteur Charcot.

Charcot avait fondé la chaire de clinique des maladies nerveuses en 1882. Avec lui, les supposées sorcières et les folles furieuses étaient devenues des hystériques, des êtres possédés non pas par le diable mais par la maladie.

Magnan connaissait bien le vieil hôpital. Il avait été interne à la Salpêtrière. Il avait cosigné des articles avec Charcot.

— Vous saviez que Guy de Maupassant a suivi les leçons du mardi ? me lança-t-il à sa manière habituelle de passer rapidement d'un sujet à l'autre.

— Pressentait-il, bien avant *Le Horla*, que la folie allait le hanter ? demandai-je.

— Ses livres témoignent bien d'une hantise de la folie, mais la syphilis est la grande responsable de sa démence, répondit Magnan.

On avait aussi invité récemment Charcot en Russie pour qu'il soigne des hommes appartenant à d'illustres familles. Magnan me parla aussi de Sigmund Freud, qui avait étudié ici et que l'on disait très reconnaissant à l'endroit de Charcot.

— Ses leçons ne sont pas sans créer la controverse, crut cependant bon d'ajouter Bouchereau.

Pendant que le cheval passait sous la porte cochère qui débouche sur les jardins de l'hôpital, Magnan m'expliqua que Charcot avait semé l'indignation en présentant au public des malades trembleurs[1]. Pour illustrer la variété de tremblements liés à la maladie, il avait piqué les sujets avec de longues plumes sur plusieurs parties du corps.

— Ce fut un spectacle troublant que l'on compara à celui des pires cirques, compléta Bouchereau, mais c'était une expérience scientifique avant tout. Nous sommes devant des phénomènes médicaux qui doivent être observés. Des observations cliniques naissent les grandes avancées médicales.

— Nous devons à Charcot la découverte et l'observation détaillée de la sclérose en plaques, rappela Magnan.

— Absolument, renchérit Bouchereau.

La semaine qui avait précédé mon arrivée à Paris, rappela-t-il, une étude sur le bâillement avait mis le public des « leçons du mardi » devant une femme qui bâillait huit fois à la minute.

— Imaginez, Georges : quatre cent quatre-vingts bâillements à l'heure et sept mille deux cents sur une période de quinze heures. Plus de deux millions de bâillements annuels…

— Le bâillement étant communicatif, nous en avons bâillé un coup ce soir-là, s'esclaffa Magnan.

Bouchereau y ajouta son rire tonitruant.

Mais ce qui avait le plus secoué le monde scientifique était l'usage de l'hypnose. Charcot avait reproduit une névrose expérimentale chez une patiente après l'avoir hypnotisée. Il avait présenté ensuite les trois stades de la crise. Cette découverte de l'hypnose était fascinante,

---

1 NDLA : Maladie de Parkinson.

même si elle rencontrait un scepticisme croissant de la part des anciens cliniciens de Charcot, à commencer par Bernheim. Mais le premier Congrès international d'hypnotisme qui venait d'avoir lieu à Paris annonçait de beaux jours pour cette technique.

Nous descendîmes du fiacre devant la porte de la clinique. À mes côtés, Michard demeurait calme et volontaire, il se laissait mener comme une bonne pâte.

Nous montâmes au dernier étage. J'entrai en compagnie de Napoléon dans la salle. Il ne parut pas intimidé par les auditeurs arrivés à l'avance. L'amphithéâtre était vaste, le plafond haut et les murs percés de grandes fenêtres à carreaux qui donnaient sur la cour intérieure. Bouchereau amena immédiatement notre malade dans l'antichambre de l'amphithéâtre. Il devait remettre en même temps à Charcot le dossier aux fins de la séance d'hypnose.

Dans la salle, ses collaborateurs s'assirent en demi-cercle devant la scène, une cour de médecins et de neurologues parmi les plus brillants d'Europe, artisans d'une nouvelle médecine exploratoire. Ces savants étaient à la médecine mentale ce que Colomb, Cartier et Vasco de Gama avaient été à l'exploration de la planète : de grands découvreurs. Derrière ces neurologues et les jeunes médecins venus parfaire leur éducation s'entassaient des juges, des écrivains, des peintres et des politiciens.

En voyant Magnan entrer, plusieurs médecins s'approchèrent pour le saluer. Leurs regards témoignaient de leur admiration.

— Mais Valentin, qu'est-ce qui t'amène ici ? lui demanda un barbu dans sa blouse blanche.

— Docteur de la Tourette, vous vous rappelez le docteur Villeneuve de Montréal ? Il étudie à Sainte-Anne. Je lui ai confié un cas intéressant, celui dont il sera question ce soir.

Je serrai de nouveau la main du docteur Gilles de la Tourette, un collaborateur de Charcot à qui l'on devait de nombreux travaux sur la neurologie qui, cette fois, me remarqua réellement.

Il me présenta d'ailleurs aux docteurs Ballet, Richer et Voisin, ce dernier étant l'organisateur du premier congrès d'hypnotisme.

En me retournant, je vis arriver le commissaire Goron en compagnie de deux autres personnes, sans doute des policiers, à voir leur allure aussi sympathique qu'un bœuf en rut.

— Tiens, voici Goron et sa suite, me susurra à l'oreille Bouchereau, qui s'était joint à nous quelques minutes plus tôt.

Me tirant par la manche, Magnan, qui avait lui aussi remarqué l'arrivée du commissaire, me demanda de le suivre jusqu'en arrière de la scène cachée par un rideau. J'y vis Charcot au chevet d'une patiente dans son fauteuil roulant. Il tenait dans ses mains mon rapport. La femme, d'une pâleur maladive, l'écoutait sans rien dire. En voyant Magnan, Charcot s'approcha.

— Salut, Valentin. Vous avez donc pu retrouver votre patient?

— Grâce au docteur Villeneuve.

Il me regarda sans me saluer, comme s'il m'avait déjà oublié.

— Le commissaire Goron est arrivé, reprit aussitôt Magnan.

— Ce soir, je vais initier Goron au dédoublement de la personnalité, Valentin. Je vais hypnotiser la patiente que tu vois ici en fauteuil roulant et prouver qu'elle est atteinte de ce trouble. Et je ferai ensuite pareil avec Michard afin que la justice puisse tenir compte de cet aspect lorsque viendra le temps d'interroger le suspect.

— Mais si jamais tu sens qu'il entre en convulsions, cesse tout de suite.

— Je ne peux rien te garantir de ce côté-là. Ici, ça convulse, lança-t-il d'un ton pince-sans-rire, ce qui fit s'esclaffer Magnan.

Mon attention fut attirée par les soudains murmures de la foule. Je regardai à travers la mince ouverture du rideau. Trois jolies jeunes femmes fort peu discrètes, habillées selon les dernières tendances parisiennes, entraient dans la salle, ce qui suscitait de nombreux regards, dont ceux de Magnan et Charcot.

— Ton cercle vient de s'élargir à Clichy, Jean-Martin, lança Magnan en souriant de façon goguenarde alors qu'il regardait lui aussi les nouvelles arrivantes.

Elles toisèrent ce cénacle masculin, le visage empreint de mépris. Leurs yeux soulignés au khôl, le rouge à lèvres écarlate et leurs chevelures flamboyantes, ébène et blonde, faisaient un grand effet chez les participants.

— Les Parisiennes qui s'intéressent à la neuro… ironisa Magnan. Elles ont suffisamment à s'intéresser avec la mode…

Charcot jeta un coup d'œil moqueur vers les dames qui, de toute évidence, ne sortaient pas d'un cercle scientifique, haussa les épaules, puis alla retrouver Michard pour le rassurer et lui dire qu'il ne souffrirait pas.

L'ancien militaire ne bronchait pas, ne semblait ressentir aucune émotion particulière. J'entendis une des filles dire à haute voix : « Si, c'est lui le saligaud, j'en suis sûre. »

Magnan et moi retournâmes dans la salle, où il était difficile de trouver une place libre. Les auditeurs étaient littéralement entassés. Heureusement, Bouchereau nous avait gardé deux places. Dès notre arrivée, il s'éclipsa pour retourner à l'arrière avec Michard.

Charcot ne démentit pas sa réputation de diva de la médecine. Cet homme, dont l'animal de compagnie était un babouin, fit son entrée comme une véritable vedette de théâtre. Dans l'ombre, le docteur Babinski et une patiente suivaient. Tous les yeux se tournèrent vers Charcot, les voix se turent peu à peu.

— On le surnomme le César de la Salpêtrière et vous allez comprendre pourquoi, dit un auditeur derrière moi.

Petit et trapu, Charcot me faisait penser à un pingouin savant. Il avait de longs cheveux filasse peignés vers l'arrière. Son visage était tiré par le dur labeur, un visage austère au nez aquilin avec des yeux charbonneux. Je voyais chacun des plis sous ses yeux comme d'immenses rayons de savoir. J'assistais ce soir-là à sa huitième leçon. Au tableau, il inscrivit le titre du cours : *Du vigilambulisme hystérique* (dédoublement hystérique de la personnalité).

J'allais découvrir un autre grand mystère des troubles psychiques. Je me mis à noter mot pour mot la leçon de Charcot.

Après avoir été mise en état d'hypnose par les assistants de Charcot, la patiente, d'une quarantaine d'années, visiblement dans un état de sommeil, fut assise à proximité de Babinski. Elle était atteinte d'hystérie épileptique.

Orateur moyen, m'avait confié Kerbellec, Charcot préparait avec soin les textes de ses cours, rien n'était laissé au hasard. Son regard de sphinx balaya la salle pleine. Le silence fut immédiat.

Je reproduis ici la leçon de Charcot telle que je l'ai notée et qui fut rapportée plus tard dans la Nouvelle iconographie de la Salpêtrière…

— La malade qui va faire l'objet de notre leçon d'aujourd'hui vit à la Salpêtrière depuis dix ans déjà. Il y a cinq ans, elle tomba dans un état très particulier qu'à cette époque j'avais, sinon mal observé, du moins mal interprété.

Dès ce moment, je remarquai chez Charcot ce mariage de modestie et d'ostentation. Il n'hésitait pas à se récuser, enfin jamais sur tout, mais sur certains points où il admettait soudainement son impuissance. Autrement, il pouvait vous expédier sèchement, comme c'était arrivé à mon collègue Kerbellec qui, après avoir posé une question, s'était fait répondre durement : « Parce que cela est ainsi. » Lorsque les doutes s'élevaient sur ses théories, il devenait infaillible comme le pape.

Il scruta sa patiente, une femme au regard absent, au teint blafard, quasi bleuté, et qui portait une douleur morale.

Charcot se tourna vers nous, sa main traçant une longue arabesque.

— Il semble que l'état d'hypnotisme, qui, pour d'autres, est un état artificiel, soit pour ces singulières créatures l'état ordinaire, l'état normal, si tant est qu'en pareilles circonstances il puisse être question d'état normal. Ces gens-là, passez-moi l'expression, dorment, alors même qu'ils semblent parfaitement éveillés.

Il se tourna vers la malade qui se trouvait dans un profond état d'anesthésie généralisée.

Charcot présenta l'historique de la patiente : la mort de ses parents alors qu'elle était jeune, le passé héréditaire nerveux de la famille, ses premières crises de convulsion durant son enfance. Hébergée par les sœurs, H… n'avait pu apprendre à lire. Plus tard, des attaques convulsives l'avaient forcée à quitter son emploi.

— Après avoir consulté des médecins, elle fut admise à la Salpêtrière en 1880 et, quatre ans plus tard, elle fut atteinte de mal hystérique, état proche, comme vous le savez, du mal épileptique. La patiente resta par la suite dans son état B, ou état second, avec quelques retours de courte durée dans l'état antérieur, l'état A.

Son regard allait de la patiente au public, qui buvait ses paroles.

— Il suit de là que, dans l'état A, H… connaît tous les événements de sa vie qui se sont déroulés avant 1885, et ignore tout ce qui lui est arrivé de 1885 à 1889, tandis que dans l'état B elle se souvient seulement de divers incidents datant de cette période. De ce dédoublement de personnalité, il ne restait de l'état A que les gestes automatiques acquis durant la petite enfance, tels que marcher, manger, parler.

Charcot se livra ensuite à une fascinante analyse des deux personnalités. Robert Louis Stevenson venait de publier en Angleterre un roman fameux, *The Strange Case of Dr Jekyll and Mr Hyde,* et ces questions de personnalité double m'intéressaient au plus haut point.

.

— Dans sa seconde personnalité, dans l'état B, H…
est en anesthésie totale. La perte de la sensibilité est
cutanée et profonde.

Charcot la piqua avec une aiguille aux téguments
externes et elle ne ressentit aucune douleur. Son visage
demeura totalement impassible. Le neurologue tordit
ensuite les articulations de la malade sans provoquer la
moindre souffrance. Il fallait voir les regards médusés
des auditeurs et entendre la clameur qui suivait chaque
geste de l'expérimentateur.

Il lui demanda ensuite de chercher sa main gauche
sans l'aide de la vue et elle n'y parvint pas. Charcot lui
cacha les yeux et elle tomba dans les bras de Babinski,
qui l'empêcha de chuter lourdement.

— Mais son état psychique surtout est particulier ;
elle n'est renseignée que sur des faits récents, datant
des cinq dernières années. C'est ainsi qu'elle ne sait me
répondre où elle est née, ce que fait son père, s'il est
vivant ; pourquoi elle n'a pas de nouvelles de ses autres
parents.

Je notais tout, avide de lier cette histoire au cas qui
me touchait.

Charcot éleva la voix pour attirer notre attention.

— Par contre, elle se rappelle qu'elle était l'an passé,
au bal de la mi-carême, déguisée en magicienne, qu'elle
a visité l'Exposition en compagnie d'une de ses amies ;
elle nous raconte même les détails de cette promenade,
ce qui l'a captivée, la tour Eiffel, les Annamites, etc. Enfin,
particularité bien intéressante, elle sait lire, écrire, cal-
culer dans cet état B ; c'est qu'une malade du service a
entrepris de l'instruire il y a quatre ou cinq ans et elle
est parvenue à lui inculquer ces notions élémentaires.

Charcot frappa lourdement la table. La patiente sur-
sauta puis adopta la position cataleptique. Le neurologue
joua à lui imposer des positions musculaires et faciales
qu'elle maintenait comme une statue de cire. Charcot, de
sa main, la frôla doucement, et elle prit la contracture
somnambulique.

Le regard du maître balaya la salle avec son air grave.

— La malade est éminemment suggestible ; il est facile de lui faire accepter pour vraies les assertions les moins vraisemblables.

Charcot se tourna vers la patiente.

— Nous allons, à présent, examiner comparativement H… dans son état A. L'injonction simple suffit, pour peu qu'elle soit énergique et répétée, à provoquer le retour de la personnalité primitive… Allons, réveille-toi ! ordonna Charcot.

— Que me voulez-vous ? répondit la patiente.

— Allons, réveille-toi !

— Que me voulez-vous ? Je ne dors pas, je ne dors pas.

— La patiente, poursuivit Charcot, fait des gestes particuliers : elle émet des sons étranges de la gorge dont les muscles se gonflent…

Mon regard se posa sur ses mains qu'elle tordait l'une dans l'autre. Son corps se roidit, puis sa tête bascula soudainement à l'arrière et ses bras se tendirent comme dans l'attaque d'épilepsie que j'avais vue si souvent à Sainte-Anne. Elle se trouva alors plongée dans son état primal.

— C'est une esquisse d'attaque, et tout paraît rentrer dans l'ordre, mais désormais nous allons reconnaître les caractères de l'état prime A.

Elle put alors transmettre à Charcot des informations sur des événements antérieurs à 1885. Elle connaissait son lieu de naissance, le nom de son père, le décès de ses parents, son entrée comme infirmière à l'hôpital Necker.

— En quelle année sommes-nous ?

— En 1885.

— Quel âge avez-vous ?

— Trente-deux ans.

— Alors que, dans l'état A, elle peut nommer tous les chefs qui ont travaillé de 1880 à 1885, elle ne saurait le faire avec les chefs de clinique qui l'ont soignée de 1885 à aujourd'hui.

Une des trois prostituées bâilla et les autres, en canon, imitèrent leur consœur. L'une poussa un long soupir d'impatience. « Ça ne vaut pas une chique, ce charabia… » grommela-t-elle. Ça ne l'intéressait pas du tout. Elle attendait le programme principal.

Charcot commanda à la malade d'écrire une phrase au tableau. La craie ne bougea pas. Il voulut la faire lire, ce fut un échec. Il s'enquit si elle avait vu la tour Eiffel et elle en ignorait l'existence, de même que celle des Annamites. Par contre, elle se souvenait de la guerre franco-prussienne, le bombardement de son village était toujours dans sa mémoire ainsi que le siège qui en avait découlé.

— Ce sont les mêmes phénomènes de commencement d'attaque, moins accentués cependant, qui président à la transition de l'état A à l'état B. Cette transition se fait soit spontanément, soit par intimation.

Je compris plus tard l'engouement que Freud avait eu pour Charcot et son désir de traduire en allemand ses cours. Après une longue séance de questions, la patiente fut transportée à l'arrière.

Babinski fit ensuite entrer le docteur Bouchereau en compagnie de Michard. Napoléon, les yeux hirsutes et les cheveux dressés comme de la broche, semblait sur une autre planète.

— Je veux vous présenter aussi un cas qui ressemble à celui de H. N… est sous la garde du docteur Magnan à l'asile Sainte-Anne. Il y a été admis il y a un peu plus d'une semaine. À son arrivée, il était en proie à un délire absinthique. Il a eu une attaque d'épilepsie et s'est terré par la suite dans un profond mutisme avant de s'évader de l'hôpital. Il semble aussi atteint d'amnésie quant aux événements récents. Habile simulateur ? Véritable amnésique ? Allons y voir dès maintenant. Comme l'histoire qui le concerne pourrait avoir des conséquences judiciaires, je ne résumerai pas les soupçons qui pèsent sur lui, mais ils sont graves.

Les trois jeunes femmes qui avaient fait sensation en entrant se levèrent aussitôt. À leur voix et à leur allure, j'avais pensé qu'il s'agissait de prostituées ; j'en eus la preuve à entendre leurs invectives.

— Il a tué Marie et nous sommes sûres qu'il en a tué d'autres. Nos amies disparaissent. Salaud! Assassin! Voilà ce qu'il a fait!

Charcot imposa le silence en agitant les mains dans un mouvement de haut en bas.

— Mesdames, un peu de silence, s'il vous plaît.

Magnan me regarda avec un air soucieux. Nous savions par son dossier judiciaire que Michard s'en était déjà pris à une prostituée, mais là les accusatrices le visaient directement et le liaient à la disparition de leur amie.

— Tirez-lui les vers du nez, docteur, continua l'une d'elles. C'est un assassin! Il est fêlé. On l'a vu chez nous la veille du meurtre. Son amnésie est sélective.

Je compris pourquoi on parlait du théâtre de Charcot. Visiblement exaspéré, il leva à nouveau les bras en signe d'apaisement.

— Mesdames, une fois de plus, veuillez vous asseoir, nous ne sommes pas à une foire. Vous risquez de faire rater notre expérience avec votre attitude. Je suis ici pour comprendre ce qui s'est passé afin d'aider à la fois la justice et N… Il aura droit à une défense juste et équitable, mais, avant tout, nous avons besoin d'aller voir dans sa tête. Si vous voulez vous exciter, retournez dans votre cabinet de consultation.

L'auditoire s'esclaffa.

Les furies finirent par se rasseoir. Charcot se tourna lentement vers son sujet.

— Comment vous appelez-vous?

— …

— Où êtes-vous?

— …

— Comment s'appelle votre médecin?

— …

— Comme vous voyez, il ne répond pas. Il semble totalement indifférent.

Charcot invita Babinski et ses assistants à hypnotiser N…

— Mes collègues de Sainte-Anne, qui le soignent, ont fait une découverte intéressante qui consiste en un tatouage dans le dos du patient. Il réfère directement à la bataille de Sedan à laquelle N… a participé. Comme j'ai connu beaucoup de malades qui ont subi des troubles nerveux graves à la suite de cette terrible hécatombe de l'armée française, je vais tenter de comprendre ce qui a déclenché ce choc. Son dossier militaire confirme qu'il a été blessé à Bazeilles au moment de la retraite et que les blessures ont endommagé le système nerveux. Après avoir été hospitalisé aux Invalides, des problèmes ont conduit N… à l'asile de Bicêtre.

Charcot se tourna vers Michard, qui avait été retenu par deux hommes au moment de sombrer dans un profond sommeil. Il fut assis dans un fauteuil roulant.

— Il se trouve maintenant dans un état d'hypnose. Je vais lui reposer les mêmes questions.

— Quel est votre nom ?

— Napoléon Michard.

Je fus stupéfait d'entendre Michard parler de nouveau.

— D'où venez-vous ?

— Je suis né à Beaune.

— Que faisait votre grand-père ?

— Il était vigneron.

— Est-ce que votre grand-père a fait la guerre ?

— Oui, grand-papa a fait la guerre dans l'armée de Napoléon.

— Votre père aussi ?

— Oui, papa s'est battu en Italie.

— Vous êtes une famille de militaires ayant servi la France ?

— Oui, vive la France ! s'exclama-t-il, ce qui fit rire l'assistance.

— Est-ce que le capitaine Michard s'est battu en 1870 ?

— Oui, j'étais intégré sous les ordres de feu le général Margueritte.

— Vous vous souvenez de la dernière journée de la guerre ?

— Oui, nous avons perdu un officier. La chaîne de commandement était erratique. Les directives manquaient de clarté. Les Prussiens en ont profité pour nous écraser.

Il raconta avec des détails à glacer le sang la fin de la bataille, la retraite, la capitulation, les conditions abominables de détention, le choléra, etc.

— Vous voyez, dit Charcot en se tournant vers l'assistance, en l'hypnotisant, j'ai stimulé la parole chez N… J'espère maintenant qu'il se souviendra de certains événements récents.

— Connaissez-vous Gilbert Duparc ?

— Oui.

— C'est un ami ?

— Oui.

— Il a vendu votre collection de médailles militaires ?

— Il les a vendues pour m'acheter de l'absinthe.

Charcot sortit de sa poche la sinistre natte de cheveux de la défunte prostituée.

— Est-ce lui qui a mis cette natte dans votre poche ?

Je vis ses mains puis son corps commencer à trembler. Le regard inquiet de Bouchereau rencontra celui du docteur Magnan.

— Duparc vous a-t-il conduit à l'asile Sainte-Anne ? continua Charcot, imperturbable.

— NOOoooonnn ! Pas lui…

Le visage de Michard parut soudain terrorisé. Il claquait des dents.

— Pas Duparc…

— Qui donc est le Samaritain qui vous a conduit à Sainte-Anne ?

— Le Diable… L'Alboche… DIABLOVERT, hurlat-il, hystérique.

Le visage de Michard fut pris d'une série de tics nerveux.

— Calmez-vous. Vous n'avez rien à craindre.

La voix de Charcot s'était faite toute douce, et l'effet fut immédiat.

— Je crois comprendre que votre dernier arrêt au bordel s'est mal passé, reprit-il après quelques secondes.

— Je n'y étais pas allé depuis un an. J'avais été arrêté pour avoir blessé une fille.

— Pourquoi ?

— Elle s'était moquée de moi. Depuis mes blessures à la guerre, mes bandaisons sont pénibles. Je dois suivre une routine pour parvenir à la satisfaction.

— Mais, ce soir-là, êtes-vous entré dans le lupanar ?

Charcot jeta un coup d'œil vers les filles de joie en disant cela.

— Je suis entré et la patronne m'a reconnu. Elle m'a chassé en hurlant, en me traitant de criminel, parce que j'avais cherché à blesser une de ses filles. J'ai voulu m'expliquer. Elle a pris un balai pour me menacer. Puis elle s'est mise à me frapper.

— Je crois comprendre que vous n'aviez plus le droit, par arrêt de la cour, de fréquenter des prostituées.

— Vous avez raison. Ç'a été plus fort que moi.

— Qu'est-ce qui est arrivé par la suite ?

— Je suis sorti. Un client est intervenu pour me soutenir.

Une des prostituées s'écria :

— Ce salopiaud est venu à sa défense. Sale fumier !

— Madame, ça suffit, siffla Charcot sans élever la voix mais avec une intensité telle que l'assistance se figea, je vais vous expulser si vous nous interrompez une fois de plus.

Pour ma part, je regardais Napoléon, qui n'avait pas bronché devant ce malencontreux intermède.

— C'est survenu à quel moment ? reprit Charcot.

— Avant que je retourne dans ce maudit asile.

— Vous disiez que ce client vous a défendu...

— Oui.

— Vous le connaissiez ?

— Non.

— Est-ce que Gilbert Duparc fréquente les bordels ?

— Non, ce n'était pas Gilbert.

Je sus alors qu'il fallait écarter Gilbert Duparc de notre liste de suspects.

— Qu'est-ce qui s'est passé ?

— Une engueulade. Les filles ont traité l'autre client de pervers. Il les a traitées de roulures, de bagasses, de divas d'égout.

Je vis Michard esquisser un premier sourire depuis son arrivée à Sainte-Anne.

— Après être sorti, qu'avez-vous fait ?

— J'ai bu.

— Seul ?

— Non.

— Avec lui ? Qui est-ce, lui ?

— L'homme qui n'a pas de sourcils ni de cheveux.

Magnan se tourna vers moi.

— C'est ce que je croyais, il souffre d'alopécie.

— Comment s'appelait-il ? continuait Charcot.

— Je ne me rappelle plus. J'avais trop bu. Mais il me disait de l'appeler Diablovert.

— Avez-vous tué cette prostituée ?

— Non.

Devant nous, les trois prostituées intervinrent comme un chœur grec.

— Menteur ! Qui a voulu tuer tuera ! hurla une des filles.

— C'est assez, veuillez chasser ces hystériques de boulevard ! s'exclama Charcot en regardant ses assistants.

Il fallut de longues minutes pour les expulser de la salle. Elles résistaient férocement, se braquaient. Des chaises furent renversées, des insultes fusèrent. Une fois le calme revenu, Charcot reprit la séance mais, pour ma part, je sortis en dévalant l'escalier. Je vis au loin les trois filles s'éloigner par la grande cour sombre. Le jardin était désert. Les murs extérieurs de l'hôpital l'encadraient comme une forteresse. Quelques grandes fenêtres à carreaux laissaient filtrer une faible lumière. C'était sinistre avec les cris qui émanaient de certaines sections de l'établissement. Je m'approchai des filles sans leur faire peur. Je les entendais pester à distance et affirmer qu'elles allaient tuer l'assassin de Marie. Elles étaient tellement occupées à parler qu'elles auraient sursauté si je n'avais pas feint de tousser avant de m'adresser à elles.

— Mesdames, excusez-moi, je suis le docteur Villeneuve. J'enquête sur l'affaire Michard. J'aurais des questions à vous poser.

Elles se retournèrent avec des airs de fauves.

— T'as pas eu assez de réponses, mon chou ? dit la blonde.

— Non. Je suis là pour comprendre ce qui s'est passé.

— Nous, on a compris. C'est votre justice qui protège quelqu'un ! pesta la deuxième.

Apercevant un banc, je pointai un doigt dans sa direction.

— Est-ce qu'on peut s'asseoir ?

— Nous, on nous demande habituellement de nous coucher, mais toi… Mais d'où tu viens au juste avec ce drôle d'accent ?

— De Montréal, au Canada.

— Ah bon ? Je m'disais bien qu't'étais pas du quartier, m'expédia la plus mignonne.

Sa remarque sema l'hilarité. C'était une jolie noiraude avec un visage au teint mordoré et une bouche en cœur qui, après vous avoir parlé, baissait timidement la tête lorsque vous posiez le regard sur elle. Elle semblait à la fois forte et fragile. Une effrontée timide. Ses yeux clairs bleutés semblaient toujours mouillés par un voile de larmes.

J'indiquai de nouveau un banc dans la grande cour et elles se décidèrent enfin à s'y asseoir.

— Est-ce que l'une d'entre vous a déjà eu des « relations » avec Michard ?

— Moi, répondit la troisième, une rousse avec de petites pommettes.

— Est-ce que vous le qualifieriez de pervers ou de violent dans ses pratiques ?

— Non, mais lui, ça prend toute une mécanique pour l'amener à avoir du plaisir. Il ferait mieux de toujours baiser à blanc ! C'est pompant ! avoua la rousse.

Les autres filles s'esclaffèrent. Était-ce la tension après s'être fait expulser par Charcot lui-même, elles avaient soudain une folle envie de rire et je craignais d'être le dindon de la farce. Mais elles retrouvèrent leur sérieux. Elles avaient fait toute cette démarche-là pour leur amie.

— Savez-vous si Marie Daumier avait couché avec lui ?

— Oui. Je m'en rappelle. C'était un client mensuel. C'est arrivé à la fin du mois de mars ou au début d'avril. Je m'en souviens parce que Marie a quitté la maison de madame Luce au début d'avril. Je sais qu'elle était dégoûtée par ses cicatrices.

Je me rappelai ce que Mégnin avait dit : que la mort remontait aux premiers jours de mai.

— Oui. C'est elle qui qualifiait l'exercice de pompant… Déjà qu'elle trouvait difficile de voir toutes les cicatrices qu'il avait sur le corps. Ce n'était pas très inspirant.

— Qu'est-ce qui s'est passé au juste ?

— Marie s'est impatientée et elle lui a dit que son temps était fini. Le micheton s'est alors mis dans une sale colère. J'l'ai même entendu hurler qu'il tuerait Marie.

— Si j'ai bien compris, une altercation a eu lieu avec Michard ce printemps. La semaine dernière, il est revenu et il a été expulsé, mais un client a pris sa défense. Vous le connaissiez, ce client ?

— Non. Mais on en voit tellement et il y a beaucoup de roulement chez les filles, confia la rousse.

— Pourriez-vous le reconnaître ?

Elles parlèrent toutes en même temps et je levai les bras pour les calmer, un peu à la manière de Charcot.

— Sans se gourer, reprit la noiraude aux yeux voilés de tristesse qui semblait vouloir parler au nom des filles. Il avait une étrange allure…

— Est-ce qu'il était chauve et sans sourcils, comme l'a dit Michard ?

— Il avait une longue chevelure, mais c'était pt'être une potiche.

Je compris qu'elle voulait dire un postiche ou une perruque et continuai comme si de rien n'était.

— Mais avait-il des sourcils et des cils ?

— Je m'rappelle pas.

— Connaissez-vous la fille qui a eu comme client l'homme qui est venu à la défense de Michard ?

— C'est Nadine. Mais moi, j'l'ai déjà eu comme client dans une aut' maison, répondit la rousse.

— Est-ce que les noms prononcés par Michard, Alboche ou Diablovert, vous rappellent quelque chose ?

— Le diable vert, c'est c'qu'ont les hommes entre les jambes, répondit l'effrontée timide aux cheveux noirs.

Elles s'esclaffèrent, me laissant coi d'embarras. La fille aux cheveux d'ébène retrouva son sérieux.

— Il parle d'un Alboche, mais j'me souviens pas d'avoir eu un Allemand comme client, enchaîna la rousse. J'aime pas les Alboches. Sales schleus !

Les deux autres ne se rappelaient pas non plus avoir offert dernièrement leurs charmes à un Allemand.

— Que demande cet homme comme service ou faveur sexuelle ? Est-il fétichiste ? lubrique ?

— Hé, ho, doc… qu'est-ce ça veut dire, ces grands mots ? On n'est pas allées à la Sorbonne, nous… crâna la blonde.

— Avait-il des vices, des fantasmes particuliers ?

— Dites donc, c'est qu'vous voulez en savoir des choses !

— Vous tenez vraiment à ce qu'on mette la main sur celui qui a tué Marie ? Alors, répondez-moi. Je travaille pour vous, dans cette affaire.

— Nous, on travaille d'habitude avec des macs, pas avec des médecins.

À nouveau, elles éclatèrent de rire. Mais je sentais dans ces éclats d'humour une façon de passer leur angoisse et leur anxiété. Ces trois filles étaient hantées par la peur et la rage de venger leur amie assassinée. Je profitai du moment pour leur dire que je m'appelais Georges et j'appris en retour que je parlais avec Manon la rousse, Lise la blonde et Viviane la noire.

— S'il vous plaît, m'impatientai-je après les présentations, répondez à ma question.

J'entendis alors une étrange clameur provenant de la salle où Charcot tenait sa séance. Michard avait-il révélé quelque chose d'inattendu ?

— Moi, commença Manon, j'l'ai aussi eu comme client dans une autre maison. Il a voulu que j'm'attiffe comme Marie-Antoinette, avec une perruque blonde, et que j'm'enfarine le visage. Lui, il s'est pas déshabillé. Il a juste sorti sa quille de braguette et c'est tout.

— À quoi ressemble-t-il ?

— Un vrai prince, très bien habillé. Comme pour aller au théâtre ou au concert. Il est assez beau, j'dirais. Ses traits sont doux. Mais quand on le voit de plus près, ça s'gâte. Il a la peau grêlée par la variole et il la masque avec du fond de teint. Il a beurré mon oreiller. Puis il a une cicatrice près d'un œil de vitre bleu qui fixe le vide sans jamais bouger. C'est sûr qu'il a eu un accident. Et je crois qu'il marque ses sourcils avec du khôl.

Ce détail me parut très important.

— Ce qui peut vouloir dire qu'il n'a pas de sourcils du tout ?

— J'sais pas.

— Et il avait des cheveux ?

— Ah ça oui : de longs cheveux noirs.

— D'autres détails ?

— Il porte aussi d'étranges bagues argentées avec des pierres précieuses.

Je me rappelai les bagues cylindriques dont m'avait parlé mon informateur du Chat Noir.

Un nouveau cri provenant de la leçon de Charcot fit sursauter les filles. Je crus reconnaître la voix de Michard.

— Ben dis donc, lança Manon, le professeur, il est en train de le rendre plus dingue encore ?

— Nous, on est inquiètes, dit Viviane. Avec tout c'qui s'passe à Londres… Vous avez lu tout c'qui arrive là-bas, avec ce Jack l'Éventreur ?

— Il s'en prend à des pauv' filles comme nous, ajouta Lise dans un souffle.

— S'il s'agissait du même homme ? pensa tout haut Viviane. C'est pas long, partir de Londres pour venir à Paris. Il en zigouille une ici, une autre là-bas…

Viviane me toisa soudain avec sa moue frondeuse.

— J'comprends pas vos doutes à vous, le médecin du Canada. Michard, il a couché avec Marie, ils ont eu une altercation sévère, elle est morte quelques jours plus tard et on a retrouvé une natte de ses cheveux dans sa poche. Est-ce qu'y a une justice ou bien on tente de protéger un héros de la bataille de Sedan ?

— Mesdemoiselles, si tout le gratin médical de Paris est réuni ici, ce soir, c'est parce que nous nous soucions de Marie Daumier, qui est morte d'une façon atroce entre les mains d'un pervers… ou de Napoléon Michard. Mais jusqu'à preuve du contraire il est innocent. Sans l'intervention du docteur Magnan, Michard serait déjà en prison, mais qui vous dit que c'est lui l'assassin ?

— Punaise de merde, mais il a déjà tapé Marie, voilà qui nous le dit ! répondit la petite noire aux yeux embrumés.

— T'as raison, Viviane. Bravo, Vivi !

— Parce que vous n'avez jamais été tapée par d'autres clients ? rétorquai-je aussitôt, choqué par leur réaction.

Elles se regardèrent sans dire un mot.

— Il se peut que ce soit lui, continuai-je, mais il faut aussi en être sûr.

— Parle toujours, mon coco, lâcha alors Viviane.

Les filles se payèrent ma tête.

— Je crois qu'vous cherchez le mauvais type, docteur, argua Lise. Le meurtrier, il est dans ce bâtiment derrière vous avec ce docteur des fous.

— Michard est connu d'la Rousse pour avoir maltraité une de nos copines. Arrêtez de chercher midi à quatorze heures, reprit Viviane.

Je leur rappelai une dernière fois que nous ferions tout notre possible pour connaître l'assassin de Marie Daumier, puis les remerciai et retournai à la séance de Charcot. En jetant un coup d'œil derrière, je m'aperçus que Viviane s'était aussi tournée pour me regarder.

Quand j'arrivai à l'étage, une foule entourait la tribune. Les visages étaient sombres. En montant sur une chaise, je vis Bouchereau qui tentait de réanimer Michard. Sa bouche crachait le sang.

Je m'approchai de Magnan, qui était demeuré en retrait. Dévasté, il m'expliqua :

— Il a eu une attaque foudroyante. Il s'est mordu la langue puis il a eu une occlusion. Bouchereau est parvenu à expulser le morceau, mais il s'est étouffé avec son sang.

— Est-ce une suggestion de Charcot qui l'a mis dans cet état ?

— En fait, quand Charcot lui a demandé de lui décrire son compagnon de beuverie, il a reparlé de Diablevert ou je ne sais quoi. Rappelez-vous que, le jour de son admission, il avait hurlé un semblant de « Vade retro Satan », après qu'on eut établi un lien entre la chevelure et la personne qui l'avait accompagné à l'asile. La figure du diable semble être restée imprégnée dans l'esprit de Michard. Charcot a cru qu'elle s'incarnait à la fois dans la figure des Allemands, après le traumatisme subi durant la guerre, et dans la verte absinthe. Pour certains c'est la fée verte, alors peut-être que pour lui c'était le diable vert ? Le diable s'incarne dans tout ça et par des hallucinations déclenchées par l'absinthe.

Magnan hocha la tête, lissa d'une main le peu de cheveux qui lui restait sur la tête. Il était complètement dépité par la tournure des événements. Le patient qu'il avait tant voulu protéger de la justice était mort devant un parterre de savants et un officier judiciaire qui entendait bien le lui faire payer. Je le sentais humilié.

Il poursuivit d'une voix étreinte par l'émotion.

— Ce qui tendrait à confirmer que cette image du diable s'est incrustée dans sa pensée et qu'elle le hantait. Il a vécu un choc émotif très puissant qui, allié aux toxiques de l'absinthe, à son épilepsie et aux conséquences de ses blessures spinocérébrales, aura eu raison de lui.

— Savez-vous, docteur, j'ai l'impression que Michard a vu lors de cette beuverie à l'absinthe un personnage qui lui a fait très peur. Je viens de parler aux trois demoiselles qui assistaient à la séance de Charcot. Le soir de l'altercation au bordel, l'homme qui a encouragé Michard et insulté les filles arborait une longue chevelure, d'étranges bagues et du maquillage pour cacher sa vérole.

— Oui, mais l'individu qui l'a accompagné à l'asile n'avait pas de cheveux.

— À moins qu'il ne…

Consterné, Bouchereau arriva sur ces entrefaites. Du sang tachait sa chemise, son plastron et ses manches.

— Il est mort… Il n'y a plus rien à faire, dit-il en baissant la tête.

— Merde, maugréa Goron à un mètre de là. En plus de cacher mon suspect, la médecine parisienne me le tue. Bravo, la médecine parisienne ! (Il se mit à applaudir avec ironie.) Félicitations, les experts ès crimes ! Pas assez de m'empêcher de l'interroger, on me le tue. Bravo !

Le commissaire avait le visage d'un forcené prêt à tuer. Les plis de son visage étaient comme des arcs sous tension.

Charcot s'approcha. Il expliqua que les risques d'attaque étaient à prévoir et qu'ils avaient tout fait pour l'éviter.

— Vous saviez, commissaire, que cela pouvait survenir.

— Et avec vous, ce serait arrivé bien avant ! expédia Magnan en direction de Goron.

— Mais ce que monsieur Charcot nous fait comprendre ce soir, c'est que l'homme que vous avez tant cherché à protéger a été en contact avec cette prostituée et qu'il l'a revue pour la tuer.

Un homme s'approcha en nous tendant la main.

— Bonsoir, Jules Bayard, reporter au *Petit Journal*. Ce Gilbert Duparc, dont il a été question lors de la séance d'hypnose, est-il un suspect à vos yeux ? Après tout, c'est lui qui a vendu les médailles de Michard pour le faire boire.

Les médecins se regardèrent, interloqués. Un journaliste ? Mais que faisait-il là ?

Goron esquissa un sourire et se déplaça vers nous. Il avait sans doute passé le message à Bayard. Deux autres journalistes s'approchèrent.

Magnan se montra bon collaborateur.

— Nous allons trouver et interroger ce monsieur Duparc. Mon assistant, le docteur Villeneuve, a pu découvrir son adresse ainsi que de nombreuses informations pertinentes.

Tout naturellement, en présence des journalistes, je remis au commissaire l'adresse de Duparc tout en sachant fort bien que cette piste était vaine.

Bayard s'adressa à Magnan.

— Duparc a-t-il quelque chose à voir avec le meurtre ou avons-nous affaire à un autre détraqué qui voit le diable partout ?

— Michard a dit que Duparc n'avait rien à voir avec le Samaritain qui l'avait accompagné à l'asile.

— Comment vous y prenez-vous pour obtenir tous ces renseignements ? me demanda le scribe.

— De la même façon que pour les autres informations que j'ai amassées sur cette affaire : je suis allé aux

Invalides, ensuite à l'assistance publique puis chez l'acquéreur des médailles. J'enquête. Je fouille. Je déduis. Et tout ça avec la seule assistance du docteur Magnan.

Goron était rouge comme un poivron tandis que Magnan jubilait.

— C'est vous que le commissaire menaçait d'expulsion? s'enquit un des deux autres journalistes, qui ne s'étaient toujours pas présentés.

D'un signe de la main, Magnan m'indiqua de ne pas répondre et prit la parole.

— Messieurs, ce jeune docteur fait un stage en médecine mentale à Sainte-Anne. Comme il deviendra dans son pays médecin légiste et expert en médecine mentale, je lui ai confié une lourde responsabilité et il l'a bien remplie.

Le cadavre de Michard passa sur une civière. Tout le monde se retourna et un moment de silence s'ensuivit. Canadien français, élevé dans la religion catholique, j'eus le réflexe de me signer. Je remarquai qu'un illustrateur croquait mon portrait, ce qui me mit très mal à l'aise.

— Faites transporter le corps à Sainte-Anne, exigea Magnan. J'aimerais procéder à une autopsie.

— Pourquoi? s'indigna Goron. Vous avez bien vu qu'il s'est étouffé avec sa langue.

— Commissaire Goron, votre pensée est si limitée… Si je le fais, c'est pour voir et comprendre les effets des lésions qu'il a au cerveau et pour que nous soyons en mesure d'en connaître plus sur les crises d'épilepsie et les conséquences de l'absinthe sur le cerveau.

Insulté de s'être ainsi fait rabrouer devant la presse, Goron s'éclipsa en compagnie de ses collègues.

— Pauvre imbécile, ne put s'empêcher de murmurer Charcot.

La leçon du mardi se termina sur cette fausse note. Le glas sonna pour Napoléon Michard. Un *Dies irae* de plus dans la grande histoire de la folie.

◆

Le retour en fiacre se fit sans enthousiasme. Le cocher sifflait un air gai qui ne seyait pas à notre état d'esprit. La brume enveloppait les contours de la Seine et ses réverbères qui créaient des halos de lumière le long des quais. Nous avions progressé dans notre enquête, mais Michard, que j'avais appris à apprécier, était mort. Par notre faute ? Par notre zèle de savoir ? Nous avions poussé l'investigation à la limite avec des conséquences funestes.

Sans doute était-il coupable du meurtre de Marie Daumier. L'affaire allait probablement se clore là-dessus. Charcot avait secoué la torpeur et l'amnésie de Michard. Il avait certes menacé de mort Marie Daumier. Il n'y avait qu'un pas à franchir pour croire qu'il avait exécuté son plan. Même si tous les soupçons pesaient sur lui, ma solidarité militaire à l'endroit d'un soldat, bien plus que mon zèle médicolégal, interdisait que je me rende à l'évidence. Brouardel avait mentionné que les ciseaux dans la poche de Michard n'avaient pu servir à tuer Marie Daumier et à couper sa natte, et ce détail m'agaçait. Comment incriminer Michard quand le plus grand expert médicolégal de Paris affirmait que l'arme trouvée avec la natte n'avait pas servi à tuer la victime ni à couper cette natte ?

Je tenais maintenant à explorer la nouvelle piste, celle du client pervers avec qui Michard aurait pu prendre sa funeste cuite, ce qui impliquait soit qu'il avait gardé un contact avec lui, soit qu'ils s'étaient croisés par hasard la veille de son entrée à l'asile. Je voulus en glisser un mot à Magnan, puis me ravisai : « À quoi bon ? » me répondrait-il sans doute. « La justice a son pain avec quoi nourrir ses doutes. »

Le chauffeur alla d'abord reconduire Magnan puis Bouchereau. J'aurais le privilège d'être mené jusqu'à ma chambre de l'hôtel du Panthéon aux frais de l'asile.

— Docteur Magnan, puis-je vous poser une question personnelle ?

— Allez-y, Georges.

— J'ai constaté depuis le début de cette affaire que vous êtes à couteaux tirés avec le commissaire Goron. Avez-vous eu maille à partir avec lui dans le passé ?

Bouchereau et Magnan se regardèrent.

— Vous avez raison, Georges, de qualifier ainsi cette relation. Je peux vous en parler. L'excellent Bouchereau, quant à lui, connaît l'histoire. Je vais vous en résumer l'essentiel... Il y a vingt ans, je suis parvenu à casser une décision dont la finalité aurait été la peine de mort pour un jeune homme. Goron avait été sur le coup. J'avais produit des documents qui tendaient à démontrer que ce condamné était un dément et qu'il n'avait aucune responsabilité criminelle dans l'affaire. Garnier et d'autres étaient venus confirmer mes affirmations. Mais comme la victime du crime était le frère de Goron, un policier tué en service, il m'en a toujours voulu. Je n'ai fait que mon travail et il a l'impression que je lui ai mis des bâtons dans les roues.

Le vieux médecin avait les traits tirés. Les derniers jours avaient été pénibles sur le plan professionnel. Son asile était au cœur d'une controverse dans les journaux. Une patiente s'était enlevé la vie en se plantant une aiguille dans le cœur, un autre s'était enfui avant de rendre l'âme pendant la leçon de Charcot. Tant de médecins réputés pour assister, impuissants, à la mort d'un malade laissaient une mauvaise image de la médecine française.

12. Un jour sombre

Le docteur Magnan avait convoqué ses étudiants dans « le bâtiment des morts », le nom que l'on donnait à la morgue. La petite salle d'autopsie était située dans un caveau derrière la chapelle. Magnan ne se contentait pas d'observer la maladie mentale et de noter ses effets pernicieux et ses symptômes. En vrai scientifique, il lui fallait aussi comprendre de l'intérieur, scruter le système nerveux, analyser les lésions liées à certaines familles de maladies, observer, comparer, classer. Il allait voir en dedans de plus près, comme il le disait. Ses recherches en anatomopathologie ajoutaient de grandes connaissances à la médecine mentale. Cette exploration du corps humain se transformait en textes diffusés dans les colloques internationaux.

Trois internes entrèrent dans le petit amphithéâtre, suivis de Magnan, dont les traits étaient tirés. Nous allions découvrir l'anatomopathologiste derrière l'aliéniste. L'autopsie de Michard serait peu ordinaire pour nous qui avions tenté de garder le malade en vie. De ce grand corps blanc malingre, aux côtes parfaitement découpées, semblait émaner une lumière de paix. Michard avait l'air détendu, libéré du mauvais sort qui s'était abattu sur lui. Néanmoins, les journaux du matin continuaient de le tourmenter, le suspectant par suite du témoignage des prostituées. L'affaire refaisait surface. Procès posthume. C'était une aubaine pour une justice populaire expéditive, toujours prête à la guillotine. J'eus une pensée pour lui. Il était aussi question de moi dans la presse. On faisait état de mon implication dans l'enquête, de l'adresse que j'avais remise à Goron.

Je me chargeai de rédiger le procès-verbal des observations du maître. Magnan appréciait, semblait-il, la clarté des rapports. Je m'efforçai d'utiliser des termes précis, sans fioritures.

Nous avions eu l'occasion d'examiner des pièces histologiques qu'il avait préparées. Ses études approfondies sur la démence paralytique avaient démontré que la médecine se trompait en considérant cette maladie comme une méningite chronique avec lésion de la couche superficielle de l'écorce cérébrale. Magnan avait prouvé que cette inflammation se répandait en profondeur dans l'encéphale.

L'analyse du cerveau de Michard qu'il nous exposa montrait des altérations importantes dans les tissus conjonctifs de soutien du système nerveux. Je ne veux pas égarer ici les lecteurs par un langage abscons, mais je dirais que le cerveau devenait dans ce cas une mappemonde où l'on découvrait de nouvelles terres. À des fins de comparaison, le professeur nous présenta des coupes histologiques d'une névroglie en santé – une image valait mille mots. Magnan nous demanda d'approcher. Une douzaine de blouses blanches avancèrent comme des oies marchant au pas.

— Le réticulum, comme vous le constatez ici, possède des cloisons très fines, qui atténuent les espaces emmaillés des faisceaux des tubes nerveux. Dans la névroglie d'un patient atteint de démence, ce que nous voyons ici, l'inflammation a épaissi les cloisons et les maillons qui l'entourent sont resserrés. La compression empêche la nutrition des tubes nerveux, ce qui génère peu à peu la paralysie.

C'est ce que j'adorais de l'anatomopathologie : elle nous faisait voir le phénomène d'un autre point de vue.

C'était une forme de spéléologie du corps humain. L'état de santé du patient que nous observions était lié à cette inflammation que nous étions tout aussi impuissants à soigner. Mais, au moins, nous pouvions entrevoir le centre du problème.

Magnan insista aussi sur l'apport de l'alcoolisme dans la dégénérescence de Michard.

— Encore une fois, prononça-t-il tristement, l'axe spinocérébral témoigne des sévices de l'alcool par la congestion veineuse des méninges.

Les veines et les sinus du cerveau étaient effectivement altérés par un sang noir.

Magnan coupa ensuite le cœur. Il se pinça les lèvres, hocha la tête pour indiquer non pas son étonnement mais sa déception.

— Regardez-moi ça, c'est d'une tristesse…

Michard avait un cœur de bœuf, typique des alcooliques, tout gorgé de caillots. Le même constat s'appliqua au foie. L'aliéniste le sortit pour bien nous le montrer et le coupa en petites tranches. Il était parsemé de kystes et friable au simple toucher du doigt.

Magnan nous montra ensuite les muqueuses de l'œsophage qui avaient ramolli.

— Partout, il y a inflammation des tissus cellulaires. Les muqueuses de l'intestin grêle… voyez… sont rouges et noirâtres.

Enfin, en prévision du congrès d'anthropologie criminelle prochain, il s'intéressa au crâne de Michard.

— Comme vous pouvez le constater, il est parfait. Pas de bosses sur la fossette occipitale. C'est lisse. Qu'il soit coupable ou non des crimes qu'il a commis, l'école italienne a tout faux avec sa théorie du criminel-né.

Je regardai une dernière fois la blessure et les tatouages de Michard. Magnan me demanda de recoudre.

Après avoir signé mon rapport d'autopsie, j'inscrivis dans mon cahier les heures dramatiques que je venais de vivre.

◆

Les funérailles de Michard eurent lieu en fin d'après-midi dans la petite chapelle attenante à la morgue. Y assistèrent peu de gens : L'Herbier, de l'assistance publique, un infirmier des Invalides, sa logeuse, un pensionnaire et Gilbert Duparc, que la police avait écarté comme suspect. Michard ne fut donc pas seul le jour de son enterrement, comme je l'avais craint. L'aumônier de Sainte-Anne officia le service funèbre. Magnan me désigna pour représenter le corps médical. La logeuse apporta des fleurs. Elle raconta comment Michard aimait nourrir les oiseaux de l'Allée des Cygnes, comment il appréciait le chant des tourterelles tristes. Duparc, qui avait des remords d'avoir vendu les médailles de son ami même s'il l'avait fait à sa demande, eut un beau geste. Avant de refermer le cercueil, il épingla la médaille que Michard avait remportée durant la bataille de Sedan.

— Salut, vieux frère de misère. Comme j'en ai plus de fait qu'à faire, je te rejoins avant longtemps. Je sais bien que tu n'as pas pu commettre ce meurtre odieux. Ce n'est pas dans ta nature…

L'Herbier écouta avec attention les discours. Il rappela, quand vint son tour de prendre la parole, qu'il restait une grande injustice dans toute cette affaire, car la plupart des Parisiens continuaient de croire en la culpabilité de Michard.

— Tant qu'on ne saura pas ce qui s'est vraiment déroulé, notre pauvre ami laissera dans la mémoire des Français le souvenir d'un odieux assassin, d'un pervers. C'est pour ça que je souhaite voir les médecins de Sainte-Anne, dont le docteur Villeneuve ci-devant, poursuivre leur enquête. Napoléon a encore droit à la justice, même s'il n'est plus parmi nous.

Puisqu'il n'avait plus de famille, il eut droit à la fosse commune, ce qui s'accordait avec la finale pathétique de sa vie. Mais il put à tout le moins reposer en paix, ce que nous ne pouvions faire de notre côté.

◆

Après les funérailles, j'allai voir Magnan dans son bureau. Il achevait des rapports, inscrivait une entrée, une sortie ou un décès dans le grand livre des admissions, apposait des signatures çà et là, tamponnait un formulaire…

— Je voudrais savoir à quoi m'en tenir en ce qui concerne l'affaire Michard, lui demandai-je d'entrée de jeu.

Le vieil homme recula sa chaise. Il retira ses lunettes pour les nettoyer avec le coin de sa blouse, frotta ses yeux cernés de labeur. Il replaça ses montures puis me fixa d'un intense regard.

— Écoutez, Georges, vous allez maintenant vous occuper uniquement de vos études *intra muros*. Malgré l'excellent travail que vous avez accompli, je n'aurais jamais dû vous mêler à cette histoire. Vous auriez pu perdre votre permis de séjour.

— Mais toute la vérité reste à faire, docteur Magnan !

— Je sais, nous avions bien cheminé, mais la mort du patient est venue tout bousculer.

— Croyez-vous que Michard soit coupable de l'horrible meurtre dont on l'accuse ?

Il réfléchit longuement.

— Je ne sais plus. Les couteaux dans sa chambre, son arrestation pour des voies de fait graves sur une prostituée, sa double personnalité, son penchant pour l'absinthe… Tout joue contre lui.

— Mais rien ne prouve qu'il soit le meurtrier. Je n'ai pas retrouvé de nattes dans sa commode ni dans sa chambre, ce qui tend à démontrer qu'il n'est pas le coupeur. Et Brouardel a clairement écrit que les ciseaux n'avaient pu servir ni à tuer Daumier ni à prélever sa natte.

— Je sais. Vous m'avez prouvé que vous deviendrez un excellent enquêteur. Comme je vous l'ai maintes fois répété, c'est aussi une partie du travail de l'aliéniste. Mais je crois que vous devez vous en tenir maintenant à ce pour quoi vous êtes venu à Paris. J'aimerais donc que vous passiez une semaine à faire le quart de nuit. Pour bien comprendre les déséquilibrés, mieux connaître la folie, il faut vivre au milieu d'elle et avec eux.

— Je veux bien faire l'internat, docteur, mais j'ai su que ça dérangeait certains étudiants.

— Un seul, Georges, un seul. Et c'est réglé.

Je me doutais bien qu'il s'agissait de l'interne Masson après l'avoir vu en pleine intrigue avec Goron. Je n'osai pas lui demander comment il avait réglé le « cas ». De toute façon, Magnan continuait déjà sur un autre sujet qui lui tenait à cœur.

— Nous avons reçu ce matin les malles d'Italie en prévision du congrès d'anthropologie criminelle. Il y en a tellement et j'ai tellement de travail que je vais vous demander, en plus de vous occuper de leur disposition, de choisir les pièces qui vous semblent les plus intéressantes, selon le prestige des médecins des délégations. Cependant, comme je ne crois pas en cette fumisterie qui sévit chez nos amis italiens et qu'on appelle l'anthropologie criminelle, je vous prierai, dans ce cas précis, de présenter dans la grande salle d'exposition les artefacts que vous jugerez les plus grossiers ou les plus ridicules. Ça vous va ?

— D'accord, je m'en occupe.

13. Résident de nuit

Les jours suivants, je travaillai comme interne en résidence. Y passer des jours et des nuits nous faisait voir l'asile autrement. Je vivais avec les aliénés. Je comprendrais mieux le phénomène appelé « dépression asilaire ». Nos professeurs nous répétaient souvent cet adage : « Connaître la folie, c'est vivre autour d'elle. » Je logeais en ses terres. J'avais la folie comme voisine. Nous en subissions aussi les conséquences. Nous étions une minorité saine d'esprit au milieu d'un univers de fous.

La régularité de mon horaire et des tâches à accomplir me rappela mes études classiques. À quatre heures, j'effectuais ma tournée du soir. Je circulais d'un pavillon à l'autre. Le tohu-bohu du quartier des agités avec leur gestuelle spasmodique et trépidante se muait en parfait silence dans le pavillon des neurasthéniques au corps engourdi par le spleen. C'était comme passer de l'*allegro furioso* d'une symphonie à un mouvement *andante con dolorosa*. Quel sentiment étrange que de vivre avec les aliénés ! Dans les parties bruyantes de l'asile, j'avais fini par développer une sorte de filtre. Après quelques jours, j'étais devenu imperméable aux cris et aux hurlements, sans être insensible à la souffrance des malades.

Le souper se prenait à cinq heures et une récréation d'une heure suivait. J'eus droit le premier jour à un patient en pleine crise qui tenta de briser tout le mobilier, mais, heureusement, les chaises et les tables étaient rivées au plancher. À onze heures, nous fermions les portes aux visiteurs et j'étais d'office pour la nuit. Des nuits mouvementées, ponctuées de cris, qui me conduisaient d'un pavillon à l'autre, jusqu'au bloc cellulaire des agités où un gardien m'accompagnait et assurait ma sécurité. Le bruit, les cris d'effroi, les plaintes, les atteintes physiques des malades à leur propre personne avaient de quoi glacer le sang.

Les blessures que les patients s'infligeaient, les gestes d'automutilation nécessitaient une intervention rapide et occupaient le personnel. Le commun des mortels ne peut s'imaginer l'état de violence dans lequel peut se mettre un agité – on croirait qu'ils sont un bataillon à saccager la chambre alors qu'il est seul. Je compris que mon intégrité physique était menacée dans ces conditions. Parfois, il me fallait réveiller l'interne-pharmacien pour qu'il me donne des pansements. À l'aide du veilleur, qui maîtrisait l'agité, je pansais les blessures de ce dernier et nous le laissions ensuite dans une pièce matelassée.

Dans ces circonstances, il était difficile d'avoir un sommeil de qualité. Je lisais entre deux interventions. Toutes sortes de lectures : des leçons cliniques de Magnan à la Nouvelle Iconographie de la Salpêtrière en passant par des romans que Magnan avait indexés. En prévision du deuxième congrès d'anthropologie criminelle, je lisais aussi les comptes rendus du premier congrès qui avait eu lieu à Rome en 1885. Je sortais souvent mon cahier et j'écrivais le fruit de mes observations. J'étais sur une sorte d'étrange erre d'aller, drogué par la fatigue, et à la fois alerte selon les circonstances, toujours prêt à intervenir.

Je pensais beaucoup à l'arrivée d'Emma Royal. J'avais besoin de quelqu'un à qui me confier. Je ne m'étais pas fait d'amis depuis mon arrivée à Paris. Comment aurais-je pu, avec toutes ces histoires ?

Le matin, je reprenais la tournée en compagnie de Magnan et de Bouchereau, puis j'assistais à la leçon de Magnan sur la dégénérescence héréditaire, et chaque jour qui passait me confirmait que je ne deviendrais jamais un médecin généraliste, mais un aliéniste. En conséquence, je me disais qu'il me fallait travailler et oublier si possible cette enquête.

Puis une nouvelle désagréable arriva de la bouche de Kerbellec : l'interne Masson s'était plaint auprès de la Faculté de médecine du fait qu'un étranger occupait un poste d'interne en résidence. Or, les règles étaient strictes et Magnan dut se résigner à me demander de renoncer momentanément à mon service. En conséquence, je devrais réintégrer ma chambre près du Panthéon, sans même pouvoir achever ma semaine d'internat. J'en fus profondément choqué.

14. La galerie des horreurs

Le congrès d'anthropologie s'ouvrirait le jeudi 15 août, soit dans un peu plus d'une semaine. Devant moi s'empilaient l'ensemble des caisses en bois arrivées par train et par bateau. Il y en avait des dizaines en provenance d'Angleterre, d'Italie et de France. Les noms de ville imprimés sur les boîtes – Parma, Torino, London… – me donnaient le goût de voyager. Les Italiens avaient envoyé tellement d'artefacts – nous avions encore reçu de nouvelles caisses la veille – que nous ne savions plus où les mettre.

« Attendez-vous à toutes sortes de surprises », m'avait confié Magnan avec un sourire aux coins des lèvres.

Selon ses consignes, je sélectionnais les objets d'après leur pertinence. Il fallait éviter les redondances. Puisque Magnan reniait désormais les théories de Lombroso et de l'anthropologie criminelle, j'avais le feu vert pour exposer ce que Kerbellec qualifiait de délit intellectuel pseudo-scientifique.

Magnan nous avait raconté, le vendredi durant sa leçon, que cette thèse était née, vingt ans auparavant, lors de la dissection du cerveau d'un criminel. Lombroso avait établi que la fossette occipitale médiane conférait au cervelet une forme trilobée, comme celle du cervelet des rongeurs, des singes et des lémuriens. Cesare Lombroso et ses disciples avaient dès lors accrédité la thèse voulant que les criminels aient des anomalies physiques, physionomiques et anatomiques – asymétrie du crâne, largeur du maxillaire inférieur, saillie des arcades zygomatiques, etc. – qui faisaient d'eux des criminels-nés.

En ouvrant une à une les boîtes et en en sortant les pièces, j'éprouvais encore plus de dégoût pour cette théorie. C'était, à tous points de vue, un musée des horreurs, pas tant en raison des objets exposés qu'à cause de l'empirisme des thèses farfelues qu'on y présentait. Il y avait entre autres une carte géographique de la criminalité en Italie. Cela ne donnait pas envie de visiter ce pays. Lombroso n'était pas ce qu'on peut appeler un ambassadeur touristique pour l'Italie. Je me demandais bien comment lui, en tant que directeur de l'asile de Pesoa, considérait ses patients.

Plonger mes mains dans les boîtes sans trop savoir ce que j'allais en sortir donnait le frisson. J'extirpai coup sur coup cinq moulages en plâtre de têtes d'assassins décapités à Paris, puis cinq véritables crânes de meurtriers, enfin six autres moulages de cerveaux d'assassins. Décidément, Lombroso voulait montrer sa vaste collection de crânes! J'exposai sur un présentoir son ouvrage *L'Uomo delinquente* – *L'Homme criminel* –, qui contenait aussi un atlas de la criminalité. Je sortis d'une autre caisse une belle boîte en bois massif. Je l'ouvris. Elle contenait les instruments de mensuration de Lombroso.

J'extirpai d'un caisson le fameux crâne de Villela par qui cette théorie avait commencé. Selon Lombroso, ce contemporain était un proche parent de l'homme des cavernes. Il semblait me regarder en me disant: qu'est-ce que tu en penses, l'ami?

Son condisciple, le professeur Fiordispini, proposait des photographies accréditant le prognathisme chez les aliénés meurtriers, soit le fait d'avoir des maxillaires proéminents.

Le docteur Ottolenghi brillait par des graphiques relatifs à la calvitie et à la canitie – la blancheur précoce des cheveux, chez les criminels. Même les cheveux noirs, couleur fréquente chez les criminels, devenaient suspects. Comme j'avais les cheveux noirs, cela m'amusa un peu.

Monsieur Manouvrier, quant à lui, présentait un graphique de la capacité crânienne d'un groupe d'assassins afin de démolir les thèses de l'école italienne.

Mais c'est le professeur Lorenzo Tenchini qui remportait la palme. Il déployait la collection la plus spectaculaire et la plus morbide qui soit, douze séries contenant chacune une tête de criminel en trois pièces : le crâne, son encéphale conservé par le procédé de Giacomini, et le visage reproduit d'après nature par le procédé de Tenchini lui-même. Les traits étaient recréés avec exactitude et l'on avait conservé le système pileux. Ces douze séries étaient divisées en trois catégories – les voleurs, les corrupteurs, les assassins –, avec chacune quatre têtes de criminels, c'est-à-dire douze pièces. La couleur cireuse de la peau donnait aux visages un teint de jaunisse.

Il y avait aussi des masques avec la mention *Omicidia N° 145* et, sur un socle en forme de bouteille, la main ouverte du criminel accusé de meurtre avec un bracelet de velours rouge. On eût dit la main d'un méchant génie s'extirpant d'une lampe magique. L'homme avait été accusé d'un quadruple homicide. Je déposai la main criminelle loin de mes yeux.

Les Italiens avaient bien sûr quelques adeptes chez les Français, dont le docteur Voisin. La caisse qu'il nous avait fait parvenir contenait sa collection de moulages, qui tentait de prouver l'influence de l'hérédité morbide sur la forme et le développement des oreilles, des pieds, des mains et des circonvolutions cérébrales. S'y trouvaient aussi de nombreux albums de portraits d'assassins, des photographies et des tatouages prélevés à même la peau des criminels.

Dans une boîte remplie de paille, quelle ne fut pas ma stupeur de découvrir le crâne de Charlotte Corday,

la femme qui avait assassiné Marat. La scène avait inspiré de nombreux peintres que j'avais pu voir au Louvre
lors de ma visite, dont le célèbre tableau de David. Il
faisait un orage lorsqu'elle avait été menée sur un chariot.
On dit qu'elle était d'une beauté exceptionnelle et qu'elle
avait fait une forte impression sur les voyeurs venus assister à l'exécution. Sur la toile, elle portait une chemise
rouge et, comme il pleuvait, le vêtement épousait son
corps de déesse. De Lamartine, l'un de mes poètes pré-
férés, avait décrit la scène... et moi, j'avais son crâne dans
la main, un crâne qui allait être soumis à une étude crânio-
métrique. Dire que cette tête avait rebondi et roulé sous
la guillotine avec la clameur de la foule... Je la regardai
longuement, mais n'y vis point d'anomalies. Qu'est-ce
que Voisin pourrait faire dire à ce crâne?

Je repris mes activités de déballage. Dans une boîte
arrivée de Londres, je découvris avec une fascination
morbide les spécimens expédiés par Galton: des portraits
composites d'hommes condamnés pour crimes violents.
Il fallait voir cette galerie de personnages ténébreux et
misérables. Le savant anglais allait sans doute nous entretenir de *Jack the Ripper*, qui terrorisait le quartier de
Whitechapel, où il avait éventré plusieurs prostituées.
Le professeur Ferri avait aussi livré trois cents portraits
de criminels. Ils étaient dessinés au crayon avec un grand
art. Comment allais-je pouvoir choisir entre tous ces
dessins?

Je passai l'avant-midi à démêler cette galerie des
horreurs. De temps en temps, Kerbellec ou Bouchereau
s'arrêtaient pour me conseiller ou pour me plaindre...
Eux aussi eurent une longue méditation lamartinienne
sur le crâne de Charlotte Corday.

— Docteur Villeneuve, si vous avez envie de décorer
votre chambre, servez-vous, me lança Bouchereau pince-
sans-rire.

— Cette main d'assassin pourrait te servir de porte-
chapeaux, non? ajouta Kerbellec.

— Messieurs, je vous laisse tout.

Plus tard, à ma grande stupéfaction, je tombai sur une série de portraits de révolutionnaires et d'anarchistes et j'y trouvai la photo de Louis Riel. Cela m'ébranla. Je ne comprenais pas ce qu'il faisait là. Le chef des Métis n'avait rien d'un criminel. Riel était un libérateur de peuple, le défenseur des droits des Indiens et des Métis que les Canadiens assassinaient. Les criminels orangistes que nous aurions dû voir dans cette affaire s'appelaient Schultz et le premier ministre canadien Macdonald. Révolté, je pris la décision de soustraire cette photo du lot.

Bientôt, je m'aperçus que j'avais la rétine saturée d'icônes morbides et je sortis prendre l'air sous les platanes. Ma semaine commençait néanmoins sur une note positive. En après-midi, j'organisai avec les autres étudiants une sortie au parc Montsouris. La proximité de l'asile facilitait le déplacement. La fanfare des sapeurs-pompiers avait été engagée. La journée ensoleillée fut l'occasion d'un joyeux pique-nique. Les malades valsaient avec nous. Un jeune idiot avait vomi sur l'interne Masson et, voyant mon visage enjoué, le malade en remit.

Cette excursion à quelques kilomètres de l'asile fit un bien immense aux patients. À moi également, qui avais été enfermé depuis plusieurs jours avec les *morituri*. Des patients qui n'en avaient que pour quelques heures et pour qui j'avais été le dernier confident. Des moments forts et difficiles à décrire. J'eus une fois de plus la confirmation que ce métier était celui que je voulais faire. La protection des aliénés répondait à mon désir chrétien de soigner les plus faibles de la création. J'en avais maintenant la certitude. Tout ce que j'apprenais ici serait mis à contribution à Montréal dès que j'en aurais la chance.

Dans la soirée, pour me récompenser de mes efforts, Magnan m'offrit de prendre une journée de congé durant la semaine. Pensant tout de suite à l'arrivée imminente d'Emma Royal, je lui proposai le jeudi.

15. Une invitation surprenante

Cet après-midi-là, alors que je travaillais encore à la préparation de l'exposition, un messager me remit une note :

> *Je vous ai parler l'autre jour à la Salpette,*
> *vener me rencontrer à la maison des Lilas,*
> *ce soir à onze heure… Si vous pouvez pas.*
> *Tant pis pour vous…*
> *J'ai du neuf.*
>
> *Viviane Hamon*

Viviane… C'était la jolie noiraude aux grands yeux et à la peau soyeuse, celle qui n'avait pas la langue dans sa poche. Intrigué, je voulus en parler à Magnan, mais je me rappelai sa recommandation de m'éloigner de cette affaire. Il valait mieux ne rien dire. Sa rhétorique aurait eu tôt fait de me convaincre.

Je pensai à cette invitation pendant tout l'après-midi : qu'est-ce que cette fille avait bien pu apprendre ? Puis je réunis mes affaires personnelles et, avant de quitter l'asile, je profitai des commodités de l'endroit et pris une bonne douche.

Je rentrai dans ma chambre du quartier latin avec ma valise pleine de vêtements sales que je devais déposer

au lavoir près de l'hôtel des Trois Collèges. Mais je remis
la corvée à plus tard. J'avalai une sole meunière dans
un bistro du boulevard Saint-Michel. J'avais ma semaine
dans le corps, mais j'étais fébrile à l'idée de bénéficier
bientôt d'une journée à moi. Je pourrais enfin réaliser
tout ce que je n'avais pas encore fait à Paris : prendre le
petit train de Decauville, m'arrêter dans les pavillons
exotiques, visiter la gigantesque Galerie des Machines,
monter la tour Eiffel... et tout ça peut-être avec la belle
Emma.

À 10 h 30, je parcourais le boulevard Clichy. Je me
fis aborder plusieurs fois, autant par les maquereaux
que par des filles. Les filles occupaient déjà le trottoir.
Je me présentai à la maison des Lilas. Le bordel était
situé en contrebas du Moulin Rouge. En haut sur la
butte, la basilique en construction, entourée d'échafau-
dages, imposait sa démesure. Elle annonçait déjà un style
à la fois roman et byzantin.

La façade de la maison montrait quatre étages avec de
jolis volets roses. Je passai sous l'auvent en toile mauve.
J'entrai dans un grand salon. Des tentures noires habillaient les fenêtres et il y avait du papier peint rouge sur
les murs. Un faible éclairage rendait l'attente moins
gênante pour le client. Un escalier montait à l'étage. Un
long rai de lumière fusait du haut vers le bas. Une odeur
de lavande répandue avec excès donnait la nausée.

La réception se trouvait adossée à l'escalier. Dès mon
arrivée, j'eus droit aux œillades d'une femme assise lasci-
vement sur un canapé et d'une autre en face, étendue
sur un récamier rouge.

Une dame se présenta à la réception.

— Madame Luce, y a un client qui vient d'entrer,
lança une des filles étendues.

— Imagine-toi, cocotte, que je suis pas encore
aveugle.

Je ne lui laissai pas le temps de m'offrir les services
de la maison. J'allais me nommer quand j'hésitai : il

était préférable de ne pas laisser trop de traces en ces lieux. Je m'étais déjà assez mis dans l'embarras comme ça.

— Bonjour, madame. Je voudrais voir mademoiselle Viviane.

— Vivi est occupée.

— C'est qu'elle m'a donné rendez-vous.

— Vous êtes sûr que vous voulez pas que je vous présente d'autres filles ? J'en ai d'aussi belles. Suivez-moi…

— Non, non, je ne viens pas pour ça.

— Eh oui, ils disent tous ça.

Les deux filles s'esclaffèrent.

— D'où il vient, ce beau garçon avec cet accent ? Êtes-vous de la troupe à Buffalo Bill ? Vous ressemblez à un des cow-boys américains qui sont venus l'autre soir.

— Non. Je viens de Montréal, au Canada.

— Ahh ! le Canadaaaa…

Finalement, on me permit d'attendre et je m'assis, mal à l'aise, près d'une des filles, qui me bombardèrent de questions sur mon lointain coin de pays. Je fus donc soulagé quand, à la suite des pas lourds d'un dixième homme qui descendait les marches, j'aperçus une jeune femme que je reconnus. C'était celle qui s'était retournée pour me regarder en quittant la cour intérieure de la Salpêtrière. Viviane me vit aussitôt et me fit un sourire discret.

Je me levai. Madame Luce s'avança vers elle.

— T'attends pas un aut' client, ma puce ?

— Ça va, madame Luce, j'ai le temps…

Vivianne s'approcha dans son déshabillé.

— Bonsoir, me lança-t-elle avec un regard pétillant tandis que le client me dévisageait d'un œil torve.

— Mademoiselle Viviane. Heureux de vous revoir.

Je m'inclinai doucement vers elle pour la saluer. Elle portait ses cheveux relevés en chignon. Son visage était rond et tout en finesse. Elle avait des yeux foncés, une peau blanche et laiteuse. Ses lèvres charnues légèrement ourlées et son petit nez offraient un joli tableau. Lombroso n'aurait rien trouvé à redire. Le vêtement léger qu'elle portait avec grâce découvrait des jambes qui semblaient avoir refusé de grossir.

— J'suis contente que vous soyez venu. Je craignais d'pas vous voir. Montez.

— Vous êtes sûre ?

Je dus paraître tracassé, car elle laissa fuser un rire coquin. Elle me prit la main et m'entraîna vers le haut. J'eus un mouvement de recul.

— Vous inquiétez pas, me dit-elle doucement, j'vous ferai pas mal. J'ai des informations qui vont vous intéresser.

Je tentai de me détendre, mais l'idée de me retrouver dans un lupanar avec une prostituée m'alarmait. S'il fallait que Magnan, Goron ou le président du Collège des médecins de la province de Québec apprennent que je fréquentais un bordel, je perdrais tous mes titres et le peu de réputation que j'avais en poche.

À l'étage, un long couloir aux murs couverts de papier peint blanc à fleurs bleues s'allongeait devant nous, découpé par de nombreuses portes.

Viviane dégageait un parfum d'eau de rose.

— C'est ici, me dit-elle alors que nous arrivions à la quatrième porte.

J'entrai dans la chambre. Elle contenait un lit et une commode surmontée d'un grand miroir ovale. Les murs étaient blanc crème. La fenêtre donnait sur un petit jardin. Viviane ouvrit la fenêtre pour chasser les odeurs.

— Assoyez-vous.

— Il n'y a pas de chaise.

Elle rit.

— Installez-vous sur le lit. C'est pas c'que vous pensez.

Je finis par m'asseoir.

— Alors, venez-en aux faits, mademoiselle. Pourquoi m'avez-vous demandé de venir ici ?

— J'ai appris qu'le client dont on a parlé à la leçon du monsieur déplumé viendra ici ce soir. Il a demandé Manon. Manon est ici depuis juin. Elle a travaillé avant au bordel où Marie a été vue pour la dernière fois. Elle a offert ses services au micheton là-bas, alors on a fait le lien avec le zigue qui avait pris la défense de Michard. Moi, j'l'ai r'connu. J'en suis sûre. On l'a trouvé très bizarre. Il sera là dans quelques minutes. J'ai pensé que vous seriez content de le voir.

J'étais sidéré par ce qu'elle m'apprenait. Le fameux bon Samaritain ici, dans quelques instants…

— Comment s'appelle-t-il ?

— Aucune idée. De toute façon, les hommes laissent tous de fausses identités.

— Vous êtes certaine que c'est le même homme ?

— Oui. On est sûres. C'est celui qui a pas de sourcils et qui s'les dessine avec du maquillage. C'est très réaliste.

J'avais enfin une certitude quant à l'ambiguïté autour de la pilosité faciale de l'accompagnateur. Tantôt aperçu avec des cheveux ou sans, tantôt avec des sourcils ou sans… Il souffrait certainement d'alopécie, comme le croyait Magnan, et ses déguisements lui servaient de masques, tantôt chevelu, tantôt chauve selon les besoins.

Après une pause, pendant laquelle Viviane sembla chercher dans ses pensées, elle reprit :

— Manon m'a dit qu'elle l'avait aperçu dans la rue avec Valentin le désossé.

— Valentin le désossé ?

— C'est l'dresseur de filles. C'est lui qui engage les danseuses du Moulin Rouge. Ça va ouvrir dans les prochains jours. Toutes les filles veulent y travailler.

— Vous aussi ? ne pus-je me retenir de demander.

— Oh, moi…

Elle pencha la tête, ferma les yeux comme si elle pensait à un mauvais souvenir, puis secoua la tête. Elle soupira et reposa les yeux sur moi.

— Marie a passé l'audition. Moi aussi. Le dresseur l'a choisie, mais pas moi. Marie s'est ensuite chicanée avec madame Luce à propos du Moulin et elle est partie pour l'autre place.

— Et vous, comment avez-vous vécu son engagement ? demandai-je.

— J'ai été jalouse, envieuse. Je l'regrette maintenant, répondit-elle avec sa tête penchée et ses yeux d'eau bleue, qui semblaient toujours sur le bord de pleurer.

— Revenons au client. Outre l'absence probable de toute pilosité, qu'est-ce qui le caractérise ?

— D'après Manon, il demande des choses farfelues. Remarquez, il est pas l'seul dans son genre, j'vous dis que ça. Mais lui, il aime les mises en scène. Comme Manon ressemble beaucoup à Marie, avec la même crinière rousse abondante, le même corps long et pulpeux, on s'est dit qu'il a p't'être bien un faible pour le genre.

— Pourquoi vous m'avez demandé de venir, Viviane ?

— Ben… en le voyant pour la première fois, Manon avait r'ssenti un malaise. Depuis la conversation de l'autre soir, elle en a peur. Si c'était vraiment lui, comme vous dites ? À l'époque, il lui avait promis de la payer plus cher si elle venait à son appartement, même qu'il l'enverrait chercher en voiture.

— Est-ce que Manon sait quel métier il exerce ?

— Non.

— À l'époque, quand Manon l'a reçu, a-t-il fait référence à l'absence de Marie, à sa disparition ou au fait qu'elle ne travaillait plus là-bas ?

— Non, j'crois pas. Maintenant qu'vous en parlez, j'trouve ça bizarre, car c'est avec elle qu'il faisait toujours affaire.

Je demandai alors à Viviane de quelle façon je pourrais rencontrer l'homme, ce qui la fit bondir.

— Mais ça va pas, là ? S'agit pas d'le rencontrer, vous imaginez le pétard qu'ça ferait ? Des plans qu'madame Luce nous jette à la rue, Manon et moi ! On voulait jusse qu'vous le matiez pour savoir si c'est votre zigue et s'il est fou. Z'êtes un médecin des fous, non ?

Je demeurai sans voix quelques secondes, le temps de mesurer ce qu'elle me proposait.

— Si je vous comprends bien, Viviane, vous voulez que *j'épie* la rencontre de cet homme avec Manon ?

— Si vous dites ça comme ça chez vous… répondit-elle en me jetant un drôle de regard. Ici, à Paris, on dit mater. Mais comme la chambre spéciale n'était pas disponible, alors faudra se contenter d'écouter.

Je digérai ces nouvelles informations, puis je pris une décision.

— Avant qu'il arrive, Viviane, je dois parler à Manon.

— Pourquoi ?

— Il faudrait qu'elle demande son nom ou qu'elle puisse savoir où il réside. Peut-être en regardant dans son portefeuille ?

— Pas question. Vous imaginez si elle s'fait prendre ? Mais si jamais elle peut découvrir l'identité de cet homme, vous vous doutez bien qu'elle le fera.

Elle me prit par la main et m'entraîna dans le couloir.

— Venez.

Elle frappa à la porte d'à côté et chuchota :

— Manon, c'est moi, Vivi, ouvre vite.

La porte s'entrebâilla aussitôt et j'aperçus le visage blanc et roux, avec de jolies pommettes, de Manon. Elle me fixa avec des yeux d'azur et un sourire moqueur.

— Bonsoir, beau docteur des fous !

J'allai droit au but :

— Mademoiselle Manon, Viviane m'a tout expliqué. Cependant, si jamais vous pouviez avoir accès au portefeuille du client pour connaître son identité, cela nous serait d'un grand secours.

— Il se présente toujours sous le nom de monsieur Raymond.

— Mais c'est sans doute un pseudonyme et il faut s'assurer de sa véritable identité.

— Z'êtes dingue ou quoi ?

— Non, moi, je les soigne…

— Excusez, c'est pas c'que je voulais dire. Mais si je m'fais prendre, il va me battre et madame Luce va me jeter à la rue !

Viviane, qui était restée en retrait, dit soudain :

— Vite, j'ai entendu sa voix en bas. Il s'en vient.

Nous retraitâmes aussitôt dans la chambre contiguë.

À peine la porte fermée, nous entendîmes des bruits de pas dans le couloir et une voix de stentor qui fredonnait un air d'opéra avec les mots « lubricité mon cœur. » Ça promettait. J'entendis frapper à la porte d'à côté, puis un homme dire :

— Salut chérie, ça biche, à l'académie de l'amour ? Comment se porte ton rosé petit minet ?

16. Le fétichiste pervers

Je m'approchai du mur. J'appuyai un verre contre le papier peint pour mieux entendre la conversation. Viviane faisait de même à mes côtés. Un sein sortait de sa chemise de nuit rose et, nichée entre les deux, je vis ballotter une petite croix. Je n'en revenais pas de la proximité des icônes religieuses et profanatrices dans ce quartier de Paris. L'image me renversa, mais je repris ma contenance. Je ne connaissais rien au monde des femmes. Je pouvais disserter à peu près sur tout sauf sur la gent féminine. Je ne comprenais rien à la beauté des femmes, c'était un univers fermé, ma zone inexplorée du monde. J'avais passé toute mon enfance et ma vie de jeune adulte dans des lieux réservés aux hommes – le collège classique, l'école des officiers, la faculté de médecine... – et là je me retrouvais seul dans une maison close avec une fille attirante à moitié nue tout près de moi, en train d'écouter les ébats d'un client. J'avais envie de me pincer pour y croire. Je me trouvais bel et bien dans un bordel avec un désir coupable dans ma tête. La crainte obsessive de me faire prendre et d'être radié du Collège des médecins me gagna comme une fièvre panique. Et puis, comme la plupart des hommes de mon âge, j'espérais me marier ; d'ailleurs, plusieurs de mes collègues en stage d'études s'étaient fiancés avant de venir à Paris.

Viviane, qui n'était pas dupe, me regarda droit dans les yeux, complice de cette indiscrétion.

J'entendais la voix grave de l'homme. Elle avait un grain exceptionnel. C'était celui d'un milieu bourgeois et raffiné. Je ne voulais pas perdre un mot de sa conversation.

— J'aimerais qu'on joue à un nouveau jeu ensemble, dit le client.

— Lequel?

— J'ai apporté quelques chastes accessoires.

— Mais je vous ai dit l'autre jour que je n'étais pas une actrice. Et c'est quoi, ça? L'habit du pape?

— Non, je serai l'évêque en visite au couvent.

— Dites donc, une chance que vous n'êtes pas devenu curé!

— Regarde cette belle étole… et cette chasuble brodée de fil d'or… et ça, c'est pour toi: le costume d'une jeune novice qui a des fourmis entre les jambes et qui est fâchée que son papa l'ait promise à Dieu.

D'après le silence qui suivit, Manon et lui devaient être en train d'enfiler les costumes.

Viviane, qui en avait connu d'autres, ne paraissait pas trop étonnée. Les hommes avaient souvent des fantasmes bizarres, qu'elle acceptait ou non de satisfaire.

— Attache les boutons jusqu'en haut et laisse-moi te séduire. Tu sèches d'envie depuis que tu es novice dans ce couvent et j'arrive dans ta vie, moi, l'évêque de Paris, en visite dans ce carmel où tu t'ennuies et où tu attends un tangible signe de Dieu.

Viviane me regarda avec de grands yeux coquins et chuchota:

— C'est un vrai pervers, le zig!

— Tu m'as surpris la nuit en train de chercher une confiserie dans le garde-manger, continuait l'homme. Tu vois dans notre rencontre un signe du destin. L'évêque, lui, n'a pas envie seulement de chocolat. Il a d'autres sucreries en tête. Et il a son long sucre d'orge qui pointe sous sa robe.

Le petit rire cristallin de Manon, un peu forcé, teinta jusqu'à nous.

— Vous êtes fou, monseigneur Raymond !

J'entendis un claquement comme celui d'une gifle sur la peau.

— Aoutch, vous me faites mal !

— Ne redis jamais ça. Je suis un évêque, un homme éminemment respectable.

— Lâchez mon bras.

Viviane posa son index sur sa tempe pour me dire que cet homme était dérangé. J'acquiesçai. De l'autre côté du mur, le client continuait d'alimenter sa saynète.

— Mais la supérieure a entendu du bruit, elle se dirige, avec ses airs autoritaires, vers le réfectoire et tu as honte de te trouver en ma compagnie dans l'obscurité, car tu crains qu'elle n'interprète mal ce que tu fais là. Je te tire vers moi dans la dépense en mettant ma main sur tes seins. La sœur demande s'il y a quelqu'un mais elle n'obtient pas de réponse. Je te déshabille lentement. Tu es complètement impuissante, tu es ma prisonnière. Tu te donnes et tu te refuses en même temps, otage de ta réputation et de ton plaisir. Tu viens alors sur moi et je te prends par-derrière pendant que la nonne zélée s'approche et que tu refuses de te compromettre en gardant le silence.

— Holà, un instant ! Si je comprends bien, vous me demandez de jouer quelque chose comme une scène de viol ? Et, en plus, il faudra que je me laisse prendre en levrette dans une tenue de bonne sœur…

— Écoute, je te demande de succomber aux demandes d'un évêque à qui l'on ne refuse rien. Sa volonté est celle de Dieu. Je double le prix. Et ce n'est pas une scène de viol. Je n'arracherai jamais tes vêtements. Je n'enlèverai pas ma soutane. Tu es consentante, trop heureuse d'y voir un signe divin. Tu pourras retourner dans ton village pour épouser le puisatier. Je double le prix pour que tu quittes cet enfer que seuls tes parents désiraient. .

— Il le faudra !

— Tu t'appelleras sœur Camille.

— Sœur Camille.

— Tu joueras aussi la voix de la mère supérieure qui cherche. À la fin, elle me surprendra, mais il sera trop tard. Je serai allé trop vite à l'offrande. J'aurai béni tes entrailles de ma dive liqueur.

— On peut commencer ou j'vais devoir apprendre un texte ?…

— Je savais bien que ma petite salope allait se résoudre au vice. Voilà, je me dirige vers la garde-robe qui servira de garde-manger et tu m'y surprendras.

La scène dura ainsi une quinzaine de minutes et se passa presque dans le silence le plus complet, mis à part les appels de la vieille religieuse que simula Manon. Parfois, nous réussissions à entendre le faux évêque qui marmonnait et susurrait des paroles en latin. Le tout se termina par la dernière réplique de Manon, qui interprétait le rôle de la supérieure découvrant le pot aux roses : « Pécheresse, tu brûleras en enfer, tu finiras ta vie dans un bordel. »

L'homme riait à gorge déployée.

Je décollai mon oreille du verre et croisai le regard de Viviane. Je n'en revenais pas. Sans le vouloir, j'avais parfois pensé à sœur Thérèse. Pensées coupables, bien sûr. La scène était si insolite. Très vite, je compris que Manon ne parviendrait pas à savoir qui se cachait derrière ce pervers. Pourtant, je devais à tout prix établir un contact avec cet homme. J'expliquai à Viviane comment j'allais procéder.

— Je compte sortir en même temps que lui. Pour qu'il me remarque, je vais vous engueuler pour votre manque d'imagination pendant que vous, vous m'enverrez promener. De cette façon, je suis à peu près certain qu'il prendra ma défense, si c'est bien le même type qui a agi de la sorte avec Michard.

— D'accord. Faites-moi confiance pour les insultes.

— Ne vous gênez pas, Viviane.

— En tant que médecin des fous, tu crois que ça peut être lui qui a tué Marie ?

Je remarquai son passage au tutoiement.

— Je ne sais pas. Mais il ne faut pas que cette rumeur se répande, ça pourrait faire avorter mon enquête.

Il n'y avait aucun doute qu'il s'agissait d'un fêlé, mais il était trop tôt pour lier ce client au meurtre. Cependant, le costume bizarre dans lequel Marie Daumier avait été retrouvée, elle qui n'était pas une adepte de ce genre de perversion, selon ses amies, laissait croire qu'une mise en scène similaire avait pu être utilisée le soir du meurtre.

Je repris le verre pour mieux entendre ce qui se tramait dans l'autre chambre.

Tout en se rhabillant, le client fredonnait un air d'opéra. Il avait une belle voix.

Viviane s'était de nouveau rapprochée de moi et je sentais son corps blotti contre le mien. Je ne peux décrire la sensation de volupté et d'engourdissement que je ressentais. Jamais les charmes féminins ne m'avaient été exposés d'une façon aussi crue et intense.

— Tu me donneras des nouvelles, dis ?

— Oui, promis.

— Je pourrai vous… te revoir bientôt ?

J'hésitai. Ma culture religieuse m'interdisait d'avoir une relation amicale avec une prostituée.

— Viens me rejoindre demain devant mon hôtel de la place du Panthéon. À trois heures.

— D'accord, je serai là.

Puis elle commença à détacher ma chemise. Je voulus protester énergiquement, mais elle posa une main sur ma bouche :

— Non, non, gros bêta, c'est juste pour que ce soit plus réaliste. Tu te rattacheras en sortant.

Elle avait raison. Je la laissai faire, mais n'en demeurai pas moins tendu. Puis nous entendîmes la porte adjacente s'ouvrir et se refermer.

— Il sort. Allez, suis-moi vite ! murmura Viviane, excitée.

Je lui emboîtai le pas, l'air maussade. Elle ouvrit à la volée la porte, qui rebondit sur le mur.

— J'aime pas les clients qui passent leur temps à regarder l'heure, lança-t-elle d'une voix forte.

Il était temps de mettre à profit les cours d'art dramatique que j'avais suivis au Collège de Montréal.

— Bien, vous n'avez qu'à vous démener les jambons mieux que ça, madame la sainte-nitouche. J'avais l'impression de baiser sainte Thérèse de Lisieux sous le regard du curé d'Ars, répliquai-je à mon tour d'une voix puissante tout en boutonnant ma chemise.

J'entendis un énorme éclat de rire près de nous. Le suspect, qui s'engageait dans le tournant de l'escalier, s'était arrêté pour me regarder. Il était manifestement amusé par notre petite scène.

— T'es qu'un salaud de Canadien. Et tu pues, en plus !

— Et toi, ton cul pue la morue, un vrai repère de morpions tout décatis.

— T'es qu'un sale minable qui bande pas. Va donc soigner ton saucisson chétif.

— Regarde-toi, diva d'étable, morpionnerie ambulante.

— Va donc, hé, pochard !

Je menaçai de la frapper en levant la main près de son visage. À ma grande surprise, Viviane saisit un balai qui traînait je ne sais où pour le lever bien haut au-dessus de sa tête.

— T'avise pas, minable, sinon j'appelle la Rousse.

L'inconnu, jouissant manifestement du spectacle, gloussait ferme. Avec le regard d'un homme en quête d'un soutien, je cherchai son approbation.

— Il ne faut pas les engueuler, les pauvres brebis. Avec l'Exposition universelle, elles font trop d'heures supplémentaires et c'est comme si elles avaient tout le temps

leurs ragnagnas. Avant, dans mon enfance, les prostituées
ne se plaignaient pas. On dirait qu'elles sont syndiquées…

— Va te faire foutre, toi aussi, salaud ! cria Viviane.
Vieux cochon borgne ! Sale pervers !

— Et elle me traite de pervers, vous entendez ça ?
Espèce de Vénus de caniveau, tu ne t'es pas vue, Marie-
couche-toi-là ?

— On aura tout entendu ! clamai-je afin de l'appuyer.

— Quand les pétasses font de la surenchère verbale,
la machine se détraque. On leur demande de se fermer la
trappe sous le nez et d'ouvrir celle entre les jambes, c'est
tout. Il me semble que le plus vieux métier du monde
mérite des ambassadrices plus respectables. Qui peut se
vanter de faire beaucoup d'argent couché sur un lit ?

— Vieux con ! Je vais exiger de madame Luce qu'elle
vous interdise l'entrée.

— Tant pis ! dit-il en éclatant de rire. Nous irons au
dépotoir d'à côté. Si madame Luce admet des clients dans
son acropole de chair, c'est parce qu'on paie bien pour
que tu les écartes, tes chairs, pauvre pouffiasse.

Viviane ne jouait plus. Elle était en colère. Elle lança
son balai dans la direction du malotru, mais c'est moi
qui faillis le recevoir sur le crâne au passage. L'homme
esquiva l'objet dans un éclat de rire. Il était temps de
battre en retraite et je me dirigeai vers l'escalier, que
nous descendîmes sous les invectives de Viviane, qui
nous suivait. À mes côtés, l'infâme individu continuait
de rire de la situation. Au moment de franchir le seuil
du lupanar, sous le regard circonspect des autres filles
dans le salon et de quelques clients, j'interceptai le coup
d'œil complice de Viviane. À l'extérieur, malgré l'heure avancée, la rue ruisselait de badauds. Le temps doux
d'été faisait sortir en abondance la faune parisienne
nocturne.

Avant que mon faux compagnon ne pose son feutre
sur sa tête, son alopécie m'avait été confirmée. La perruque, les faux sourcils, tout était factice. Et il avait bel

et bien un œil de verre, une cicatrice étoilée près de l'œil et une légère vérole. Néanmoins, ses traits fins, comme l'avait mentionné Manon, équilibraient cette tare. Son profil gauche lui donnait des airs d'Adonis et l'autre, d'un ange ténébreux. Vêtu avec élégance, portant une canne à pommeau de marbre, il avait un coffre impressionnant.

Il changea de main le sac dans lequel se trouvaient de toute évidence les costumes d'évêque et de religieuse et il me tendit une poigne solide.

— Guillaume Dietrich. Enchanté. À qui ai-je l'honneur?

— Georges Villeneuve. Enchanté.

— J'ai cru comprendre que vous étiez canadien, Villeneuve?

— C'est exact. Je viens de Montréal, dans la province de Québec.

— Ah! Notre ancienne colonie... Et ce soir, vous allez où, après votre malheureuse petite escapade? me demanda-t-il.

— J'ai le goût de boire un coup après m'être fait voler mon argent par cette...

— Vous accepteriez que je vous accompagne?

— Volontiers.

— Est-ce que vous connaissez les cafés de Paris?

— Seulement quelques-uns.

— Le Chat Noir, ça vous dit?

— Je préfère d'habitude le Lapin agile, mais je ne déteste pas le Chat Noir. Allons-y.

Pendant que nous nous dirigions vers le cabaret, je me retrouvai à marcher à sa droite. J'observai, fasciné, son profil trouble. Cet œil qui ne bougeait pas. Ce côté du visage semblait être celui d'un cadavre tellement il était dénué de vie. Il avait dû se rendre compte que je l'épiais, car il trouva un prétexte pour changer de place. Ce nom à consonance germanique avait-il quelque chose à voir avec le « sale Boche » de Michard?

— C'est la seconde fois que j'entends un client se faire engueuler ainsi par une pute. Elles s'en permettent, ces salopes.

— À qui le dites-vous! C'était quand, vous, la dernière fois?

— Ce printemps, dans un autre bordel tout aussi mal tenu. La petite garce avait levé le nez sur un client qui me paraissait fort honorable. Si ça continue, il va falloir présenter nos diplômes pour entrer dans ces nids d'infection.

— C'est effectivement une honte, ajoutai-je afin de bien entrer dans son jeu pour mieux le mettre en confiance et mieux le faire parler.

— Qu'est-ce que vous faites à Paris? me lança-t-il à brûle-pourpoint.

J'hésitai à répondre, me demandant si je devais mentir. Mais je craignais d'être rattrapé par un mensonge. Je pris la décision de ne pas dire que je travaillais à l'asile Sainte-Anne: le cas Michard avait trop monopolisé les journaux et Sainte-Anne avait été mentionnée continuellement dans cette affaire.

— Je suis venu parfaire mes études de médecine à l'Université de Paris.

— En quoi?

— En obstétrique, répondis-je de façon directe.

— Ah, le chanceux, il va passer sa vie à refroidir des chattes en chaleur, à fouiller les plus beaux recoins de la maison, des cons bien gras, des cons faisandés et baveux... Tu t'y connais donc en morpions et vénérologie.

Je fis comme si je n'avais pas entendu ce tissu de vulgarités.

— Et vous, Dietrich, que faites-vous?

— Je suis chanteur.

— Vous chantez où?

— Sur les grandes scènes françaises, et bientôt à Berlin, à Milan...

J'essayais de garder mon calme pour ne pas laisser filtrer mon étonnement. Voilà qui expliquait son maquillage.

— Où chantez-vous présentement?

— À l'Opéra de Paris, dit-il, faussement blasé.

En marchant, j'aperçus des gens en tenue de cow-boys. Certainement des acteurs du *Buffalo Bill Cody Wild West Show*, qui était l'une des attractions courues de l'Exposition universelle.

— Tiens, les cow-boys! lança mon interlocuteur en les apercevant à son tour. Vous vous imaginez le succès qu'ils doivent avoir auprès de ces dames? Ils ne doivent pas payer pour faire du rodéo au bordel.

Je me demandai si le Métis Gabriel Dumont que mon bataillon avait combattu était du voyage. Après la rébellion de 1885, il s'était engagé durant son exil dans la compagnie de Buffalo Bill. Tireur d'élite, il avait eu du succès dans les foires avec son petit fusil.

Bel-Ami montait toujours la garde devant le Chat Noir, mais comme il n'y avait pas de file à l'extérieur, nous pûmes entrer immédiatement.

La chaleur alliée aux odeurs d'alcool me prit à la gorge. Nous passâmes devant la scène, sur laquelle six filles aux jupons retroussés s'agitaient les jambes au rythme frénétique d'un air d'Offenbach.

— J'adore Offenbach, lança mon compagnon. C'est ça, Paris: le french cancan, les pattes en l'air, les donzelles qui jouent du croupion!

Dietrich les regardait en tapant dans les mains. Une table se dégagea et le garçon nous invita à nous y installer.

— Vous allez goûter à la spécialité de la maison, reprit Dietrich. Apportez-nous deux verres d'absinthe, mon brave.

Je voulus m'opposer, mais il me fallait à tout prix gagner sa confiance. En refusant, je risquais de tout compromettre, or l'occasion était trop belle. Je saurais bien quand m'arrêter ou vider mon verre quelque part.

— Où vivez-vous à Paris ? demandai-je pour faire avancer la conversation.

— Près de l'Opéra, rue Auber.

Le serveur s'amena avec deux verres en cristal et deux cuillères à absinthe finement ciselées en forme de pic.

— Ah ! ma fée verte, mon adorée ! gloussa Dietrich. Que ferais-je sans toi ?

Il sortit des billets pour payer le serveur.

— C'est ma tournée !

Il déposa un généreux pourboire sur le plateau.

— Heureux de vous connaître, Georges, le Canadien au drôle d'accent. À votre santé, docteur !

— À votre santé, Guillaume !

Nous trinquâmes. Quand les verres se touchèrent en teintant, il leva l'index en disant :

— *Si* bémol.

— Que voulez-vous dire ? demandai-je, ne comprenant pas.

— Ce son, c'était un *si* bémol. J'ai l'oreille absolue. C'est le seul don que j'ai reçu de mes parents. Il fallait bien qu'ils me laissent quelque chose… À part l'héritage, bien sûr !

Ce cynisme, que je n'avais rencontré que dans les livres, me forçait à adopter une attitude rieuse. Je décidai de jouer aussi le jeu. En faisant le caméléon, je me gagnerais un allié.

— Elle est bonne ! Chez nous, dans ma famille, on était tellement malades que je suis devenu médecin pour nous faire économiser les frais de consultation.

Sa bouche s'ouvrit toute grande. Il éclata de rire, de grands éclats qui n'avaient de cesse. L'œil mort qui fixait toujours dans la même direction captait mon attention malgré moi. Cette moitié du visage lui conférait un air inquiétant.

— Georges, je suis tellement heureux de vous connaître. Je crois que nous allons bien nous entendre. J'ai déjà l'impression que je vous connais depuis longtemps.

— Je suis enchanté, Guillaume !

Je pris une petite gorgée. Cela goûtait l'anis. Ce n'était pas mauvais du tout. Mais sachant que cette satanée boisson contenait du sulfate de zinc, de l'acétone et d'autres toxines, j'avalais des gorgées de moineau.

— Ahh, c'est excellent ! fis-je afin de me donner une contenance. Et que chantez-vous donc actuellement à l'Opéra, mon cher ?

— Je joue dans un opéra de Giacomo Meyerbeer, un mélodrame minable mais qui obtient un grand succès, cinquante ans après avoir été monté pour la première fois à Paris.

— Vous y interprétez quel rôle ?

Il prit une expression mauvaise. La mimique de son visage et le masque qu'il adopta avaient de quoi effrayer quiconque lui faisait face.

— Robert le diabolique.

Je faillis m'étouffer avec ma salive. Il ne fallait pourtant pas que la surprise me trahisse !

— Qu'avez-vous ?

— C'est l'absinthe.

Le diable de Michard, c'était lui ! Dietrich, en buvant de l'absinthe avec lui, s'était sans doute présenté sous ce pseudonyme de Diablevert, qui cachait toute sa méchanceté.

Soudain, sans avertissement, Dietrich sortit une pastille pour cacher son œil mort. Sans doute s'était-il rendu compte que ce dernier attirait mon regard.

— Comment est-ce arrivé ? ne pus-je m'empêcher de lui demander.

— Dans les derniers jours de la guerre franco-prussienne…

Je sentis mon cœur s'accélérer de plusieurs battements pendant qu'il continuait :

— Nous battions en retraite et j'ai reçu un éclat d'obus. Vous savez, le public ne remarque pas mon œil ni les cicatrices. Même les idiots de bourgeois dans les sièges d'orchestre ne s'en rendent pas compte, trop occupés qu'ils sont à mater le cul des chanteuses, et moi, je m'évite ainsi d'être ébloui par leurs bijoux.

Il s'esclaffa, ce qui m'obligea à déclencher un rire qui sonnait faux comme un violon mal accordé. Sur la scène du Chat Noir, les filles terminaient leur numéro et plusieurs clients applaudirent et sifflèrent.

— Hélas, poursuivait Dietrich, les directeurs d'opéra sont tous des peigne-cul efféminés. Tous les critiques ont comparé ma voix à celle des plus grands, mais cet œil que je rêve d'arracher me relègue à des rôles de monstre… Ce que je ne déteste pas, en fait. Je m'attache à ces rôles.

— Vous chantez en solo, parfois ?

— J'ai chanté des lieder de Schubert le printemps dernier, et la critique a été à la fois bonne et exécrable. Ils ont adoré mon *Roi des Aulnes*, mais mon *Voyage d'hiver* a été partagé. Du génie à minable. Comprendre le cerveau d'un critique serait aussi complexe que de comprendre celui d'un dément. Le *Winterreise* a été écrit un an avant la mort de Schubert. « Dietrich y fait sentir la mort », a écrit un critique. Un autre a osé affirmer que l'œuvre devait être chantée par un baryton. Pauvre con ! Schubert l'a composée pour un ténor. Il devait savoir ce qu'il faisait !

— Durant la guerre, vous étiez sous le commandement du général Margueritte ?

Il se recula pour me regarder d'un œil suspect.

— Tiens, tiens, il est cultivé, le Canadien !

— Je me suis toujours intéressé aux conflits européens, précisai-je.

— Alors vous savez que nous étions dirigés par des incompétents, et voici le résultat, dit-il en désignant son œil. Je déteste la France et les Allemands.

— Vous êtes de descendance allemande ?

— Il y a au théâtre le drame et la tragédie. Dans mon cas, mon drame est d'être français, et ma tragédie, d'être d'origine allemande, lança-t-il, fier de sa sentence. Ce foutu nom de famille, ce damné prénom.

— Vous n'aimez pas votre patrie ? fis-je, sincèrement étonné.

Il me regarda comme si j'étais un demeuré.

— Quand j'entends la Marseillaise ou encore cette devise idiote avec laquelle on nous rebat les oreilles depuis le centième anniversaire de la Révolution, je me fais cette réflexion : je préfère encore la chaude-pisse au patriotisme… Elle n'a jamais tué personne, cette maladie… dit-il en s'esclaffant. À la liberté j'oppose la philosophie dans le boudoir de Sade, le vrai philosophe des Lumières. À l'égalité je préfère la domination, celle qui a fait la grandeur de la France, et à la fraternité je dis qu'elle nous mène à la catastrophe. Tous les bons sentiments conduisent nulle part. Les gentils sont appelés à servir les forts.

Un voisin, qui avait entendu sa réflexion, parut dérangé. Il saisit son journal qui traînait sur la table en s'efforçant d'oublier ce qu'il venait d'entendre.

Guillaume prit une bonne rasade d'absinthe et choqua son verre contre la table. Puis il claqua des mains, entonnant le refrain joyeux d'une chanson d'Offenbach. On se retourna de tous côtés pour entendre sa voix, qui était magnifique. Même le pianiste le salua.

— J'adore Schubert pour sa peinture de l'humanité, mais je trouve Offenbach tellement pissant. J'en suis fou. La vie devrait toujours être une fête.

Remarquant qu'il n'avait plus rien à boire, je demandai au serveur de resservir mon invité. Deux minutes plus tard, il revenait avec deux verres alors que je n'en avais commandé qu'un seul. Je n'en fis pas de cas, mais je me demandais comment j'allais pouvoir avaler une once de plus de cet amer liquide.

— À votre santé, docteur.

Les verres teintèrent et il s'exclama cette fois « *la* dièse ! »

Je continuai à boire l'absinthe comme si je me l'administrais avec une dosette.

— Vous n'aimez pas l'absinthe, Villeneuve ?

— Oui, mais je ne suis pas un gros buveur.

— Ah, la tempérance ! C'est pour les bondieusards.

— Vous fréquentez beaucoup les maisons closes ?

— Les bordels ? Oui, dit-il avec un rictus étrange. Cher Georges, cessez de me vouvoyer. Nous pourrions maintenant nous tutoyer. Allez, dit-il en m'incitant à trinquer.

— D'accord. Es-tu marié ?

Il éclata d'un rire fou.

— Je n'ai aucune intention de vivre en couple, le mariage vous encombre d'un meuble inutile que vous ne pourrez plus changer. Dans les lupanars, Georges, mon ami, tu as le meilleur de la femme, c'est-à-dire sa chair et son silence. Au bout d'une vie, avoue que ça aura coûté beaucoup moins cher à un homme.

— Mais l'amour d'une femme ?

— L'amour des femmes ? C'est comme de dire au milieu d'un poème : « Et les crottes du chien ! » Ça pue. Elles rendent les hommes fous. Tu les baises, elles te foutent la syphilis, tu les maries, elles te tuent d'ennui. Tu pars à l'étranger, elle baise le voisin. Au bout de dix ans de vie de couple, tu te fossilises dans l'amertume. Sade avait raison : « Plus de foutre et moins d'amour ! » À voir ta tête, tu ne sembles pas d'accord, mon cher Georges ?

— Je suis surtout un peu engourdi par l'alcool.

À vrai dire, j'avais les oreilles qui bourdonnaient à entendre ces propos indécents. Cet homme à sentences me surprenait par son cynisme monstrueux, que j'associai aux frustrations de la vie.

Une danseuse du spectacle passa à ses côtés en lui décochant un sourire.

— Vous chantez bien, monsieur, dit-elle.

— Et je sais faire beaucoup mieux. Mais quelle avant-scène tu as, ma belle !

Elle se contenta de rire en continuant son chemin. Dietrich huma le parfum qu'elle laissa dans son sillage.

— Ah ! cette odeur de foutre ! Elle rend fou.

Il m'administra un coup vicieux sur l'épaule qui faillit me mettre en furie, mais je me retins à temps. Je devais conserver ce lien, si faux soit-il, avec lui. Mon horrible compagnon remarqua néanmoins la grimace que je n'avais pu retenir et il s'esclaffa de nouveau.

— Allez, tu vas t'habituer, Villeneuve !

Il m'incita à nouveau à lever mon verre. J'avais fini ma première consommation et entamais ma seconde, mais déjà je commençais à ressentir les effets de l'absinthe.

Je n'eus pas le temps de redéposer mon verre que Dietrich en commandait un autre. Mon refus insistant ne l'embarrassa point. Il persista auprès du serveur, qui obtempéra à son ordre de m'apporter de la môminette, nom que Dietrich donnait à l'absinthe. Je me demandais bien comment j'allais me lever de là. Je commençais à distinguer moins nettement les danseuses, qui étaient revenues entre-temps sur la scène. Un flou, un étrange halo altérait ma vision, mes sensations ; les jupes en frou-frou et les jambes en l'air sur scène se démultipliaient. J'imaginai alors comment devait se sentir Michard, ivre mort à l'absinthe.

— Je vais aller bénir les latrines, lança soudain Dietrich, qui se leva et se rendit d'un pas chancelant jusqu'aux toilettes.

Discrètement, j'en profitai pour regarder dans le sac qu'il avait laissé par terre. S'y trouvaient bel et bien les costumes de la novice et de l'évêque et quelques accessoires. Sur l'une des robes sacerdotales, je remarquai une trace de fluide qui ne pouvait qu'être récente.

Quelques minutes plus tard, l'autre revint avec le sourire comme s'il était prêt à faire la fête jusqu'aux petites heures. Je ne devais pas me laisser entraîner.

J'aurais souhaité amener Dietrich à me parler de Michard, mais je craignais de me rendre suspect. Et puis je n'avais plus de concentration. J'étais fatigué. Je préférai retourner chez moi et lui fixer un autre rendez-vous. D'ici là, je pourrais tenter de m'informer sur lui.

— Tu sais, Guillaume, j'aimerais beaucoup aller t'entendre chanter.

— Tu es le bienvenu quand tu veux, Georges. Je laisserai des billets à ton nom au guichet de l'opéra. Que dirais-tu de demain ?

— Non, j'ai des cliniques tôt le matin en semaine, et le spectacle se termine tard…

— Prends congé.

— Non. Je ne peux vraiment pas demain, mais peut-être un autre soir.

— Alors je laisserai une note. Tu n'auras qu'à dire que tu es mon invité au guichet, ça ne te coûtera rien. On ira taquiner de la fesse ensemble après.

Alors que ma vue commençait à se dédoubler, je pris congé de lui. L'absinthe me rentrait dans le corps comme le venin d'une vipère. Dietrich se leva à son tour en titubant et me salua chaleureusement. Je me dirigeai vers les latrines avec l'impression que le sol se dérobait sous mes pieds. Quelques instants plus tard, je tanguais sur le trottoir comme une barque sur la mer. Le pavé me semblait mou. La forme des objets s'allongeait, se démultipliait, les réverbères semblaient s'amollir. Il me fallait absolument rentrer chez moi avant de sombrer.

Je pris le premier omnibus, mais je descendis je ne sais où et m'égarai dans Paris. J'étais totalement perdu, incapable de me repérer. J'aperçus à un moment la tour Eiffel. Rive gauche. Par là. Je me laissai guider par ce grand phare. Mais la tour me donnait l'impression de rapetisser et de pencher comme la tour de Pise. L'absinthe était-elle le secret de l'art impressionniste ?

Pour ma plus grande confusion, je me pensai à un moment donné en plein monde arabe, rue du Caire. Je crus un instant avoir voyagé sur un tapis volant pour me retrouver au Moyen-Orient, perdu dans un souk, puis m'égarai dans d'autres venelles labyrinthiques pour revenir toujours au même point. Je finis par me rappeler qu'il s'agissait d'une rue avec des expositions sur les pays arabes. Je ne perdais tout de même pas complètement la raison, mais assez pour devoir héler finalement un fiacre pour réussir à me rendre jusqu'à la place du Panthéon.

◆

Je montai péniblement les marches jusqu'à ma chambre. Je mis un temps fou à ouvrir ma porte, incapable d'insérer ma clé dans la serrure. Quand je réussis enfin à y pénétrer, ce fut pour découvrir que ma logeuse avait placé bien en évidence sur la petite table de travail un message :

Cher Georges,
Je suis arrivée hier. Je passerai vous prendre demain
soir à 19h30. J'espère que vous allez bien. J'ai hâte
de visiter Paris en votre compagnie.
Emma Royal

J'eus la nausée. Comment pourrais-je me présenter dans cet état devant Emma ? Ma nuit serait atroce, cauchemardesque. Afin d'éliminer le poison, j'aurais souhaité boire du lait, mais où m'en procurer ?

Je me résignai à me coucher. Le matelas semblait se dérober sous moi. Puis, sans transition, je me trouvai au milieu des objets de l'exposition d'anthropologie criminelle. J'étais à installer un masque mortuaire sur une cimaise quand des hommes acéphales surgirent pour récupérer ce que la justice avait coupé. Les paupières s'ouvrirent sur les présentoirs, les bouches se délièrent en émettant d'affreux râles. Les têtes tournaient à gauche et à droite, les doigts d'une main sur un socle se mettaient à bouger, les décapités essayaient de replacer des têtes disproportionnées sur leur corps. Puis une femme vêtue de rouge, à la robe mouillée et aux seins proéminents, entra dans la pièce. Je reconnus Charlotte Corday. Elle s'avança vers moi, sa tête dans une main, un poignard dans l'autre. Elle me caressa de la pointe de son arme. Glacé d'effroi, j'allais succomber mais, au même moment, sœur Thérèse entra dans la pièce avec un regard courroucé. Elle montra quelque chose derrière moi. Je me retournai et vis un échafaud avec le voile noir à son sommet et le cercueil en osier tressé juste à côté. Les acéphales hurlaient que l'on me mène à la potence au milieu de la foule en colère.

Je sentis mon estomac malmené et mon cauchemar prit fin. Bientôt je dus me lever d'un coup pour vomir dans mon bidet. Voilà où ma soirée m'avait mené. Dans les abîmes de la décadence.

17. L'intempérance et ses conséquences

Je me réveillai tard en avant-midi. Le soleil surinait ses rayons à travers les volets, le vacarme ambiant du quartier latin cognait fort dans mes oreilles. Mon crâne donnait l'impression d'être comprimé par un étau. En voyant ma tête hirsute dans le miroir, j'eus peur. Je n'étais que l'ombre de moi-même. Un épouvantail qui s'effrayait en se regardant. Qu'avais-je fait des grands principes moraux que j'avais appris au Collège de Montréal ? Pas assez de me rendre dans un bordel et de fréquenter une prostituée, j'étais allé prendre une cuite à l'absinthe avec un dément. Puis je me rendis compte que je ne m'étais pas levé pour ma leçon-clinique à Sainte-Anne. Je me sentis plein de honte.

Je bus un peu d'eau pour m'hydrater. Il me restait une baguette de pain séché sur la table de travail. J'en avalai de maigres bouchées. Je retournai me coucher. Ma tête tirait de tout bord, tout côté, comme si j'avais des lignes de fracture croissantes puis décroissantes. Mon haleine fétide me dégoûtait. Magnan avait raison : la fée verte était le pire ennemi de l'homme. Et Michard ne s'était pas trompé en qualifiant de diable vert Dietrich, eu égard à la façon dont il ingurgitait le vert liquide.

Il faisait un temps splendide à l'extérieur. Les bruits de la rue portaient le beau temps jusqu'à moi. Tout se teintait de soleil. Même les tentures et les volets avaient peine à y résister. Mais la rumeur de la rue me cassait la tête. Comment allais-je faire pour passer la soirée avec mademoiselle Royal ? Et que dirait-elle de retrouver le capitaine Villeneuve dans cet état ?

Il me faudrait aussi rendre des comptes à Viviane, à qui j'avais promis des nouvelles sur Dietrich. Viviane… Je dois avouer qu'une de mes fautes spirituelles avait été de trop penser à elle depuis hier. Je la trouvais charmante et j'aimais tout d'elle : sa voix, son visage d'ange, sa force et sa fragilité, ses manières et sa beauté. Ses yeux laqués d'eau, tristes et beaux. Mais il ne fallait surtout pas succomber pour une fille comme elle. Elle n'était qu'un témoin dans le cadre de l'enquête. D'une part, un aliéniste ne doit pas tomber amoureux de ses informateurs. D'autre part, j'avais rêvé pendant des semaines à mademoiselle Royal. Et voilà que, tout d'un coup, cette passion tiédissait pour une fille de la rue ? Mon Dieu, écartez-moi de ce chemin, demandai-je dans ma prière.

Comment aurais-je la force de descendre quand Emma arriverait ? Je me recouchai en pensant que je ne m'étais pas saoulé en vain. J'avais maintenant de nouvelles raisons de parler à Magnan pour relancer l'enquête.

J'essayai de dormir. À trois heures, on frappa à ma porte. Je me traînai jusque-là. Dans l'entrebâillement, ma logeuse avait son air dépassé :

— Il y a une dame pour vous. Mais vous connaissez le règlement.

— Faites-la monter. Ce n'est pas ce que vous pensez.

Elle me regarda comme si j'étais une épave et secoua la tête.

— Je vous dis de la laisser venir, répétai-je. C'est une amie. Je ne me sens pas très bien pour sortir.

— J'aurai tout vu avec vous. Tout vu !

La logeuse plissa les lèvres de dédain en se retournant. Trente secondes plus tard, le bruit de talons aiguilles dans l'escalier me fit craindre le pire. Emma avait dû devancer son rendez-vous. J'avais sans doute confondu

19 h 30 avec 7 h 30. Je ne savais plus quoi faire : me re-coucher, m'habiller ? Je me jetai dans le lit, montai la couverture jusque sous mon menton. Puis le mignon visage de Viviane apparut dans le cadre de porte.

— Georges ! Ça va pas ?

Je fermai les yeux, soulagé.

— Bonjour, Viviane. J'ai dû accompagner notre sus-pect dans un café et j'ai bu un peu trop d'absinthe.

— Malade d'absinthe ! C'est affreux, me plaignit-elle, toute en candeur et gentillesse.

— Ça va aller...

Son parfum d'agrume, agréable et léger, qui m'avait tant plu la veille, me donnait un peu la nausée. Sa tenue élégante emporta cependant mon adhésion : elle était ce que j'avais vu de plus beau à Paris. Qui aurait pu dire, en la voyant ainsi, habillée de façon chic, qu'elle pratiquait le plus vieux métier du monde ?

— Laisse-moi t'soigner avec une recette de ma grand-mère. C'est elle qui m'a élevée et elle savait relever grand-papa de ses cuites. Reste allongé, je reviens. Je vais aller chez l'apothicaire.

— Il y en a un près d'ici, à côté de la mairie du Ve.

Je voulus lui faire une prescription et lui dire de me rapporter ce que je souhaitais. Après tout, j'étais mé-decin ! Mais elle insista pour que j'essaie le remède de sa grand-mère.

— Oui, mais rapporte-moi de l'acétanilide, insistai-je en lui donnant le bout de papier sur lequel j'avais écrit le nom.

— Je sais, Georges, qu't'es médecin, mais fais-moi confiance.

Elle sortit et rappliqua quelques instants plus tard avec un sachet de feuilles de saule. Il semblait que ce soit un bon analgésique.

— C'est étonnant, tu vas voir, me dit-elle.

J'étais sceptique même si les propriétés chimiques de la feuille de saule étaient reconnues depuis l'Anti-quité. Je sentis les feuilles. J'avais ingurgité un produit des plus naturels la veille mais que la fermentation rendait toxique à rendre fou, voire mortel. Alors, que donnerait la combinaison de ces deux boissons dans mon organisme ?

— J'ai quand même rapporté de l'acétanilide. Et un pain avec du jambon pour quand ça ira mieux.

— Merci.

Elle descendit de nouveau chercher de l'eau bouillante pour sa décoction. Elle remonta non seulement avec une théière chaude, mais avec de la glace dans une serviette.

Elle m'aida à me redresser. J'appréciais son dévouement, mais je m'étonnai de son efficacité à obtenir tout ça de ma logeuse acariâtre.

— J'vais mettre ça sur ton front, dit-elle en y déposant la serviette enroulée.

Elle me tendit ensuite l'infusion.

— Tu verras, c'est pas désagréable au goût.

Je pris une petite gorgée. Je fermai les yeux. Je pourrais désormais écrire en toute connaissance de cause dans l'*Union médicale du Canada* un article sur les effets de l'absinthe.

— Pauvre toi. Tu apprends ton métier à la dure… me taquina-t-elle.

Je souris.

— Tiens, enfin un beau sourire. Bois. Grand-mère disait que ça aidait à faire sortir le méchant.

— Cette décoction doit être un diurétique efficace.

— Un quoi ? J'suis pas toubib, Georges, tu t'rappelles ?

— Je veux dire que ça facilite probablement le soulagement de la vessie.

— Tu verras bien, va. Alors, comment s'est passée ta soirée avec le client ?

— Il s'appelle Guillaume Dietrich et non Raymond. Je n'ai pas encore de preuve directe pouvant l'incriminer, mais cet homme est dérangé. Sa haine des femmes et la perception qu'il en a les rabaissent toutes au rang de prostituées.

Son visage s'ennuagea de façon soudaine.

— Ce n'est pas ce que je veux dire, Viviane, me repris-je trop tard. En fait, il considère toutes les femmes sur Terre comme des putains qui ruinent la santé des hommes.

— Faudrait pas qu'j'le passe comme client, c'te miché-là, parce qu'il s'en souviendrait.

— Il se souvient très bien de Michard, en tout cas, mais je n'ai pu savoir s'il l'a connu comme soldat. Il semble que Dietrich ait aussi participé à la dernière guerre contre l'Allemagne.

— C'est pour ça, cet œil mort de poisson vitreux…

— Oui.

— Ça me dégoûte.

— Je vais tenter de savoir s'il a connu Michard à ce moment-là. Dietrich semble avoir reçu un fort héritage. Il demeure dans le IXe arrondissement et chante à l'Opéra de Paris.

— Mazette ! À l'Opéra !

— Oui, et il se dit fier des rôles de malfrats qui lui sont attribués. Il m'a aussi parlé de son tour de chant. Si son *Voyage d'hiver* a divisé la critique, son *Roi des aulnes* a été très bien reçu. Il en est très fier.

— Et ça cause de quoi, c'te chanson ?

— La musique est de Franz Schubert et le texte de Goethe. Ça raconte la mort d'un enfant terrassé par le roi des Aulnes alors qu'il chevauche en forêt sur la monture de son père, qui ne pourra rien faire pour le sauver. Il semble aimer les sujets macabres et scabreux.

Viviane ne sembla guère intéressée par le sujet. Je bus ma tasse au complet. Elle me resservit. Je commençais à me sentir un peu mieux grâce à elle.

— Ah ! les bonnes vieilles recettes de grand-mère.

— Et ça marche ! dit-elle en riant.

— Tu aimais ta grand-mère ?

— C'est elle qui m'a élevée à la mort de mes parents. Z'ont été tués dans un bombardement pendant la guerre de 1870. J'avais cinq ans. Mon grand-père est mort quand j'en avais dix. À treize ans, j'ai craché presque tous

mes poumons et j'ai failli mourir. Je suis restée chétive.
La peau et les os, disait ma grand-mère, qui est morte
quand j'ai eu dix-neuf ans. Je suis montée de Tours sur
Paris l'automne dernier pour faire ce que j'avais toujours
voulu faire : danser le ballet. Mais personne m'a donné
ma chance. Comme j'avais pas d'argent, j'me suis
essayée au Moulin Rouge, qui cherchait des danseuses
pour l'ouverture du cabaret. J'ai passé l'audition. J'avais
trouvé un nom de danseuse : Lili Trémousse. Valentin le
désossé m'a trouvée trop famélique et il m'a refusée. Je
pleurais tandis que Marie était aux anges. Elle avait été
sélectionnée par le dresseur. Elle m'a recommandé
l'adresse de madame Luce et j'y suis depuis ce jour.
Madame Luce est très bonne pour nous. Elle vient aussi
d'la province.

J'inclinai la tête, aussi ému qu'embarrassé de me
voir confier ce triste récit.

— Je sais c'que tu penses…

— Non, Viviane, je ne pense rien de ce que tu crois.

Elle posa sa main sur ma tête et me caressa les cheveux.
Je fermai les yeux. Je sentais la migraine s'éteindre peu à
peu, mais j'avais une énorme envie d'aller aux latrines.

— Ça semble aller mieux ?

— Écoute, Viviane, Dietrich m'a proposé de retourner
au bordel après la présentation de l'opéra lorsque j'irai
l'entendre chanter. Il se peut aussi qu'il m'emmène à
l'endroit où Marie travaillait. S'il décide plutôt d'aller
chez madame Luce, est-ce que tu peux t'arranger pour
que nous soyons dans des chambres adjacentes, comme
la dernière fois ?

— Oui. Je veux bien.

— Je te paierai.

— Georges, tout de même. Ne sois pas odieux. Tu
m'emmèneras en ballon à la place.

— En ballon ?

— Tu sais, le dirigeable qui survole Paris. Je rêve de
m'envoler au-dessus de la ville.

— Eh bien, je te promets une ascension mémorable.

Elle sourit comme une enfant. Je la trouvais belle, fraîche comme un matin au bord de la mer. Je sentais monter en moi cet étrange phénomène irradiant qu'on appelle l'amour. Mais je ne voulais pas m'y abandonner. Nos mondes étaient si éloignés. Jamais je ne pourrais fréquenter une prostituée. Ce serait une mort morale et professionnelle.

Viviane me regardait dans les yeux et j'y vis la lueur du désir. À moins que ses yeux ne reflètent que le mien, craignis-je.

— Soigne-toi bien, me dit-elle doucement en se préparant à partir.

Je lui demandai si elle pouvait aller porter une note à l'admission de l'asile pour aviser que j'étais malade.

— Ça me fera plaisir, Georges.

Je me levai de peine et de misère jusqu'à ma table de travail. J'écrivis en vitesse un message à l'intention de Magnan pour lui dire que je serais là sans faute vendredi puisque j'avais déjà obtenu un congé pour la journée de jeudi. Je mis la lettre dans une enveloppe et la remis à Viviane.

— Merci, Viviane.

— À bientôt, peut-être ?

— Je te le promets.

Avant de sortir, elle prit la fleur qu'elle avait dans les cheveux et la déposa dans mon verre d'eau. J'en fus tout chamboulé : je voyais dans son regard la beauté égarée, celle d'une fleur de pavé, fragile et belle, que l'on découvre en ramassant un objet échappé au hasard, et qu'on n'aurait jamais pu voir autrement. Mon cœur tapait fort, mon esprit s'embrouilla. J'étais la proie d'une passion interdite. Et dire qu'Emma Royal allait venir me rejoindre en soirée. Le destin est le pire des intrigants.

◆

En début d'après-midi, je me sentais si mal de ne pas être allé faire mon internat que je m'extirpai du lit comme une molaire arrachée à sa gencive. La douleur était vive et j'étais sans vigueur. L'assiduité est un élément clé de l'évaluation de tout résident en médecine et je ne pouvais me permettre d'être absent, d'autant plus que Magnan m'avait déjà accordé un congé.

Je pris un fiacre pour me rendre à l'asile. Il me restait encore plusieurs légendes à traduire et à coller sous les pièces de l'exposition d'anthropologie criminelle.

En arrivant à Sainte-Anne, je saluai le gardien. Il me dit avec le sourire qu'il avait reçu ma lettre d'absence pour la matinée. Comme j'avais raté la tournée des patients, je filai jusqu'à la salle d'exposition.

En milieu d'après-midi, Magnan s'arrêta pour me parler. Il examina les pièces, puis ce fut ensuite à mon tour d'être ausculté par celui que l'on appelait le bénédictin de la médecine.

— Georges, je dois vous féliciter. C'est un excellent travail. Les pièces sont très bien exhibées. Mais vous, vous n'avez pas l'air bien... Qu'avez-vous? Vous voulez que je vous examine?

— Docteur Magnan, je suis désolé de n'être pas venu ce matin, mais j'ai eu une soirée éprouvante.

— Elle est visiblement inscrite dans votre visage, mon cher.

Je n'allais certes pas avouer à celui qui avait étudié la toxicité de l'absinthe et qui pourfendait cette liqueur que j'avais succombé à la fée verte.

— Vous vous rappelez que vous m'aviez demandé d'aller dans les cafés et cabarets à la recherche de preuves liant Michard au bon Samaritain?

— Bien sûr.

— Eh bien, je crois avoir trouvé une piste.

— Oui, mais Michard est mort. À quoi servirait-elle?

— Je ne veux pas vous faire perdre votre temps, docteur, mais je soupçonne cet homme d'être l'homme qui a tué Marie Daumier. Il me faut plus de preuves avant de vous en parler.

— Je ne voudrais pas que vous nuisiez à vos études avec cette affaire qui, comme je vous l'ai déjà dit, pour notre établissement est close. Mais comme vous avez passé beaucoup de temps à préparer l'exposition et à organiser la sortie des patients au parc Montsouris... Bien ! Rentrez chez vous, reposez-vous et revenez-moi en forme vendredi.

— Mais il me reste encore un peu de travail ici, docteur Magnan.

— Alors terminez ce qu'il vous reste à faire avec l'exposition et revenez-moi... En fait, Georges, prenez donc jusqu'à samedi, voire lundi, mais de grâce, reposez-vous et oubliez cette affaire Michard. Elle ne doit pas devenir une obsession !

Là-dessus il s'éloigna avec sa planche et ses documents. Ma migraine reprit comme une faille sismique qui se replace. Il me restait encore du travail, mais le retour de cette douleur m'acheva. Je reviendrais finir cela un autre jour. Le congrès débutait dans une semaine, pas avant.

18. De la belle visite à un bien mauvais moment

Vers dix-neuf heures trente, la logeuse monta pour me prévenir avec dédain qu'une « autre dame » m'attendait. Elle me regarda comme si j'étais un maquereau professionnel. J'avais eu beau m'arranger du mieux que j'avais pu, ce n'était pas la grande forme. Mon internat de nuit à l'asile avait laissé des traces sous mes yeux et l'absinthe dans mon estomac.

Je descendis, cette fois. Le miroir ovale dans le tournant de l'escalier confirma mes craintes : j'avais l'air pitoyable, indigne de la profession que j'exerçais. Je n'étais plus que l'ombre du jeune officier qu'Emma Royal avait connu dans l'Ouest.

En contrebas, vêtue d'une robe de satin bleue et tenant une ombrelle rose, mademoiselle Royal semblait parée pour une grande sortie mondaine. Elle portait un chignon avec un chapeau blanc orné d'une plume. Je pensai aussitôt qu'à côté d'elle je ressemblais à un petit marchand de brocante dans mon vieux veston fripé.

Alors que j'arrivais au bas de l'escalier, Emma se tourna vers moi. Son sourire radieux ralluma le désir qu'elle avait fait naître en moi pendant la rébellion indienne.

— Chère Emma ! Vous êtes ravissante.

Elle s'approcha. Je baisai sa main.

— Georges, comme je suis heureuse de vous revoir ! Il y a si longtemps. Vous étiez en uniforme, ce soir-là, vous vous rappelez ? La situation était explosive.

— Et l'Ouest canadien vivait une grave crise politique. Pendant que vous jouiez Chopin et Mendelssohn, le gouvernement canadien massacrait les Métis et les Indiens, les soumettait au système des réserves.

— La situation ne s'est guère améliorée, comme vous savez.

— Votre père va bien ?

— Oui.

— Il fait bon d'être en exil politique volontaire.

— Et comment vont les études à Sainte-Anne ?

— Elles se passent très bien. Et les vôtres ?

— J'ai commencé mon stage au Conservatoire de Paris lundi.

Avisant la logeuse qui espionnait de façon peu discrète notre conversation, je proposai à Emma de nous rendre tout de suite au cœur de la fête.

— Mais vous avez certainement eu le temps de visiter de fond en comble l'Exposition universelle depuis votre arrivée ? me demanda-t-elle.

— À part la Galerie des Machines, je n'ai guère eu le temps de m'y promener, répondis-je, un peu gêné.

— Mais pourquoi ?

— Mon stage d'études m'a tenu très occupé. Le docteur Magnan, qui est le directeur de l'asile Sainte-Anne, est exigeant.

— Vous me paraissez fatigué, Georges. Est-ce que je me trompe ? Vous êtes cerné, mon ami.

— En fait, j'ai été quelque peu malade durant la nuit, Emma, mais rien de grave. Un petit dérangement d'estomac, mais vous me voyez rétabli.

— Eh bien, c'est donc ce soir que nous sortons.

Alors que nous nous dirigions vers la sortie, sous le regard peu amène de la logeuse, j'avalai en douce deux cachets d'acétanilide. Était-ce l'énervement de retrouver

Emma ? C'était comme si deux armées s'affrontaient de nouveau dans ma tête.

J'hésitais à prendre l'omnibus avec une grande dame comme elle. Je hélai un fiacre. Au diable les dépenses !

Lorsque nous débouchâmes dans la rue Soufflot, Emma fut happée par la perspective en contrebas.

— Oh, Georges, la tour Eiffel est donc de l'autre côté de la Seine ?

— Non, elle est bien sur la rive où nous sommes. Mais la Seine sinue beaucoup et ça crée cette illusion.

Essayant d'être un bon hôte, je lui montrai les attractions le long du boulevard Saint-Michel, puis la Sorbonne, le boulevard Saint-Germain…

— Haussmann a été visionnaire en créant ses grands boulevards, fit remarquer Emma. Il lui a fallu ouvrir.

— Regardez ici à droite, Emma, ce sont les thermes romains.

— Et ici, n'est-ce pas l'abbaye de Cluny ? C'est bien conservé.

À la place Saint-Michel, je désignai à gauche la belle fontaine Saint-Michel.

— C'est magnifique, Georges !

Ses beaux yeux bleus en pâmoison embrassaient tout du regard alors que se dessinaient tour à tour la Seine, l'île de la Cité avec la conciergerie, le palais de justice, la cathédrale.

Je demandai au cocher de traverser le pont pour nous approcher de ces lieux, puis ensuite de longer la Seine jusqu'à destination.

Pendant tout le trajet, Emma resta sur une sorte de réserve. J'avais l'impression que je n'étais pas celui qu'elle espérait revoir. Je m'efforçais pourtant d'être un hôte accueillant. Autour de nous, tout était en mouvement. Sur la Seine, les péniches colorées se croisaient avant de s'engouffrer sous les ponts. La foule était dense, les trottoirs se remplissaient de marcheurs et de flâneurs appuyés contre le garde-fou des quais. Le fiacre avançait au ralenti dans cette marée humaine.

Devant le quai Voltaire, j'indiquai à ma compagne où se trouvaient le Louvre, le jardin des Tuileries, les Champs-Élysées. Mais dès qu'elle était visible, Emma regardait la Tour qui grossissait dans notre champ de vision. Loin derrière, l'ombre du quartier de Javel me rappela Dietrich. En voilà un que j'avais hâte d'affronter à nouveau.

— Ça va, Georges ? Vous semblez songeur.

— Non, non, Emma, mon regard s'était tout juste un peu perdu devant le spectacle de Paris.

Elle épousseta du revers de la main des pollens sur mon épaule. Je lui rendis un sourire qui me demanda un effort tant ma tête et le trot des chevaux me taraudaient la boîte crânienne.

— Vous allez éblouir les Parisiens, Emma, j'en suis persuadé.

— Quand on arrive dans de grandes villes comme Paris, Georges, nous ne sommes déjà plus les meilleurs. Il y a beaucoup de compétition, ici.

À l'ouest, le ciel se colorait d'une bande rose abricot. La soirée était douce.

Le cocher s'arrêta au coin des avenues de Suffren et de la Motte-Picquet, et je lui remis une partie de l'argent qui devait me servir pour la semaine.

Devant nous, tout un pâté de maisons était occupé par la Galerie des Machines, une « Notre-Dame » d'acier et de verre plat couronnée d'une nef de quatre-vingt mille pieds carrés, avec sur le côté de colossales ogives vitrées, encadrées par des barres de fer entrecroisées. En arrière-plan, la tour Eiffel se découpait, vertigineuse. Mademoiselle Royal était bouche bée.

Nous allâmes voir l'intérieur, si vaste. Des machines à vapeur, des chaudières, des poulies, des pistons, des engrenages et la plus grande plate-forme amovible du monde y étaient exposés. Mais le contenu de l'exposition de la Galerie des Machines ne l'intéressa pas vraiment.

— C'est un pavillon pour ces messieurs. Je vous laisse la science et la technologie, mon cher Georges. Je sais à quel point cela vous fascine.

J'étais en effet plus impressionné par la Galerie des Machines, par son utilité, que par la démesure de la tour Eiffel, qui ne servait à rien à part embrocher le ciel.

Alors que nous sortions du gigantesque édifice, le petit train de Decauville passa. Je proposai à Emma de faire le parcours de trois kilomètres qui passait par le Champ-de-Mars jusqu'aux Invalides. La petite locomotive à vapeur s'arrêta non loin d'où nous étions et des passagers descendirent des wagons ouverts. Nous nous dirigeâmes vivement vers le lieu d'embarquement. Toutes ces attractions me ramenaient au parc Somner de mon enfance, mais dans une totale démesure. Je payai le billet d'Emma et nous nous assîmes bien sagement l'un à côté de l'autre.

— C'est une merveilleuse soirée, Georges.

— Je suis content de la passer avec vous, Emma, et surtout de vous revoir après toutes ces années de correspondance. Je connais tant de choses sur vous et, pourtant, c'est comme si nous étions étrangers l'un à l'autre.

— Nous nous connaissons davantage de l'intérieur. Sans doute.

La façon dont Emma dit cette phrase me laissa songeur. Elle aussi semblait un peu distante. Je me pris alors à penser au ton enjoué, si simple et si spontané de Viviane, mais je m'interdis d'aller plus loin : qu'avais-je à penser à Viviane alors que je me trouvais avec celle que je rêvais de revoir depuis des années ?

Je me massai discrètement la tête. L'acétanilide me soulageait depuis quelques heures de mes migraines, mais j'avais encore le crâne qui tirait un peu partout à force de regarder haut dans le ciel. Quant à mon estomac... Je souhaitai ne pas avoir à monter en haut de la tour Eiffel et devenir le premier visiteur de son histoire à vomir de son sommet.

Le train s'ébranla. Le parcours permettait de voir les principales attractions. On s'approcha de la tour qui grossissait de plus en plus. Il y avait des milliers de visiteurs sur le Champ-de-Mars. Le convoi passa sous l'arche monumentale de la tour Eiffel, puis sous le tunnel de l'Alma, ce qui déclencha les cris amusés des enfants. Mademoiselle Royal souriait, enthousiaste. En roulant à travers le parc du Champ-de-Mars, j'entrevis le palais du Trocadéro de l'autre côté de la Seine et le lui montrai.

— C'est magnifique.

— Regardez ici, Emma, on a même reconstruit une réplique de la sinistre Bastille.

— C'est tout à fait extraordinaire !

Un ballon dirigeable, dérivant lentement vers l'est, apparut soudain dans le ciel au-dessus de nos têtes. Je me rappelai ma promesse d'y faire monter Viviane et un sentiment étrange m'envahit de nouveau. Je me secouai.

— Emma, comme vous aimez la musique, je vous propose de visiter le Palais des colonies.

— Quel est le rapport entre musique et colonies ?

— Ah ! C'est une surprise, ma chère. Vous verrez, vous ne serez pas déçue. Regardez devant, Emma, nous l'apercevons.

— Formidable !

C'était le premier bâtiment de cette dimension à utiliser l'électricité sur une aussi grande surface. Le grand dôme central du bâtiment était monumental. En face du pavillon, une fontaine mue par un jeu de lumières électriques changeait de couleur selon la musique.

Nous laissâmes repartir le petit train, puis nous descendîmes l'allée pour flâner sur l'esplanade des Invalides.

D'inspiration asiatique, le Palais des colonies était à la démesure des autres attractions avec ses impressionnants toits en pignons. Nous entrâmes dans l'espace de Bali. Des indigènes y jouaient, assis sur d'étranges instruments de percussion. Le gamelan ressemblait à un xylophone mais avec des lamelles en bois. D'étranges gammes exotiques s'échappaient de ces instruments envoûtants. Emma s'enthousiasma pour les sonorités nouvelles, surprenantes, les rythmes enjoués, au fur et à mesure que nous passions d'une culture à l'autre, d'une nouvelle gamme d'instruments étranges à une autre.

Nous allâmes ensuite tester le Théâtrophone : avec un récepteur, on pouvait entendre en direct le spectacle qui jouait à l'Opéra Garnier. Je crus même reconnaître la voix de Dietrich, mais je me gardai bien d'en faire part à Emma. D'ailleurs, à part mon apprentissage de la médecine, de mes stages, je n'avais pas grand-chose à lui raconter. Dans nos échanges épistolaires, Emma ne m'avait posé aucune question sur mes études de médecine mentale et je croyais que ma mission auprès des fous ne l'intéressait pas. Ce que, d'une certaine façon, je pouvais comprendre : cette branche de la médecine n'était pas la plus populaire. Je n'allais pas non plus l'entretenir de Dietrich, de Viviane, de ma fréquentation d'une maison close ou d'un cabaret où je m'étais saoulé la veille à l'absinthe ! Il est vrai, à ma défense, que tout avait été fait au nom de la morale et de la justice, mais comment réagiraient les chastes oreilles d'Emma si je lui racontais cet horrible feuilleton ? Je ne voulais pas prendre ce risque.

Quand nous ressortîmes enfin du pavillon, je remarquai qu'au loin se détachait le bazar blanc algérien avec ses arches. Je repensai à mon équipée nocturne et, du coup, remarquai que mon estomac se rappelait toujours à moi, mais d'une manière plus naturelle.

— Avez-vous faim ? demandai-je à Emma.

— J'ai un petit creux.

Nous marchâmes dans la rue du Caire, qui reproduisait avec minutie l'architecture égyptienne. L'illusion était parfaite. Nous croisions des hommes en djellaba et des femmes voilées. J'évitai de lui dire que je m'y étais perdu la veille. Il y avait des restaurants, un bazar avec de multiples étalages dont un de pipes à eau toutes magnifiquement ouvragées, des marchands de tapis et un superbe minaret doré. Au coin d'une rue s'était créé un attroupement. Nous nous arrêtâmes. Assis en lotus devant un panier en osier, un charmeur de serpents soufflait dans sa flûte pour faire danser un cobra.

— Je déteste les serpents, Georges. Allons ailleurs.

Nous entrâmes dans un restaurant arabe qui fleurait bon les épices. Comme nous ne connaissions rien au menu, le serveur nous recommanda l'assiette de falafels.

Nous prîmes place derrière une table ronde sur la terrasse. Ce mets exotique était délicieux. Avec un thé glacé, c'était parfait.

Ma conversation était plutôt décousue. Malgré moi, je pensais constamment à l'affaire Michard. Je n'avais pas les idées claires.

Emma me questionnait sur mes visites des lieux culturels parisiens. Que j'aie vu si peu de Paris l'étonnait. Je lui rappelai que je n'étais arrivé que depuis quelques semaines et que j'avais beaucoup à faire à l'asile quand j'entendis dans mon dos une voix familière qui me glaça le sang.

— Tiens, mon cher Georges, on passe de la cuisse des bas-fonds à celle de la haute, mieux parfumée…

Le visage de Dietrich, tout grimé, m'apparut comme une mauvaise nouvelle. Il portait un habit à queue-de-pie et un chapeau melon. Son humeur salace et l'étincelle dans son œil gauche me faisaient craindre le pire. Il semblait explosif.

— À qui ai-je l'honneur ? s'enquit-il en regardant sans vergogne ma compagne.

— Mademoiselle Emma Royal.

— Un nom tout désigné : vous ressemblez à une reine.

Emma tendit sa main, qu'il baisa.

— Je vous présente Guillaume Dietrich, dis-je d'une voix mal assurée tout en me levant.

— Georges et moi fréquentons les mêmes institutions parisiennes…

Je le coupai immédiatement.

— Mon ami est artiste.

Dietrich m'examina comme un médecin qui ausculte un patient. Visiblement, il voulait me mettre mal à l'aise.

— Tu sembles fatigué, Georges. L'absinthe est toujours meilleure la deuxième fois, tu sais ?

Je lui décochai un regard lui enjoignant de se taire.

Mademoiselle Royal me regarda, l'air abasourdi. Dietrich passa un doigt sur mes joues lisses.

— Tu t'es finalement rasé ? Ça te va mieux, mon coquin. Doux comme de la peau de gonzesse. De la vraie peau de fesse.

Je reculai, estomaqué par son culot, et tentai de me recomposer une contenance.

— Vous serez heureuse d'apprendre, Emma, que monsieur Dietrich chante présentement à l'Opéra Garnier.

Je me tournai vers Dietrich.

— Mademoiselle Royal vient tout juste d'arriver du Canada, elle est inscrite au Conservatoire de Paris.

— Vraiment, mademoiselle. Le Conservatoire... C'est là que j'ai appris à hurler...

Déstabilisée, Emma rit d'un ton nerveux.

— Nous avons entendu ce soir quelques passages de l'opéra, grâce à l'étonnant Théâtrophone. Qu'est-ce que vous y jouez, actuellement ?

— Toujours les mêmes bêtises.

— Pourquoi dites-vous cela ?

— Je n'aime pas trop l'opéra, ma chère. Du moins, pas ce qu'on a vu jusqu'à maintenant. Il faudrait que l'opéra nous donne un avant-goût de la fin du monde, de la grande déroute universelle. Je rêve d'un compositeur qui mettra en musique la vie de Sade et sa philosophie de boudoir. Ce serait dément. Le directeur de la distribution choisirait la plus belle des Justine qui soit, et non pas une baleine à gosier qui peut m'écraser les orteils à m'en faire hurler de douleur. Je rêve d'un grand opéra sensuel et charnel. Un rôle qui me conviendrait parfaitement.

Emma me regarda d'un air incertain. Je ne savais plus comment réagir.

— Vous n'avez pas de beaux rôles, monsieur ? demanda finalement Emma.

— Avant d'avoir un rôle à la hauteur... J'y fais toujours œuvre de cancre, de valet stupide. Je préfère les cycles de chants : Schubert, Offenbach.

— J'adore Schubert. Je joue chaque jour des *Impromptus*.

— Les lieder de Schubert de monsieur Dietrich ont reçu un très bel accueil, lançai-je.

— Un autre qui est mort de la syphilis! laissa tomber sèchement Dietrich. Comme si cette maladie avait élu domicile là où le génie réside.

Il changea net de sujet.

— Alors comme ça vous êtes allée au Théâtrophone, mademoiselle Royal…

Emma acquiesça.

— Georges m'a montré. On n'arrête pas le progrès. Mais vous ne m'avez toujours pas nommé l'opéra dans lequel vous jouez…

— Je chante dans *Roberto il Diavolo*, de Meyerbeer.

— Robert, le diable. J'en ai entendu parler sur le bateau. On dit que c'est un opéra formidable. Qu'en pensez-vous?

— Un peu défraîchi, mélodramatique, mais on le ravive du mieux qu'on peut. Mais vous, mademoiselle, après cette longue traversée, vous avez sans doute envie de vous dégourdir les doigts. Aimeriez-vous m'accompagner? J'ai un piano à queue Bosendoerfer à la maison. Il a une sonorité d'enfer. De la rue Auber où j'habite, on peut l'entendre à cent mètres de distance.

— Un Bosendoerfer! Cela me ferait grandement plaisir. Ce serait un honneur.

Cette invitation m'inquiéta au plus haut point. Il me faudrait aviser Emma des soupçons que j'avais à l'endroit de Dietrich. Mais Guillaume lui offrait son plus beau profil.

— Vous venez d'où, au Canada, avec ce merveilleux accent? Il n'est certes pas aussi rustique que celui de Georges.

Je tiquai. Dietrich ne manquait jamais une occasion de vous attaquer, de vous placer sur la défensive.

— Je viens de Rivière-Rouge au Manitoba, mais j'ai vécu aussi à Ottawa. J'ai rencontré le docteur Villeneuve à Rivière-Rouge, quand il était capitaine dans le 65e bataillon.

Il me tapa sur l'épaule comme un acteur de vaudeville.

— Tu ne m'avais jamais dit ça. Cachottier, va. Tu es passé vite de la Rivière-Rouge au Moulin Rouge… Ah ! Je l'imagine bien en tenue de bidasse, dit-il en éclatant d'un rire maniaque.

Surprise, mademoiselle Royal rectifia :

— Georges a été décoré pour sa participation aux guerres indiennes.

— Je n'en doute pas : je le vois bien faire une boucherie des Sauvages.

— Au contraire, Georges était même sympathique à la cause des Métis.

— Rebelle en plus !

Emma fronça le sourcil. L'humour noir ne passait pas très bien chez elle.

— Mon ami est du genre… cynique, m'empressai-je de dire. Un trait qui est propre à nombre de Parisiens, vous verrez…

Dietrich approcha sa main de la chevelure d'Emma.

— Cette broche d'argent et ces pierres d'ambre dans votre magnifique chevelure… Vous permettez ?

Il prit délicatement une mèche et la caressa d'un regard vil et pervers. Il avança sa tête pour sentir son parfum.

— Ah, j'y sens le jasmin allié au parfum éphémère du tilleul.

Emma se dégagea vivement.

J'eus peur soudain qu'elle ne révèle malgré elle mon mensonge et que cet hurluberlu ne découvre que j'étudiais non pas en obstétrique mais en médecine mentale. J'espérais qu'il se décide enfin à partir, car je craignais par-dessus tout qu'il décide de s'asseoir avec nous.

Il sortit une carte de visite sur laquelle apparaissait une courte inscription, qu'il présenta à Emma.

— Vous m'appelez quand bon vous semblera, mademoiselle Royal.

— Vous avez le téléphone ?

— C'est exact. Je suis parmi les rares particuliers à posséder ce merveilleux appareil. Mais tout le monde finira par l'avoir avant longtemps et ce jour-là, Emma, je n'en voudrai plus.

Encore une fois, je vis Emma qui ne savait comment réagir aux propos excentriques de Dietrich.

— Mais j'y pense… Nous donnons exceptionnellement une représentation de *Robert, le diable* demain après-midi. Aimeriez-vous y assister ?

— Je suis invitée au Commissariat du Canada pour un dîner officiel demain soir, mais je crois que je pourrais me permettre d'accepter votre offre.

— Formidable ! Il me fera plaisir de chanter un air pour vous en vous cherchant des yeux.

— C'est trop d'honneur, monsieur Dietrich.

— Appelez-moi Guillaume.

— D'accord, Guillaume, à demain.

Il me désigna de son doigt ganté de noir.

— Georges pourra se joindre à vous, bien entendu, mais je crois que ses obligations…

— J'y serai, dis-je fermement en lui octroyant un sourire que j'accentuai en voyant sa mine surprise.

Mais l'animal reprenait vite contenance et c'est de la façon la plus charmeuse qu'il nous salua.

— On se voit demain, alors.

Il s'éloigna et je sus dès lors que je ne dormirais pas bien. Je n'aimais pas le regard qu'avait lancé Dietrich à Emma, surtout son profil droit qui me faisait craindre le pire. Le ténor avait été en érection tout au long de sa conversation avec Emma. Il se tordait comme un ver. Si jamais il causait du tort à la prunelle du lieutenant-gouverneur Royal, ce serait ma propre carrière au Canada qui serait compromise. Le père d'Emma avait tant de contacts qu'il pourrait facilement me faire tomber. Il me fallait veiller à sa sécurité.

Après cet intermède difficile, notre soirée se transporta au bord de la Seine près du palais du Trocadéro.

J'avais des poids sur les paupières. Emma s'en rendit compte.

— Pauvre Georges, j'espère que je ne vous ennuie pas trop, dit-elle, un peu déçue. Vous semblez encore ailleurs, terriblement absent. On dirait que vous êtes aux prises avec un problème.

Elle savait lire dans mes pensées.

— Non, pas du tout, chère amie. Pour tout dire, j'ai eu des semaines très chargées récemment. Si je pouvais vous raconter tout ce qui m'arrive…

— Ce que j'ai bien compris, c'est que vous vous adonnez à l'absinthe, rétorqua-t-elle d'un ton dans lequel perçait plus d'inquiétude que de remontrance.

— Pas vraiment, Emma. Il faudrait que je vous explique toute l'affaire, mais pas maintenant.

— L'intempérance a-t-elle plus besoin d'explications que de soins ?

— Voyons, Emma. Vous me jugez alors que je suis dans l'impossibilité de vous raconter ce qui m'a conduit à boire, une seule fois, de l'absinthe.

Je ne pouvais tout de même pas lui dire là, de but en blanc, que je soupçonnais Dietrich d'être l'assassin le plus recherché de Paris. Emma sortit soudain un minuscule mouchoir pour éponger une larme. Il me fallait me défendre.

— Je connais les ravages causés par l'absinthe. C'est l'un des sujets de prédilection du docteur Magnan. Il a été le premier à en démontrer les effets nocifs sur le système nerveux, comment elle cause des hallucinations visuelles et auditives. Pensez-vous qu'après un tel enseignement j'irais boire de l'absinthe pour le plaisir de la chose ?

— Je voudrais bien vous croire, Georges, mais vous me laissez dans un état dubitatif. Où est le jeune officier fier et plein d'idéaux qui voulait défendre les Métis que j'ai connu en 1885 ? Où est l'homme avec qui j'ai correspondu toutes ces années ?

— Devant vous, Emma, devant vous, Mais l'homme que vous voyez ce soir n'est pas celui que je suis d'habitude. J'ai eu une soirée difficile, hier, et…

— Avez-vous pensé à vous confier à un curé ?

— Un curé ? Pourquoi ?

— Mais Georges, n'êtes-vous pas en train de renier votre religion ?

— Ce n'est pas ce que je voulais dire. Et les curés n'ont rien à voir avec ce que je vis présentement.

Je me détournai de ma compagne et m'appuyai contre le garde-fou. Les lumières des quais et des bateaux chatoyaient sur l'eau. Des visiteurs sur le pont d'une péniche admiraient les rives et s'exclamaient en regardant la tour Eiffel d'un côté ou le palais du Trocadéro de l'autre.

Je me tournai à nouveau vers Emma.

Elle épongeait ses yeux avec un mouchoir. Cette femme à laquelle j'avais rêvé des nuits durant m'avait retrouvé sous mon plus mauvais jour. Je lui offrais une pâle copie du jeune officier idéaliste qui m'avait mené dans l'Ouest durant la rébellion. Combien de fois m'étais-je imaginé entreprendre ma vie avec elle, fonder une famille ? Quelques semaines à Paris et une série d'événements avaient suffi pour faire dérailler mon rêve. Mais le plus troublant était l'image de Viviane qui revenait toujours dans ma tête.

— Écoutez, Emma, il se fait tard. Je crois qu'il vaudrait mieux aller nous reposer. Nous avons tout de même eu une belle soirée. Nous nous reprendrons. Je serai frais et dispos demain. Ce sera formidable de vous entendre jouer du piano chez Guillaume.

Elle acquiesça doucement en baissant la tête. Je marchai vers l'avenue de La Bourdonnais et je fis arrêter une voiture.

19. Un éclairage nouveau

Je me levai très tôt le lendemain pour me rendre à l'office du jeudi matin. J'avais très bien dormi. Aussitôt la tête posée sur l'oreiller, je m'étais réfugié dans un profond sommeil. Ma migraine avait cessé et j'étais en congé.

J'étais reposé et d'excellente humeur, même si cette soirée avec Emma s'était terminée en queue de poisson. Et Viviane empoisonnait mes pensées du plus doux venin : les sentiments coupables. Il me fallait me raisonner et me délivrer de cette fixation.

Avant d'aller déjeuner et de me rendre à l'église pour un examen de conscience, je m'installai à ma table de travail. Je devais préparer mes arguments pour convaincre Magnan de la pertinence de mes nouvelles informations. J'avais plus que jamais l'intention de réhabiliter la mémoire de Michard.

J'ouvris grands les volets de ma fenêtre. La coupole du Panthéon brillait de soleil. Mes pigeons roucoulaient. Paris s'éveillait.

Assis à ma table, j'inscrivis sur une feuille les facteurs incriminant Guillaume Dietrich.

1- Dietrich fréquente la maison close où travaillait Marie Daumier.

2- Il connaissait Michard.

3- Ils se sont peut-être même connus à l'époque de la guerre franco-prussienne.

4- Dietrich a une passion pour le fétichisme : costumes, mise en scène. On a trouvé une cornette et une croix près de l'endroit où a eu lieu le meurtre. Est-il possible que Dietrich les ait oubliées dans sa hâte à quitter les lieux du crime ?

5- Dietrich est un dément sexuel et un misogyne. Ses remarques sur les obstétriciens le trahissent.

6- Ses commentaires sur Voltaire et Sade en disent long sur sa morale.

7- Les cheveux d'Emma Royal l'ont mis dans un grand état d'excitation.

8- De nombreux exemples (dont j'ai été la victime) démontrent qu'il est un persécuteur sadique.

9- Sa consommation effrénée d'absinthe.

10- Le billet d'opéra retrouvé dans la poche de pantalon de Michard. Il est à parier qu'il s'agissait d'une entrée pour *Robert, le diable*.

11- La référence au diable. Le personnage que joue Dietrich et son nom allemand ajoutent aux soupçons.

12- Finalement, son maquillage et son alopécie.

Il me fallait mettre Magnan au parfum de ces indices, mais comment allais-je lui expliquer de quelle façon je m'étais procuré certaines informations ? Au bout d'un moment, je décidai de lui dire tout simplement la vérité : Viviane, qui connaissait la victime, m'avait appelé pour m'informer de la visite de Dietrich, et le reste s'en était suivi. Je devais m'en tenir aux faits.

L'estomac dans les talons, je déposai ma plume sur son support et fermai l'encrier. Magnan prendrait certainement ces preuves au sérieux.

J'allai chercher une tartine à la boulangerie de la rue Soufflot et la mangeai en marchant en direction de l'église Saint-Sulpice.

Durant l'office, mon dilemme moral de fréquenter Viviane et d'avoir des pensées honteuses ne me laissa aucun répit. De sept à vingt et un ans, j'étais allé tous les jours à la messe. Au collège, une partie de la journée était consacrée à des exercices religieux de toutes sortes. Or, ma foi souffrait de cécité quand il s'agissait de ma relation avec Viviane. Dans une église, je redevenais vulnérable comme un enfant aux prises avec un cauchemar. Mon cœur était un lampion allumé pris comme cible par Cupidon, mais le regard du Sauveur sur la croix me suivait et me questionnait.

Après l'office, j'allai voir un prêtre dans un des deux confessionnaux en fonction. La glissière s'ouvrit. J'aperçus l'ombre d'un visage derrière la grille. Au son du grand orgue qui faisait tonner la musique de Bach, je m'expliquai. Une fois de plus, on m'interrogea sur mon accent. C'était une vraie obsession, à Paris, que notre accent. Et le vôtre ? avais-je envie de dire.

— … de Montréal.

— Alors dites-moi ce qui vous amène dans ce confessionnal, dit le prêtre de sa voix grave.

— Je ressens de l'amour pour une dame.

— C'est formidable, mon fils. Quel est le problème ?

— C'est que cette… dame travaille dans une maison close et offre ses services aux hommes.

Le visage quadrillé recula. Il y eut un long silence.

— Ah ! je vois… Vous savez, mon fils, qu'il est plus fréquent de contracter des maladies vénériennes dans ces antres que d'y tomber amoureux ?

— Je sais, mon père. Je suis médecin et je connais le sujet.

— Vous êtes médecin et…

— … et je ressens de l'affection pour cette fille, oui. Elle me plaît. Bien sûr, mon père, je n'aime pas le fait qu'elle se prostitue.

— Écoutez, docteur, vous connaissez l'histoire de Marie-Madeleine. Elle a eu aussi une vie de pécheresse et ça ne l'a pas empêchée de se réchapper aux yeux de Dieu. Si cette femme pouvait connaître le bonheur avec vous loin de cette maison maudite, vous rendriez service à Jésus et à sa mère Marie. Le ciel vous rendra au centuple d'avoir délivré cette fille des griffes de Lucifer.

— Vous pardonnez toutes mes pensées impures ?…

— Êtes-vous entré au bordel ?

— Oui, mais nous n'avons pas… consommé.

— C'est bien ainsi, alors je vous pardonne au nom du Père, du Fils et du Saint-Esprit.

— Amen.

— Récitez-moi dix fois le Notre Père et… bonne chance. Mariez-vous, ayez plusieurs enfants. Allez en paix, mon fils.

Je sortis l'âme légère. Tout me parut plus beau. Je traversai le Marais en fredonnant des chansons du Québec. Je m'arrêtai pour acheter des fruits à un marchand qui scandait avec une voix de stentor que « les fruits, c'est la santé, faut pas oublier d'en manger, les fruits, c'est la santé… ». J'achetai une orange d'Espagne et l'épluchai en regardant tout autour le spectacle d'un jeudi à Paris.

Je marchai d'un pas allègre en direction de l'asile Sainte-Anne. Avant d'aller à l'opéra et même si j'étais en congé, pourquoi ne pas travailler un peu à la préparation de l'exposition ? Il restait à traduire les légendes de l'italien au français. Je ne connaissais pas l'italien, mais l'apprentissage du latin au collège me permettait de réaliser cette tâche sans trop de problèmes.

En arrivant, j'aperçus le docteur Bouchereau qui cassait la croûte sur le perron du bureau d'admission.

— Bonjour, Georges. Vous vous reposez bien ?

— Si on peut dire, docteur Bouchereau.

Je faillis aborder mes nouvelles déductions avec lui, mais, quoique j'eusse une grande confiance en son jugement, il allait sans doute transmettre sans malice mes informations à Magnan et je préférais révéler moi-même à ce dernier les éléments qui incriminaient Dietrich.

— Que faites-vous ici par une si belle journée ? Vous ne deviez pas être en congé ?

— Je continue la traduction des légendes qui apparaîtront sur les cimaises.

— Hum… Ce sera un grand événement à Sainte-Anne. Mais ce sera aussi la revanche de la médecine mentale française.

— Je le souhaite bien. Il y a tant d'aberrations dans l'anthropologie criminelle, qui relèvent plus d'un délire faussement scientifique.

Bouchereau s'esclaffa.

— Il est agréable, Georges, d'être sur la même longueur d'âme.

Il avala un morceau de brie sur un croûton de pain. Tout en mastiquant, il rassembla ses couverts qu'il déposa dans une petite boîte en bois. Il s'essuya la bouche avec une serviette et me souhaita une bonne journée.

Une fois les traductions complétées, je collai les dernières légendes. Après cette tâche, j'époussetai avec un plumeau ces exhibits morbides. Des supposés criminels-nés faisaient mentir l'adage biblique de « Poussière, tu retourneras à la poussière… ». Ils étaient là, le regard fixé dans l'éternité, défiant la poussière qui dansait autour d'eux.

À la fin de l'après-midi, je demandai à Bouchereau la permission d'utiliser les douches de l'établissement.

Après avoir mangé dans un café de la rue Ferris, je marchai vers le quartier de l'Opéra. J'espérais bien que mes retrouvailles avec Emma se passent mieux que la veille. La musique faisant écran, j'aurais deux heures sans devoir justifier mes « écarts » parisiens.

Je ne pensais pas découvrir grand-chose de nouveau sur Guillaume Dietrich pendant ce concert. J'y allais pour assister à un opéra dans cette salle célèbre qui avait vu défiler Berlioz, Beethoven et Mozart, mais surtout afin de protéger Emma de ce détraqué.

Néanmoins, en marchant vers la place de l'Opéra, j'eus une idée. Si je demandais à Dietrich la permission d'écrire un article sur lui pour le faire connaître au Canada, comment réagirait-il ? De tempérament narcissique, il accepterait certainement. Cela me permettrait de poursuivre mon enquête sur le terrain et d'en apprendre un peu plus sur cette vipère. Je me surpris quelques instants plus tard à siffloter un air guilleret qui n'avait rien à voir avec la grande musique.

◆

Le guichetier vérifia mon identité. Dietrich avait bel et bien fait la réservation. Il me remit mon billet avec respect en sachant que j'étais l'invité spécial du chanteur-vedette.

— La jolie dame qui vous accompagne est arrivée, monsieur.

Emma faisait beaucoup d'effet sur les Parisiens. Tout le monde la remarquait.

Je la cherchai des yeux. Le public se massait dans le hall de l'Opéra, qui respirait l'opulence : de grandes colonnes dorées s'élançaient jusqu'au plafond peint de fresques d'où pendaient des lustres en cristal. J'entendais un spectateur qui encensait les chanteurs et la mise en scène. Un autre disait que Dietrich s'était « enfin révélé dans cette œuvre » après avoir végété des années. « Son côté maniaque ressort parfaitement, ajouta un troisième, il est parfait dans les rôles de fous ».

J'étais inquiet. Il est dit que le fou ne peut pas fonctionner dans la société, qu'il doit être mis en retrait. Dietrich avait-il trouvé à sa folie un contre-emploi ? L'art est-il une échappatoire pour les fous ? « Le troisième acte a de quoi scandaliser tout le monde », continuait à chuchoter le spectateur. J'avais bien hâte de constater de quoi il retournait. Je pris le programme. Cette pièce avait été créée en 1831 à l'ouverture de l'Opéra Garnier. Le franc succès de l'œuvre de Meyerbeer avait assuré la rentabilité financière du nouvel édifice. Près de soixante ans plus tard, le succès de cet opéra ne se démentait pas. De grandes affiches montraient une scène dans un cimetière. J'allais les voir de plus près quand j'aperçus enfin Emma dans une robe en satin vert pâle. Elle était ravissante, à l'image des grandes dames qui fréquentaient ce lieu. Elle portait dans sa chevelure une broche-papillon avec des pierres bleutées qui scintillaient.

— Georges, vous avez bien meilleure mine qu'hier soir.

— Et vous, vous êtes encore plus resplendissante, ma chère. J'ai mieux dormi cette nuit. Vous savez, l'internat de nuit n'est pas…

Je cherchais à nouveau une raison de me justifier, mais je ne complétai pas ma phrase. Un apprenti aliéniste ne se plaignait pas.

— Avez-vous déjà vu un opéra, Georges ? enchaîna Emma, qui avait remarqué mon hésitation.

— Non, il s'agit d'une première. Et vous ?

— Je suis allée deux fois au Metropolitan de New York.

Je la félicitai, sans pouvoir m'empêcher de noter la différence de classe qui séparait sa famille de la mienne.

Nous entrâmes dans la vaste salle en rotonde. Les loges juchées en hauteur donnaient le vertige. Dietrich nous avait réservé d'excellentes places près de la scène. Je fis passer Emma devant moi, puis descendis l'allée menant à nos sièges comme on traverse un monde qui n'est pas le sien, alors que ma cavalière semblait dans son univers. Les strapontins rouges étaient amples et tout en rondeurs. Les dossiers dans la section des sièges d'orchestre se paraient d'un petit œillet avec le nom du spectateur. Il y avait du rouge et de l'or partout, des effluves de parfums. Les spectateurs guindés, habillés comme des princes, et leurs bourgeoises, avec des diamants sur leurs poitrines haletantes, discutaient de musique sur un ton cérémonieux. Éventail à la main, ces dames se rafraîchissaient d'un geste mécanique.

Les musiciens dans la fosse accordaient leurs instruments, créant une pâte sonore cacophonique d'où ressortait le *la* aigu des instruments à vent. D'autres se réchauffaient en répétant des passages qui présentaient des difficultés.

Lorsque nous fûmes assis, Emma se tourna vers moi.

— Vous vous rendez compte, Georges ? Cette salle où nous sommes a résonné de la musique de tous les grands compositeurs comme Mozart, Beethoven, Berlioz.

— C'est un fait que le génie s'est exprimé ici.

Son visage se rembrunit.

— Georges, je voulais vous demander de m'excuser pour hier, j'ai été odieuse. Je tenais à vous dire que vous avez été un excellent hôte en dépit des nausées qui vous affligeaient.

— C'est à moi de vous prier de m'excuser, Emma. Je n'étais pas dans la forme qui convenait à votre présence, mais j'avoue que, malgré mon état, j'ai passé une excellente soirée.

Elle me gratifia d'un regard empreint de bienveillance avant de feuilleter le programme.

Je fis de même pour bien comprendre les péripéties du drame lyrique qui nous serait offert.

La pièce se déroulait au Moyen-Âge. Le sujet en était on ne peut plus ridicule. Dietrich interprétait Robert, le duc de Normandie. Son père Bertram, qui n'est autre que Satan, se lance à sa recherche pour lui ravir son âme, mais Robert s'est réfugié en Sicile. Là-bas, Robert s'amourache d'Isabelle, qui tombe amoureuse à son tour. Bertram finit par rejoindre son fils au cours d'un tournoi et lui propose un duel. Robert perd jusqu'à son armure et... Mais le rideau se levait déjà sur un château en Sicile. Sur la scène, un troubadour du nom de Raimbault entreprit de réciter le début de cette histoire.

Je dois admettre que, dès son entrée, la présence scénique de Dietrich autant que sa voix furent magistrales. Nous étions hypnotisés par le personnage qu'il incarnait, un homme qui cherchait à se venger du troubadour

Raimbault. Dietrich eut droit à deux salves d'applaudissements nourris avant même la fin du premier acte.

Dans le deuxième acte, Isabelle de Sicile procurait à
Robert une nouvelle armure pour un tournoi de revanche.
Mais, une fois de plus, il perdait et se voyait déchu de
son titre de chevalier.

Jusque-là, tout allait bien. La voix splendide de Dietrich,
qui m'impressionnait, rivalisait avec celle d'Isabelle. Le
« Robert, toi que j'aime » de la soprano avait de quoi
vous arracher des larmes. Dietrich nous avait repérés. Il
y était allé de quelques œillades à l'endroit d'Emma,
qui s'était raidie chaque fois dans son siège.

Je dois dire que la musique, l'ampleur des décors et
les costumes rachetaient le spectacle, car je n'avais jamais
entendu une histoire aussi farfelue. Celle de tous les fous
que je croisais à Sainte-Anne aurait fait un meilleur récit
que cette insipidité. Mais la présence charismatique de
Dietrich compensait ce grossier livret. Il était magistral
dans son rôle. Il aurait pu envoyer promener tout le
monde en chantant son aria que l'on aurait applaudi sa
prestation.

Puis le troisième acte arriva. Il se déroulait près des
ruines du couvent Sainte-Rosalie, dans un cimetière. Sur
la scène, le décor est tout en gris. C'est la nuit. Accompagné de Robert, Bertram a planifié une orgie à laquelle
sont conviés les esprits maléfiques. Il ordonne aux sœurs
qui ont rompu leurs vœux de sortir de leur tombeau.

À ce moment, je faillis m'évanouir tant cette scène
m'en rappelait une autre, beaucoup trop réelle et macabre.
Emma s'aperçut de mon trouble et se tourna vers moi.

— Georges, ça va ? chuchota-t-elle.

— Je... oui, oui, ce n'est rien, Emma.

Sur la scène, l'action continuait. Bertram demandait
à son fils de prendre une branche de cyprès sur la tombe
de sainte Rosalie, car cette branche pourrait satisfaire tous
ses désirs. Des nonnes spectrales apparurent alors pour
l'inciter à la boisson et au jeu.

Dietrich profitait de son rôle pour tâter allégrement les nonnes-danseuses, au grand plaisir des spectateurs. Puis, une clameur s'éleva de la salle : le sein d'une abbesse venait de s'extirper de son corsage, trop malaxé par Dietrich. L'actrice le replaça discrètement dans son alcôve, mais autour de nous quelques sourires s'affichaient largement. J'entendis quelqu'un murmurer : « Sacré Dietrich. C'est bien lui ! »

À l'entracte, Emma rougissait encore devant si peu de pudeur.

— Une telle œuvre serait aussitôt mise à l'Index chez nous.

— À qui le dites-vous, chère amie. L'auteur subirait l'excommunication sur-le-champ.

Je me demandai si le délire démoniaque de Michard n'avait pas été lié à cet opéra. Y avait-il assisté grâce aux largesses de Dietrich ? Avait-il subi un choc accentué par l'absinthe à la vue de cette scène ? En tout cas, il était clair que le pauvre bougre avait servi de bouc émissaire au fantasme de Dietrich. Je comprenais pourquoi il se vantait d'avoir trouvé un rôle sur mesure pour lui. Quel rôle ! Je voyais dans cet opéra une métaphore de sa vie, celle du persécuteur persécuté. Son père l'avait peut-être maltraité, et le fils maltraitait à son tour. Dietrich vivait probablement le rôle de sa vie et le portait sur et en dehors de la scène. Il ne faisait plus la différence entre le personnage et sa propre personne.

— Georges, à quoi pensez-vous ? Vous semblez absorbé.

Je me secouai et adressai un sourire piteux à ma compagne.

— Excusez-moi, Emma. Je suis soucieux pour un de mes patients.

— Je vous reconnais là, cher ami. Toujours la pensée au travail.

J'acquiesçai tout en me disant qu'elle ne savait pas à quel point elle avait raison dans les circonstances présentes.

Durant les quatrième et cinquième actes, que je suivis d'un œil et d'une oreille distraits car trop absorbé par mes réflexions, Robert n'en finissait plus de demander au rameau magique la permission d'entrer dans la chambre d'Isabelle. C'était franchement ennuyant. Robert finit par déchirer le rameau, ce qui rompit le sortilège.

Je fus heureux de voir arriver le dernier acte. Le père essayait une fois de plus de corrompre son fils. Ce dernier allait accepter le pacte maudit du père, mais sa sœur Alice lui cita alors les dernières paroles de leur mère, ce qui suffit à le ramener dans le droit chemin. Ridicule. Mais Dietrich jouait avec brio, chantait avec panache. Il incarnait totalement son personnage satanique. J'avais hâte d'être face à Magnan pour lui exposer mes hypothèses à son sujet.

L'opéra se termina par un grand mariage dans une cathédrale. Isabelle, dans sa robe de mariée, chantait un air qui n'en finissait plus et je me demandais quand le supplice allait prendre fin. Serions-nous condamnés à endurer cette scène de pompiers encore longtemps ?

Le tout se termina enfin dans un grand chœur de voix gorgées d'émotion. Dans la fosse, l'orchestre se déchaînait.

À mes côtés, Emma se leva d'un bond pour l'ovation. Elle criait des bravos avec les centaines de spectateurs. Les chanteurs réapparurent un à un sur la scène. Dietrich eut droit à des acclamations. « Dietrich ! Dietrich ! » scandaient nombre de spectateurs. Le ténor salua plusieurs fois. Les applaudissements ne voulaient plus finir. Il repéra Emma et lui lança à nouveau un petit signe qui mit ma compagne dans tous ses états. Un vrai tueur de charme…

— Mais il est extraordinaire, votre ami, Georges. Et dire qu'il affirme ne pas aimer l'opéra. Je n'ose pas croire qu'il m'a demandé de l'accompagner au piano cet après-midi.

Je remarquai la poitrine haletante d'Emma, manifestement aux anges grâce à cette demande.

J'aurais aimé lui dire que cet homme était en plus un assassin sadique, un pervers, un persécuteur. Mais je m'abstins. Il ne fallait pas ébruiter tout ce que je savais. Ce que j'avais vu aujourd'hui consolidait mes soupçons contre Dietrich. Cet esprit malade devait se retrouver à l'asile et ne plus jamais le quitter.

Nous nous rendîmes comme prévu rejoindre Dietrich à la sortie des artistes. Marcher à travers les effluves de parfum et d'eau de Cologne me donna mal au cœur. J'aperçus notre fils de Lucifer : un œil brillant, l'autre éteint. Il signait des programmes en multipliant les remerciements pour le flot d'éloges qu'il recevait de ses admirateurs. Il dégageait un charisme exceptionnel et une telle assurance… À la lumière de ce que je savais de lui, je n'en revenais tout simplement pas.

Il aperçut Emma, lui décocha sourire et clin d'œil, mais ne me regarda pas. Je toussotai discrètement.

— Ah ! Georges, finit-il par dire, je ne vous avais pas vu, mais je sentais cette affreuse odeur propre aux étudiants en médecine, mélange de miasmes putrides et d'eau de Cologne bon marché.

Les admirateurs rirent de bon cœur et je ne pus que subir cet autre moment d'humiliation. Encore une fois, il cherchait à m'intimider, à me rabaisser.

— Il faut dire que la beauté de mademoiselle Royal vous fait royalement de l'ombre, cher ami.

Emma s'esclaffa d'un rire cristallin. Dietrich y ajouta le sien, rauque et méprisant.

Je souris sans donner l'impression de m'en faire.

— Vous avez été sublime ! lui lança Emma, sous le charme. Quel bel opéra et quelles voix formidables !

— Merci encore, très chère.

— Comment avez-vous obtenu le rôle ? À l'entracte, j'ai entendu dire qu'on vous a choisi parmi de grands noms.

Dietrich nous prit chacun par le bras et nous éloigna de la foule de ses admirateurs, signifiant ainsi que sa « séance mondaine » était terminée.

— De grands noms qui me dénigraient depuis des années… Comme je vous l'ai déjà mentionné, je ne suis pas friand d'opéra, la plupart des histoires étant grotesques, de simples prétextes à faire de nous des bouffons de foire. Mais ce rôle, j'ai mentionné au directeur de l'opéra qu'il était pour moi, que je pouvais facilement me mettre dans la peau du personnage, que je deviendrais littéralement le fils de Satan. Je tenais à jouer ce rôle. Avec cette moitié de moi, dit-il en montrant son profil gauche, je peux jouer un doux archange et avec mon autre visage – il se tourna pour présenter un instant son visage défiguré –, les forces des ténèbres me conviennent tout naturellement.

En disant ces derniers mots, il avait pris une attitude maniaque.

— Je vous parlerai un jour de mes blessures de guerre, Emma. Comme notre Georges, j'ai été dans l'armée. La guerre m'a causé beaucoup de mal. Elle a bousillé tant de vies autour de moi…

Je vis les yeux d'Emma s'embuer légèrement. Dietrich savait manipuler les émotions, me dis-je. Parfois je le trouvais exécrable, mais à d'autres moments, comme celui-ci, il me touchait. Assez pour espérer que je me trompais à son sujet.

— Excusez-moi, dit Emma, je dois aller à la salle des dames.

Nous regardâmes s'éloigner la belle Manitobaine, puis Dietrich me gratifia d'un petit soufflet sur l'épaule.

— Mais regarde-moi ce petit cul, Georges, ce corps céleste, ce déhanchement qui redresse mon harpon. J'aimerais tant y accorder ma flûte.

— S'il te plaît, Guillaume. Un peu de classe. Cette dame…

— Mais qu'est-ce que c'est que la classe ? Je laisse ça aux socialistes qui nous empestent avec leur déterminisme puant.

— Et moi, je te demande de ne pas faire allusion au Moulin Rouge ou encore à la maison des Lilas devant Emma. Mademoiselle Royal vient d'une famille qui a beaucoup d'influence. Son père est le lieutenant-gouverneur des Territoires du Nord-Ouest. S'il fallait qu'il apprenne que je fréquente un bordel, je serais bon pour pratiquer la médecine chez les Eskimaus. Et encore : toutes les portes me seraient fermées, même celle-là. Tu comprends, Guillaume ?

À cet instant, une des abbesses sortit des loges et, apercevant Dietrich, s'approcha de lui. Sitôt en sa présence, elle le gifla.

— Hé ! Dietrich, t'as fini de me tâter partout durant le ballet ?

— Mais ma chérie, c'est une orgie oui ou non ? T'es actrice ou pas ? Eh bien, joue ton rôle de nonne putasse libidineuse. Si elles ont rompu leurs vœux, c'est parce qu'elles avaient besoin de se faire gamahucher, alors souffre que je pelote tes avant-postes comme me le commande la mise en scène. Et si un de tes gros tétons veut s'échapper tel un animal en rut, je n'y peux rien.

D'une main preste, Dietrich lui pinça un mamelon en chantant :

— *Lets the beast out of the tanner, my dear.*

Suffoquée par son audace, le visage en colère, la pauvre actrice tourna les talons en coup de vent. Une spectatrice qui regardait de façon admirative Dietrich demeura ahurie par l'incident et, surtout, la brutalité du geste final.

— On joue ou on ne joue pas, philosopha Dietrich en se tournant vers moi, *that is the question. Isn't it,* Georges ?

Il sortit son monocle, qu'il posa sur son œil valide. Je me gardai de répondre, choqué moi aussi par son comportement.

Emma revint quelques minutes plus tard ; elle s'était repoudré le visage.

— Allez, je vous invite chez moi tous les deux, lança Dietrich. J'habite juste à côté, rue Auber.

— C'est gentil, mais je ne pourrai pas, dit Emma avec un ton de regret. Je suis attendue au Commissariat du Canada pour le dîner.

— Alors venez nous rejoindre en soirée au Club des artistes canadiens, au café Voltaire, comment il s'appelle déjà, Georges ? Chasse-Galerie ? Je comptais vous y emmener après.

— Hélas, ce sera pour une autre fois.

— Eh bien, je vous propose de venir chez moi dimanche soir, notre soir de relâche. Je ferai cuisiner un foie de canard poêlé et nous nous amuserons tous les deux dans les prés verts de Schubert, susurra-t-il en prenant la main d'Emma pour la baiser.

— C'est trop d'honneur, monsieur… commença Emma en me regardant, hésitante.

— Georges sera aussi des nôtres, bien entendu, s'empressa d'ajouter Dietrich. N'est-ce pas, mon ami ? Allez, dis oui !

J'acquiesçai d'un bref mouvement de la tête, car il n'était pas question de laisser la belle de Rivière-Rouge seule en compagnie de ce maniaque.

— Je vous attends donc dimanche au 31, rue Auber, mademoiselle Royal. Vous verrez, c'est tout près d'ici.

— Je vous rendrai visite avec Georges dimanche soir, monsieur Dietrich, sentit-elle le besoin de répéter en saisissant mon bras.

Je raccompagnai Emma jusqu'à la sortie et hélai un fiacre pour elle, indiquant au cocher la destination.

— Veuillez conduire madame rue de Rome, au Commissariat du Canada.

— Bien, monsieur.

Emma se tourna vers moi et posa un chaste baiser sur ma joue, puis je l'aidai à monter dans l'habitacle. Je regardai s'éloigner l'équipage en n'osant sonder plus loin mes sentiments. Derrière moi, je sentais le regard démoniaque de Dietrich. Je revins sur mes pas et, sur le grand parvis de l'Opéra Garnier où il se tenait, je lui dis :

— Guillaume, j'aimerais qu'il soit clair, entre toi et moi, que mademoiselle Royal est une dame pour qui j'ai beaucoup d'estime et que je ne veux en aucun cas que tu tiennes des propos déplacés en sa présence.

— Tout doux, mon docteur Villeneuve, tout doux. Il ne faut pas mélanger amour et bagatelle. Or pour ça, nous savons comment nous divertir, toi et moi, n'est-ce pas?

Je m'apprêtais à me dissocier de ses affirmations, mais il ne m'en laissa guère le temps.

— Allez, Georges, foin de mièvreries, suis-moi: j'étais sérieux quand je disais que je voulais vous emmener, toi et mademoiselle Royal, au café Voltaire. Comme cette gente dame ne peut être des nôtres, nous irons entre hommes. Et puis tu verras, Georges: comme nous serons seuls, je vais nous organiser une petite surprise pour après.

◆

Le club de la Chasse-Galerie visait à réunir les Canadiens français qui vivaient à Paris. Ses activités se tenaient au café Voltaire, dans le Ve. Étudiants, artistes et politiciens en visite s'y retrouvaient pour fraterniser. En entrant, je fus impressionné de croiser l'écrivain Louis Fréchette, qu'Oscar Wilde avait qualifié de plus grand écrivain canadien. L'auteur de *La Légende d'un peuple* séjournait souvent à Paris. Je reconnus à sa table Louis-Philippe Hébert, un sculpteur de renom. Lors de ma soirée au Commissariat du Canada, on m'avait dit qu'il venait de remporter une médaille à l'Exposition universelle avec son œuvre *Halte dans la forêt*, qui représentait des Indiens abénaquis. Jamais un artiste canadien n'avait remporté un tel honneur auparavant. Les deux hommes discutaient avec d'autres personnes que je ne connaissais pas. La présence de ces artistes de renom m'intimidait. J'aurais été gêné de les aborder. Mais autant ils avaient de la stature au Québec, autant ils étaient ignorés ici, à Paris.

Dietrich me désigna une place assez loin de la scène. Je préférais être plus près pour mieux voir et entendre et je décidai de le contrarier.

— Si tu veux entendre la belle musique de notre poésie, Guillaume, rapprochons-nous.

— J'ai bien hâte d'entendre vos Baudelaire, répondit-il d'un ton sardonique.

Je détestais les piques et les sous-entendus de Guillaume. Mais il me fallait rester stoïque et faire comme si ces vannes coulaient sur moi comme l'eau sur le dos d'un canard.

Nous nous retrouvâmes au milieu de la salle.

Le serveur avec sa veste blanche s'approcha.

— Je paie la tournée, dis-je.

— Servez-nous de l'absinthe, jeune homme.

— Ce sera une bière pour moi, corrigeai-je aussitôt.

— C'est vrai, l'absinthe ne te réussit pas !

Il sortit un fume-cigarette plaqué or. Il frotta l'allumette contre sa semelle et alluma sa cigarette.

— Tu fumes, Georges ?

— La pipe, parfois.

Le serveur s'amena avec nos consommations. Pendant que je payais, Dietrich laissait couler la verte absinthe sur le cube de sucre. Après avoir pris une rasade, il se lança dans un de ces discours acidulés qu'il affectionnait tant.

— J'aime bien la petite femme avec qui j'ai fait affaire chez madame Luce, t'as vu son popotin ? disait-il au moment où un ecclésiastique canadien, sans doute en mission européenne, passa près de nous, ensoutané jusqu'au cou mais l'oreille fine.

Il se tourna pour nous regarder.

— Change de sujet, murmurai-je, nos curés ne plaisantent pas avec la luxure.

— Et pourtant, il n'existe pas plus pécheur que ces enténébrés pervers, lança Dietrich juste assez fort pour que le curé se retourne de nouveau. Au moins, la Révolution nous aura débarrassés de ces sacs à morale « ensatanés ». Si tu savais comment ils sont, sous leurs serpillières de ratichon…

D'un regard courroucé, je l'implorai de se taire.

— Cesse immédiatement, Guillaume. Ce n'est pas l'endroit pour proférer de telles insanités.

Que faisait un prêtre ici ? me demandai-je. Il fallait certes qu'un des textes récités ce soir soit lié à la vie religieuse ou à la morale.

Le curé, toujours tourné vers nous, dévisageait l'excentrique personnage aux cheveux longs. Il examina le petit doigt longuement bagué du chanteur. Dietrich le releva pour le lui montrer en arborant un sourire canaille.

— Moi aussi, j'ai un chaton, mais on ne le baise pas ! s'esclaffa-t-il.

Le curé arbora une bouche en « O » pleine d'indignation silencieuse. Moi, je voulais disparaître sous ma chaise. Je devais arborer une mine terrible, car Dietrich éclata de rire.

— Ah ! change de tête, Georges. Si on ne peut plus s'amuser aux dépens de ces exploiteurs de la conscience, de ces mineurs de la culpabilité, qu'est-ce que la vie ?

C'en fut trop. Le curé l'apostropha violemment.

— Vous êtes un mécréant, monsieur !

— Je suis encore pire ! Puis-je me confesser ? lança Dietrich en soufflant sa fumée de cigarette vers le prêtre.

Le curé se leva pour changer de place pendant que je gardais un profil bas. Heureusement, le prêtre ne m'avait pas entendu parler. À mon accent, il aurait cherché à savoir qui j'étais et ce que je faisais avec un tel personnage.

Voulant empêcher Dietrich de causer un véritable scandale, je décidai de lui parler tout de suite de la petite entreprise à laquelle j'avais pensé et qui me permettrait de visiter à ma guise les coulisses de l'Opéra Garnier pour en apprendre un peu plus sur lui.

— Guillaume, j'ai hésité avant de t'en parler, mais j'aimerais écrire un article sur toi, un article qui paraîtrait dans un grand journal de Montréal.

Il oublia sur-le-champ jusqu'à l'existence du prêtre et, se penchant vers moi, affecta un air grandiloquent.

— Quelle excellente idée !

Décidément, flatter son narcissisme était un jeu d'enfant.

— Pour ce faire, j'aimerais rencontrer les gens qui travaillent avec toi à l'Opéra et qui m'aideraient à mieux cerner le grand chanteur que tu es.

— Je peux certes demander au directeur de l'Opéra de t'accorder une entrevue. Il me baise les mains avec les recettes que je lui permets d'engranger. Et puis, tiens, je t'emmènerai dans les coulisses.

Voilà justement ce que je souhaitais. Nous parlâmes un peu de la façon de procéder pendant que la salle s'emplissait. Puis j'entendis prononcer mon nom.

— Hé, Georges, comment vas-tu ?

Je me retournai. Il s'agissait d'Emmanuel O'Brien, un ancien étudiant de la Faculté de médecine de l'Université Laval à Montréal.

— Ah ! Ça par exemple ! Ça va bien. Et toi ?

— Moi aussi. Je te savais à Paris depuis quelques semaines, mais c'est la première fois que je te vois au club.

Je lui présentai Dietrich.

— Comment ça se passe avec les tarés ?

— Je n'y suis plus.

— Ah bon ? On m'avait dit que tu voulais devenir aliéniste ?

J'aurais souhaité me dissoudre au fond de mon verre de bière. Je sentis que Dietrich allait écouter attentivement ce que je répondrais. Il avait paru déstabilisé quand O'Brien avait prononcé le mot « tarés ». Je craignis une réaction paranoïde et m'empressai d'inventer le mensonge le plus convaincant possible.

— Figure-toi donc que j'ai changé de spécialité. Je ne me voyais pas œuvrer avec les aliénés. Je n'ai ni la vocation ni la patience. J'ai essayé pendant quelques jours, mais les cris, les conditions d'hygiène et les attaques physiques m'ont rebuté. Je suis maintenant en obstétrique.

— J'étais pourtant sûr que tu ferais un…

— Ce ne sera pas le cas, le coupai-je précipitamment. Mais toi, Emmanuel, tu étudies où ?

— À l'Institut Pasteur, en hygiène.

— Avec tous les bordels que nous avons ici, il a bien fallu qu'un Pasteur nous survienne, clama Dietrich, fier de sa sentence. Paris est une morpionnerie.

O'Brien ne sut pas trop comment réagir, puis s'esclaffa alors que le bon curé nous toisait de nouveau de son regard de condor. Heureusement, on annonça que le récital allait commencer et O'Brien rejoignit ses amis.

— Salut, Georges, au plaisir de te revoir. Monsieur !

Dietrich inclina la tête vers O'Brien, puis me regarda longuement, inquisiteur.

— Comme ça, le bon Georges voulait devenir aliéniste ?

— Oui, mais j'avais très mal jugé mes capacités.

— C'est étrange, je pensais le contraire, dit-il d'un ton doucereux.

Cette remarque me décontenança. Je devais changer de sujet au plus vite avant d'être suspecté davantage. Je n'avais pas envie de simuler. Mais déjà un conteur montait sur la scène. Avant qu'il ne lise son conte, le curé récita une prière et demanda au Seigneur de bénir la soirée. Il fallait voir les yeux écarquillés de Guillaume. Qui se mit soudain à glousser. Je lui donnai un coup de coude dans les côtes. Il cacha sa bouche dans sa main.

— C'est pas vrai. Je rêve. Dis-moi que j'hallucine, Georges. Ils sont fous, tes Canadiens.

Un spectateur se retourna pour dévisager l'énergumène et son compagnon. Je fis comme si je ne m'en apercevais pas. Je me demandais si c'était une bonne idée d'avoir accepté de suivre Dietrich ici. Étais-je en train de me brûler avec ce diable à mes côtés ?

Le conteur, un certain Honoré Berthiaume, y alla enfin d'un récit du terroir. C'était l'histoire d'un jeune trappeur qui s'engage dans une compagnie de pelleterie. Pendant toutes les années qu'il passe loin de sa famille, il n'oublie jamais sa dévotion à Marie et ne boit pas une goutte d'alcool. Il économise et conserve précieusement ses gages. À son retour à Montréal, dix ans plus tard, il sort ses vieux parents de la misère et rachète la terre paternelle.

— Mais carmel de putes, c'est encore une histoire de bon Dieu ! s'exclama Dietrich en gloussant.

Je lui intimai de se taire en posant mon index sur mes lèvres, mais il continua à ricaner. Pour ma part, je comprenais pourquoi le curé assistait à cette soirée.

Le conte se terminait dans un grand bain d'émotion avec le retour du fils prodigue. Dans un sursaut de culpabilité, je me demandai si moi, Georges Villeneuve, j'étais encore ce fils qui pourrait rentrer au pays sans avoir trahi ses idéaux.

Le conteur conclut sa prestation en lisant un extrait tiré de *La Terre paternelle*, un roman de Patrice Lacombe qu'on m'avait fait lire au Collège de Montréal, qui fit office de morale du conte…

« Quelques-uns de nos lecteurs auraient peut-être désiré que nous eussions donné un dénouement tragique à notre histoire ; ils auraient aimé à voir nos acteurs disparaître violemment de la scène, les uns après les autres, et notre récit se terminer dans le genre terrible, comme un grand nombre de romans du jour. Mais nous les prions de remarquer que nous écrivons dans un pays où les mœurs en général sont pures et simples, et que l'esquisse que nous avons essayé d'en faire eut été invraisemblable et même souverainement ridicule, si elle se fut terminée par des meurtres, des empoisonnements ou des suicides. Laissons aux vieux pays, que la civilisation a gâtés, leurs romans ensanglantés. Peignons l'enfant du sol tel qu'il est : religieux, honnête, paisible de mœurs et de caractère, jouissant de l'aisance et de la fortune sans orgueil et sans ostentation, supportant avec résignation et patience les plus grandes adversités ; et quand il voit arriver sa dernière heure, n'ayant d'autre désir que de mourir tranquille sur le lit où s'est endormi son père, et d'avoir sa place près de lui au cimetière avec une modeste croix de bois. »

Dietrich se leva d'un trait pour applaudir.

— Bravo ! Au génie ! Au Panthéon !

Son œil pissait littéralement d'eau à force de mépris et de moquerie.

Il fit signe aux spectateurs de se lever. Plusieurs se laissèrent duper. Le prêtre, qui se doutait bien de la méprise, ne réagit pas.

Je ne pouvais plus entendre ses boutades qui lacéraient ma fierté, et ce, même s'il était fou. Car la voix de Dietrich, hystérique, me prouvait que mon voisin souffrait d'un dérèglement mental, que s'il n'était pas totalement fou, il n'était certainement pas sain d'esprit.

Le silence revint peu à peu et ce fut au tour du grand Louis Fréchette, notre gloire nationale, de monter sur scène. Droit comme un chêne, fier comme un patriarche, le Lévisien récita par cœur, d'une voix vibrante et grave, un poème sur l'exil, lui qui avait hébergé Louis Riel à Chicago pour le protéger des orangistes de Winnipeg le traquant de ville en ville dans le Midwest américain. Je ressentais beaucoup d'émotion et de nostalgie à l'écoute de ces vers, de longs alexandrins qui semblaient anéantir d'ennui Dietrich. Je pensais à mon pays, à ma mère, à mon défunt père, à mes frères et sœurs... Le souvenir des étendues de neige brassa un tas d'émotions chez moi et me rappela que ce serait mon premier hiver dépouillé de sa blancheur.

— Mais on n'en écrit plus de poésie comme ça, ici ! C'est rustique, pour ne pas dire rustre ! me dit soudain mon compagnon.

— Ferme-la et laisse-moi apprécier, ordonnai-je d'un ton sec.

Dietrich, surpris du ton que j'avais employé, se tint coi, mais en profita pour commander et avaler un deuxième verre d'absinthe.

Après la déclamation de Fréchette, le curé qui animait la soirée annonça une pause de quinze minutes. Je me retenais pour ne pas semoncer de nouveau Dietrich. Je commandai un troisième verre d'absinthe à mon idiot d'ami pour l'amener à une plus grande torpeur alcoolique. Moi, je buvais ma bière à petites gorgées.

Le curé revint bientôt sur scène pour faire différentes annonces qui, hélas, avaient toutes un rapport plus ou moins direct avec la religion.

Dietrich se leva.

— Georges, je n'en peux plus de tes curetons. Vous devriez faire une révolution chez vous et les foutre à la porte.

Il avala d'un trait son verre. D'une démarche chaloupée, il se fraya un chemin jusqu'à la sortie. Je le suivis avec quelques secondes de retard et le rejoignis à l'extérieur.

— Écoute, Georges, ce soir, nous n'irons pas chez madame Luce. Je t'ai promis une surprise, eh bien, après toutes ces bondieuseries, ça nous fera du bien.

— Je ne sais pas si je dois t'accompagner, Guillaume. Demain, je…

— Pas de mais, Georges! Ce soir, je t'emmène voir une attraction clandestine de Paris… et comme je t'aime bien, je te révélerai quelque chose d'important, conclut-il en posant son haut-de-forme sur sa tête.

20. S'encanailler pour les besoins de la justice ?

Même s'il m'avait abruti avec son énergie négative, je tenais à savoir ce qu'il voulait me révéler et où il tenait à me conduire. Avant de sortir du café, j'avais pris un couteau de table que j'avais glissé dans ma poche. Dietrich semblait sonné par l'alcool, mais je tenais à me protéger, d'autant plus qu'il gardait secrète notre destination.

Il héla un fiacre, montra un bout de papier au cocher.

— Holà ! Messire. Le XXᵉ, c'est pas à la porte.

— Contente-toi de tenir les brides et mène-nous là, ordonna Dietrich d'un ton sec. Le plus vite on y sera, le mieux tu seras payé.

Les deux chevaux noirs s'élancèrent à grande vitesse en direction nord vers le boulevard Saint-Germain.

— Paris, je t'aime, Paris, je ne t'aime pas ! Paris luxure ! Paris libidineuse ! scanda mon compagnon de sa belle voix maintenant pâteuse.

Puisque le docteur Garnier avait commencé une semaine plus tôt à m'instruire sur les entrevues avec les aliénés criminels, je pris la décision de mettre en pratique ses enseignements.

— Ton nom est d'origine allemande, Guillaume ?

— Mon père était prussien, mais nous ne sommes restés qu'une seule année là-bas.

— Ce nom a dû être difficile à porter pendant et après la guerre.

— Ce nom et ce prénom merdiques m'ont causé toutes les humiliations possibles. Le pire, c'est que ce ne sont pas les Prussiens qui ont mis le bordel. Heureusement que la nature fait bien les choses.

— Comment ça ?

— Après avoir été bien battu quand j'étais tout jeune parce que j'étais petit et gros, Mère Nature a décidé que je grandirais et prendrais du coffre. Mon père, qui avait été élevé par un père colérique ayant fait les guerres napoléoniennes, voulait que je sois un dur.

— Mais tu chantais déjà à ce moment ?

— C'est ce que j'allais dire. Mon géniteur avait toujours détesté l'idée que je devienne chanteur, mais ma mère, qui était une excellente musicienne, faisait partie de la Société des concerts. Elle faisait la vie dure à mon père pour que je poursuive mes études. Je ne te l'avais pas dit, mais j'ai été un enfant prodige.

— Ah bon ? J'imagine que ça n'a pas dû arranger les choses…

Dietrich me regarda avec un drôle d'air.

— Décidément, Georges, tu pourrais faire un bon curé, à m'extraire ainsi mes vieux péchés, voire un bon aliéniste.

Je jouai le naïf.

— Est-ce un crime de mieux se connaître, Guillaume ? Mais tu disais que tu avais été un enfant prodige…

— J'ai chanté avec des orchestres et des petits ensembles dès l'âge de huit ans. J'aimais le chant, mais cette popularité me nuisait à l'école et j'étais le souffre-douleur de plusieurs élèves et… de mon père. J'étais battu le jour par les élèves et le soir par mon père. Je recevais des piles, des raclées chaque jour. Je pensais devenir fou. Le salaud me frappait sans cesse, m'imposait sa vision infecte du monde, farcie d'idéaux martiaux. Il voulait que je m'engage dans une carrière militaire. Moi, j'essayais de lui résister en faisant alliance avec ma mère. Puis un grand malheur s'est abattu dans ma vie. En moins d'un mois, j'ai perdu mes cheveux, mes sourcils, mes cils. Le médecin a annoncé à ma mère que je souffrais d'alopécie totale. J'ai cru que ce serait temporaire, mais non. Tu imagines la réaction des élèves, de l'entourage ? Même mon père s'est payé ma gueule. Je n'ai rien vu de plus cruel, sauf à la guerre. Heureusement qu'il y avait la musique, salvatrice amie. Je persistais à chanter de plus en plus fort pour faire chier mon père. Plus je le détestais, plus ma voix prenait de l'assurance et du volume. J'aimais chanter uniquement parce que ça le contrariait. Comme j'avais un don et l'oreille absolue, tout m'était facile : le solfège, le piano aussi. Je lisais une fois et l'œuvre s'enregistrait dans ma tête, comme de nos jours les sons sur un rouleau de cire.

Tandis que le fiacre traversait le pont Saint-Michel, il se tourna pour observer une belle femme à la chevelure blonde qui marchait seule, vêtue d'une robe en satin rose.

— Paris est un harem ! Sade était né pour vivre ici. Et nous aussi, Georges : vaut mieux s'encanailler que de mourir amer.

Il scruta ma réaction.

— Tu ne sembles pas d'accord ?

— Je suis d'accord qu'il vaut mieux ne pas mourir dans l'amertume, Guillaume.

— Voilà qui me plaît.

Alors que la voiture s'engageait boulevard du Palais, il sortit son fume-cigarette et s'en alluma une.

— Mais tu me parlais de la musique… le relançai-je.

— Oui… Quand ma voix a mué, je me suis mis à grandir et à grandir. Je devenais fort. Mais il me fallut un certain temps pour m'en convaincre. Au lycée, j'ai commencé à résister, puis à répliquer verbalement et ensuite à frapper. D'abord timidement, et de plus en plus fort. Alors que j'avais été sur la défensive depuis mon tout jeune âge, je passais à l'attaque. Je frappais sournoisement, sans avertissement. Tous ceux qui m'avaient battu ont goûté à mes poings. Tous ! Le souffre-douleur était devenu le bourreau. Ce prénom de Guillaume, celui-là même du nouveau roi de la Prusse, m'allait mieux. Je devenais le roi de la cour de récréation. J'avais la tête de l'emploi, en plus. J'ai été expulsé de l'école. Mes muscles ont encore pris du volume et ma voix s'est rapidement replacée.

— Tu ne devais pas avoir beaucoup d'amis, je me trompe ?

— J'étais de nature solitaire. Je m'enfermais pour lire Chamfort, de Maistre, les frères Goncourt ou Sade. Ma vision des choses se précisait. J'avais mon idée sur tout. Je définissais le monde selon Guillaume. J'apprenais des répliques assassines que je testais autour de moi, surtout sur mon père. C'était formidable, je découvrais mon autre atout, ma force mentale. Quelle joie j'éprouvai, Georges, quand je perçus pour la première fois que père avait peur de moi, qu'il tremblait.

Dietrich passa sa langue sur le bout de ses lèvres comme s'il dégustait encore ce moment.

Un cheval se braqua en voyant un abreuvoir et le cocher s'approcha pour laisser boire ses bêtes. Puis il relança l'équipage à toute allure et Dietrich son récit.

— Tu ne peux pas savoir les raclées que j'ai subies à cause de ce satané nom germanique. Il eût été moins pire que je me nomme monsieur Crotte ou monsieur Mamelonet.

— Et pourquoi as-tu fait la guerre, si tu ne voulais pas embrasser la carrière militaire ?

— J'avais dix-huit ans lors de la guerre franco-prussienne. Mon père a menacé de me déshériter si je ne m'engageais pas à défendre la patrie. C'est devenu une obsession. Il croyait que ça me mettrait du plomb de petit soldat dans la tête. Écoute, Georges, je me voyais en rêve tirer autant sur les Français que sur les Prussiens. Je n'avais pas de clan. Je tuais tout le monde. Embusqué dans un arbre, je tuais des Prussiens et des Français en plus grand nombre encore. N'était-ce pas eux qui nous avaient menés à ce désastre ? Pas les Prussiens, mais les

Français… Moi, je voulais juste entrer au Conservatoire de Paris. Ma mère était d'accord. Mais la vieille brioche s'y opposait. Il insistait pour que je défende la patrie. Je suis finalement parti à la guerre. Comme j'avais déjà les nerfs à vif avant mon départ, imagine-toi dans quel état je suis revenu : un œil en moins, la peau lacérée…

— Ton père, à ton retour, devait être fier de ton héroïsme ?

— Mon père s'attendait à ce que je revienne avec les honneurs militaires… ce qui n'a pas été le cas. Je devais prendre du laudanum pour contrer mon insomnie et les mauvais souvenirs de la bataille de Sedan. Un soir, il s'est moqué de mon œil. Mal lui en a pris. Cet œil dont je n'avais jamais fait le deuil. Sans parler de mon problème capillaire, que j'avais enfin pu surmonter cependant. J'étais devenu un monstre. J'avais été beau garçon avant. Je n'étais plus qu'une voix avec une moitié de visage.

Le cocher tourna à gauche place du Châtelet et s'engagea dans le square Saint-Jacques.

— Un jour, sur l'île Saint-Louis – c'était avant la guerre –, je marchais dans la foule quand un regard se posa longuement sur moi. L'homme alla jusqu'à se retourner pour me regarder encore plus longtemps. Les yeux de cet homme étaient intenses et vifs. Je reconnus Charles Baudelaire. Il venait de poser ses yeux de poète sur moi, moi Guillaume Dietrich. Qu'avait-il vu durant ces quelques instants ? J'étais beau garçon à cette époque. J'étais devenu ce frère des *Fleurs du mal*. Mais après…

Il aspira intensément sa cigarette, dégagea le mégot de l'embout en corne et le lança sur le boulevard de Sébastopol, où il roula en étincelant sur les pavés.

— Et ton père ?

— Un soir, nous avons eu une terrible altercation. Il s'en était pris à ma mère. Je l'ai semoncé. Il s'est jeté sur moi avec un couteau. J'ai eu peur. Je me suis protégé avec un sabre de cavalerie. Il est mort de ma main sans que j'aie eu à tourner le fer dans la plaie. Je l'ai fixé et il est mort avec mon sourire dans les yeux. La dernière chose qu'il aura vue dans sa vie. Son fils parricide et heureux. Il avait cherché à me tuer. Je m'étais défendu. Ma mère, qui assistait à la scène, a corroboré mes dires. C'était lui ou c'était moi. Mais la justice…

— Ça n'a pas dû être facile, avec les autorités…

— Tu voulais devenir un aliéniste? J'en ai eu un très bon, le docteur Lasègue, qui a pris ma défense. Comme j'étais déjà bien amoché, on a invoqué un moment de folie passagère puis, lors du procès, la légitime défense. On m'a enfermé quelque temps à Bicêtre pour que je me replace les idées. Moi, je savais que je n'étais pas fou. J'ai continué à chanter pour les aliénés, le temps que ma mère exerce les pressions nécessaires pour que je sois relaxé de Bibi. J'ai alors pu entrer au Conservatoire de Paris.

J'étais sans voix. Cette confession m'expliquait beaucoup de choses. Dietrich me paraissait soudain plus humain. Je ressentais une réelle compassion pour l'homme cynique que j'avais devant moi et qui avait été enfanté par un monstre.

Le fiacre avançait à vive allure sur l'avenue Gambetta. Le trot régulier des chevaux était ponctué par le grincement d'un essieu mal huilé. Dietrich sortit une flasque de cognac de son veston. Il en but une gorgée et me la passa. Je bus à peine et il me regarda avec son œil malicieux.

— Et toi, comment sont tes relations avec mademoiselle Royal? C'est un joli sujet de dissertation masculine, gloussa-t-il. As-tu le béguin pour elle?

— Oui. Je l'ai rencontrée il y a quatre ans au Manitoba alors que nous menions notre campagne contre le soulèvement indien. Je la courtise depuis ce temps.

— T'as dû en passer des soirées à rêver de la belle, à baiser à blanc?

— Quand même, Guillaume!

Cette volonté de toujours rabaisser les nobles sentiments en disait long sur sa condition, pensai-je. Pourtant, même si je savais qu'elles faisaient partie de sa maladie, je ne pouvais m'empêcher d'être ulcéré par ses façons.

— Pourquoi as-tu attendu si longtemps pour la trousser ? continua-t-il en me fixant de son œil pervers.

— Je ne veux pas répondre. C'est personnel.

— Moi, je te raconte le drame de ma vie et toi, tu te fermes comme une huître.

— Si tu veux la vérité, Guillaume, sache que la distance nous a séparés longtemps, et la différence de nos classes sociales respectives nous sépare encore.

Il éclata de rire quand je parlai de classe sociale. Je voulus revenir à son passé pour lui demander s'il avait connu ce Michard dont on avait beaucoup parlé dans les journaux et qui, lui aussi, s'était battu à Sedan, mais je craignais qu'il ne mette à jour mes subterfuges. Pourtant, la langue me brûlait d'en savoir plus et je trouvai un moyen détourné de lui parler de l'affaire.

— Dis donc, Guillaume, tu m'as parlé de Bicêtre et de la guerre de 1870. Se pourrait-il que tu aies connu le meurtrier du bois de Boulogne dont on a beaucoup parlé dernièrement dans les journaux, comment s'appelait-il, déjà… Michaud, Michon ?…

— Michaarrddd ! Ouuuiiiii, un brave garçon prêt à tout pour défendre la patrie. On s'est croisés à la guerre, et ensuite à Bibi, où il n'était plus que l'ombre de lui-même.

— Avais-tu gardé des liens avec lui ?

— Quelquefois, je croisais le pauvre lunatique et il semblait me reconnaître… Mais ne me parle plus de guerre ni d'asile, ce soir, Villeneuve. L'asile a été une honte… Je ne méritais pas d'aller croupir là, je n'ai fait que défendre ma peau.

Il reprit une rasade de cognac et se plongea dans le silence. Je fis de même dans mes propres pensées, où se mêlaient mes études, mon enquête, ma relation avec Emma…

Quarante minutes plus tard, la voiture arriva enfin au bout de l'avenue du Père-Lachaise, où s'alignaient les cheminées des fours crématoires, les allées d'arbres et les mausolées.

Dietrich désigna un fiacre qui attendait à l'entrée du cimetière.

— Parfait, il est là. Cocher, arrêtez-vous près de la berline, là-bas.

Je commençais à m'inquiéter. Quel plan avait-il en tête ? Il dut sentir mon inquiétude puisqu'il me donna une petite tape derrière l'épaule.

— Ne t'en fais pas, Georges. Je suis certain que tu vas goûter ma petite surprise.

Notre fiacre s'immobilisa près de l'autre attelage. Le cocher se retourna.

— Ce s'ra soixante-dix francs, messire.

Dietrich lui donna cent francs.

— Tiens, garde le reste pour assommer un pauvre.

— Quoi ?

— Oublie ça...

Le cocher grimaça et repartit sans dire au revoir.

Je n'avais pas compris l'allusion au pauvre, mais je me gardai de demander l'explication à Dietrich. D'ailleurs, il s'avançait déjà vers l'autre cocher, qui l'attendait debout près d'un bec de gaz. Il portait un pantalon noir, de longues bottes noires, un veston queue-de-pie et un haut-de-forme. Il mâchouillait un fume-cigarette au coin des lèvres. Un visage osseux et des dents déchaussées lui donnaient un air méchant. Je ne me sentais pas rassuré. La fameuse surprise n'était-elle qu'un guet-apens ? Mais au lieu de prendre mes jambes à mon cou, je me raisonnai. Pour Guillaume, j'étais un compagnon de bordel, un frère qui avait osé dire tout haut son mépris envers une femme. Et, en plus, je pratiquais l'obstétrique, ce qui me classait dans les pervers, selon ses catégories.

— Bonsoir, Charles. Vous êtes toujours à l'heure.

L'homme en noir regarda une montre qu'il sortit d'une poche de son veston.

— Comme toujours, Dietrich.

Dietrich lui glissa dans les mains une liasse de francs. L'homme les compta, puis il me détailla de pied en cap d'un œil soupçonneux avant de revenir à Dietrich.

— Pas de folie, hein ?

— T'inquiète pas.

Il ressortit sa flasque de cognac, en prit une gorgée et la passa à l'homme, qui se servit avant de me la passer.

— Je reviens dans une heure, dit-il tout de suite après.

À ce moment, tous les scénarios se bousculaient dans ma tête. Je pris une courte rasade avant de redonner la flasque à Dietrich. Sans que je m'en rende compte, ma main gauche alla toucher dans le fond de ma poche l'arme de fortune que j'avais prise au café Voltaire.

— Où diable m'emmènes-tu, Guillaume ?

Il éclata de rire.

— Mais au cimetière, Georges, au cimetière ! Suismoi. Tu vas avoir droit à la visite guidée du plus bel endroit de Paris. Et je suis persuadé que tu ne soupçonnes pas du tout ce qu'on y trouve.

Il gloussa de nouveau, s'envoya une autre lampée de cognac, puis nous marchâmes à grands pas dans l'allée centrale, traversant plusieurs divisions de lots. Autant il avait été prolixe durant le trajet, autant il se terrait maintenant dans un silence inquiétant. Il me présentait la moitié de son visage raviné, sa face sombre. Il était plus difficile de deviner ses intentions lorsque vous le regardiez de ce côté. Je balayai du regard les alentours. Les mausolées se dressaient ici comme dans une grande nécropole. Des anges, des croix, des tombeaux imposants qui se multipliaient à perte de vue. Peu rassuré, je pensai que j'aurais au moins des endroits où me cacher advenant le cas où ça deviendrait nécessaire.

Dietrich marchait sans dire un mot, mais je sentais une grande excitation monter en lui. Puis il commença à fredonner un air en allemand. Nous tournâmes dans la 42e division est. Sans avertissement, il se mit à chanter avec panache son *Roi des aulnes*.

Mein Vater, mein Vater,
und hörest du nicht,
Was Erlenkönig mir leise verspricht ?
Sei ruhig, bleibe ruhig, mein Kind
In dürren Blättern säuselt der Wind.

Je l'applaudis pour la forme.

— Bravo, maestro !

— Merci, Georges. Schubert est merveilleux, même parmi les morts.

Il se tourna pour me regarder. Son visage glabre et livide et ses airs de fossoyeur allaient bien avec l'ambiance glauque du cimetière. Il ne lui manquait qu'une pelle.

— Qu'est-ce que tu peux bien vouloir me montrer ici ? lançai-je pour la forme.

— Je te l'ai dit : le secret le mieux gardé de Paris.

Devant nous se dressa bientôt sur plus de vingt mètres une gigantesque pyramide à l'italienne. Elle ressemblait plus à une cheminée industrielle qu'à un mausolée. Il y avait à sa base une grande rotonde avec une porte. À la seule lumière de la lune, je lus l'inscription sur l'immense monument.

FÉLIX DE BEAUJOUR
DIPLOMATE, HOMME POLITIQUE, HISTORIEN
28 DÉCEMBRE 1765 – 1ER JUILLET 1836

— Le pauvre est mort seul. Il devait bien se douter de ce qu'il faisait en construisant cette grosse queue de pierre, bien visible du haut de la tour Eiffel. Certains construisent leur vie, et d'autres leur mort. Mais ici et maintenant, docteur Georges, se retrouvent toutes les canailles de Paris.

Dietrich s'avança vers le monument. Sans se retourner, il me fit signe de la main de le suivre. Allait-il profaner ce lieu consacré ? Il ouvrit la porte. À l'intérieur, une douzaine de chandelles étaient allumées. À ma grande consternation, je vis deux jeunes filles en tenue XVIIIe siècle. Elles portaient des perruques blanches coiffées en chignon.

Le rouge à lèvres écarlate contrastait avec la poudre de riz étalée sur leur visage et un faux grain de beauté ornait leur joue. Leur poitrine saillait de leur robe étroitement corsetée.

Dietrich descendit les marches qui menaient à la base du mausolée. Plusieurs capotes anglaises jonchaient le plancher. Il s'approcha des deux fausses courtisanes. L'une d'elles sortit la langue comme une vipère.

— Puisque je n'ai pas eu la chance de vivre au temps de madame de Merteuil et des *Liaisons dangereuses*, je me permets de recréer parfois cette formidable époque. Voici une duchesse pour toi, Georges, et une comtesse pour moi.

Il s'approcha de la plus grande des filles, qui nous harponnait avec un regard lascif. Son ombre sur la rotonde apparaissait deux fois plus grande. Il dénoua les longs cordons qu'elle avait dans le dos de sa robe, puis retira son soutien-gorge. Il m'invita du doigt.

— Tâte ça, Georges, et dis-moi si vous en avez des pareils au Canada.

J'étais figé à l'idée de profaner ce lieu béni.

— Allez, viens, quoi ! Qu'est-ce qui t'arrive ? Ne te dégonfle pas. C'est pas donné la séance. C'est plus cher que chez le médecin.

Je m'avançai lentement sur des jambes de coton.

Il me prit la main et la posa sur le sein de la jeune fille, qui me caressa en retour. Dietrich se lança sur l'autre fille, qu'il déculotta sans manière par-derrière. Il lui asséna une tape sur la fesse puis agrippa ses seins.

— Ahh ! C'est ferme ! *Paris first quality. Tze best in town!* Tu comprends pourquoi nous avons les meilleurs fromages du monde, Georges ? Tout fermente mieux ici, même les idées révolutionnaires.

Il déboutonna son pantalon, sortit son membre viril de sa braguette, retroussa la robe rouge de la fausse comtesse et l'enfila comme un vulgaire animal. Il la tenait fermement par les cheveux et je ne pus m'empêcher de voir

Marie Daumier dans les mains de ce fou. La fille couina aussitôt des sons étranges.

Devant ma nonchalance, ma partenaire s'impatientait. Elle essaya de m'allumer mais sans succès. Dietrich, les yeux révulsés et le souffle court, me regarda du coin de l'œil.

— Allez, Georges, mets-toi à l'œuvre avant que le compteur ne tombe à zéro. Astique, mon vieux, calfeutre. Fais comme dans ton cabinet. Tu connais la musique, alors use de ta clarinette !

Je caressai l'épaule dénudée de la femme. Le lieu, humide et sinistre, n'invitait pas à l'amour. Elle m'embrassa sauvagement et se retourna, me présentant son postérieur. Le péché de la chair ne pouvait s'incarner en pire endroit. Elle baissa sa culotte et se pencha en avant pour que je la prenne séance tenante. Je me retrouvai devant un terrible dilemme. D'une part, j'avais l'impression que j'approchais du but que je m'étais fixé et qu'il me fallait jouer le jeu afin de découvrir l'assassin de Daumier et de mettre la main sur l'homme qui avait entraîné Michard dans une funeste machination. Or, si je me refusais à la fille, Dietrich perdrait confiance en moi. D'autre part, je ne pouvais quand même pas me faire le complice de ces déviances. Tous ces raisonnements s'emboîtaient dans ma tête. Je pris finalement ma décision.

Je m'installai derrière la fille et, me penchant sur elle, je déboutonnai ma braguette comme pour la prendre en levrette, accrochant mes doigts à ses seins. Penché sur elle et mimant la mécanique amoureuse, je lui chuchotai à l'oreille que j'étais impuissant et qu'elle ne devait pas me démasquer. La fille tourna la tête pour me regarder et, tout en me lançant un clin d'œil, elle scanda d'une voix lascive :

— C'est ça, mon minet, oui, oui, astique-moi avec ton gros mandrin !

Dietrich allait et venait à une vitesse frénétique, frappant de la main droite les fesses de la prostituée, qui lui disait d'arrêter, que ça lui faisait mal. Elle glissa une main sous la chemise de Dietrich et il la lui rabattit violemment. J'eus néanmoins le temps de voir pourquoi il ne se déshabillait pas. Son dos était couvert de chancres syphilitiques. Un véritable champ d'infection. C'était atroce. Tout en continuant à simuler l'acte, je n'avais plus qu'une pensée : fuir ce lieu.

En me voyant m'agiter, sans savoir que je feignais, Dietrich me renvoya un sourire canaille alors que ma partenaire jouait le jeu en gémissant de plus belle d'un plaisir faux. Après trente minutes d'enfer, nous raccompagnâmes ces dames à la voiture du maquereau qui les y avait amenées.

21. Un suspect appréhendé

VENDREDI, 9 AOÛT, LE MATIN

Vers six heures, je reçus un télégramme qui me tira du lit. Magnan me demandait d'aller d'urgence à l'Infirmerie spéciale du dépôt de la préfecture de police. Garnier et le commissaire Goron étaient certains d'être sur la piste du coupeur de nattes. Alors que je croyais avoir découvert le meurtrier du bois de Boulogne, cette affaire me réservait une autre surprise. M'étais-je fourvoyé à propos de Guillaume Dietrich ? Magnan me demandait de venir ensuite lui faire un rapport.

D'un tempérament calme, Garnier me reçut de nouveau avec courtoisie. En me voyant, Goron sembla dire : « Ah non, pas encore lui. » Il était d'une humeur massacrante. Il avait été aux prises, la veille, avec une émeute ouvrière. La police avait dû sortir « l'omnibus de la préfecture » pour conduire les manifestants appréhendés dans les cellules de l'Opéra. Devant mon air ahuri, Garnier m'expliqua que sous le théâtre se trouvait une geôle qui servait au moment des émeutes. Voyant Goron s'impatienter, il alla droit au fait.

— Docteur Villeneuve, nous croyons avoir retrouvé le coupeur de nattes. Nous allons perquisitionner chez lui. Je vous emmène ce matin observer un pervers pour mettre fin à ses agissements. Nous sommes à peu près sûrs qu'il sévira à l'endroit convenu.

— Où habite-t-il ?

— Quartier de l'Opéra.

Je crus alors qu'il s'agissait de Dietrich, mais je m'abstins d'en parler.

— Croyez-vous qu'il soit le meurtrier de Marie Daumier ?

— Je ne sais pas encore. Nous assisterons les policiers qui souhaitent lui mettre la main dessus et nous observerons son comportement dans le feu de l'action. Puis, nous examinerons son appartement.

Dans la voiture de la préfecture qui nous menait place de l'Opéra, Garnier m'entretint d'un autre coupeur de cheveux auquel il avait eu affaire dans le passé. L'homme avait été arrêté à la station d'omnibus du Trocadéro, ciseaux en main, alors qu'il s'apprêtait à couper la chevelure d'une jeune fille. Il en était à son soixante-dixième méfait, d'après la collection de nattes découverte dans ses tiroirs. Son appétence pour les nattes était inassouvissable.

— S'agit-il d'un phénomène d'émulation, docteur Garnier ?

— Je ne crois pas. Je mets ces bizarreries sur le compte du hasard.

— Et je suppose qu'il s'en servait pour…

— Oui. C'est ce que j'appelle l'appétition onaniste. Les nattes deviennent un support pour leur pratique déviante. Ils appliquent les cheveux sur leur organe génital pour atteindre le spasme voluptueux.

— Alors, croyez-vous que ce coupeur de nattes, qui d'ordinaire n'agresse pas violemment ses victimes, aurait pu tuer l'une d'elles par accident ?

— Non, en aucune façon. Et dans le cas de Marie Daumier, les traces d'homicide étaient manifestes. Les marques et la violence du meurtre sont incontestables.

La voiture de la préfecture tourna sur le boulevard des Italiens. J'aurais voulu entretenir Garnier de Dietrich, mais je me trouvais dans l'impossibilité de le faire sans me discréditer. La fréquentation des maisons closes n'a rien d'honorable, même avec des intentions nobles.

— Comme ces pervers aiment la foule, lança Goron, nous filerons notre homme à distance et nous serons attentifs au moindre de ses agissements. Depuis trois jours, nous le suivons à la trace. Il magasine sa victime, mais ne passe pas à l'acte. Il y a toujours un événement qui l'empêche d'agir. Aujourd'hui, c'est la dernière représentation du théâtre des marionnettes. Nous supposons qu'il va en profiter pour sortir de sa tanière.

Nous nous installâmes dans un café situé juste devant l'appartement du maniaque au coin de la rue Favart, près du boulevard des Italiens. Ce n'était pas le luxe de l'appartement de Dietrich, tout au contraire. Ça ne payait pas de mine. Mais nous étions néanmoins à moins de trois cents mètres de l'appartement de Dietrich. Ce dernier avait peut-être une garçonnière qui lui servait de couverture et dans laquelle il se livrait à des perversions ? Tout en discutant de médecine légale et de ses études avec Garnier, nous observions à travers la vitre. Deux gendarmes à une autre table faisaient de même. Café après café, la matinée avançait et nous prîmes le déjeuner en parlant des simulateurs.

— La pièce commence dans quinze minutes, dit Garnier en regardant sa montre.

Au milieu du repas, un policier s'agita.

— C'est lui, docteur, de l'autre côté du trottoir !

Je ne pus reconnaître Dietrich, car le suspect avait un chapeau à large bord sur la tête et un foulard qui lui cachait une partie du visage. Je restai donc sur mon appétit quant à son identité. L'homme avait les deux mains enfoncées dans les poches d'une houppelande.

— Allons-y ! dit Goron.

Nous ne le lâchâmes plus des yeux. Il se dirigea vers l'entrée du théâtre où se trouvait une foule compacte, faisant la queue devant les guichets.

Le visage de Goron reflétait la colère.

— Oh! le vicelard! Le ribaud! Il s'en va bien au Guignol comme on le croyait! Je m'en vais lui botter le cul quand on va l'attraper, celui-là…

Garnier affichait un faciès grave. Ses paupières retombantes sous leurs arcades formaient un accent circonflexe. Il ressemblait à un bon saint-bernard prêt à rendre service.

— Qu'est-ce que c'est, le Guignol? demandai-je au docteur Garnier.

— Le nom du théâtre de marionnettes pour enfants.

D'un air déterminé, les deux gendarmes allèrent de leur côté tandis que nous allions du nôtre afin de ne pas nous faire remarquer.

Notre fétichiste se fraya un chemin dans la foule qui se pressait aux portes du Théâtre Guignol. D'un limonaire actionné par un singe en costume trois pièces s'écoulait une musique de foire. Tout autour, les cris des enfants accompagnés de leurs parents cassaient les oreilles. Une odeur de marrons grillés se répandait aux alentours.

L'homme changea brusquement de direction. Je suivais le docteur Garnier, qui se faufilait lui aussi parmi la foule. Les policiers de l'autre côté avaient deux têtes d'avance sur nous. Le docteur Garnier, le souffle court, se tourna vers moi.

— Regardez, il… a choisi… sa petite victime.

L'homme s'approchait furtivement d'une jeune fille à la chevelure abondante. Il avait la même taille que Dietrich, mais comme il se cachait le visage avec un foulard, je ne pouvais confirmer qu'il s'agissait du chanteur. Les policiers arrivèrent derrière le suspect juste au moment où je le vis sortir ses ciseaux. Garnier et moi étions à la gauche de l'exhibitionniste. J'aperçus son autre main, toujours dans son pantalon; son membre était visiblement en érection.

Il allait passer à l'acte quand l'un des gendarmes saisit la main qui tenait les ciseaux tout en maîtrisant l'autre qui, prestement, était sortie du pantalon pour aller saisir une large mèche de cheveux de la fillette.

— Vous êtes pris la main dans le sac ! cria-t-il.

— Vous êtes en état d'arrestation pour outrage public à la pudeur, compléta l'autre.

On entendit quelques cris aigus dans la foule. « C'est le coupeur de nattes », hurla un quidam.

Les policiers s'interposèrent pour protéger l'homme de la vengeance populaire jusqu'à ce que Goron s'en saisisse, puis ils ordonnèrent aux gens de poursuivre leurs activités, à savoir d'entrer au théâtre pour ceux qui s'y rendaient avec leur progéniture et de circuler promptement pour les autres.

— Tu vas maintenant couper du tabac en prison, espèce de trou du cul ! lança Goron, qui agrippait le malfrat d'une main puissante par le cou.

Le policier lui retira son chapeau et son foulard. Fluet, la chevelure filasse avec un visage pâlot couvert d'acné rosacée, l'homme, qui ne ressemblait en rien à Dietrich, ne se débattait pas.

Goron et Garnier fouillèrent les goussets du prévenu et trouvèrent neuf enveloppes, dont trois contenant des mèches de cheveux. Il n'en était pas à son premier prélèvement.

Avant de nous rendre à la préfecture de police, nous nous arrêtâmes à son appartement. Il vivait dans un grand quatre pièces, meublé dans le style Second Empire. Tous les rideaux étaient fermés. L'endroit sentait la transpiration. Garnier sut vite où se diriger. Il ouvrit les tiroirs de la commode de la chambre et chacun contenait des dizaines de nattes.

Goron rossa le prévenu en voyant la quantité impressionnante.

— Espèce de dégénéré !

Garnier demanda au commissaire de se contrôler.

De retour à l'Infirmerie du dépôt, le docteur Garnier sortit deux livres des rayons de sa vaste bibliothèque vitrée pour que je puisse parfaire mes connaissances sur les exhibitionnistes.

— Après ce cours pratique, lisez l'article de Magnan sur les exhibitionnistes et celui de mon ancien professeur, Eugène Lasègue.

— Je n'y manquerai pas, docteur Garnier.

L'hurluberlu fut envoyé à la prison de Mazas, où il passerait la nuit avant que, demain matin, on l'amène à Garnier pour que celui-ci évalue sa condition. J'avais hâte de voir mise en pratique la procédure du professeur. Pour ma part, en pensant à l'affaire du bois de Boulogne, je me disais que Dietrich avait sans doute voulu créer de toutes pièces un faux mobile en coupant la chevelure de Marie Daumier. Le vrai coupeur de nattes de Paris venait d'être arrêté, mais le pire meurtrier de la Ville lumière, un aliéné criminel dangereux, était toujours au large.

◆

Lorsque j'arrivai à l'asile Sainte-Anne pour relater les événements au professeur Magnan, j'appris qu'il donnait une leçon-clinique sur la dégénérescence héréditaire. Je me rendis à l'auditorium où se tenait la leçon et je pus assister à la fin de la prestation. Fidèle à ses habitudes, Magnan était passionnant. Sous sa gouverne, la théorie se mariait à la pratique. Il alimentait de commentaires chaque cas. Tout était clair et concret. Malgré de longues parenthèses, il retombait toujours pile sur le sujet. J'écoutai avec grand intérêt, car la nomenclature complexe des maladies mentales, le classement des vésanies par l'analyse des symptômes, deviendrait bientôt une partie importante de mon langage. Néanmoins, j'avais hâte de lui confier mes récentes découvertes.

Finalement, Magnan remercia l'auditoire et je m'approchai de la chaire. En m'apercevant, l'aliéniste dit :

— Mieux vaut que nous parlions de tout ça à mon bureau. Allons-y tout de suite.

Nous marchâmes en silence pendant quelque temps, puis Magnan, pince-sans-rire, me demanda :

— Alors, avons-nous enfin trouvé notre barbier ?

— Effectivement.

— Bien. Pour ma part, renchérit-il en frottant son crâne à moitié dégarni, je n'aurai rien à craindre de lui si j'ai à le traiter.

Voyant qu'il était d'humeur taquine, je me risquai à une blague.

— Avec sa collection, professeur, on pourrait vous confectionner une perruque, y répandre un peu de poudre et vous auriez l'air d'un savant du XVIIIe siècle.

Cette remarque déclencha chez Magnan une explosion de rire. J'aimais beaucoup sa complicité, qui ne se démentait pas malgré son horaire chargé ces jours-ci, en raison de l'imminence du Congrès d'anthropologie criminelle. C'était un plaisir d'évoluer dans ce milieu d'érudition où j'apprenais auprès de génies rieurs qui avaient pour moi et les autres étudiants une considération bienveillante, de l'humour et de la compassion. Je me dis que, d'une certaine façon, je vivais comme à l'époque des Lumières et que l'esprit de Philippe Pinel régnait toujours sur ces lieux.

Dès que nous arrivâmes à son bureau, Magnan me désigna un fauteuil.

— Installez-vous, Villeneuve, et maintenant racontez-moi tout.

— Eh bien, commençai-je, le coupeur de nattes qui hantait Paris depuis des mois a enfin été appréhendé ce midi près du boulevard des Italiens.

— Vous semblez très songeur en me disant cela…

— En fait, docteur Magnan, je suis très mal à l'aise de vous parler de ce qui va suivre, car cela vous laissera peut-être supposer que je vous ai désobéi. Mais j'ai un tout nouvel éclairage sur l'affaire Michard. Je crois que, en raison de ce que j'ai découvert, il faudra relancer l'enquête sur l'assassinat de Marie Daumier. J'ai des informations qui me laissent croire que l'ancien militaire n'est pas le meurtrier, et que l'homme qui a été arrêté ce matin ne l'est pas non plus. Pour tout vous dire, professeur, je suis à peu près sûr que le tueur s'appelle Guillaume Dietrich.

Il me regarda avec étonnement, retira ses lunettes, frotta ses yeux fatigués.

— Je vous écoute, docteur Villeneuve, répondit-il d'un ton agacé.

Je le mis donc au parfum des événements des derniers jours. Je fis état de mes deux soirées avec Dietrich, de mes rencontres avec l'une des auditrices de la leçon de Charcot, en l'occurrence Viviane, une prostituée. Il fallait voir ses yeux écarquillés derrière des lunettes, qui les grossissaient déjà beaucoup. Avec des gants blancs, j'expliquai à Magnan pourquoi j'avais fréquenté une maison close, à la suite de la demande expresse d'une des jeunes femmes qui étaient venues à la Salpêtrière pour vilipender Michard. J'esquissai un portrait psychologique de Guillaume Dietrich en racontant les épisodes de son enfance que j'avais réussi à apprendre, la persécution dont il avait été victime, la présence d'un père contrôlant et colérique qui s'opposait à la mère couveuse qui, elle, cultivait le talent de chanteur de son fils dont les prouesses vocales irritaient le père; les échecs scolaires volontaires, son alopécie totale, sa croissance physique exceptionnelle, le désir du père d'en faire un militaire, l'œil perdu à la guerre… puis j'abordai le Dietrich qui devenait le bourreau, sa responsabilité atténuée dans la mort de son père, son anticléricalisme, ses soi-disant fantasmes religieux avec Marie Daumier et une autre prostituée, son goût du travestissement, les vêtements qu'on avait retrouvés près du cadavre de la femme, le rôle qu'il jouait à l'Opéra et ma quasi-certitude que Michard avait aussi assisté à l'une des représentations.

— C'est ce soir-là, conclus-je mon exposé, que la psychose a dû s'emparer du pauvre Michard, accentuée par toute une gamme d'émotions trop fortes et décuplée par l'absinthe.

Magnan me regarda pendant de longues secondes avant de prendre la parole.

— Georges, j'ai entendu bien des histoires dans ma vie, mais là, je tombe en bas de ma chaise.

— Dietrich a tout du dégénéré pervers, professeur. Il pratique le fétichisme et prend plaisir à rabaisser son prochain. Sachant qu'un coupeur de nattes sévissait à Paris, il a dû se dire que l'occasion était trop belle d'inventer un mobile qui n'était pas le sien. C'est sans scrupule qu'il a tué Marie Daumier et c'est avec aussi peu de pudeur qu'il a voulu faire passer ce crime sur le dos de Michard, qu'il a peut-être connu à la bataille de Sedan mais plus probablement lors de son internement à Bicêtre, car il m'a dit y avoir séjourné.

— Il faudra que nous vérifiions cette dernière affirmation. Je vais me procurer son dossier dans la journée. Comme vous savez, si vous avez raison, nous allons devoir remettre l'affaire entre les mains de la préfecture.

— Je comprends parfaitement, docteur Magnan. Mais avant, je dois vous confier que Dietrich m'a convié chez lui dimanche soir pour un repas.

— Et vous comptez vous y rendre ? se surprit-il.

— Oui, je dois d'abord protéger une de mes compatriotes, une pianiste du Manitoba invitée en même temps que moi. J'espère découvrir des preuves matérielles de son crime à cette occasion.

Il réfléchit en fixant le grand marronnier qu'il avait devant sa fenêtre et dans lequel se posaient des pies.

— Si vous croyez votre vie menacée, ou celle de cette dame, ne pensez-vous pas qu'il serait préférable de vous en remettre tout de suite à la police ? Et si cet homme était de nouveau d'humeur à tuer ?

— Une seule soirée pour que je puisse l'incriminer, professeur, et ensuite nous pourrons faire appel aux forces policières. Je ferai une déposition en relatant tout ce que je sais.

— Bon, puisque vous y tenez tant, c'est d'accord. Mais je veux que vous me donniez l'adresse de ce Dietrich et l'heure du dîner auquel il vous a conviés, vous et cette dame.

— Merci, docteur.

Je vis son attitude changer aussitôt, redevenir celle du patron de l'asile Sainte-Anne. Il allait replonger son regard dans le grand registre des admissions quand il releva brusquement la tête.

— Au fait, Georges, où en êtes-vous avec l'installation des pièces de notre musée des horreurs ?

— C'est presque fini. Tout sera prêt à temps.

— C'est parfait. Ah oui, encore une chose, Georges, avant de partir…

Je m'arrêtai, curieux d'entendre ce qu'il voulait ajouter.

— Je vous demande de vous méfier, Georges. Et faites attention aussi lorsque vous mettez les pieds dans un lupanar. Je sais que vous l'avez fait pour le bien de la justice et non pour la luxure, mais vous savez ce que vous encourez si votre Collège des médecins apprenait que vous fréquentez ces lieux.

Je baissai la tête et l'assurai que je prenais bonne note de sa recommandation. Je sortis sur la pointe des pieds ; l'aliéniste était déjà absorbé par le livre des admissions.

◆

Obsédé par mon enquête, je passai les heures suivantes à la bibliothèque afin de lire sur des cas qui auraient pu s'apparenter à celui de Dietrich. En fin de journée, le bibliothécaire m'avisa que le docteur Magnan voulait me voir d'urgence.

Quand j'entrai dans son bureau, il était plongé dans le dossier de Dietrich. À son épaisseur, je sus que nous étions sur la bonne piste.

— C'est colossal ! Un beau cas. On y trouve tout ce que Dietrich vous a confié, et bien plus. Saviez-vous que Dietrich a aussi été trouvé coupable d'une agression sur une religieuse quand il a été placé dans un pensionnat ?

Il l'aurait violée, mais comme la sœur est décédée d'une pneumonie, elle n'a pu témoigner et le procès a avorté pour des raisons techniques.

L'aliéniste confirma aussi que Dietrich avait rapporté avoir été sodomisé par un prêtre dans sa jeunesse, et un rapport médical assurait qu'il avait subi des fissures anales importantes.

Jamais Dietrich ne m'avait parlé de cette attaque contre sa personne. Je confiai à Magnan la teneur du fantasme de Dietrich au bordel.

— C'est l'une de ses extravagances avec les prostituées. Cette fois-là, il s'était déguisé en évêque, il était *devenu* l'évêque de Paris.

Il hocha la tête et nota mon information.

— Je comprends que ce jeu de rôles dans lequel il incarne un prêtre est lié à un désir de domination pervers, domination dont il a été lui-même la victime.

— Je suis de votre avis.

J'hésitai avant de lui parler des symptômes de la syphilis que j'avais observés sur Dietrich. Comment aborder le sujet sans évoquer le contexte où il s'était produit ? J'avais toujours honte de ce moment.

Magnan pointa sa plume sur un passage du dossier.

— Je lis ici qu'il a bel et bien connu Michard. Afin de sortir d'asile, Dietrich a commencé à montrer qu'il était sur la bonne pente et il s'est mis à prendre soin de certains patients. Dont Michard. Il organisait des activités théâtrales et musicales. Malgré ses facultés mentales et sa mémoire affectées, Michard a joué un petit rôle de militaire dans une opérette que Dietrich a montée.

— Tout se tient.

— Oui, et c'est bien pourquoi je suis très inquiet pour vous, Georges. Avec tout ce que nous avons, nous devrions maintenant laisser les policiers compléter l'enquête. S'ils recueillent des preuves matérielles le liant au meurtre et font l'examen approfondi de ses alibis, le tour sera joué. Et pour peu qu'on le confie au docteur Garnier, ce dernier saura le faire parler.

— Professeur, j'aimerais que nous nous en tenions à la promesse que vous m'avez faite. Vous savez comment Goron et ses policiers procèdent. J'ai peut-être une occasion unique de mettre la main sur ces preuves matérielles.

— J'aurai sans doute du mal à dormir les prochaines nuits en vous sachant bientôt en compagnie d'un aliéné criminel.

— N'ayez crainte, je serai prudent. Et je compte bien aussi protéger mon amie, mademoiselle Royal.

— Bon, d'accord, je vous donne mon consentement, mais sachez que j'aviserai le commissaire.

— Merci, docteur.

◆

L'obscurité était tombée. Une fois les becs de gaz allumés, les ombres s'allongeaient. Des hommes aux pas hésitants arpentaient les rues en s'arrêtant pour scruter certains lieux, attiser leur désir ou leur crainte. Des filles qui faisaient le trottoir vous apostrophaient directement : « Dis, tu me cherches ? » J'attendis d'être à l'abri des regards. Avec discrétion, j'entrai à la maison des Lilas. À la réception, madame Luce me reconnut et me souhaita la bienvenue. Une odeur de lavande envahissait mes narines.

— Elle est au salon, dit-elle en me faisant un clin d'œil.

Dans le salon à gauche du vestibule, Viviane m'attendait en faisant une patience. Elle était grossièrement fardée, tout le contraire de la jeune fille fraîche et naturelle que j'avais vue chez moi l'autre matin. Son sourire engageant me toucha. Elle me prit discrètement la main et me fit monter à l'étage. J'avais toujours la crainte d'être surpris. Heureusement, nous ne rencontrâmes personne et entrâmes bientôt dans sa petite chambre.

Je m'assis au pied du lit. Je lui contai en détail ce que j'avais appris durant la soirée de la veille en lui faisant promettre de ne rien dire. Dans la pénombre, elle écouta mon récit en se serrant les mains.

— Tu crois maintenant que c'est lui ?

— Les preuves directes et indirectes parlent contre lui.

— Mais c'est pourtant Michard qui avait la natte de Marie !

— Je suis quasiment assuré qu'il était allé à l'Opéra avant sa terrible cuite. Lui et Dietrich se sont connus à Bicêtre, peut-être même durant la guerre.

— T'as vu ce qu'on disait dans le journal, aujourd'hui ?

— Non, je n'ai pas eu le temps.

— Plusieurs prostituées auraient disparu, mais on n'a jamais retrouvé leurs corps.

D'apprendre que le mécréant avait peut-être commis plus d'un assassinat m'anéantit. Je frottai mes yeux fatigués.

— Il est hélas plausible que Dietrich s'en soit pris à d'autres femmes. Il est aussi probable qu'il soit alors parvenu à mieux cacher ces meurtres, contrairement à celui de Marie.

Viviane se leva et vint vers moi. Elle posa une main sur mon épaule, puis appuya sa tête sur l'autre.

D'un geste impossible à retenir, j'enserrai sa taille. En la touchant, je redressai involontairement sa robe de nuit et aperçus de nombreuses lacérations sur ses hanches.

— Mais qu'est-ce que tu as eu là ?

— C'est rien, Georges. Un client qui m'a agrippé trop fort…

J'évitai d'émettre un commentaire. Elle ne m'en aurait pas laissé le temps de toute façon. Elle déposa un baiser sur ma joue. J'y fis écho et, lorsque je la regardai de nouveau, son sourire me parlait d'amour. Je caressai longuement ses cheveux et nos corps s'étreignirent avec lascivité. Ma chair devenait la proie d'un ardent désir que j'eus peine à contenir.

— Est-ce que tu connais la ville de Tours ? murmura-t-elle, constatant mon trouble.

— Non. Pourquoi ?

— Je suis née près de cette ville, dans la vallée de la Loire, là où se trouvent les plus beaux châteaux de France. J'aimerais bien t'y emmener un jour. Toute mon enfance est rattachée à ce fleuve. Mon père était batelier. Il gagnait bien sa vie jusqu'à l'arrivée des vapeurs. Il a tout perdu, son emploi, sa dignité, puis il a disparu.

— Écoute, c'est actuellement difficile pour moi de prendre un long congé pour y aller avec toi, mais plus tard, ce sera possible. À l'automne, ce serait faisable. Qu'en penses-tu ?

— Oui, ce s'rait bien.

Je la serrai longuement contre moi. Ses cheveux sentaient bon l'eau de rose. Nous restâmes de précieuses minutes ainsi, jusqu'à ce qu'un discret toc, toc à la porte nous ramène à la réalité. Madame Luce rappelait à Viviane que le prochain client l'attendait.

Nous sortîmes main dans la main jusqu'à l'escalier qui menait en bas, puis je me tournai une dernière fois et elle me fit promettre de la tenir au courant de mes agissements, quitte à lui envoyer des nouvelles par le télégraphe.

— Dis, Viviane, aimerais-tu assister au *Wild West Show* avec Buffalo Bill Cody avant qu'on ne fasse notre tour de dirigeable ?

— Oui, Georges, ce serait une excellente idée.

— Jeudi prochain, peux-tu prendre congé ?

— Jeudi ? Oui... je crois que oui.

— Alors, donnons-nous rendez-vous devant l'entrée de la Galerie des Machines à six heures.

— D'accord.

Elle m'embrassa sur la joue. En descendant les marches, je sentis naître en moi le sentiment le plus fort qui soit : l'amour certain pour une femme. Je me remémorai avec bonheur les paroles de mon confesseur.

Je rentrai dans mon logis avec deux certitudes : j'étais amoureux de Viviane et je savais que Dietrich avait tué Marie Daumier, qu'il avait conduit Michard à l'asile pour le faire inculper d'un crime qu'il n'avait pas commis. Pourquoi cette dernière action? Soit il sentait les griffes de la justice se rapprocher de lui, soit il voulait par pur sadisme incriminer un innocent. Le démon de la persécution poursuivait son œuvre sur une plus grande échelle. Un bouc émissaire aliéné constituait un meurtrier idéal, d'autant plus que Michard avait un passé trouble avec les prostituées et que Dietrich le savait.

Lorsque j'arrivai chez moi, la logeuse me remit une enveloppe. Dietrich était passé. Dans ma chambre, je l'ouvris et y trouvai une note.

> *Georges,*
> *Le directeur de l'Opéra peut te recevoir*
> *demain avant-midi, à dix heures, pour ton*
> *article. Il est flatté qu'un journal canadien*
> *de Montréal s'intéresse à son opéra et à*
> *son chanteur-vedette. Je serai libre après*
> *la représentation d'une heure.*

Je reconnus le narcissisme de Guillaume. Puis un détail accrocha mon regard. Au verso de l'enveloppe, il y avait une petite tache rouge qui ressemblait à l'empreinte d'un pouce. Était-ce une fantaisie de Dietrich pour m'inquiéter?

J'écrivis un rapport détaillé des événements. Tout se bousculait. Il ne fallait pas perdre le fil.

22. Dans les coulisses de l'Opéra Garnier

Je passai à côté d'une petite marchande de fleurs qui me renvoya mon sourire. Dans la rue, les arroseurs nettoyaient les pavés à grande eau. Avec la population chevaline élevée dans Paris, les rues accumulaient beaucoup de crottin et d'urine nauséabonds. La fraîcheur de l'eau au petit matin était le meilleur parfum à Paris. Je me dirigeai vers un kiosque à journaux de la rue Soufflot pour lire ce qu'on disait sur l'arrestation du coupeur de nattes. Mais en voyant aussi en gros titre que le corps d'une prostituée avait été retrouvé au début de la nuit dans le parc de Vincennes, je sentis mon cœur pomper un grand coup. Comme on ne spécifiait pas l'identité de la victime, je pensai à Viviane, mais elle n'aurait jamais accepté pareil rendez-vous après ce qui était arrivé à Marie. L'empreinte rouge sur l'enveloppe de Dietrich ajoutait cependant un poids à mes soupçons. L'article ne mentionnait pas si l'on avait coupé la chevelure de la fille, mais soulignait que, de toute évidence, le crime avait été commis après l'arrestation du coupeur de nattes, ce qui innocentait ce dernier dans ce cas.

C'est dans un état d'esprit troublé que je me rendis assister à l'examen du pervers des Guignols. L'homme montra beaucoup d'incohérences et aucun remords. Il faisait pitié à voir avec sa tête de poire, son menton fuyant et ses yeux caves. Garnier essaya de le lier au meurtre de Marie Daumier, mais en vain, ce qui ne m'étonna guère. L'obsession du maniaque le poussait à s'en prendre à des gamines à peine pubères. Garnier décela une profonde perversion sexuelle, qui s'exprimait à travers le fétichisme et l'exhibitionnisme. Par contre, l'homme n'avait pas le profil d'un assassin. Le verdict fut bref : placement immédiat à l'asile.

Lorsque je quittai Garnier, mes pensées revinrent à Dietrich. Il avait sans doute récidivé la veille, mais s'était-il de nouveau servi de l'histoire du coupeur de nattes pour maquiller son forfait ?

Et dire qu'Emma Royal avait accepté avec enthousiasme l'invitation de Dietrich.

◆

J'arrivai à neuf heures cinquante à l'Opéra. Derrière un bureau qui donnait sur la blancheur haussmannienne du quartier, le directeur, monsieur Perrin, m'entretint pendant quarante minutes de son chanteur et surtout de lui-même. Cet homme aux grands airs me donnait envie de fuir les lieux. Son ostentation, son langage ampoulé et sa bouche pincée me causaient des nausées. Il puait la vanité, comme les égouts les plus fétides. Il se vantait pour que je cite ses exploits, oubliant même que la raison officielle de ma visite était de rédiger un article sur Guillaume Dietrich. Il s'informa du tirage du journal qui allait publier mon texte. Quand, à bout de patience, je le ramenai dans le droit chemin, il me fournit une opinion sur le chanteur qui m'intéressa au plus point.

— Dietrich est un original, vous savez. Il va toujours déranger. Il aura une carrière étincelante mais brève. Elle se brisera sur un scandale.

Je lui demandai de s'étendre un peu là-dessus.

— Lorsque ce rôle de Robert a été disponible, il m'a déclaré, imaginez-vous, qu'il était fait sur mesure pour lui. Alors, je lui ai lancé à la blague : « Êtes-vous donc le diable, Dietrich ? » « Bien sûr que oui, que pensez-vous ! » a-t-il répondu avant d'éclater de rire ! J'ai su aussitôt, en voyant son expression machiavélique, que nous venions d'accorder le rôle. Grâce à son actuelle prestation, j'ai appris que l'opéra de Berlin veut l'avoir pour interpréter Kaspar, le jeune chasseur qui a vendu son âme dans *Der Freischütz* de Weber. Après ça, soyez assuré que ces rôles de possédés vont lui coller à la peau. Car le succès qu'il remporte avec son personnage ne se dément pas. L'Opéra de Paris avait fait des recettes considérables avec *Roberto il Diavolo* il y a cinquante ans ; c'est encore mieux avec notre version, et je dois avouer que Guillaume Dietrich y est pour beaucoup.

Perrin s'étendit ensuite sur les excentricités de Guillaume : son appétit pour les filles, qui devenait du harcèlement, ses crises de vedette, son goût du luxe… Quand je vis qu'il avait épuisé le sujet et s'apprêtait à revenir à son principal centre d'intérêt, à savoir lui-même, je le remerciai et lui demandai de m'indiquer le local du costumier. Il sembla surpris de ma demande.

— En quoi cela vous intéresse-t-il ?

— Je vous l'ai dit, monsieur le directeur. Je veux un papier qui entraîne le lecteur canadien dans les entrailles de l'Opéra, alors quoi de mieux que de visiter l'ensemble du bâtiment ?

— Oui, je veux bien, mais ne parlez pas de la prison.

— De la prison ? demandai-je innocemment, comme si je n'étais pas au courant de son existence.

Il me regarda soudain avec un drôle d'air ; il semblait soupeser ma personne.

— Vous êtes socialiste ?

C'était à mon tour d'être surpris.

— Pourquoi, c'est écrit sur mon visage S-O-C-I-A-L-I-S-T-E ? répondis-je en épelant le fameux mot.

— Non, mais cette idée de donner la parole aux travailleurs… ça fait un peu socialiste, non ?

Je serrai les dents sans répliquer. Il y avait deux sortes de Parisiens : l'aimable et le détestable. C'était aussi manichéen que ça. Et Perrin se classait définitivement dans la seconde catégorie.

Il me mena néanmoins dans les coulisses de l'Opéra, composées de nombreux recoins. Près de la loge des artistes, il me présenta à monsieur Henri, responsable des costumes. L'homme était tout replet, avec des mains blanches aux doigts boudinés comme de grosses saucisses alsaciennes. Il détonnait dans cet atelier de couture.

— Monsieur est médecin et il écrit un article sur Guillaume Dietrich. Il aimerait vous rencontrer pour vous poser quelques questions, alors ne le décevez pas, mon ami, dit Perrin de son ton le plus désagréable avant de s'éloigner.

Le replet me regarda en faisant un geste d'incompréhension.

— Je ne comprends pas. Si c'est sur Diavolo que vous écrivez, pourquoi me voir ?

Je tressaillis en entendant ce surnom, mais lui expliquai rapidement la façon dont je voulais traiter mon sujet.

À regret, il m'invita à entrer dans son atelier. L'odeur de camphre me prit à la gorge. Des centaines de costumes étaient alignés sur des cintres. Dans l'arrière-salle, des couturières confectionnaient des vêtements de scène et les machines à coudre martelaient leurs pulsations.

— Que voulez-vous savoir que le tout-Paris ne sait déjà sur Guillaume ? Qu'il est coureur de jupons, maquereau, charmeur, drogué, buveur, amateur de beaux costumes faits sur mesure ?

Je n'en demandais pas tant.

— Voyons voir… Vous dites qu'il est amateur de beaux costumes ?

— Comme tous les dandys, je suppose. Il dépense une partie de ses revenus en déguisements de toutes sortes. Il m'en a même emprunté, parfois.

— Ça m'intéresse, ça. Un chanteur d'opéra qui se déguise tant à l'extérieur que sur la scène. Dites donc, s'il vous a emprunté des costumes, se pourrait-il que ce soit à l'occasion du grand bal costumé du bois de Boulogne ? C'était en mai, je crois...

— Ben, je sais pas, moi, s'il a participé à cet événement.

— Avez-vous un cahier de prêts de costumes ?

— Évidemment.

Il se dirigea d'une démarche lourde et pataude vers son bureau. Il ouvrit le registre en date du mois de mai et revint s'asseoir sur le coin d'une table.

— Quel jour était-ce ?

— Le 10 ou le 11 mai, si je me rappelle bien.

— Non, il n'y a rien.

Sa réponse me déçut, mais je ne m'avouai pas vaincu.

— Avez-vous un inventaire des costumes ?

— Bien sûr, dit-il en soupirant. Pourquoi voulez-vous savoir ça ?

Il commençait à me trouver harcelant.

— Monsieur Dietrich est un ami et j'aimerais lui préparer une surprise. Pour illustrer l'article dans notre journal, je voudrais le faire dessiner dans une tenue fantaisiste. Puis-je regarder ce livre d'inventaire pour savoir ce qu'il affectionne le plus ?

Il se leva de nouveau sans enthousiasme et alla le chercher.

— Quand vous en aurez terminé, laissez-le sur mon bureau. Moi, je dois retourner à l'arrière, j'ai de l'ouvrage qui m'attend.

Je commençai à tourner les pages du grand livre, où les costumes étaient classés par ordre alphabétique. Je me rendis à « nonne » – numéro d'inventaire 1362 à 1368 –, puis à « évêque », numéro d'inventaire 2214.

Je me levai rapidement, me dirigeai vers les longues rangées et examinai le premier vêtement du bord. J'y vis le numéro 3452. Je me déplaçai vers l'autre rangée : 1732. Je me rapprochai peu à peu. Une femme qui passait par là, sans doute une couturière, m'observa un instant au bout de l'allée et repartit. J'arrivai au 1399, 1388...

1368… Il y avait plusieurs tenues de nonnes, et aucune n'avait de morceau manquant. L'un de ces costumes de novice avait probablement été porté par Manon l'autre soir. Je me déplaçai jusqu'au numéro 2214, où patientait sur son cintre un costume d'évêque. J'examinai attentivement la chasuble, le surplis et l'aube. Sur la face intérieure de cette dernière pièce de vêtement d'un blanc immaculé, j'aperçus des taches. Je jubilai. J'avais la ferme conviction qu'elles provenaient du frottement sur les plaies que Dietrich avait dans le dos. Cette découverte confirmait que les costumes de l'opéra permettaient à Dietrich de faire ses mises en scène au bordel.

Je me promenai encore un peu parmi la panoplie de costumes de toutes les époques, puis revins vers le bureau de monsieur Henri, qui y était de retour.

— Avez-vous trouvé quelque chose ? me demanda-t-il alors que je lui remettais le livre prêté.

— En fin de compte, j'aimerais bien voir Il Diavolo habillé en Napoléon.

— Voilà un rôle qui lui conviendrait bien. Un tyran dans le rôle d'un tyran… Un despote de la scène qui en incarne un autre.

Je lui souris sans rien ajouter. J'avais hâte de passer à la prochaine étape de mon enquête.

— Pouvez-vous me conduire aux loges ? C'est là qu'il m'a demandé de le rejoindre.

Nous marchâmes sous la scène. Il me montra du doigt la porte avec la mention « Loge des hommes ». Il frappa.

Une voix forte cria : « Entrez ! »

Dietrich m'aperçut dans un miroir. Il se leva. Son visage n'était pas encore complètement maquillé. Sa maladie de peau était apparente, mais il ne se formalisa pas que je le découvre sous ce jour.

— Georges ! Viens que je te présente à la compagnie.

Il me tendit la main pour m'attirer à l'intérieur et je vis qu'il s'était infligé une entaille à la phalange du pouce droit.

Dans la loge, les chanteurs étaient tous occupés à se maquiller.

— Messieurs, je voudrais vous présenter un Canadien qui écrit un article sur moi pour un grand journal de Montréal, lança-t-il à la ronde.

Tous sans exception me regardèrent sans enthousiasme. Dietrich n'était manifestement pas apprécié de ses collègues.

— Ça te ferait du bien, une carrière en Amérique, Dietrich, dit un des chanteurs.

Le ton employé avait été le même que s'il lui avait dit : « Fous donc le camp là-bas. »

— Quand je serai en Amérique, ce sera pour la conquérir, rétorqua aussitôt Guillaume en tournant vers moi sa tête à moitié maquillée de Robert le diable.

Un chanteur à la voix efféminée s'en mêla.

— Vous pourrez dire, monsieur le Canadien, que Ténor Diavolo est un enculeur de première, s'esclaffa-t-il, ce qui déclencha un rire monstre autour de nous.

Dietrich participa au rire lui aussi, mais sa réponse fut cinglante :

— Ce qui est l'exacte vérité, Colvert, mais moi, je ne m'entrouducute pas avec les gens de mon sexe !

La remarque déclencha de nouveau le rire de quelques personnes, mais l'attaque avait de toute évidence attisé la colère de Dietrich, qui me prit par l'épaule.

— Viens que je te montre le plus beau petit paradis qui soit.

Il écarta un bout de rideau et me dit de jeter un coup d'œil par l'ouverture.

J'y vis les artistes féminines en train de s'habiller ou de se dévêtir. Je me détournai, mal à l'aise.

— Inspirant, non ? Suis-moi.

Nous sortîmes dans le corridor et allâmes jusqu'à la porte de la loge des femmes.

— Tu ne connais pas encore ce don que j'ai pour l'imposture, me dit-il. Écoute bien.

Il approcha sa bouche tout près de la porte et frappa délicatement.

— Oui ? s'exclama-t-on de l'intérieur.

— C'est madame Basile, dit Dietrich en contrefaisant sa voix. J'ai oublié ma clé.

— Pas encore !

— Oui, je sais ! Je suis négligente, incorrigible…

J'entendis une clé tourner et la porte s'ouvrit vers l'intérieur. Dietrich me força à y pénétrer en sa compagnie.

— Voilà les belles du ballet ! Mes divines bacchanales ! Regarde-moi ce festin d'Ingres.

Des femmes se levèrent, certaines nues. Elles rageaient.

— Ah non ! Pas encore lui, cria l'une d'elles.

— Dietrich, sors d'ici ! lui ordonnèrent plusieurs voix.

— Va-t'en, vieux cochon !

— Mais Georges que voici écrit un article sur moi pour un grand journal de la province de Québec, au Canada, cria-t-il pour couvrir le vacarme. Il étudie aussi l'obstétrique à Paris. J'ai pensé que vous pourriez avoir des consultations gratuites tandis qu'il est là.

Il fondit sur l'une des chanteuses qui se maquillait et lui releva un sein.

— Tâte ça, Georges, pour le public canadien ! Du nichon français dans la plus pure tradition, nourri au lait de chèvre !

La femme se retourna et le gifla, ce qui amusa Dietrich encore plus.

Une volée d'objets s'abattit sur nous : fards, pinceaux, brosses, épingles… Je ne savais plus où me mettre. Je sortis.

Dietrich me rejoignit quelques secondes plus tard et la porte se referma violemment derrière lui. Toujours en riant, le goujat me demanda si j'avais tout ce dont j'avais besoin pour mon article.

— Je crois bien que oui, répondis-je, encore sonné par la scène.

— Est-ce que Perrin a dit un bon mot sur moi ?

— Oui.

— Tu m'en vois surpris ! T'a-t-il dit que l'opéra de Berlin me veut pour le *Freischütz* de Carl Maria von Weber ? « Le fils prodigue de retour chez lui », a titré un journal allemand. Tu te rends compte ?

— Félicitations, Guillaume ! En fait, j'ai une dernière question pour toi : qu'est-ce que tu as fait, hier soir, après la représentation ?

— C'est un interrogatoire de police ou quoi ? dit-il en riant de nouveau.

— Comme tu es venu me porter un message, je me demandais simplement ce que tu avais fait ensuite.

— Quand j'ai vu que tu n'étais pas là, je suis allé prendre un verre dans la rue Soufflot en me disant que j'allais peut-être te voir passer.

J'acquiesçai de la tête, puis lui dis que je le laissais à sa séance de maquillage. Avant de pénétrer dans la loge des hommes, il me rappela notre rendez-vous du lendemain.

— J'y serai, ne t'inquiète pas.

— N'oublie pas de le rappeler à la charmante Emma.

Avec sa tête à moitié maquillée, le regard qu'il me décocha en prononçant le nom de ma concitoyenne me glaça le sang.

23. Dîner avec le diable

Quand je sortis de Sainte-Anne, il tombait des trombes d'eau. Le ciel gris assombrissait la ville comme en soirée. Les lanternes des voitures se reflétaient dans les flaques d'eau. Le ciel se colorait de noir violacé. Un bourgeois avec son haut-de-forme, sa canne noire et un caniche en laisse s'arrêta près d'un réverbère pendant que son chien se soulageait. Je marchai d'un bon pas jusqu'à l'arrêt d'omnibus.

Même si j'étais toujours officiellement en congé, j'avais tenu à participer à la tournée des patients du dimanche midi. Mais à la fin de ma tournée, un dément sénile m'avait claqué dans les mains alors que je venais de retirer ma blouse. Malgré toutes les tentatives de réanimation, la mort l'avait emporté. C'était le second patient qui mourait en ma présence depuis mon arrivée à Sainte-Anne. Au moment de rendre l'âme, il avait émis un jet de salive qui avait sali mon veston d'un cerne jaunâtre. J'avais essayé de nettoyer la tache avec de l'eau de pluie, mais c'était incrusté.

J'avais décidé de me rendre deux heures à l'avance dans le IXᵉ arrondissement. Emma habitait rue du Conservatoire, à proximité de l'église Sainte-Cécile. Elle occupait un bel appartement de quatre pièces au troisième.

Je donnai plusieurs coups de heurtoir qui restèrent sans réponse. Était-elle sortie faire des achats ? Je l'attendis, impatient de la voir, mais je commençai à m'inquiéter quand je vis qu'elle n'arrivait toujours pas après plus d'une heure. Je me sentais responsable de tout ce qui pouvait lui arriver à partir de maintenant. La porte d'entrée s'ouvrit en bas. Je crus que c'était elle. Mais un pas lourd freina mon enthousiasme. C'était son voisin de palier. Il me dit qu'il l'avait vue sortir deux heures plus tôt.

Je le remerciai et redescendis l'escalier, la mort dans l'âme.

Comme j'avais trop attendu chez Emma pour pouvoir me rendre à temps au rendez-vous en omnibus, je hélai un fiacre et dis au cocher « rue Auber le plus vite possible ». Mais un accident sur le boulevard Poissonnière l'obligea à faire un premier détour. Comme toutes les voitures avaient eu la même idée, on s'embourba dans des petites rues. Plus je regardais ma montre, plus le cocher pestait. J'avais une vingtaine de minutes de retard et le conducteur se frayait lentement un chemin dans la cohue. Ce n'était pas mon jour de chance.

J'avais convenu de retrouver Emma devant la résidence de Dietrich, mais j'avais voulu lui faire une visite surprise. Voilà que j'étais pris à mon propre jeu. M'attendrait-elle malgré mon retard ? L'idée de cette visite impromptue s'était imposée lorsque j'avais pris la décision de l'aviser des soupçons qui pesaient sur le chanteur. Dire que je ne ressentais pas un dilemme à l'entraîner chez un assassin aurait été mentir. Je savais bien que si je lui avouais les crimes commis par Dietrich, elle penserait que je m'étais servi d'elle. Par contre, si elle apprenait le tout par la suite, elle croirait alors que je l'avais mise en danger.

J'étais inquiet. J'espérais qu'Emma ne serait pas outrée de mon retard. Finalement, le cocher réussit à nous sortir du bourbier et nous passâmes bientôt devant l'Opéra Garnier, puis nous tournâmes à gauche rue Auber.

Ténor Diavolo vivait dans un superbe quadrilatère d'immeubles construits par le baron Haussmann. Tout ici respirait l'élégance, la finesse. Des balcons noirs en fer forgé du deuxième au cinquième étage jusqu'à la maçonnerie blanche avec de jolis mascarons sur les immeubles, les moindres détails donnaient une touche de richesse au quartier.

Le cocher immobilisa enfin la voiture. Devant l'immeuble, personne. Emma ne m'avait pas attendu.

Je montai les marches deux à deux jusqu'au cinquième niveau. J'entendais maintenant la voix de Dietrich et l'accompagnement au piano. Ce ne pouvait être qu'Emma.

Je frappai une fois, deux fois, trois fois, en vain. Dietrich chantait d'une voix puissante des vers allemands. Je tournai la poignée. C'était fermé à clé. J'attendis que le morceau se termine et je cognai à nouveau. J'entendis Dietrich qui multipliait les éloges à l'endroit d'Emma, mais aussi un bruit de pas. Après une brève introduction au piano, il entonna *Le Roi des aulnes*. Sa voix emplissait l'espace comme dans une salle de concert. La porte s'ouvrit sur un homme en tenue de valet.

— Docteur Villeneuve ?

— Lui-même.

— Entrez. Les artistes sont à l'œuvre.

Dans le grand salon devant moi, Emma et Dietrich fusionnaient leurs dons. Je revis un instant la belle et talentueuse pianiste qui m'avait séduit durant ma campagne militaire. Dietrich remarqua mon entrée et chanta un moment en me fixant, puis il reporta son regard doucereux sur Emma, sur sa poitrine haletante qui avait la blancheur du cygne. Elle portait une robe en soie bleue avec un ample décolleté. Dietrich la reluquait sous tous ses angles pendant qu'il alignait les vers du *Roi des aulnes*. Il avait sorti sa pastille noire. Elle masquait aussi ses cicatrices.

Mon père, mon père, eh ! Ne vois-tu pas là-bas ?
Les filles du roi des aulnes à cette place sombre ?
— Mon fils, mon fils, je le vois bien :
Ce sont les vieux saules qui paraissent grisâtres.

Je t'aime, ta beauté me charme.
Et, si tu ne veux pas céder, j'userai de violence.
— Mon père, mon père, voilà qu'il me saisit!
Le roi des aulnes m'a fait mal!

J'étais surpris de découvrir l'opulence des lieux, le mobilier de style Louis XVI, le papier peint bleu pâle avec des fleurs blanches. Plusieurs tableaux ornaient les murs. De longues tentures rouges attachées avec une cordelière dorée habillaient les fenêtres à carreaux. Dans un coin, une Vénus en marbre côtoyait le buste d'un satyre romain qui dégageait un air pervers. En l'apercevant, je pensai que c'était l'*alter ego* de Dietrich. Le satyre avait le regard fixé sur les seins de la déesse. Le lustre du plancher de bois reflétait le grand piano noir et le candélabre à cinq branches. Près du foyer se dressait un tigre du Bengale empaillé sur ses pattes de derrière, la gueule grande ouverte, prêt à bondir et mordre. Tout à côté, accroché au mur, un appareil téléphonique apportait une touche de modernisme à l'ensemble.

L'air cérémonieux et les fesses serrées, le valet s'approcha avec une flûte de cristal sur un plateau. Il avait une tête qui ne me revenait pas, avec son profil mince comme une lame.

— Champagne, docteur?

— Merci.

Le morceau de musique s'acheva et Dietrich demeura recueilli un instant pendant que le dernier accord dissipait lentement ses harmoniques dans le vaste espace.

Le valet et moi applaudîmes. Les deux artistes se regardèrent. Dietrich s'approcha d'Emma en tendant les bras, le visage extatique. Il lui prit la main pour la baiser puis l'invita à se lever pour saluer « le véreux de médecin » et « la crapule de valet ».

— Mon cher Georges, heureux de vous revoir. Mais vous avez mauvaise mine. La journée a été longue?

— Un patient est mort dans mes bras alors que je croyais ma journée terminée.

— Né en tachant sa mère, entonna Dietrich, mort en souillant son médecin !

Il éclata de rire. Seul le valet se joignit à son hilarité.

— Voilà pourquoi je suis en retard, complétai-je en faisant mine de ne pas avoir entendu sa repartie.

— Nous étions tellement emportés par le tourbillon de la musique que je ne me suis même pas rendu compte de votre arrivée, dit Emma.

Je baisai à mon tour sa main et serrai celle de Dietrich, que je félicitai pour sa magnifique interprétation du *Roi des aulnes*.

— Et que dire de cette accompagnatrice qui s'efface pour laisser chanter l'art de Schubert ! Elle est tout simplement splendide ! se pâma Dietrich qui, d'un mouvement maniéré, se recula pour admirer la belle du Manitoba.

Emma rougit d'embarras en inclinant la tête.

— Je ne fais que lire les notes, Guillaume.

— Vous *vivez* les notes, mon enfant, c'est différent. Vous les vivez comme s'il s'agissait de votre dernière nuit d'amour.

Les joues d'Emma devinrent rouges tels des coquelicots.

Comme je ne connaissais à peu près rien à la musique classique, je ne pouvais que faire écho aux compliments de Dietrich.

— Lorsque j'ai annoncé à mes compagnons du Conservatoire que j'étais votre invitée et que nous allions jouer ensemble, ils n'en revenaient pas. Mes professeurs ont tous vanté votre talent.

Dietrich se pinça les lèvres d'un air dédaigneux.

— Sans doute sont-ce les mêmes qui en riaient jadis, dit-il en noyant son rictus dans le champagne.

La réplique parut déstabiliser Emma.

— Non, ils étaient sincères.

— Sincère et hypocrite sont des frères siamois, tant la distance est parfois ténue entre les deux.

Il replongea ses lèvres dans le champagne, ce qui sembla modifier du tout au tout son humeur.

— Et maintenant, un peu de folie, dit-il en se précipitant vers le piano.

Il ajusta le banc et annonça *Le Rondo du Brésilien*, tiré de *La Vie parisienne* d'Offenbach. Ce fut un déferlement de paroles, une logorrhée chantée à une vitesse folle alors que ses doigts frénétiques martelaient le clavier. Dietrich semblait complètement emporté, enivré par cette musique. Il était rouge de plaisir.

Le valet proposa du champagne à Emma, offre qu'elle déclina. Mais il insista et finalement elle accepta de prendre la flûte. Elle y plongea délicatement les lèvres pour y boire une gorgée alors que la finale interminable, menée à une cadence endiablée, la laissait tout à fait admirative.

— Bravo ! s'exclama-t-elle lorsque le dernier accord fut plaqué.

— Voilà la France que j'aime, rétorqua Dietrich en la regardant dans les yeux. Légère comme la cuisse d'une danseuse, fraîche comme le cou d'une beauté manitobaine à Paris.

Emma n'en finissait plus de rougir. Elle prit une nouvelle rasade pour dissimuler son émoi, et Dietrich en profita pour m'interpeller.

— Georges, viens chanter, je veux t'entendre.

— Mais… je n'ai pas de voix.

— Ne dis pas ça, Georges. Tout le monde sait que derrière chaque médecin se cache un artiste frustré.

Décidément, Dietrich avait toujours un bon mot pour moi dans la boîte à malices de son cerveau. Je sentais bien qu'il me voyait comme un rival et tentait sans cesse de me déprécier auprès d'Emma. Je voulus contre-attaquer en demandant à cette dernière qui, d'après elle, se terrait derrière le chanteur borgne, mais le temps de formuler ma réplique, Emma m'avait déjà pris par l'épaule pour m'emmener vers le piano.

— Venez, Georges, on va chanter ensemble un air du pays. Que diriez-vous d'*Un Canadien errant* ?

— Je connais cette chanson, dis-je, rébarbatif à l'idée
d'être le dindon de la farce.

— J'aimerais bien vous accompagner, dit Dietrich qui
s'amusait de ma situation, mais je n'ai aucune idée de l'air.

— Cette chanson raconte la déportation des Patriotes
canadiens-français par le gouvernement du Canada vers
l'Australie en 1839. Les autres ont été pendus à Montréal
à la prison du Pied-du-Courant.

— Enfin ! Une révolution dans ce pays de curés et de
bonnes sœurs !

— Justement, le clergé n'a jamais appuyé l'insur-
rection.

Emma s'assit au piano et joua l'introduction. Elle me
fit signe de commencer à chanter.

Un Canadien errant
Banni de ses foyers
Parcourait en pleurant
Des pays étrangers…

Dietrich écouta avec plaisir, puis entonna le refrain
qu'il avait mémorisé. Sa voix avala sans peine la mienne,
et seule celle d'Emma, plus aiguë, perçait au-dessus de
la sienne. Je n'existais plus. Je me tus bientôt pour les
laisser se rendre jusqu'au dernier couplet. Mais quelle
interprétation !

— C'était magnifique ! s'exclama Emma en me
regardant alors qu'à ses côtés Dietrich multipliait les
minauderies.

Le valet à face de renard profita de l'accalmie pour
annoncer que le repas était prêt.

Il nous conduisit le long d'une enfilade de pièces
jusqu'à une splendide salle à manger. L'argenterie
brillait sur la table recouverte d'une nappe blanche aux
bordures de dentelle. Dietrich faisait l'éloge de la bonne
chère. Le menu mettait l'eau à la bouche : salade verte
au vinaigre balsamique, caille farcie, foie de canard
poêlé, le tout arrosé d'un Château Margaux 1870.

Pendant l'entrée, le valet me regarda avec mépris parce
que j'utilisais la grande fourchette au lieu de la petite.

— Ah! ce Canadien est plutôt rustre, commenta Dietrich. Il faut lui pardonner, Norbert.

Tout en mangeant, le ténor racontait sa vie, enclin à la vantardise. Il n'avait d'yeux que pour Emma. Je me sentais de plus en plus à l'écart. J'avalais mon repas avec des gestes mécaniques, en faisant semblant de trouver intéressant ce soliloque. Toute l'attention d'Emma était captée par Guillaume, qui usait de son charisme comme un charmeur de serpents de sa flûte. Vu que je ne connaissais rien à la musique, le temps me parut très long. Jamais Dietrich, avec sa personnalité égocentrique, n'aurait eu l'idée de me poser une question sur la médecine ou la vie à Montréal. Il n'en avait que pour lui, et d'intérêt que pour elle. J'aurais joué le rôle du caniche s'il y avait eu un chien dans la maison. J'aurais aimé qu'il quitte la pièce un moment pour que je puisse mettre en garde Emma, mais le ténor ne montrait aucune envie de s'éloigner d'elle ne serait-ce qu'un instant.

Avant le dessert, je me levai pour me rendre à la salle de bains.

— Troisième porte à gauche, dit Dietrich.

Dans ma distraction, j'ouvris la troisième à droite. La pièce ressemblait à une chambre d'invité. Je n'y vis rien d'intéressant à part le luxe qui la caractérisait et les beaux objets. Je me repris et entrai dans la salle de bains en me disant que c'était le temps ou jamais d'explorer un peu. Je ne fus pas surpris de trouver dans la pharmacie de la cocaïne et du laudanum. Un flacon d'iodure de potassium me confirma qu'il souffrait de syphilis.

En ressortant, je décidai de marcher plus loin que la salle à manger et d'aller voir la cuisine. Mais la vaste pièce qui se prolongeait de l'autre côté du couloir attira mon attention. On eût dit une salle du Louvre surchargée d'objets. Le plancher lustré se composait de lattes de bois posées en damier. Au centre de la pièce, un énorme globe terrestre soutenu par des pieds en forme de pattes de lion trônait sur un meuble antique. Des rayons de bibliothèque couraient sur tous les murs jusqu'au plafond.

Une échelle amovible en bois franc, bien tournoyé, faisait face aux tablettes des partitions de musique. La variété d'objets hétéroclites qu'abritait cette partie de la demeure de Dietrich en faisait un authentique cabinet de curiosités. Un sarcophage égyptien attira mon attention. Une momie ! Je n'en revenais pas. C'était la première fois que j'en voyais une ailleurs que sur une feuille de papier. Puis j'aperçus un léopard empaillé, des sculptures indoné-siennes, un tapis persan en soie… Cette vaste pièce était un rappel du grand empire colonial français. Sur une étagère s'étalait une collection de statuettes mésopota-miennes : un chat, un chacal en pierre verte et deux masques mortuaires de défuntes avec leur visage peint dessus. Il y avait également des canopes qui, me rappelai-je, servaient à recevoir les organes du mort au moment des embaumements. Ces artefacts provenaient sans doute de pillages commis pendant la campagne de Napoléon en Égypte. S'étalait aussi une collection de vieux ins-truments de musique, une viole de gambe, un cromorne et un théorbe.

Un grand imprimé posé bien en évidence sur un pré-sentoir attira mon attention. Je m'approchai pour lire son titre :

REVUE PHOTOGRAPHIQUE DES HÔPITAUX DE PARIS
Études médico-légales sur la rétine des sujets assassinés
du docteur Vernois
1870

Intéressant ! La couverture montrait une rétine sur laquelle se reflétait un visage démoniaque. La bête nour-rissait ses vils instincts, me dis-je ; c'était là le genre d'ouvrage qui pouvait avoir des effets criminogènes sur son esprit malade.

Je m'avançais vers un coin de la pièce qui semblait receler une armurerie quand j'entendis un toussotement discret derrière moi.

— Est-ce que je peux faire quelque chose pour vous, docteur Villeneuve ? demanda le valet.

— Oh, pardonnez-moi, Norbert. En passant, je n'ai pu résister aux splendeurs de cette pièce.

— Docteur, la crème brûlée est servie et votre hôte vous attend, m'avisa-t-il froidement.

— D'accord, allons-y !

Je remis au passage la revue sur le présentoir. Je comprenais, à voir la tête du larbin, que je n'aurais pas dû m'introduire dans cet antre. J'aurais cependant voulu feuilleter plus à fond la revue. La médecine avait parfois bien du temps à perdre, mais dans les mains de Dietrich, un tel sujet pouvait générer des mobiles qui échappaient à la science.

Alors que nous revenions vers la salle à manger, le valet consentit à me révéler que cette pièce contenait les souvenirs familiaux ayant appartenu à plusieurs générations de Dietrich, mais aussi à celles de la mère de Guillaume, les De Montigny.

En me rasseyant à ma place, j'eus l'impression qu'Emma pas plus que Dietrich ne s'étaient aperçus de mon absence. J'avalai ma crème brûlée en les écoutant parler encore et encore de musique. Ignorant des époques et des compositeurs, j'eus droit à un cours sur l'histoire de *La Symphonie fantastique* :

— Berlioz avait tellement le cœur brisé par cette actrice anglaise, commentait Dietrich, qu'il avait prévu assassiner miss Harrieth Smithson et se suicider par la suite. C'est du moins ce qu'il raconte dans ses fabuleux mémoires.

— Imaginez Berlioz conduit à la guillotine, dis-je afin de me joindre à leur conversation.

— Parlant de Berlioz, enchaîna Dietrich, je vous annonce, mes amis, que je jouerai dans *La Damnation de Faust* la saison prochaine. J'ai d'ailleurs une partition autographiée par Berlioz lui-même.

Emma et moi – enfin, surtout Emma ! – nous fendîmes de compliments, qu'il accepta avec orgueil et satisfaction.

— Comment avez-vous obtenu cette partition ? demanda Emma.

— Ma mère croisait souvent Berlioz quand il habitait rue de la Harpe.

— Vraiment ?

La conversation repartit sur les mérites du compositeur, sur les particularités de telle œuvre par rapport à telle autre… Je soupirais d'ennui.

Finalement, le valet entreprit de débarrasser la table et Dietrich lui donna son congé, ainsi que celui de la cuisinière, pour le reste de la soirée. Je me dis que j'aurais ainsi l'occasion de reprendre ma fouille plus tard, car Dietrich, toujours en verve, n'en avait que pour Emma.

Il en était à sa future tournée en Italie et à son prochain passage à la Scala de Milan où, à l'en croire, on l'attendait avec impatience. Tout en reluquant son décolleté, il laissait miroiter la possibilité qu'elle l'accompagne dans un concert à venir à Londres.

Le valet ferma enfin la porte derrière lui. Quelques minutes plus tard, je décidai de passer à l'attaque, pressé d'examiner les objets de cette mystérieuse chambre, mais avec le guide de la maison.

— Guillaume, si vous nous faisiez visiter votre appartement ? Je suis sûr qu'Emma, tout comme moi, aimerait se dégourdir un peu les jambes après ce repas mémorable.

Il me regarda un moment sans répondre, puis se tourna vers Emma.

— Prendriez-vous un cognac avant, ma chère ?

— Non, merci, Guillaume, c'est gentil, mais j'ai déjà trop bu. Ce repas a été une pure merveille.

— Allons, ma chère, s'il vous plaît, juste un petit verre. Pour nous accompagner, Georges et moi. N'est-ce pas, Georges ?

— Je ne crois pas que…

— Mais si, Georges, ce sera un complément idéal pour notre visite.

— Si tu le dis…

Emma finit elle aussi par accepter. Dietrich s'empressa de faire le service et, verre à la main, nous le suivîmes. Emma s'extasia sur l'élégance de la décoration, sur la richesse du mobilier. Mais, en voyant le cabinet de curiosités, elle ne put s'empêcher de s'écrier :

— Mais c'est fantastique, Guillaume ! Où avez-vous déniché toutes ces merveilles ?

— C'est le legs familial, auquel j'ajoute mes propres trouvailles, très chère Emma.

Comme je connaissais déjà la pièce, mon regard se tourna aussitôt vers l'alcôve où j'avais aperçu une armoire servant d'armurerie. Je croyais avoir trouvé ce que je cherchais. Je dus cependant attendre et m'intéresser à tous les autres artefacts que présentait Dietrich à une Emma qui devint extatique quand il sortit de la bibliothèque la partition de Berlioz.

— Je n'en reviens pas ! s'extasia-t-elle.

— Ce chef-d'œuvre qu'est *La Damnation de Faust* est né avec cette partition. J'aurais aimé chanter pour lui, mais ce n'est que vingt ans après sa mort que j'interpréterai enfin son Faust. Il fallait le voir diriger son orchestre, Emma. Il dansait, bondissait, regardait les musiciens d'un regard exalté. Aujourd'hui, les chefs d'orchestre ne sont guère plus utiles que des métronomes. Et, au moins, les métronomes n'engueulent personne et ne se prennent pas pour Dieu.

Emma fut ébahie en découvrant les prix que Dietrich avait reçus, son diplôme du Conservatoire de Paris, ses distinctions, les coupures de presse.

— Cette pièce, c'est mon jardin des vanités.

— Mais vous les avez mérités, ces honneurs, le complimenta-t-elle.

Il fit une pause et la regarda longuement dans un état de contentement béat. Il transpirait de suffisance.

— Emma, j'aimerais bien que vous m'accompagniez plus souvent. Votre toucher est un baume à mes oreilles.

Elle rougit, gênée et flattée à la fois. J'étais choqué de le voir jouer sur son statut de pianiste. Malgré tout le bien que l'on disait du talent d'Emma chez nous, elle n'était qu'une novice ici. Comment un interprète du calibre de Dietrich pouvait-il envisager de concerter avec une pianiste encore aux études, sinon pour en abuser et détruire sa carrière ?

Pendant qu'il lui chantait la pomme, je m'approchai de l'alcôve en faisant semblant de regarder à gauche et à droite. J'avisai un présentoir de coutellerie inséré dans cette armurerie qui comprenait des mousquets, des carabines, des sabres et des épées.

La collection de couteaux semblait de grande valeur et contenait des pièces de toute beauté. Mais, en l'examinant de plus près, je sentis une vague de sang affluer à mon cœur : un des fourreaux richement ouvragés, l'avant-dernier sur le présentoir, était vide. Le docteur Brouardel avait déduit qu'un couteau avait servi à commettre le meurtre de Marie Daumier et à couper sa natte. Se pouvait-il que… ?

Comme Dietrich gravitait toujours autour d'une Emma subjuguée par sa logorrhée, je sortis discrètement un couteau de son fourreau pour examiner la lame. Sa largeur semblait correspondre à la dimension des lacérations mesurées sur le corps de la pauvre fille.

Je sentis soudainement une présence s'imposer derrière moi.

— Que regardez-vous donc, Georges ?

Je me tournai vers Dietrich.

— En tant que militaire, j'ai toujours été fasciné par les armes. C'est une fabuleuse collection que vous avez là, Guillaume, même si, hélas, il manque un exemplaire. J'ai moi-même souvent utilisé des couteaux anglais lors du soulèvement indien du Nord-Ouest…

— Il fallait voir Georges en uniforme d'officier, dit Emma venue nous rejoindre. Il avait fière allure.

— Comme j'aurais aimé jouer aux cow-boys et aux Indiens ! lança Dietrich en me regardant de son œil sardonique. Combien d'Apaches avez-vous tués, Georges ?

Emma parut offusquée.

— Voyons, Guillaume, Georges était là avec le 65e bataillon de Montréal pour résoudre pacifiquement le conflit !

Pendant un infime moment, le regard de Dietrich refléta tout le mépris qu'il avait pour les opinions féminines, mais il reprit vite sa mine faussement avenante.

— Vous avez sans doute raison, Emma.

Voulant faire dévier la conversation, j'indiquai un cadre à ma gauche :

— Sont-ce vos parents, Guillaume ?

Dietrich s'approcha du cadre.

— Ma mère, Irène, dit-il avec douceur et mélancolie. Et mon père, Manfred, ajouta-t-il sans émotion.

— Vous ressemblez à votre père, constata Emma, qui ne connaissait pas le passé tragique de l'un et l'autre.

— Je lui aurais ressemblé bien davantage si j'avais été un idiot. Heureusement, la ressemblance n'est que physique.

La réponse désarçonna Emma. Je la vis tourner la tête vers les daguerréotypes placés près du cadre. Elle porta discrètement une main à sa tempe. Je m'aperçus que son teint avait pâli. Était-elle indisposée ? Je me sentais d'ailleurs moi-même passablement fatigué. Était-ce l'abus d'alcool ou le copieux repas ?

Les daguerréotypes montraient Dietrich et ses parents. Sur les plus anciens, il avait l'air malingre, ne souriait jamais, semblait même en colère. Sur d'autres, ceux où son corps s'était épanoui, il arborait une assurance telle qu'elle frôlait l'arrogance. Ils devaient dater de l'époque où le persécuté était à la veille d'anéantir son bourreau.

Dietrich fit rouler l'ambre liquide dans son verre et le vida d'un trait.

— Les daguerréotypes n'auraient jamais dû remplacer le portrait peint, car ils ne rendent pas l'âme comme savent la capter les grands portraitistes.

Plus loin, une collection de vêtements féminins de différentes époques attira l'œil d'Emma.

— Ah ! que c'est beau ! Je me verrais porter l'une de ces magnifiques toilettes.

— Allez-y, ma chère ! Allez-y ! Servez-vous.

— Pas ce soir, mais laissez-moi toucher aux tissus.

— Cette garde-robe appartenait à ma mère. Vous savez que certaines de ces toilettes ont appartenu à Joséphine Bonaparte ?

Alors qu'Emma déplaçait les cintres pour admirer les pièces, je vis soudain ce que je n'avais pas trouvé dans la costumerie de l'opéra. Un costume de religieuse auquel il manquait manifestement la cornette et le crucifix. Je m'approchai de la collection.

— Vous n'avez pas la cornette qui va avec ce costume de nonne ? fis-je remarquer à Dietrich en me forçant à prendre un ton badin. J'aimerais bien voir la tête d'Emma ainsi affublée !

— Georges, tout de même, s'indigna Emma.

— Non, non, ce serait trop drôle. Allez, sortez-la, Guillaume !

— Je ne l'ai plus. Je l'ai prêtée pour un bal costumé et elle ne m'est jamais revenue.

Je sentais pour la première fois Dietrich sur la défensive. Il perdait de sa superbe. C'était le moment d'en profiter.

— Vous saviez, Guillaume, que chaque famille canadienne-française offre une fille à Dieu ?

Emma me regardait comme si je venais de perdre la tête.

— Coutume stupide ! cracha Dietrich. Les curés ne méritent pas tant de beautés. Ces bigots ne méritent même pas un seul laideron de bénitier.

— Et le Paradis autant d'innocentes victimes, complétai-je en fixant notre hôte dans les yeux.

Emma resta bouche bée en voyant le visage de Dietrich perdre toute sa suffisance, celle-là même qui anéantissait les autres. Il ne pouvait plus cacher son malaise, même si j'étais persuadé qu'il ne savait pas que je savais. Néanmoins, il commençait à douter que ses crimes eussent été parfaits.

— Et que vient faire cette allusion à d'innocentes victimes dans la conversation, Georges ? me demanda-t-il doucereusement.

Je sentais la vague de paranoïa qui l'envahissait.

— Je voulais rappeler, Guillaume, que Dieu accueille les victimes, et Satan leurs bourreaux.

— Mais le diable n'existe qu'à l'Opéra Garnier !

Il rit de sa repartie avec complaisance et sembla retrouver toute sa superbe. Dietrich cultivait l'art du dernier mot, celui qui vous rivait le bec. Il n'empêche que, pour la première fois, je vis poindre de l'inquiétude sur le visage d'Emma. Le sombre humour du chanteur semblait avoir percé une brèche dans l'admiration candide qu'elle lui vouait depuis le début de la soirée.

Je rompis notre passe d'armes en dirigeant mes pas vers l'alcôve et son armurerie. En contemplant la collection d'épées et de sabres de cavalerie bien astiqués, je me demandai lequel avait servi à tuer le père. Le moment était venu de lui remettre la monnaie de sa pièce.

— Cet étalage doit te rappeler de douloureux souvenirs, n'est-ce pas, Guillaume ?

La remarque assassine, parfumée de sous-entendus, eut l'air de déplaire à Dietrich et de lui enlever de nouveau une partie de ses moyens. Il bafouilla, chercha ses mots, visiblement mal à l'aise.

— Qu'est-ce… Que veux-tu dire par là, Georges ?

— Je pensais à la guerre… et à ses conséquences.

— Ah, ça !…

— Oui, ça. Tu pensais à autre chose, Guillaume ?

Pour la première fois, il me regarda avec suspicion. Le mépris qu'il me vouait en présence d'Emma évoluait lentement vers la haine.

C'est à ce moment qu'Emma montra un premier signe de faiblesse en s'appuyant maladroitement sur un meuble, qui émit un son sinistre. Je me tournai vers elle et remarquai aussitôt l'extrême pâleur de son visage et ses pupilles trop dilatées.

— Ça ne va pas, Emma ?

— Je me sens toute drôle, dit-elle d'une voix incertaine, comme étourdie. Et mes jambes sont engourdies.

— Laissez-moi vous examiner, répliquai-je en m'avançant vers elle.

— Venez vous allonger, proposa Dietrich en lui prenant un bras et en la dirigeant vers un fauteuil récamier qui était tout près.

Je les suivis en m'apercevant que je n'étais guère plus en forme. Était-ce le même malaise que je ressentais ? Je pensai tout de suite au repas que nous venions de prendre. Pourtant, aucun des plats n'avait semblé présenter le moindre risque d'intoxication.

Dietrich aida Emma à s'allonger dans le fauteuil. Elle paraissait sur le point de perdre conscience.

— Je me sens toute lasse… susurra-t-elle comme pour s'excuser. Il est vrai que je ne supporte pas l'alcool.

— Mais vous n'en avez presque pas consommé, lui dis-je en m'agenouillant devant elle.

Pendant que Dietrich ventilait Emma avec une vieille affiche, je pris ses signes vitaux. Je passai un doigt devant ses yeux ; elle le suivit difficilement. Son pouls était faible, l'extrémité de ses doigts gelée.

Plein de sollicitude, Dietrich proposa à Emma de passer la nuit dans la chambre de la bonne. Elle marmonna quelques paroles incompréhensibles.

— Vous y serez bien, plaida-t-il. Et au petit matin, tout aura disparu.

Je grognai. Il était clair que je n'allais pas laisser Dietrich seul avec Emma. Après avoir donné congé à la cuisinière et au valet, voulait-il aussi se libérer de moi ? Je me doutais bien des intentions malsaines qu'il avait en tête et il n'était pas question que je parte.

— Je vais vous raccompagner, Emma, dis-je en tentant de l'amener à se lever.

— Laissez-moi dormir, murmura-t-elle.

— Elle veut se reposer, Georges, tu vois bien !

— Je vais rester ici pour veiller sur elle.

— Voyons, ce n'est pas nécessaire. C'est un simple malaise.

— Peut-être, mais j'y tiens.

Je me levai pour lui faire face et j'eus une soudaine sensation de vertige, comme si je tombais. Je dus vaciller un peu sur mes jambes alors qu'un engourdissement se répandait dans tout mon corps.

— Te voilà aussi aux prises avec une petite faiblesse, Georges ? minauda Dietrich en me jetant un regard peu amène.

— À ce que je sache, tu n'es pas médecin, monsieur le chanteur, dis-je en montant le ton. Je te laisse hurler, alors laisse-moi soigner.

— Holà, Georges l'aliéniste qui se fâche !

Ce fut comme s'il m'avait décoché un coup au cœur.

— Comment ça, l'aliéniste ?

Il me sourit d'un air narquois et la suffisance irradia de nouveau son visage.

— Au souper, pendant que tu furetais dans mes affaires, la belle Emma s'est échappée, tout comme ce Canadien l'autre jour au club de la Chasse-Galerie, qui parlait de ton amour pour les cinglés. Elle a mentionné que tu étudiais à Sainte-Anne et non à l'Hôtel-Dieu, comme tu me l'as affirmé. Tu n'étudies donc pas en obstétrique, je le sais, maintenant. Tu as d'ailleurs une tête à t'occuper des fous et non du sexe des femmes. Et c'est pour cette raison que tu es à mes trousses depuis cette soirée au bordel où tu as joint l'utile à l'agréable. Et puis je lis les journaux, moi aussi. C'est toi le docteur étranger dont on parlait, celui qui interférait dans l'enquête du commissaire Goron. Quand Norbert m'a dit que tu t'étais glissé subrepticement dans cette pièce, j'ai pris ma décision. Je sais ce que tu y cherchais. Je t'ai vu regarder discrètement la coutellerie, j'ai compris tes allusions à propos de la cornette.

— C'est pour trouver ces preuves que j'ai accepté ton invitation, Guillaume. Je te soupçonnais d'être l'assassin de Marie Daumier, mais ce soir j'en ai la certitude !

— Voyez-vous ça ! Après s'être fait passer pour un obstétricien, notre rustre se prend pour un policier ! Mais tu n'es qu'un pauvre imbécile, Villeneuve, et un misérable traître. Moi qui t'ai fait confiance, moi qui t'ai offert Paris et ses fleurs du mal, voilà comment tu me récompenses ?

Je fis un pas incertain vers lui. La tête me tournait de plus en plus. Je respirai à fond afin de garder toute ma concentration. J'avais soudain peur pour ma vie et pour celle d'Emma.

— Je ne suis pas un traître mais un aliéniste, et c'est en tant que tel que j'ai mené mon enquête. Je veux t'aider à t'en sortir, Guillaume, je veux te ramener à la réalité. Je connais un asile paisible pour les aliénés criminels. Tu pourras y recevoir les meilleurs traitements afin de contrôler ton goût pervers de tuer... et aussi les soins nécessaires avant que la syphilis ne te rende définitivement fou.

Le coup porta. Dietrich devait nier désespérément sa maladie, et que je lui rappelle son état le secouait plus qu'il ne voulait l'admettre. Son visage se tordit de rage.

— Tu ne sortiras pas d'ici vivant, Villeneuve. Tu ne pourras résister beaucoup plus longtemps qu'Emma à la drogue qu'il y avait dans le cognac, et tu ne t'en tireras pas à si bon compte.

— Le compte, c'est le nombre d'années que tu passeras à l'asile sous la tutelle de l'État. Tu feras comme Sade, tu pourras y organiser de nouveau des activités artistiques : tiens, pourquoi pas monter ce Faust que tu ne personnifieras jamais devant les foules ?

Le visage du chanteur s'empourpra. Moi, je sentais mes facultés diminuer. Il alla rapidement vers l'armurerie et s'empara d'un couteau, qu'il leva au-dessus de sa tête. Je me déplaçai de façon à me tenir du côté de son œil mort pour me donner un avantage.

— Tu auras la police sur le dos, Guillaume, si tu ne nous laisses pas partir. Le docteur Magnan, le patron de l'asile Sainte-Anne, sait que je suis ici avec Emma Royal. Il va aviser le commissaire Goron si je ne lui donne pas signe de vie bientôt.

Il laissa fuser un rire démoniaque.

— Georges, qu'est-ce que tu racontes ? Goron me mettra peut-être la main au collet un jour, mais ce sera bien après que toi et ta bouseuse du Manitoba aurez quitté cette vallée de larmes.

Je regardai dans la direction d'Emma. Elle était toujours affalée dans le fauteuil et peinait à ouvrir les yeux.

— Emma, hurlai-je, éloignez-vous d'ici.

Je la vis bouger la tête dans la direction de ma voix, mais elle était trop faible pour se lever. Comprenait-elle ce qui se passait ?

L'ennemi se planta soudain devant moi, le couteau en position d'attaque. Seule une rangée d'objets hétéroclites nous séparait.

Je pensai à la guerre, à la cinquième compagnie que j'avais commandée. Malgré la tête qui me tournait, je me remis dans la peau de l'officier aguerri au combat qui savait manipuler les armes.

Me regardant de son œil menaçant, Dietrich fit un mouvement vers l'arrière et lança le couteau, qui me frôla avant d'aller se planter dans le sarcophage. L'assassin courut jusqu'à l'armurerie pour se saisir d'un autre couteau et recommença comme dans un mauvais numéro de foire. Cette fois, il fallut que je me penche pour éviter d'être atteint et le geste brusque me fit presque perdre connaissance. Je ne savais quelle drogue il nous avait fait prendre, mais j'en combattais les effets avec l'énergie du désespoir.

— Les couteaux volent bas, réussis-je à dire pour le décontenancer, mais ils n'atteignent pas leur cible.

— N'aie crainte, Villeneuve, ils finissent toujours par se planter au bon endroit.

Je reculai et tentai de me cacher derrière le sarcophage et sa momie. Un troisième couteau à la main, Dietrich s'avançait vers moi dans le but de me transpercer. Dès qu'il fut à ma portée, je poussai le cercueil égyptien de toutes mes forces. Il recula à la dernière seconde et le sarcophage s'affaissa sur un rayon d'argenterie qui s'écrasa au sol avec fracas.

J'entendis geindre Emma, qui me demandait d'une voix molle ce qui se passait.

En proie à la rage du dément, Dietrich était retourné s'emparer d'un long sabre et il revenait vers moi, menaçant. Je reculai vers le milieu de la pièce, tournai autour du globe terrestre qui y trônait. Son diamètre impressionnant empêchait Dietrich de m'approcher.

Alors que je tournais autour du globe afin d'esquiver la lame, je me sentais perdre la sensation de mon corps. Je respirais toujours à fond pour contrer l'effet du poison.

— Est-ce le sabre que tu as pris pour tuer ton père? haletai-je.

— Tu as deviné juste, et il va de nouveau servir. Tu t'imagines tout savoir sur moi, n'est-ce pas, mon cher Georges?

— J'en sais beaucoup plus que tu ne crois, Guillaume, des choses que même toi tu ne sais pas, ou du moins n'avoues pas, toi si bavard de nature…

Il arrêta sa ronde pour me regarder étrangement.

— Alors je t'écoute.

Je m'arrêtai moi aussi de tourner, mais ma tête continuait à le faire et je dus m'appuyer sur le globe terrestre pour assurer mon équilibre.

— Après avoir tué ton père, débutai-je péniblement, tu as été interné à Bicêtre. C'est là que tu as retrouvé Michard. Une fois élargi de l'asile, tu as joué des rôles secondaires jusqu'à ce que tu obtiennes un premier rôle fait sur mesure: *Robert le diable*. *Ténor Diavolo*… Je connais ton surnom, Guillaume. Depuis que tu triomphes dans ce rôle, tu te sens gonflé d'un sentiment de puissance et d'orgueil, tu te crois invulnérable et tu as décidé d'être pire que le personnage de la pièce. En mai, durant le bal du bois de Boulogne, tu as assassiné Marie Daumier. En juillet, tu as revu par hasard Michard et tu as voulu le détruire pour démontrer ta supposée toute-puissance. Connaissant son problème d'absinthisme, tu l'as entraîné dans une monumentale cuite, tu as glissé dans sa poche la natte de Marie Daumier et tu l'as amené à Sainte-Anne pour qu'il soit accusé à ta place du crime ignoble que tu as commis.

Le visage de Dietrich se décomposait sous le coup de la colère. Il recommença à tourner autour du globe, le poing serré sur le sabre.

— J'ai raison, n'est-ce pas, Guillaume ? Et tout ça parce que tu sentais la soupe chaude alors que ta popularité montait en flèche. Mais comme tu ne pouvais pas mettre dans la poche de Michard l'arme du crime, qui aurait pu t'incriminer, tu y as plutôt glissé des ciseaux. Grave erreur, Guillaume, car Brouardel a vite conclu qu'il ne pouvait s'agir de l'arme du crime, encore moins de l'objet utilisé par l'assassin pour couper la natte de cheveux. Tu t'es bêtement trompé, Guil…

Dietrich allongea brusquement le bras pour tenter de me transpercer avec son sabre, mais je reculai juste à temps. Mes accusations étaient autant de coups qui l'ébranlaient.

— Tu n'es pas infaillible, Guillaume. À preuve, le fait que tu as stupidement laissé sur les lieux de ton crime la cornette et le crucifix du costume de religieuse que tu as rapporté. À preuve le couteau que tu as probablement égaré alors que tu te perdais toi-même dans tes fantasmes hideux et morbides, dans cette haine des femmes qui hante ton cerveau malade.

Dietrich poussa un cri de colère et tenta de nouveau de m'atteindre avec son arme. Je m'esquivai de justesse et le sabre frappa violemment le globe terrestre en faisant une profonde entaille dans l'Amérique du Nord.

— Il faut te soigner, Guillaume, à moins que tu ne préfères la guillotine comme remède à la folie ? à cette syphilis qui te ronge ? à ton besoin d'avilir, comme l'autre soir au Père-Lachaise ? à ton besoin de violer et de tuer, comme hier soir à Vincennes ?

— Georges… que… racontez-vous ? demanda Emma d'une voix incertaine.

— Votre aliéniste est fou à lier, Emma, il a l'imagination fiévreuse ! cria Dietrich. Je vais l'interner… ou plutôt l'empaler !

— Je ne… comprends pas… murmura Emma, qui s'efforçait de demeurer éveillée. Georges…

— Georges est un foutu traître, la coupa Dietrich alors qu'il me menaçait toujours de son sabre. Il a joué sur les deux tableaux avec moi, il doit payer pour ça.

Il se précipita vers moi. Je m'emparai d'un vase étrusque et le lançai vers sa tête. Il se pencha et le pot éclata sur une bibliothèque. Dietrich avait cependant été déstabilisé et je réussis à m'éloigner un peu de lui en replaçant le globe terrestre entre lui et moi. Mais il revint à la charge et tenta de me darder. D'un geste désespéré, je saisis le globe et le poussai de toutes mes forces. La formidable boule bascula sur Dietrich, qui recula sous le choc et se trouva coincé contre le léopard empaillé. Le souffle coupé, le sabre lui glissa des mains.

Je m'avançai vers lui pour le maîtriser, mais, luttant contre la drogue qui coulait dans mes veines, je n'avais pas la pleine possession de mes moyens, et Dietrich se dégageait déjà de sa fâcheuse position. Il courut jusqu'à l'armurerie, où il s'empara d'un fléau d'armes. Je le vis revenir vers moi, maniant le bâton aux extrémités ferrées de façon à faire tournoyer les deux boules aux pics acérés accrochées à leur chaîne. Je cherchai des yeux quelque chose pour me protéger. Un seul coup de cette arme monstrueuse me serait fatal. Il s'élança et je me jetai à ma droite. Le léopard reçut en plein thorax les terribles boules de fer. Dietrich frappait pour tuer, un fou furieux. Son visage rougeoyait de rage et de sueur. Sa ridicule perruque, déplacée, était de guingois sur son crâne lisse. Il projeta son arme de nouveau vers moi et je reculai précipitamment. Les deux masses pulvérisèrent le dessus d'un secrétaire de style Louis XIV. Le casse-tête s'abattit cette fois sur un canope. Les organes recouverts de bandelettes contenus dans le vase égyptien se déversèrent sur le plancher dans un bruit sourd. Dietrich se rendait-il compte qu'il détruisait des pièces rares ?

Je reculais toujours devant mon assaillant, qui m'acculait lentement dans un coin sans issue de la pièce. Et je me sentais faiblir de plus en plus. Seule ma forte constitution me permettait de résister encore, contrairement à Emma. Mais j'allais sans doute défaillir avant peu, et c'est ce qu'espérait Dietrich. Il pourrait alors m'achever sans coup férir et prendre tout son temps pour assouvir ses bas instincts sur Emma.

Le fléau s'abattit une nouvelle fois et je retraitai encore. Je butai contre une des bibliothèques qui tapissaient les murs de la pièce. Je me tournai vers elle et usai mes dernières forces pour la faire basculer dans l'allée. La chute de livres anciens et de partitions sembla durer une éternité. Je remarquai à côté de moi, dans l'autre bibliothèque toujours debout, une collection de minerais qui fit jaillir en moi une idée. Je me saisis d'une des roches, une magnifique labradorite, et la projetai vers la fenêtre la plus proche. Un carreau vola en éclats et la pierre tomba dans la rue tout en bas. Je m'apprêtais à lancer un minerai de quartz tout en surveillant Dietrich qui émergeait de l'amoncellement de papier quand j'entendis des cris en provenance de l'extérieur. Puis ce fut Dietrich qui, de nouveau debout devant moi, cria :

— Je vais te tuer, Villeneuve, puis je vais empailler ta carcasse puante. Tu seras le dernier objet de curiosité de ce cabinet, feu le capitaine Georges Villeneuve, infect médecin-aliéniste et compagnon de bordel, mort à Paris de main connue en même temps que sa compatriote, Emma Royal.

Je n'avais plus de forces, plus aucun moyen de retraiter. Je tentai une dernière manœuvre.

— Guillaume, maîtrise-toi avant qu'il ne soit trop tard. Je veux te soigner, tu m'entends ?

En guise de réponse, il balança son fléau vers moi. Les boules métalliques entamèrent profondément le mur de plâtre à quelques centimètres de ma tête.

— Je ne finirai jamais sur la guillotine, hurla-t-il comme un possédé.

— Qui te parle de guillotine ? Tu as besoin de soins, je te dis. Tu auras droit à un aliéniste. Les docteurs Garnier et Magnan t'aideront. Comme tu as déjà été interné, le juge statuera que tu aurais dû y rester et on te soignera. Tu seras bien traité, tu peux en être assuré.

— J'ai autant besoin d'un aliéniste qu'un cochon du boucher, pauvre crétin. Je suis un chanteur, Villeneuve, le plus grand chanteur d'opéra du XIXe siècle, et les foules vont m'acclamer à Berlin, à Milan, à Londres…

Au moment où les échos de ses cris s'estompèrent, j'entendis que l'on frappait vigoureusement à la porte d'entrée de l'appartement. Dans un effort surhumain, je criai à mon tour :

— Au secours, appelez la police !

Dietrich laissa fuser un rire démoniaque et releva son fléau.

On essayait maintenant d'enfoncer la porte à coups de bélier. J'entendis clairement les mots : « Police, ouvrez ! », ce qui tétanisa mon agresseur. Pendant que la porte cédait sous les coups de boutoir, Dietrich me tourna brusquement le dos, fila récupérer le sabre près du globe terrestre et s'approcha du fauteuil où était toujours étendue Emma. Il la souleva brutalement, la plaqua contre lui et posa le tranchant du sabre sur son cou alors qu'une ruée d'hommes en uniforme surgissaient dans la pièce.

— Dietrich, vous êtes aux arrêts.

Je reconnus la voix de Goron et je fus surpris d'apercevoir Garnier derrière le commissaire. Je commençai à m'avancer le plus silencieusement possible vers Dietrich, qui me tournait partiellement le dos, mais je tenais à peine debout tant j'étais affaibli.

— Dites à vos pions de ne pas avancer, hurla Dietrich, sinon je l'égorge.

Emma tremblait, terrorisée. Sa poitrine se gonflait, tachetée de plaques rouges. Le sabre de Dietrich entaillait déjà le cou de la pauvre.

Garnier me vit soudain et son visage marqua la surprise, mais il se retint de parler.

— Dietrich, répondit Goron, je vous recommande de vous rendre et de ne pas faire de mal à cette dame.

— Jamais je ne me rendrai, vous m'entendez?

C'est à ce moment que Magnan apparut dans l'encadrement de la porte du cabinet des curiosités. Il avait manifestement eu de la difficulté à monter les étages.

— Vous ne faites qu'alourdir votre cas, monsieur Dietrich, lança-t-il tout en cherchant son souffle. Pensez plutôt à votre défunte mère. Que dirait-elle si elle voyait ce gâchis?

À ces paroles, Dietrich parut méditer puis arbora un large sourire.

— J'encule ta mère, Magnan.

— Montrez-nous que vous avez encore du cœur, Guillaume, rétorqua l'aliéniste de Sainte-Anne.

— As-tu du cœur, Guillaume? se questionna le bourreau en prenant un ton narquois. Non, je ne crois pas. Mais j'ai une queue bien verte!

— Nous vous traiterons avec tout le respect que nous avons pour nos patients, monsieur Dietrich.

— Mais je ne suis pas fou! hurla-t-il en postillonnant en direction de l'aliéniste.

Je n'étais plus qu'à trois mètres de l'agresseur et je voyais à travers la brume de la drogue la lame du sabre lacérer la chair d'Emma. Une pression un peu plus forte et il l'égorgeait. Je fus pris d'un étourdissement terrible et je m'appuyai sur un meuble en espérant ne pas perdre conscience. La pierre de quartz que je tenais toujours dans ma main mordit la peau de ma paume.

— Encore une fois, monsieur Dietrich, je vous demande de vous rendre sans faire de mal à quiconque, répéta Magnan.

— Allez tous au diable! hurla Dietrich.

Je vis la lame du sabre glisser sur le cou d'Emma et y pénétrer. D'un geste désespéré, je lançai la pierre vers

Dietrich, qui la reçut près de la tempe. Il s'affaissa, commotionné.

Je m'élançai vers Emma, qui avait chuté elle aussi et saignait abondamment. Je m'écroulai littéralement à ses côtés et posai la main sur la blessure pour diminuer l'hémorragie quand les policiers se jetèrent à leur tour sur Dietrich. Dans un état second, je vis Garnier et Magnan courir vers moi. L'aliéniste déchira un bout de tissu de la robe d'Emma pour garrotter la plaie.

— Vite, il faut demander une ambulance, cria-t-il.

— Je m'en charge, dit Garnier.

La carotide avait-elle été sectionnée ? Je tentai de me relever, mais j'étais au pire. À mes côtés, l'arrestation de Dietrich se déroulait dans le plus grand chaos. Sa force décupla lorsque vint le temps de le menotter. Hurlant à tue-tête, il échappa une brève seconde à ses adversaires et tenta de s'échapper par la fenêtre, mais la vigilance de Goron l'empêcha de commettre l'irréparable. En bas, j'entendis la rumeur des badauds, attirés par les cris malgré l'heure tardive. Puis je sentis mes forces m'abandonner pour de bon et je sombrai.

Emma Royal, gravement blessée et en proie à un choc nerveux, fut transportée à l'Hôtel-Dieu. Grâce à l'intervention rapide, elle était hors de danger. Je passai une partie de la nuit à ses côtés. On lui avait administré un calmant. Heureusement, la cicatrice ne serait pas trop apparente, Emma n'en serait pas désavantagée. Elle reposait dans son lit vêtue d'une grande chemise blanche, et sa longue chevelure blonde courait sur l'oreiller. Je sentais que quelque chose s'était irrémédiablement brisé entre nous. Je pouvais lire les reproches dans ses yeux embrumés par les médicaments. Mais elle refusa de me blâmer directement. Elle me remercia du bout des lèvres de l'avoir tirée de sa dangereuse situation. Quant à moi, j'avais honte de l'avoir entraînée chez Dietrich, d'avoir menti sur mes motivations sans l'avoir avisée. Rien de tout cela ne serait arrivé si j'avais pu lui expliquer ce qui se passait, ce que j'aurais fait n'eût été de mon malencontreux retard, du fait qu'elle avait quitté son appartement très tôt ce jour-là et que Dietrich ne l'avait pas lâchée d'un œil au cours de la veillée. Sa fascination pour le charme de Dietrich, son talent, sa notoriété n'était-elle pas aussi à considérer ? Il ne restait plus qu'à souhaiter que ce drame ne fasse pas la une de nos journaux canadiens ; les Royal étaient une puissante famille et la presse à sensation n'aurait de cesse qu'elle n'ait monté

en épingle ce drame. Mais, pour l'instant, je me préoc-
cupais de son état de santé.

L'arrestation de Ténor Diavolo permit de rouvrir
l'enquête sur la mort de Marie Daumier et de lever les
soupçons qui avaient pesé sur Napoléon Michard. Ce
fut un moment de soulagement de voir notre patient
blanchi vis-à-vis de l'opinion publique. « Michard accusé
à tort! » pouvait-on lire dans plusieurs journaux. « L'honneur d'un soldat réhabilité », titrait un autre. Goron fit
avouer à Dietrich l'autre meurtre commis à Vincennes.
L'Opéra Garnier retira aussitôt Robert, le diable de sa
programmation. L'avocat du chanteur plaida l'aliénation
mentale alors que la tyrannie de l'opinion publique ré-
clamait la peine de mort. Les déviances de l'accusé, ses
fantasmes faisaient la une de tous les journaux. Je dois
avouer que de voir mon portrait associé à celui de
Dietrich me donna une drôle d'impression. Même si la
plupart des journaux soulignaient mon implication de
façon positive, plusieurs journalistes écrivaient que
j'aurais dû laisser ce travail à d'autres. Le supplément
illustré du Petit Journal montrait huit dessins sur une
pleine page du chaos qui avait régné chez Dietrich. Le
docteur Magnan avisa les reporters qu'il avait toujours
donné son aval à mes démarches et qu'il se réjouissait du
résultat. « Cette intervention, disait-il dans Le Figaro, a
permis de sauver la vie de plusieurs femmes. »

J'assistai aux différentes phases de l'enquête. Dietrich
était-il conscient du mal causé par ses actions ? Agissait-
il en connaissance de cause ? L'examen mental du prévenu avait été confié dès le lendemain au docteur Garnier.
Son rapport mentionnait plusieurs facteurs d'aliénation :
perversion, sadisme, impulsion morbide, violence et
fétichisme. Dietrich appartenait à la classe des dégénérés
supérieurs. Son absinthisme et sa syphilis avaient aussi
contribué à sa folie. Son orgueil démesuré et son sentiment
de supériorité, liés à une haine viscérale d'autrui, et
notamment des femmes, l'avaient poussé à satisfaire ses
bas instincts. Il aurait mieux valu à l'époque le garder

à Bicêtre plutôt que de le relaxer. *Pendant un moment, Garnier s'était demandé si Dietrich n'avait pas tué Marie Daumier par frustration parce qu'elle refusait ses avances, et donc tout à fait consciemment. Mais en étudiant son dossier, en l'examinant, il l'avait jugé inapte à subir un procès.*

Je fus le premier à qui l'aliéniste du Dépôt annonça que je n'en avais pas fini avec Dietrich puisqu'il deviendrait, dès le mardi soir, pensionnaire de l'asile Sainte-Anne.

— Vous aurez maintenant à en prendre soin. C'est aussi absurde que cela!

Cette décision de l'aliéniste, qui avait force de loi, indiquait bien le pouvoir de cette profession, qui s'apparente à celui du juge.

Cette nouvelle choqua énormément la population. L'arrogance du chanteur d'opéra, sa vie de dandy décadent et romantique, sa richesse et la gravité des crimes commis faisaient les choux gras de la presse. Il fallait voir les dessins à la une du Petit Journal où l'on montrait Dietrich menaçant d'égorger Emma Royal. Son passé troublant revenait aussi hanter le système de justice et le jugement des aliénistes. « Qui nous dit qu'on ne le relâchera pas à nouveau? » clamait un journal socialiste, croyant que la richesse avait pu jouer dans la décision « de le relaxer ».

Chez madame Luce, que je m'interdisais de fréquenter vu toute la publicité que j'avais reçue, l'idée de confiner Dietrich à l'asile ne passait pas, m'avait révélé Viviane dans une courte missive qu'elle m'avait fait porter. Je lui promis en retour de lui expliquer pourquoi il en était ainsi, si jamais elle tenait encore à me voir. Après son assentiment, je lui donnai rendez-vous pour le mercredi midi dans un restaurant de la rue Mouffetard…

24. Des lendemains dramatiques

MERCREDI, 14 AOÛT

La rue était bondée de Parisiens. Viviane m'attendait comme prévu devant le bistrot de l'Étudiant. Je l'observai à la dérobée. Coiffée d'un joli fichu rose, elle portait une robe blanche avec des pois rouges et de fins bottillons noirs et elle tenait à la main un petit sac rouge. Elle était ravissante.

Elle me fit la bise deux fois et je l'imitai. Puis nous entrâmes nous choisir une table.

Sans attendre, elle me demanda avec ironie si nous allions dorloter notre nouveau patient. J'eus droit à son discours. Elle argua que nous étions trop mous, que nous protégions les fous.

— Mais voilà. Tu as tout compris, ma chère. Tu résumes parfaitement notre travail. Nous sommes là pour protéger les aliénés, pour tenter de les guérir. Car ce sont des malades, Viviane.

— Vous allez bichonner Dietrich au lieu de l'envoyer au pré alors qu'il a voulu t'tuer et qu'il a chouriné trois autres personnes ?

— Le « bichonner » serait une exagération. Nous allons bien sûr en prendre soin. C'est maintenant mon patient. Comme aliéniste, je serai certainement victime de tentatives de meurtre de la part de patients en crise.

Cela ne doit pas me faire détester plus ces malades que d'autres.

Elle secoua la tête de dépit. Le serveur s'approcha et je commandai un verre de vin blanc pour Viviane et un ballon de rouge pour moi.

— Eh bien, ça donnera à d'autres l'envie d'faire pareil en s'disant que s'ils sont pris, ils goûteront pas à la veuve de Saint-Pierre.

— Tu t'imagines que c'est une récompense pour Dietrich de finir ses jours à l'asile alors qu'il connaissait la richesse, la gloire ? Son public sera désormais composé d'idiots, d'imbéciles, de déments, d'hydrocéphales, de neurasthéniques… et d'aliénistes. Tu crois qu'il est agréable, ce théâtre-là ?

— Mes copines et moi, on croit qu'Marie a pas eu la justice qu'elle méritait.

— La justice et le public y trouvent leur compte. Nous retirons de la circulation un aliéné dangereux. L'essentiel est accompli.

— Y a pas de justice, de toute façon, laissa-t-elle tomber avec dépit.

— L'État et la médecine ont fait front commun le meilleur parti qui soit. Il y a une justice.

— Ça vaut pas une chique, c'te justice-là, Georges. S'il avait tué des bourgeoises, il serait à la prison de Mazas. Mais bon, il s'en est pris à de pauvres filles. Comment un homme aussi riche peut-il tuer des gens aussi sauvagement sans être puni ?

— Mais ça n'a rien à voir, Viviane. Pas besoin d'être un Quasimodo pour agir avec sauvagerie…

Le serveur apporta nos verres de vin. Je voulus porter un toast, mais Viviane n'avait pas le cœur à cela. Elle détourna son visage vers la fenêtre. Un groupe d'étudiants passait avec leurs livres sous le bras. Avant que notre conversation ne dégénère, je sortis de ma poche deux billets.

— Regarde, Viviane… Demain, comme je te l'avais promis, tu vas voir Paris du ciel.

Son humeur passa de l'orage à l'éclaircie.

— Georges, tu y as pensé !

Elle me prit les mains en me remerciant. Je remis les deux entrées pour une envolée dans ma poche.

— Moi aussi, j'ai quelque chose pour toi.

Elle ouvrit son sac et me présenta une magnifique écharpe rouge en laine qu'elle avait confectionnée pour moi.

— Avec ton paletot noir, tu auras l'air d'un vrai médecin.

— Et j'avais l'air de quoi ?

— D'un marin. Lève-toi. Je veux voir c'que ça donne.

Elle se leva en même temps que moi et entoura mon cou du foulard. Elle recula pour me regarder.

— Là, tu r'sembles à un vrai savant, Georges.

Je l'enlaçai. Elle était si menue dans mes bras. Ses cheveux sous mon menton sentaient l'eau de rose.

J'adorais Viviane, je m'attachais à elle à chacune de nos rencontres. Elle me rappelait les filles miséreuses qui peuplaient mon pays. Pauvres mais riches de cœur. Des exploitées que l'on destinait aux manufactures anglaises ou aux couvents. De la main-d'œuvre à bon marché. Des porteuses d'eau, comme on disait chez nous. Des vies ratées dès la naissance. Un destin prédéterminé.

Je savais que Viviane en avait arraché. Toute la misère avalée n'avait pas altéré sa beauté, mais, tel un voile opalin, elle ne pouvait cacher la souffrance. Je savais que cet amour interdit risquait de me causer des ennuis et j'espérais la convaincre un jour prochain d'abandonner son gagne-pain. J'aurais d'ici peu une position enviable et je gagnerais assez d'argent pour fonder une famille. Mais je n'osais pas aborder ce sujet tout de suite, même si je savais qu'il faudrait m'ouvrir là-dessus avant longtemps. Nous reprîmes nos places et je décidai de lui lancer une perche.

— Et qu'est-ce que tu dirais de m'accompagner à Montréal à la fin de mes études ?

— Pour un voyage ?

— Hum… Pas tout à fait. Tu viendrais visiter la ville, tu pourrais trouver un métier.

Elle éclata de rire. Je commençai à me sentir offusqué.

— Et qu'est-ce qu'on va dire de t'voir ramener une pauvre petite Française idiote ?

Je me rapprochai et je lui parlai à l'oreille.

— Mais où est-ce écrit que tu es une pauvre petite Française idiote ?

Viviane se redressa sur sa chaise pour me regarder.

— J'te comprends pas, Georges. Tu pourrais fréquenter des filles d'la haute et tu te contenterais de moi ? J'connais les hommes, mon beau. Z'êtes tous pareils. J'vous vois toutes les nuits dans mon cabinet de travail. Si toi t'auscultes des fous, moi, j'observe dans mon lit les soi-disant sains d'esprit qui trompent leur femme et nous font parfois des déclarations d'amour. Les hommes sont guidés par l'argent et l'arbalète qu'ils ont entre les jambes.

Je n'appréciai pas le dernier commentaire.

— À ce que je sache, Viviane, je ne me suis jamais rendu au bordel pour coucher avec toi.

— T'as raison, s'cuse-moi…

Elle se pencha vers moi et saisit mes grosses mains.

— J'ai juste vingt ans, Georges, mais tu vois, c'est comme si j'avais déjà vécu mille ans avec tous les jules qu'j'ai connus. Et j'ai pas en haute estime la lignée d'Adam. Ça pense plus au cul qu'à l'amour pour la vie. Tu sais, mon père et mon grand-père ont abandonné femmes et enfants à la moindre difficulté. C'est pas d'vot' faute, vous êtes ainsi, comme le dit madame Luce. C'est dans vot' nature. Ma grand-mère et ma mère ont connu la misère à cause des hommes, j'suis pas sûre d'vouloir faire pareil.

Je regardai l'heure. Il était temps de commander si je ne voulais arriver en retard à Sainte-Anne cet après-midi. Les délégations étrangères commençaient à arriver et je voulais m'assurer que tout était au point pour l'exposition. Nous continuâmes notre conversation sur des sujets plus sereins, en parlant du temps qu'il faisait ou des beautés de la ville, puis vint le moment de nous quitter.

— Tu es toujours d'accord pour notre envolée de demain ? dis-je en la tenant par les épaules.

— Ce sera formidable ! J'ai toujours voulu voler, répondit-elle en m'embrassant.

Je m'éloignai, l'âme triste. Serais-je mal aimé toute ma vie ?

25. Dietrich comme sujet d'exposition

Je me rendis très tôt à Sainte-Anne pour rencontrer Magnan, qui présenterait le lendemain sa conférence. Le deuxième Congrès d'anthropologie criminelle débutait officiellement aujourd'hui. La salle d'exposition que j'avais montée avait plu aux congressistes arrivés la veille. Tous ceux qui l'avaient visitée semblaient ravis de ma sélection. Je me félicitai que personne ne se soit plaint de ne pas avoir vu le portrait de Louis Riel avec les autres « têtes de révolutionnaires et d'anarchistes ».

Lorsque j'entrai dans son bureau, le docteur Magnan examinait les dossiers de la dernière semaine et se réjouissait de la sortie d'une neurasthénique arrivée deux mois plus tôt dans un piètre état. Au moins, il en sortait un de temps en temps.

— Georges, entrez et asseyez-vous. Merci d'être venu de si bonne heure.

— Avez-vous eu le temps de visiter la salle d'exposition, docteur ?

— Oui, et tout est parfait. Les Italiens sont contents de leur musée des bosses... Georges, je voulais vous voir pour vous demander de m'assister au cours de ma présentation. Afin de contrecarrer les thèses de Lombroso, j'ai décidé d'utiliser des sujets gravement atteints par la maladie mentale, mais par ailleurs sans aucune anomalie physique afin de démontrer une bonne fois pour toutes que le criminel-né n'existe pas. Je vais d'ailleurs profiter de notre nouvel invité, le ténor Dietrich, pour qu'il soit de la distribution. Je présenterai les cas, j'exposerai le physique parfait, voire apollinien, de certains patients. Je vous demanderai parfois de prendre des mesures au compas ou à la règle pour étayer mon argumentation. Ça vous va ?

— Ce sera un honneur de vous aider, docteur. Et pour la sécurité ? Certains membres des délégations pourraient s'inquiéter de voir des aliénés dans la salle. Et il ne faut pas oublier que Bertillon, Galton et Lombroso seront présents et qu'ils risquent de causer du grabuge.

— Ça ne se produira pas. J'ai prévu augmenter le nombre de gardiens. Par ailleurs, en ce qui a trait à nos patients, comme vous avez appris à connaître ceux que j'ai sélectionnés, ils accepteront volontiers que vous les mesuriez si nécessaire, d'autant plus que je leur aurai expliqué avant que ma thèse a pour but de prouver qu'ils sont parfaitement constitués sur le plan physique même s'ils sont gravement aliénés et dangereux... mais je m'abstiendrai de leur communiquer cette dernière partie, soyez sans crainte, dit Magnan en me regardant avec un sourire en coin.

Je souris à sa repartie, m'étonnant une nouvelle fois de son sens de l'humour.

— Je vous demanderais de me dresser un bilan de l'état de santé de Dietrich, reprenait déjà Magnan. Je crois que nous parviendrons à diminuer les chancres qui infestent son corps, mais pour la séance, il faudra bien que nous le vêtissions d'un gilet. Ce qui m'inquiète cependant, c'est son état à la suite des coups reçus.

— Je sais qu'il se remet bien de la commotion causée par le morceau de quartz que je lui ai lancé. De la correction administrée par un autre détenu lundi soir à la prison, il lui restera quelques ecchymoses et une ou deux petites bosses, ce qui mettra Lombroso en état de grâce.

— Vérifiez néanmoins sa santé en général. Je le veux en état d'être exhibé. Et demandez donc à Bouchereau de vous prêter main-forte, puisque Dietrich est dans son pavillon.

Je sortis emballé de cette requête de Magnan. Je m'engageai d'un bon pas dans les corridors, en route pour le quartier des agités. Je rencontrai en chemin Kerbellec, qui paraissait exténué. Il m'expliqua qu'un patient avait essayé de se tuer en avalant du bourrage à matelas cette nuit dans le pavillon des hommes et qu'il avait dû demeurer à son chevet jusqu'à ce que l'équipe de jour prenne le relais. Tout en marchant, il mentionna à quel point la situation était difficile dans ce pavillon en raison de l'absence du docteur Dubuisson. Heureusement, la rumeur voulait qu'il revienne incessamment, ce qui réjouissait Kerbellec.

En arrivant dans l'aile où se trouvait Dietrich, j'éprouvai un peu d'appréhension. J'allai voir Bouchereau, qui était déjà à son bureau, et nous nous dirigeâmes ensemble vers la salle où se trouvait Ténor Diavolo. Depuis la veille au matin, la voix de Dietrich se faisait entendre. Les malades qui, au début, avaient apprécié le tour de chant, commençaient à montrer des signes d'impatience. Heureusement, le mobilier était rivé au plancher, mais Bouchereau me dit que Dietrich avait reçu quelques taloches de la part d'un patient allergique à sa voix. Si son talent attirait la foule au Palais Garnier, il n'en était pas de même à Sainte-Anne. D'après Bouchereau, cette volonté de chanter continuellement constituait une stratégie de Dietrich.

— Il cherche à obtenir une véritable correction qui lui causera une blessure assez sévère pour qu'on le conduise au pavillon d'hospitalisation. C'est certainement pour cette raison qu'il ne s'est pas défendu quand le patient l'a agressé. Je crois qu'il pense pouvoir s'échapper lorsqu'on le transportera au pavillon de soins spécialisés.

— Ce serait dans la nature de Dietrich de faire ce genre de calcul, acquiesçai-je.

Nous entendions la voix de Dietrich, de plus en plus forte à mesure que nous avancions dans le corridor. Il chantait un extrait d'opéra en déformant les paroles. Bouchereau soupira.

— Les aliénés criminels nous posent un grand dilemme moral. Puisque tous nos patients sont égaux, jusqu'où doit-on aller dans le *no restraint*?

Lorsqu'il me vit entrer dans la salle, Dietrich cessa de s'égosiller. Il portait les vêtements communs aux patients. Le gardien chargé de surveiller les aliénés criminels affichait une mine impatiente. Dietrich l'exaspérait déjà. Le visage du ténor portait quelques marques: un œil au beurre noir et des lacérations au cou. Des ecchymoses aux teintes compote de pommes côtoyaient des bleus violacés sur une de ses joues. Sur un côté du crâne, la bosse que je lui avais faite avec le quartz était bien visible.

— Tiens, Georges d'entre-les-putes! Comment va le Canadien?

— Je vais bien, Guillaume. Et toi?

— Je vais aussi bien qu'une morue prise dans un filet…

— Ça pourrait être pire, tu sais…

— Parle pour toi, Villeneuve. Tu ressembles tellement à tout le monde qu'il est difficile de croire que tu es médecin. Et encore, avec ton accent stupide, on n'arrive même pas à croire que tu puisses appartenir à la civilisation et que tu sois parvenu à te rendre jusqu'ici.

Fidèle à lui-même, Dietrich continuait à vouloir écraser les autres.

— À défaut de me remercier, je suis content de voir que tu penses encore à moi.

Bouchereau gloussa en dévissant le bouchon d'une bouteille de peroxyde. Il avait entrepris de refaire le pansement d'un autre patient, qui demeurait stoïque, perdu depuis des années dans ses pensées morbides.

— Ah! J'aurais dû me méfier de toi en voyant ta tronche, reprit Dietrich. Mais je te regarde, Georges, et je trouve que tu as très vite pris le mauvais pli des Français.

— Et quel est donc ce mauvais pli, selon toi ?

— L'arrogance et la suffisance.

Je restai surpris. Venant d'un homme tel que lui, cette assertion était pour le moins risible.

Bouchereau interrompit son travail pour se tourner vers nous.

— Monsieur Dietrich, je vous prie d'être poli à l'endroit du docteur Villeneuve… et des Français.

— Mais je le suis, cher docteur, puisque je m'abstiens de dire à cet infect morpion tout le dégoût qu'il m'inspire et qui n'a d'égal que celui que j'éprouve pour la France tout entière.

Je soupirai. Dietrich ne s'améliorait pas ! Mais puisque Magnan m'avait demandé de l'aviser que sa présence serait sollicitée à une présentation du Congrès d'anthropologie criminelle, j'en vins au fait.

Pendant que Bouchereau poursuivait son travail et que le gardien surveillait de près Dietrich, j'exposai donc la proposition de Magnan. Contrairement à ce que je craignais, Guillaume parut heureux de la demande.

— Ce sera un plaisir de jouer le fou dans l'opéra de monsieur Magnan, dit-il en pouffant de rire. Je vais faire pleurer votre public, vous verrez, Georges. Il y aura même un rappel.

Cette fois, c'est Bouchereau que j'entendis soupirer. Il devait penser au chemin que nous aurions à parcourir pour soigner cet homme qui, hélas, passerait probablement le reste de ses jours entre quatre murs.

Le destin était cruel pour Dietrich. Si sa route n'avait pas croisé la mienne, il aurait peut-être foulé les planches de la célèbre Scala et de l'opéra de Berlin avant de se faire prendre. Or, il se retrouvait aujourd'hui dans un dortoir de quinze lits avec autant de fous, surveillé de près par un gardien plus qu'attentif puisque, à Sainte-Anne, il n'existait toujours pas de quartier de sûreté pour les criminels dangereux, malgré les requêtes de Magnan.

◆

Même avec nos billets, nous n'avions pu obtenir de place dans la nacelle du dirigeable. L'achalandage était tel qu'il aurait fallu patienter deux heures et il nous aurait alors été impossible d'assister au *Wild West Show*. Nous nous résignâmes à remettre ça à une autre journée.

La soirée était douce et je me plaisais au bras de Viviane.

Nous marchions main dans la main. Un étrange silence nous habitait. Des vapeurs mélancoliques semblaient nous coller à la peau depuis le début de la soirée. J'avais passé une partie de l'après-midi à assister à quelques conférences données dans le cadre du congrès d'anthropologie, mais rien de bien nouveau n'était ressorti des analyses présentées, si ce n'est que l'affrontement entre les théories italiennes et françaises battait son plein. J'avais regardé avec attention l'assistance devant laquelle, le lendemain, le docteur Magnan ferait sa démonstration.

Nous arrivâmes bientôt devant le site du spectacle de Buffalo Bill Cody. J'avais appris, en voyant les têtes d'affiche, que Gabriel Dumont, le chef militaire des Métis, était effectivement de la distribution. Quel paradoxe ! Buffalo Bill avait été un des grands exterminateurs de bisons en Amérique alors que Dumont, lui, avait établi de strictes règles de chasse pour les Indiens afin de sauver la ressource qui allait en s'épuisant.

Viviane m'avait parlé avec enthousiasme des Indiens. Elle aurait aimé vivre comme eux dans la nature. Je lui avais avoué que ce n'était plus tout à fait le cas des Indiens du Canada, que l'on avait privés de liberté en créant de grandes prisons à ciel ouvert appelées bien ironiquement des « réserves ». Je profitai du moment pour lui raconter en détail mon aventure du Nord-Ouest. Il fallait voir la révolte dans ses yeux.

— Tu devrais écrire là-dessus, Georges.

— Mais je l'ai fait, Viviane. Le livre s'intitule *L'Ouest à feu et à sang*. Si tu veux, je t'en procurerai un exemplaire.

Elle me regarda comme si elle contemplait Victor Hugo. J'en fus à la fois amusé et troublé.

L'heure de la représentation approchait et j'achetai deux billets. En entrant dans l'arène en forme de rodéo, je restai surpris. Devant nous, alors que nous étions toujours au cœur de Paris, une forêt de tipis blancs se dressait. Je n'avais pas vu autant d'Indiens depuis mon voyage dans le Nord-Ouest. Nous nous avançâmes et j'entendis parler français avec l'accent de chez nous. Viviane, qui avait reconnu la petite musique de ma patrie, se tourna vers moi. J'aperçus des Métis qui, à notre gauche, discutaient entre eux. Ils avaient le visage grossièrement fardé de rouge avec des peintures de guerre et portaient de grands manteaux en daim tanné, ornés de perles colorées et de franges. Je m'approchai d'eux.

— Vous êtes du Manitoba ou de la Saskatchewan?

— Tiens, un Canadien français! lança un des hommes en se tournant vers moi.

— Les Métis ont quitté le Manitoba depuis longtemps, dit un autre. Nous n'y sommes plus les bienvenus, à moins de nous prosterner devant le traitement colonial du gouvernement canadien.

La remarque déclencha le rire des autres Métis.

Je me présentai comme un ancien capitaine du 65e bataillon. Ils avaient eux aussi participé à la rébellion, mais de l'autre côté.

— Un ennemi! Arrêtez-le! cria l'un d'eux à la blague en me saisissant par l'épaule.

Viviane, qui était demeurée en retrait, ne savait trop comment réagir.

— Dumont est avec vous? demandai-je en riant moi aussi.

— Non, c'est Alexis, que voici, qui incarne son rôle. Gabriel a préféré rester aux États-Unis, car il n'a pas

encore pu obtenir son amnistie du gouvernement canadien. Comme nous devons faire une escale à Liverpool,
il a craint d'y être arrêté par les Britanniques et remis aux
autorités canadiennes, qui veulent toujours le pendre
comme Riel. Si vous voulez voir Gabriel, il vous faudra
aller aux États-Unis où, cela dit, son numéro fait fureur.

Ils devaient maintenant retourner dans les écuries,
car le spectacle allait commencer. Nous nous saluâmes
avec affection. Après tout, les Métis et les Canadiens de
la province de Québec étaient des frères de sang.

Je revins vers Viviane, qui me regardait d'une tout
autre façon, « Son » Georges parlait avec des Indiens !
Nous nous arrêtâmes devant un kiosque d'art métis.

— Ces manteaux de daim avec des franges sont
magnifiques, s'extasia-t-elle. T'as vu toutes ces pierres ?

— Les Métis sont de très habiles artisans, l'assurai-je
en regardant ce qui pouvait être accessible à ma pauvre
bourse.

Je lui achetai un bijou en cuir incrusté de pierres de
verre. Je passai le bracelet autour de son bras.

— T'es un amour, Georges. Les filles vont toutes
vouloir le porter !

Nous arrivâmes enfin aux estrades. Presque tous les
sièges du spectacle parisien de Buffalo Bill étaient occupés.

Viviane fut impressionnée par les numéros d'adresse,
le tir de précision, la charge de la cavalerie, la prise de
la diligence, les acrobaties sur les chevaux. Il fallait voir
ces cow-boys en plein rodéo sur leurs mustangs qui
ruaient de la croupe pour les catapulter violemment
dans les airs. Quand ils retombaient lourdement sur la
terre battue, on entendait les « Oh ! » et les « Ah ! » de
la foule. Le concours de lancer au lasso déplut cependant
à Viviane. Elle s'emportait en voyant les cow-boys descendre de leur monture pour ficeler l'animal.

— C'est pas humain, ça. J'aime pas. J'aime pas,
disait-elle en se cachant les yeux.

Par contre, elle apprécia beaucoup Anne Oakley, une cow-girl célèbre, qui effectuait un numéro d'adresse avec son pistolet. Quant à Alexis, le Métis qui personnifiait Dumont, son numéro se déroulait avec un pistolet-jouet semblable à celui que Dumont avait reçu dans sa jeunesse. Il ne rata pas une fois la cible. Les Métis étaient reconnus pour être des tireurs d'élite, les Anglais et les Sioux pouvaient en témoigner.

Viviane se blottissait contre moi lorsque les cascades devenaient trop dangereuses. Devant ce spectacle à grand déploiement, elle retombait en enfance… et moi dans mes souvenirs de guerre.

Après la représentation, nous allâmes prendre une bouchée dans le quartier arabe. C'est là qu'elle m'annonça qu'elle comptait ouvrir bientôt un atelier de couture, que madame Luce acceptait de lui prêter un petit espace pour qu'elle puisse travailler.

— Je vais confectionner des tenues originales pour les filles, m'expliquait Viviane d'un ton tout excité.

— C'est formidable, Vivi !

J'étais tellement heureux. C'était comme si mes prières des derniers jours avaient été exaucées.

— Je vais te faire coudre mes chemises, ajoutai-je. Ce sera ça de plus à ton moulin ! Tu sais, à Montréal, tu trouverais facilement du travail dans les manufactures, ou je pourrais t'installer au rez-de-chaussée de ma maison avec ton nom dans la vitrine : « Viviane Hamon, haute couture. Mode élégante. »

Elle sourit.

— Tu rêves en couleurs, Georges. L'Amérique, c'est pas pour les pauvres filles comme moi.

— Mais non, Vivi, tu n'es pas une pauvre fille puisque tu vas bientôt compter dans ta clientèle un célèbre aliéniste du Canada.

Elle rit aux éclats et je prenais plaisir à la voir aussi joyeuse quand soudain j'entrevis Emma qui passait, en compagnie d'une amie. Elle tourna la tête vers moi au même moment. Je ne savais si je devais me lever pour aller la saluer ou si… mais déjà elle regardait ailleurs, poursuivait sa marche. Avais-je rêvé ou son regard m'avait-il paru tout aussi troublé que le mien?

— Ça va, Georges? me demanda Viviane.

— Oui… oui. J'ai cru apercevoir une connaissance.

Emma avait déjà disparu dans la petite rue du souk. Je regardai ma montre et dis à Viviane qu'il était l'heure de rentrer.

26. L'anatomie, clé de l'âme criminelle ?

VENDREDI, 16 AOÛT

J'avais quelques minutes avant que ne s'amorce la huitième communication du deuxième Congrès d'anthropologie criminelle. Le congrès en était à sa deuxième journée. Les présentations se tenaient dans l'amphithéâtre de l'asile Sainte-Anne. Depuis deux jours, dans les corridors de l'asile, on entendait parler italien, allemand, anglais. Magnan allait maintenant exposer quatre cas qui, selon lui, démoliraient la thèse du « criminel-né » qu'avançaient les anthropologues italiens, venus en grand nombre à Sainte-Anne.

À la porte d'accueil, je vis passer Galton et Bertillon, à qui l'anthropométrie devait tant. Ils semblaient s'amuser, car ils riaient à gorge déployée.

Afin de tuer le temps, j'entrai dans la salle d'exposition d'anthropologie criminelle. Depuis le début des séances, les couteaux volaient très bas entre les délégations. Une nouvelle querelle des bouffons éclatait entre Italiens et Français. La foire d'empoigne intellectuelle était commencée. Si le premier congrès s'était tenu à Rome quatre ans plus tôt et avait valu la gloire au docteur Lombroso, le second acte avait lieu dans le pays des Lumières, où la raison domine. Deux ans auparavant, la publication de *L'Uomo delinquente* avait conféré au savant italien la reconnaissance internationale. Intitulé en français *L'Homme criminel*, le livre avait soulevé passions et débats. Depuis quelques jours, cependant, l'école de Paris taillait en pièces les thèses de l'école italienne. Lors de la première séance, les docteurs Manouvrier et Lombroso avaient eu des prises de bec. Aux dernières recherches d'anthropologie criminelle de Lombroso, Manouvrier opposait qu'il n'existe pas de caractères anatomiques propres aux criminels. Le ton avait monté et le sang latin avait bouilli. J'étais vivement impressionné par la tournure que prenait le débat. Dans un camp, nous retrouvions les tenants de l'atavisme – soit la thèse du criminel-né du célèbre aliéniste de Turin – et, dans l'autre, ceux qui expliquaient la criminalité par des causes sociales ou psychologiques.

Je regardai l'heure, la démonstration de Magnan allait commencer dans quelques instants. Comme j'y participais, je me tenais sur le qui-vive. Je me dirigeai vers l'avant de la salle. Un brouhaha indicible et une énergie survoltée régnaient dans l'amphithéâtre et la tension était à tailler au couteau.

Le docteur Tarde, magistrat parisien, présidait la séance. Il présenta avec solennité le docteur Magnan et le docteur Romeo Taverni, de Catane. La salle était pleine. Le sujet du jour, « De l'enfance des criminels dans les rapports avec la prédisposition naturelle au crime », allait opposer Magnan et Taverni. Mais ce dernier ne s'attendait certes pas au coup de théâtre que le maître de Sainte-Anne lui préparait.

Deux gardiens passèrent devant moi avec les quatre patients de l'asile qu'il allait exposer *de visu*. Cette étrange parade n'avait rien de sinistre, dans la mesure où Magnan défendait le droit humain contre les thèses eugénistes. Les malades ne portaient qu'un caleçon blanc et un gilet. En m'apercevant, Dietrich me darda de son regard de vipère. Il se présentait sans perruque ni maquillage, le visage glabre mais toujours couvert d'ecchymoses.

— L'exposition des fous va commencer, Georges, me dit-il au passage. Comment vont les filles de chez madame Luce ? Sucent-elles toujours aussi bien ? Fais-leur mes salutations.

Je me contentai de sourire, mais la remarque amusa les gardiens et j'entendis des éclats de rire dans les premières rangées.

Les quatre patients furent placés l'un près de l'autre sur la scène noire. Le rail de lampes au gaz descendait au-dessus de leur tête. Une lumière froide. Chacun d'eux semblait contenu dans un cône lumineux. On aurait dit un quatuor de vieux anges fous. Il ne leur manquait que des langes.

À leurs côtés, Magnan griffonnait quelques notes avant que ne commence sa démonstration. Comme l'écrirait plus tard le docteur Gabriel Tarde, « cette démonstration valait toutes les réfutations *ex cathedra* ».

Après avoir présenté Magnan, Tarde annonça le début de la séance.

— Allons-y, me dit l'aliéniste de Sainte-Anne en m'entraînant sur la tribune sous les applaudissements.

J'avais l'impression d'être le tourneur de page d'un grand pianiste qui entrait en scène.

Magnan s'adressa d'une voix ferme et solennelle à ses invités. L'aliéniste parisien étala d'abord le bilan criminel de ces quatre hommes au passé trouble. Ce compte rendu donnait froid dans le dos. Les crimes qu'ils avaient commis dans leur jeunesse jusqu'à aujourd'hui parlaient d'eux-mêmes : voies de fait, meurtres, viols, pédophilie, nécrophilie, détroussage de cadavres... L'affaire Dietrich, toute fraîche, avait été suivie par l'ensemble des délégations.

Le docteur Magnan fit une pause, puis toisa un homme qui portait une longue barbe, une moustache blanche bien fournie et un crâne à demi chauve. Avec son regard austère et ses petites lunettes ovales, je reconnus le professeur Lombroso, qui se redressa sur sa chaise.

— Depuis longtemps, reprit Magnan, mon métier m'a appris que la clé de l'âme criminelle ne réside ni dans la grosseur d'une mâchoire ou du crâne ni dans le manque de cheveux. Si vous observez bien ces quatre messieurs, ils sont parfaitement constitués. Je vais demander à mon assistant de prendre le compas et le pied à coulisse, instruments de prédilection de ceux qui prétendent démontrer ces fameuses « anomalies criminelles », et de mesurer l'angle auriculotemporal et les dimensions du pavillon de ces patients. Vous constaterez que ces mesures sont tout à fait normales.

J'ouvris la boîte en bois contenant les instruments de mensuration.

Je m'approchai de Dietrich en premier et mesurai son pavillon auriculaire tandis qu'il me toisait d'un air suffisant. J'écrivis mes résultats en grosses lettres sur le tableau noir qui avait été placé bien en évidence sur la tribune, et où avait été inscrit le nom des quatre aliénés criminels. Je continuai mes mesures sur les trois autres hommes.

— Comme vous le voyez, les mesures ne présentent aucune anomalie significative. À ce propos, mon propre pavillon auriculaire m'apparaît plus gros que la somme de nos deux premiers échantillons… Et je n'ai commis aucun crime si ce n'est celui de m'opposer aux thèses des criminologues italiens.

Le public s'esclaffa, mais le docteur Taverni riait jaune.

Dietrich, lui, affichait un sourire dément qui semblait figé dans le mortier. Il était pleinement conscient d'être un centre d'attraction. Son œil allait et venait d'un coin à l'autre de la salle.

Magnan s'avança vers le public en le balayant du regard sans perdre de vue son vivant tableau d'exposition.

— Ces constatations s'appliquent aussi à la crâniométrie, à laquelle les partisans de la thèse du criminel-né accordent, sans vouloir faire un mauvais jeu de mots, une importance démesurée, ce que va maintenant démontrer mon assistant.

Je mesurai les différents tours de tête pour établir qu'ils étaient parfaitement normaux et j'inscrivis de nouveau chaque mesure sur le tableau noir, en dessous du nom de chaque malade. Quand je me postai devant Dietrich avec mon mètre à mesurer, il me demanda si les filles de madame Luce accepteraient de lui rendre visite à l'asile moyennant rétribution. Je ne répondis pas.

Soudain, Dietrich baissa son caleçon en prenant un air de petite fille gênée qu'il feignait à merveille. Et il avait parfaitement raison : il fallait voir la longueur de l'organe. J'en perdis presque le compte de la mesure.

— Mesurez-moi la bite, docteur ! cria Dietrich, ce qui déclencha le rire de la salle. Y trouverez-vous le secret de ma folie ? Tout est là. Vous n'avez rien compris, messieurs les savants ! Il faut faire une communication intitulée « De la longueur de la bite des meurtriers ».

Les congressistes s'esclaffèrent encore tandis que j'inscrivais la mesure sur le tableau.

Constatant l'hilarité qu'il avait provoquée dans l'assistance, Dietrich entonna un air d'opéra comique italien qui fit redoubler de rire les savants. À défaut d'avoir chanté à La Scala, Dietrich pourrait se vanter de l'avoir fait à Sainte-Anne. Deux des trois aliénés éclatèrent à leur tour de rires hystériques qui percèrent la salle tandis que l'autre restait de marbre, insensible sous l'œil attentif des gardiens, soudain nerveux.

— Monsieur Dietrich, cria Magnan pour couvrir la voix du chanteur, vous pouvez remonter votre caleçon maintenant. Votre démonstration est concluante !

Dietrich obtempéra et se tut. Il avait réussi son coup d'éclat. Le calme revint dans la salle et Magnan put conclure sur la crâniométrie.

— Messieurs, les hommes devant vous ont une dimension crânienne tout aussi normale que la nôtre. Leur conformation corporelle, comme vous le voyez, est parfaite, voire irréprochable. Et pourtant ces quatre hommes ont commis des crimes parmi les plus affreux qui soient. Et comme vous le savez, monsieur Dietrich ici présent remplissait, jusqu'à tout récemment, l'opéra de Paris grâce à ses talents de chanteur, reconnus partout en Europe.

Le visage de Dietrich se déforma alors qu'il faisait semblant de pleurer.

Magnan marcha jusqu'au pupitre de la tribune pour finir son exposé.

— Comme le soutenait avec pertinence monsieur Motet, lui qui a longuement pratiqué dans les maisons d'éducation correctionnelle, il faut expliquer cette disposition criminelle par la négligence de parents prompts à larguer leur progéniture plutôt que par les dimensions de l'australopithèque… ou de nos ancêtres poilus. Le criminel-né n'existe pas. Il n'existe tout simplement pas. C'est une fausse piste de recherche. L'incubateur du crime, c'est la détresse sociale, la misère, celle que décrit Hugo dans ses romans. Intéressez-vous davantage au passé de ces quatre messieurs, au milieu dans lequel ils ont grandi, aux influences qui les ont menés ici, et moins à une hypothétique saillie de l'os malaire et à la fossette occipitale. Si vous observez le crâne de monsieur Dietrich, que vous le tâtez de toutes les façons, vous ne trouverez pas de bosses, et sa fossette occipitale est normale. *Idem* pour la saillie des zygomas de tous les sujets présents. Elle n'a rien de préhistorique.

Le vieil homme à la chevelure blanche regarda la salle, toute silencieuse.

Je sentais la douche froide que jetait Magnan sur l'école italienne. Bouchereau tapa dans ses mains, ce qui déclencha un fort volume d'applaudissements d'un côté de la salle. À l'opéra, ce magnifique aria aurait valu à Magnan un rappel, mais il était évident que les spécialistes italiens n'avaient pas apprécié l'air du maestro de Sainte-Anne. Cela sonnait faux à leurs oreilles... ou trop juste !

Alors que les applaudissements continuaient, un anthropologue italien, le docteur Momesso, insulté par la démonstration, bondit sur scène avec l'adresse d'un singe pour contester nos mesures. Il m'arracha le compas des mains. Il semblait furieux. Devant Dietrich, il montra à Magnan une soi-disant erreur que j'aurais commise en mesurant les crânes, car je l'aurais fait non par leur équateur, pour reprendre son expression, mais par leur tropique sud. Fort agité, l'anthropologue criait sa désapprobation en pointant vers moi l'appareil, puis en le tournant vers Dietrich.

— Le front large et disproportionné de cet homme est le fruit de sa naissance criminelle, Magnan. Regardez cette bosse !

Magnan se tourna vers moi avec un sourire ironique. La prétendue bosse résultait de l'attaque récente dont Dietrich avait été victime lors de son arrestation. Le patron de Sainte-Anne répliqua d'une voix forte :

— Le problème avec l'anthropologie criminelle, c'est sa méconnaissance de la médecine, puisque notre cher professeur confond tare de naissance et blessure récente subie par le patient.

La partie de la foule qui avait applaudi s'esclaffa. Dietrich aussi, qui était plié en deux tant il riait. Il se redressa en chantant un air d'opéra qui prolongea la risée générale, puis des échanges vigoureux débutèrent entre les tenants des deux théories. Je n'aimais pas la tournure que prenait la démonstration. La tension était trop vive et Dietrich s'agitait de plus en plus bien qu'il eût cessé de pousser son air. Son œil fou glissait d'un expert à l'autre et son rire dément concluait chaque intervention, ce qui entraînait l'enthousiasme des deux autres fous. Le troisième malade restait heureusement figé dans sa torpeur, sans émotion. On sentait les gardiens sur les dents, prêts à intervenir à tout moment.

Le docteur Momesso, toujours sur la scène, voulait reprendre des mesures sur Dietrich. Il se campa devant le ténor.

— Je persiste à vous dire que ce front est anormal, cria-t-il à travers le brouhaha, et je vais vous le prouver en le mesurant tant dans sa largeur que dans sa longueur.

Il approchait le compas du visage de Dietrich quand celui-ci le saisit d'une main leste et le planta droit dans l'œil du savant. Je le vis forer dans l'orbite alors qu'il reprenait en hurlant son air d'opéra en italien. Le sang gicla droit devant sur Dietrich et sur ma blouse.

Nous étions tous tétanisés de surprise. Dietrich lâcha sa victime sans se départir de l'instrument. L'anthropologue s'affaissa lourdement, en état de convulsions, à demi mort dans une mare de sang qui s'élargissait autour de sa tête. Retrouvant soudain mes moyens, je me penchai pour tenter d'enrayer l'hémorragie avec ma main. Mais la pointe avait pénétré loin dans le cerveau. Du sang s'écoulait par la bouche.

Des hurlements jaillirent alors dans la salle et le chaos s'ensuivit. « *Infamia* », hurla Lombroso. J'entendais des « *ma* », des « *my God* » et des « *X Dio* » et des « *Zio* »… Je tentai de réanimer le mourant, mais en vain. Le pouls cessa bientôt de battre.

Profitant du chaos, deux des aliénés se mirent à courir avant que les gardiens ne sortent de leur torpeur. Je voulus maîtriser Dietrich, mais il darda rageusement l'instrument vers moi. Je reculai juste à temps. Son œil dément semblait vouloir sortir de son orbite. Les gardiens, déjà aux trousses des deux autres, ne s'occupaient pas de lui. Pensaient-ils que j'allais maîtriser seul un fou furieux dont les forces décuplaient en état d'excitation maximale ? Dietrich pivota tout à coup sur lui-même et se sauva dans les coulisses en sautillant de joie. Je l'entendais hurler des insanités. Plusieurs congressistes montaient sur la scène, se précipitant autour de la victime, des Italiens pour la plupart, alors que le reste de l'assistance, dont le docteur Magnan, essayait de comprendre ce qui venait de se produire.

— Docteur Villeneuve, suivez-moi, entendis-je soudain.

C'était Bouchereau, qui courait dans la direction prise par Dietrich. Je m'élançai à sa suite et nous prîmes d'assaut les coulisses. Il y avait tellement de sang qui avait giclé sur Dietrich que nous n'avons eu au départ qu'à suivre les traces de pas. Mais elles s'estompaient rapidement.

— Là! Du sang sur la poignée, fit remarquer Bouchereau alors que nous passions devant une des nombreuses portes qui longeaient le couloir.

Dietrich avait bifurqué par la buanderie, qui débouchait sur une série de corridors labyrinthiques.

— Une chose est sûre, il ne réussira pas à franchir les barrières qui entourent l'asile. Il peut seulement rester à l'intérieur de l'enceinte.

— Mais c'est tellement vaste qu'on risque de le perdre facilement et longtemps, lui dis-je.

— Il y a beaucoup de secteurs restreints. Il ne pourra pas aller où il veut. On finira bien par le trouver.

Près d'un escalier, j'entendis une voix – probablement un gardien – hurler qu'ils avaient maîtrisé deux des aliénés en fuite. Bouchereau cria à son tour et nous montâmes en courant en nous guidant sur la voix. Deux veilleurs et le docteur Kerbellec maintenaient sous leur poids les deux fuyards. Mais Dietrich ne faisait pas partie du lot.

— Dietrich court toujours? demanda Kerbellec.

— Hélas! répondis-je alors que nous redescendions pour reprendre notre filature là où nous l'avions laissée. Trois corridors plus loin, j'avisai une légère trace de sang sur une porte qui menait aux sous-sols de l'asile.

— Nous sommes dans la bonne direction, lança Bouchereau en ouvrant la porte et en s'élançant dans l'escalier.

Nous étions dans les profondeurs de l'asile et les couloirs étaient sombres, humides. Certains contenaient

des ossuaires et de vieux appareils de médecine entre-
posés depuis longtemps : ballons, entraves, civières,
matériel chirurgical, fauteuils roulants... Nous regar-
dions partout en restant sur nos gardes. Bouchereau,
qui n'avait plus vingt ans, reprenait son souffle avec peine.
Il y avait tant de recoins d'où Dietrich pouvait surgir
sans crier gare. Je remarquai à un moment un système de
contention particulier : la fameuse cage allemande, tel
un sarcophage, dans laquelle on soumettait le malade à
une intense giration afin de l'étourdir et de le faire vomir.
Plus loin, Bouchereau indiqua une porte ouverte portant
la mention « direction chapelle et morgue ». Je connaissais
ce coin de l'asile pour y avoir transporté Michard il y
avait ce qui me semblait des siècles.

— Il est passé par là. Cette porte est ordinairement
fermée. Venez.

Nous franchîmes le seuil avec appréhension. Le passage était toujours aussi sombre et mal ventilé. Les
émanations de la chambre froide étaient irrespirables.
Je ramassai un bout de bois qui jonchait le sol. Mieux
valait avoir une arme en main, quelle qu'elle soit, pour
affronter la hargne de Dietrich. Nous entrâmes dans la
petite morgue où avait été autopsié Michard. J'ouvris un
à un les tiroirs des glacières pour voir s'il ne s'y cachait
pas, mais chacun d'eux était occupé. Étrangement, nous
entendions en sourdine l'orgue de la chapelle, qui était
située juste au-dessus. Je vis soudain Bouchereau s'arrêter
et pointer le doigt vers le plafond.

— Vous avez raison, il est probablement allé dans la
chapelle. À cette heure, l'office du midi n'est pas encore
commencé et Dietrich pourrait penser à se cacher dans les
confessionnaux, si je me fie à sa fixation sur les costumes religieux.

— Vite, suivez-moi, docteur Villeneuve. Il faut l'arrêter.

Nous débouchâmes en silence dans la sacristie, les
yeux grands ouverts et l'oreille tendue. Mais l'orgue

tonnait de plus en plus fort. Je retins mon souffle, prêt à tout, mais il n'y avait pas l'ombre d'une personne en vue. Nous fouillâmes dans les grandes armoires qui contenaient les habits ecclésiastiques. Dietrich n'était pas là. Le puissant bourdon de l'orgue faisait vibrer le plancher et mes nerfs. Nous avançâmes droit vers la porte menant à la chapelle. À son ouverture, les accords nous assaillirent comme de grands pics sonores, tout comme ce bouilli d'odeurs propres aux églises, mixture d'humidité, de moisi et d'encens.

Il semblait n'y avoir personne dans la nef qui s'étendait devant nous. Je regardai en haut au jubé et aperçus de dos la bure de l'organiste. Je me rappelai que c'était un frère qui touchait l'instrument. Bouchereau contourna l'autel par la droite, moi par la gauche, et c'est côte à côte que nous remontâmes l'allée centrale pour nous diriger vers l'arrière où se trouvaient les confessionnaux. C'est à ce moment que les harmonieux accords de l'orgue se télescopèrent dans un bruit infernal. C'était comme si des dizaines de notes disparates étaient jouées en même temps. Je tournai mon regard vers Bouchereau, qui montra la même incompréhension que moi. Je hissai mon regard vers le jubé. L'infernal point d'orgue ne voulait plus s'arrêter. Je me demandais bien comment les vitraux allaient résister à ce tohu-bohu sonore. Il y avait un dérèglement majeur dans la soufflerie de l'orgue ou le clavier.

Je vis à ce moment le frère encapuchonné descendre à toute vitesse l'escalier en colimaçon qui menait au jubé, puis marcher en coup de vent vers les portes, en faisant vaciller sur son passage la flamme des lampions.

Bouchereau, qui connaissait manifestement le frère, cria :

— Dom Michel, qu'est-ce qui se passe, pour l'amour de Dieu ?

Sans se retourner, le frère secoua la tête et leva les mains au ciel comme s'il était au désespoir :

— Je cours chercher de l'aide pour réparer l'orgue. La soufflerie est coincée et je n'arrive plus à l'arrêter.

La cacophonie devenait de plus en plus insupportable.

— Faites attention, Dom Michel, reprit Bouchereau, un aliéné dangereux est en liberté dans l'établissement !

Le frère, qui venait d'ouvrir l'une des portes d'accès, nous fit de la main un signe indiquant qu'il avait bien d'autres soucis que de s'occuper d'un fou en liberté.

Bouchereau haussa les épaules et se dirigea vers le premier confessionnal. Je fis de même de mon côté. Mais derrière chaque porte que nous ouvrions ne se trouvait que le vide.

Exaspéré par nos recherches infructueuses et par le bruit infernal, Bouchereau m'attrapa soudain par le bras et m'entraîna vers l'escalier du jubé.

— Allons voir en haut.

Nous grimpâmes l'étroit escalier en colimaçon. Et alors que nous arrivions aux dernières marches tortueuses, l'horreur se dévoila à nos yeux. Affaissé sur le banc de l'instrumentiste, un homme à moitié nu, le pariétal droit fracassé par un objet contondant, gisait sur les claviers souillés de matière grise et d'esquilles. Le sang glougloutait sur les touches blanches et noires. Des giclures avaient éclaboussé la partition du *Prélude et Fugue* n° 5 de Bach. Je me précipitai pour relever la moitié supérieure de son corps, ce qui eut pour effet de rompre l'accord sinistre, mais pas le puissant grondement de basse.

— Le pédalier, me signala Bouchereau en s'approchant à son tour.

Il attrapa les jambes de l'homme et nous le retirâmes complètement de son instrument. Le silence se fit enfin, non sans un dernier écho lugubre. Bouchereau prit les signes vitaux de l'homme, puis me regarda d'un air désespéré. Le cœur venait de cesser de battre.

L'évidence nous sauta aux yeux.

— C'était Dietrich qui descendait, dis-je. Il a dévêtu le frère organiste pour se dissimuler sous sa bure !

— Vite ! Il n'y a pas une minute à perdre. Nous devons donner son nouveau signalement.

En retournant à l'escalier, Bouchereau remarqua sur le sol le lourd crucifix en bois et en bronze qui avait servi d'arme. Encore une fois, Dietrich avait satisfait ses pulsions meurtrières en usant des symboles de la religion.

◆

Une équipe de police avait investi le périmètre de Sainte-Anne et participait à la recherche de Dietrich. J'aperçus à la dérobée le commissaire Goron, qui s'approcha de nous alors que nous traversions de biais la cour pour revenir du côté de l'amphithéâtre. Bouchereau, sans s'arrêter de marcher, l'avisa de la nouvelle apparence de Dietrich.

— Il a tué l'organiste et lui a pris sa bure…

Le commissaire Goron arbora un air dépité.

— Si vous nous l'aviez laissé, rien de tout cela ne se serait produit.

Il n'y avait nulle réponse à donner, et nous continuâmes notre chemin pour retrouver Magnan. Le commissaire nous emboîta le pas. Arrivé à destination, j'entendis un des internes dire à un policier d'un ton excédé :

— Cet asile est si vaste que j'en ignore encore de nombreux recoins, alors il faut chercher, chercher.

Je vis passer le cadavre de l'anthropologue italien que l'on glissait dans un corbillard. J'aperçus à l'ombre des marronniers Lombroso, Galton et le docteur Bertillon, qui commentaient le meurtre de leur confrère. Les congressistes aux regards consternés écoutaient Lombroso raconter et mimer avec de grands gestes l'agression mortelle. Nous passâmes près d'eux. Songeur, Bertillon frottait sa barbe, tandis que Galton lançait un « *Oh my goodness!* » en voyant le plastron de Bouchereau et ma chemise couverte de sang.

J'aperçus enfin Magnan près de la porte extérieure de l'amphithéâtre. Il avait conservé son flegme; il tenait sûrement à sauver son congrès même s'il savait qu'il serait une fois de plus victime de la critique pour avoir exhibé ses malades. Il était penché avec des policiers sur les plans des architectes Questel et Gion; ils devaient chercher les cachettes potentielles qui s'offraient à Dietrich. En nous voyant, il s'enquit de nos nouvelles. Si les nôtres étaient mauvaises, il nous annonça ce que nous savions déjà: les trois autres malades étaient hors d'état de nuire. Mis au courant de la nouvelle tenue de Dietrich, Magnan parut très inquiet.

— Quel malheur! Le frère Michel avait l'habitude de circuler librement dans l'asile. Tout le monde l'aimait. Il faut aviser tout le personnel.

— Même si nous n'en avons pas aperçu, il doit certainement y avoir du sang sur la bure, remarqua Bouchereau.

— En toute logique, où Dietrich a-t-il pu aller? questionna Magnan.

— Peut-il s'échapper d'ici? demanda Goron, qui avait écouté nos échanges.

— Non, l'assura Magnan, c'est impossible. Les murs d'enceinte ont déjà démontré leur efficacité.

— Si vous permettez, docteur Magnan, dis-je, je crois que Dietrich cherchera à satisfaire ses pulsions sadiques et perverses.

— Vous croyez qu'il ira dans le pavillon des femmes, docteur Villeneuve?

— Oui. J'en suis à peu près sûr. Il est obsédé par le sexe. Et en plus, le vêtement sacerdotal qu'il porte est un puissant symbole qui magnifie son pouvoir de domination et de perversion.

— Alors, il faut envoyer des renforts là-haut, ordonna Goron.

— Vous avez raison. Mais je vais quand même adresser une directive urgente aux membres du personnel de chaque pavillon. Il est impératif de sécuriser les salles en fermant toutes les issues, ajouta Magnan.

Sans attendre Goron, qui rameutait quelques-uns de ses hommes, Bouchereau et moi courûmes vers le quartier des femmes et c'est en soufflant comme un phoque que mon confrère me posa une question d'une façon assez crue :

— Entre une belle neurasthénique… une alcoolique épileptique… une idiote… et une démente sénile… qui pensez-vous… que Dietrich choisira ?

— Pour lui, toutes les femmes sont des putains. Dans le cahier d'observation, il est écrit qu'il a chanté la pomme, dès son arrivée, à une infirmière et à la jeune neurasthénique qu'elle accompagnait.

Arrivés au pavillon, chaque fois que nous apercevions un membre du personnel, nous l'avisions de la présence d'un meurtrier déguisé en frère.

— Allez transmettre tout de suite l'information au personnel de l'étage, disait Bouchereau à chaque personne au fait de la situation.

Nous nous dirigeâmes vers l'escalier central, et fîmes de même à chaque étage. Sur l'avant-dernier palier, mon pied entra en contact avec un objet dur. J'aperçus le compas ensanglanté qui avait servi à tuer le professeur italien. Je le ramassai.

— Il est dans ce quartier.

Bouchereau courut aussitôt vers une infirmière qui sortait d'une salle et lui intima d'aller le plus vite possible confirmer au docteur Magnan la présence de Dietrich à l'étage des neurasthéniques.

Le linoléum du vaste corridor, tout frais lavé, reluisait sous le feu blanc du soleil. Nous tournâmes à droite dans un corridor moins bien éclairé et qui semblait déserté. Il faut dire que tout l'étage était un lieu plutôt calme. Quand nous arrivâmes à la salle du personnel, nous comprîmes qu'elle avait été visitée. Il ne s'y trouvait plus personne. Puis j'entendis frapper au fond de la salle. Je m'avançai, tournai un coin. Trois visages apeurés derrière la fenêtre d'une lourde porte essayaient d'attirer mon attention.

À ma grande surprise, je reconnus celui de Kerbellec parmi eux. Je courus pour enlever la lourde barre qui empêchait la porte d'ouvrir.

— Un énergumène déguisé en religieux nous a menacés avec un rasoir, me dit aussitôt mon collègue en haletant. Nous nous sommes réfugiés dans la réserve et il nous a coffrés ici.

— Il y avait du sang sur la soutane, ajouta le deuxième homme, que je reconnus comme étant Bernard, le pharmacien du pavillon.

— Il s'est touché les parties à travers sa bure en me voyant, ajouta l'infirmière qui complétait le trio.

Je me tournai vers Bouchereau.

— Il faut évacuer les chambres le plus vite possible.

Il acquiesçait quand nous entendîmes une plainte qui se changea en hurlement. Ce cri nous glaça le sang. L'appel de détresse, la peur y étaient sans équivoque.

— Ça vient du bout est du couloir, assura aussitôt l'infirmière, qui avait l'air courageuse.

Bouchereau demanda immédiatement à Kerbellec et à Bernard de se précipiter pour verrouiller toutes les portes des autres patients afin d'éviter qu'ils n'enveniment la situation par leur présence et ne soient blessés.

Nous nous rendîmes sans faire de bruit jusqu'aux chambres au bout du corridor. Dans l'avant-dernière, à droite, j'aperçus Dietrich par la petite fenêtre à guillotine. Il arrachait les vêtements de la femme qui lui résistait alors qu'il avait déjà retroussé sa bure. Je bondis sur la porte, qui alla donner contre le mur. Dietrich lâcha la pauvre patiente qui, terrorisée, claquait des dents et tremblait de tous ses membres.

Il sortit rapidement d'une poche le rasoir et le pointa vers moi, puis saisit de l'autre main une bouteille d'éther. Il avait dû trouver ça en passant par la pharmacie.

— Cher Georges, ça ne te rappelle pas nos belles soirées chez madame Luce ?

— Sors de là, Guillaume. Nous te ramenons à ta chambre, répondis-je.

— Oui, oui. Paroles de fou… Je sais bien ce que vous ferez de moi maintenant.

Je risquai un pas dans sa direction, mais il ramena la femme vers lui et nous avertit qu'il lui trancherait la gorge si nous approchions. La jeune femme pleurait, ses tremblements hors de contrôle. Je craignais qu'elle ne fasse une crise d'épilepsie, mais Kerbellec, qui était juste derrière moi, me rassura. Elle réagissait au choc, elle avait peur, mais elle n'avait pas un passé épileptique.

— Laissez-la venir vers nous, ordonna Bouchereau. On ne vous fera aucun mal, monsieur Dietrich.

L'armada policière prit alors d'assaut l'étage avec la délicatesse d'un troupeau de bisons dans une ménagerie de verre. Goron poussa Bouchereau et Kerbellec pour examiner la situation et se retourna aussitôt pour donner des ordres à ses hommes. Un des policiers, à qui il venait de parler, partit aussitôt à la course.

— Et voilà la cavalerie qui arrive, lança Dietrich en arborant son sourire narquois. Tu dois te croire revenu dans ton pays, Georges ? Je peux aussi scalper cette belle Indienne, si tu veux…

Je le vis remonter le rasoir à la hauteur des cheveux de la patiente.

— Je t'en prie, Guillaume, ne blesse pas cette fille…

Il pencha la tête vers celle de sa prisonnière, passa son visage dans les cheveux de la patiente en les humant bruyamment.

— Tu penses que je suis ce genre de voleur qui aide sa victime à traverser la rue, Georges ?

Derrière moi, j'entendis Magnan arriver tout essoufflé à l'étage. Il boitilla jusqu'à nous et Goron le prit à part.

— Un de mes hommes va essayer de l'atteindre par la fenêtre, commença-t-il.

— Elle est grillagée, répliqua Magnan. La balle a toutes les chances de ricocher.

— Avez-vous une autre solution ?

— On va tenter de l'apaiser.

— Vous me faites rire, vous, les aliénistes, avec vos tentatives d'apaisement. Pendant que la ville brûle, vous implorez la déesse du vent.

Un éclair de colère passa dans le regard de Magnan, mais il ne répliqua pas.

— Bon, pendant que vous lui parlez, continuait Goron, mon tireur se dirige vers sa position. Il va faire feu par une fenêtre du pavillon d'en face. Quand vous le verrez dans l'autre ouverture, éloignez-vous tous.

— Mais il risque de blesser la patiente. Et il y a le grillage, objecta encore Magnan.

— C'est un ordre que je vous donne, Magnan. Je prends maintenant le contrôle de l'opération. Et sachez que mes hommes sont d'excellents tireurs.

Magnan secoua la tête et se tourna vers Dietrich alors que ce dernier riait encore de mon injonction de ne pas faire de mal à sa victime.

Je vis alors le policier apparaître dans une fenêtre de l'autre pavillon. Il passa le bout de son arme dans une maille du grillage, ce qui lui donnait un appui stable. Lentement, je me déplaçai vers ma gauche pour ne pas être dans la ligne de tir. Magnan me suivit doucement en parlant à Dietrich afin d'accaparer son attention. Le coup partit et un geyser de plâtre s'éleva à ma droite. La patiente hurla d'effroi et Dietrich se tourna violemment pour regarder derrière lui. Personne n'avait été touché. Le policier visait de nouveau Dietrich, mais ce dernier mit la patiente entre lui et le tireur. Il avait replacé la lame du rasoir sur la gorge de sa prisonnière. Il recula rapidement vers l'entrée de la chambre. Le deuxième coup de feu fit jaillir du plâtre à quelques pouces de la tête de Dietrich, qui projeta alors la patiente sur nous tout en fracassant au sol la bouteille d'éther.

Pris au dépourvu par les vapeurs délétères, les gens autour de nous se mirent à tousser. Tout comme Magnán, j'avais cependant vu le geste et aussitôt retenu mon souffle. Je m'élançai derrière Dietrich pendant que le professeur s'occupait de la patiente. Je me frayai un chemin à travers mes collègues et les policiers, tous occupés à se placer un mouchoir sur le visage, aperçus Dietrich qui courait dans le long corridor. Sa bure l'empêchait de se mouvoir aussi vite qu'il l'aurait voulu et je me rapprochai rapidement de lui. Je tendis une main pour attraper une manche du vêtement, mais elle se déchira. Je pris enfin une grande respiration, en espérant être assez loin des vapeurs nocives, et redoublai d'effort : je l'aurais dans les marches. Mais dès que Dietrich arriva près de la rambarde, il l'enjamba et se jeta dans le trou de la cage d'escalier en hurlant une ultime insanité.

Je butai contre la rambarde et vis son corps rebondir plusieurs fois contre les rampes avant de s'écraser violemment sur le plancher du rez-de-chaussée. Je descendis les marches deux à deux. À bout de souffle, je me précipitai auprès de lui. Il était affreusement désarticulé, mais il respirait encore. Je passai une main sous sa tête, la soulevant délicatement. Il était méconnaissable. Un trou noir me regardait. L'œil de verre s'était extirpé de son orbite. Une question absurde fusa dans mon esprit : où était-il ? La flaque de sang s'élargissait sous lui, en répandant une odeur cuivrée tout autour.

— Guillaume…

La paupière qui couvrait son œil valide se leva. Dietrich me fixait, et ses dernières paroles allaient longtemps tourner en boucle dans ma tête :

— Dietrich… va mourir… C'est bien ainsi…

Il se vida de son urine puis expira dans un râle guttural. Je reposai sa tête au sol et baissai les deux paupières.

Au-dessus de moi, j'entendais crier ceux que j'avais laissés à l'étage. « Il s'est jeté dans le vide ! Venez ! Il s'est suicidé ! » Je relevai les yeux ; là-haut, plusieurs têtes dépassaient de la rambarde pour observer le macabre tableau que je composais avec Dietrich, son corps désarticulé, rompu par des fractures ouvertes et le crâne fracturé.

Je me relevai et me rendis compte que du verre crissait sous mes pieds. Je marchais sur les fragments de l'œil vitré.

Son esprit malade ne pourrait plus récidiver. « Dietrich va mourir », avait-il murmuré. C'était comme si un brin de raison avait pris le contrôle de sa personne en décidant de l'écarter à tout jamais des autres.

Le martèlement des pas agités qui dévalaient l'escalier se rapprochait. Kerbellec arriva le premier derrière moi avec le pharmacien, bientôt rejoint par Goron, Magnan et les autres.

— T'as vu le ciboulot! dit Kerbellec en montrant le crâne.

— Où est Bouchereau? demandai-je.

— Il est encore en haut. Il a reçu une giclée d'éther en plein visage, mais il reprend déjà ses esprits.

La sinistre fable qui avait commencé le jour de l'admission de Napoléon Michard, un mois auparavant, prenait fin dans le désordre le plus total.

Magnan m'annonça que la jeune patiente se portait assez bien en dépit des circonstances, puis il se pencha pour observer Dietrich.

— Je vais tout de même faire une autopsie. Je veux voir s'il existe des lésions au cerveau. Autres, bien sûr, que celles causées par cette terrible chute. La folie et le génie sont souvent des frères siamois.

Dix minutes plus tard, le cadavre de Dietrich, dans sa bure brune, fut glissé sur une civière et transporté à la morgue. Dans le pavillon des femmes, l'état d'urgence avait été levé et le personnel et les patients recommençaient à vaquer à leurs occupations quotidiennes.

Magnan, qui était demeuré non loin de moi pendant tout ce temps, posa une main sur mon épaule.

— Docteur Villeneuve, je vais vous confier le soin de pratiquer cette autopsie pendant que, de mon côté, j'essaierai de replacer sur le rail le congrès, si cela se peut. Et demandez donc à Kerbellec de vous assister. Si vous trouvez des lésions intéressantes dans le cerveau de ce pauvre homme, je vous prierais de le garder dans le formol pour que je les observe. Ce serait l'ultime démonstration à présenter à mes amis italiens. Et conservez la fossette occipitale : ce sera le coup de grâce donné à leur théorie. Ainsi, la mort d'un de leurs collègues n'aura pas été vaine.

J'imaginais bien l'émoi des Italiens et des autres membres des délégations. Ils avaient assisté à un meurtre. Il en avait coûté cher à Magnan pour démontrer le bien-fondé de sa pensée sur les fondements empiriques de l'anthropologie criminelle.

Je convins avec Kerbellec de pratiquer l'autopsie dans l'heure à venir. Ce serait l'occasion pour moi de revoir mes leçons d'orthopédie et d'en apprendre davantage sur les fractures ouvertes, et autant mettre le plus rapidement possible cette tâche derrière nous.

Magnan nous accompagna jusqu'à l'extérieur alors que nous nous mettions en route vers la morgue.

◆

Après avoir retiré au cadavre de Dietrich la robe monastique, Kerbellec prit en note mes premières observations générales sur l'état des blessures et les causes de la mort. Mon collègue, qui n'était pas dans l'amphithéâtre lorsque Dietrich s'était exhibé, s'étonna de sa verge phénoménale. Heureusement, lui fis-je remarquer, elle ne servirait plus. J'avais ouvert les paupières de Dietrich pour les besoins de l'autopsie et c'était étrange de le voir là sans son œil de verre, calme et sans son sourire narquois.

Je laissai Kerbellec décalotter le crâne avec la scie. Tandis qu'il procédait, je m'attendais presque à ce que Dietrich l'apostrophe d'une de ses vannes malicieuses. « J'espère que ta main ne tremble pas pendant que tu me découpes, espèce de boucher… » Il fallut beaucoup de patience et d'adresse à Kerbellec pour arriver à ses fins. Le pariétal enfoncé était mou au toucher. Le crâne ne voulait pas se détacher. Je l'aidai à insérer des couteaux pour soulever l'hémisphère gauche. Après plusieurs délicates manipulations, le crâne céda enfin.

Je sortis le cerveau et l'examinai attentivement sous la lampe. Il semblait à première vue parfait, hormis l'hémorragie cérébrale et les blessures apparentes, qu'il fallut nettoyer à grande eau. Il n'y avait aucune lésion sur les coupes des hémisphères, dont les surfaces étaient lisses. La matière cérébrale se détachait facilement. Je tranchai l'hémisphère droit et le déposai sur la balance : la flèche afficha 575 grammes. L'hémisphère gauche, lui, pesait 9 grammes de moins. Le tronc cérébral, le cervelet et la protubérance faisaient 167 grammes, ce qui était aussi parfaitement normal.

La fossette occipitale, la saillie des zygomas, l'os malaire étaient tout à fait normaux, alors que les « lombrosistes » y voyaient un signe du criminel-né lié par atavisme à l'homme préhistorique. J'aurais aimé procéder à des coupes plus fines, mais comme Magnan tenait à montrer le cerveau qui, quelques heures auparavant, avait déclenché une impulsion meurtrière, je m'arrêtai là. Le docteur Magnan poursuivrait l'analyse ultérieurement s'il le désirait.

Kerbellec nota donc que notre examen montrait que ce cerveau ne différait en rien d'un cerveau normal. Bien sûr, notre connaissance de cet organe était somme toute limitée. Le cerveau demeurait encore un grand mystère pour la science.

La suite de l'autopsie permit de constater que Dietrich avait le foie cirrhosé, gravement endommagé par des kystes, conséquence de sa consommation d'alcool.

— C'est le foie d'un vieillard, constata Kerbellec.

On eût dit un gros salami. Les reins avaient aussi des calculs et présentaient de nombreuses lésions.

— Il aurait pissé rouge avant longtemps, conclut Kerbellec.

— Si tu veux mon avis, je le trouve suffisamment saignant pour l'instant, répliquai-je.

Ma remarque amusa Kerbellec, qui renchérit :

— Bon sang ne saurait mentir, comme on dit chez nous !

Finalement, nous déposâmes les parties du cerveau, les reins et le foie dans des bocaux remplis de formol, et rangeâmes le cadavre de Dietrich dans la glacière à côté de celui du frère organiste. Il était temps pour Kerbellec et moi d'apporter au patron les organes de Dietrich.

◆

C'est en soirée que le docteur Magnan présenta à l'auditoire les résultats de notre analyse. Devant lui, sur l'estrade, trois bocaux contenant les différents organes de Dietrich attiraient tous les regards. Mais avant de débuter, le patron de Sainte-Anne demanda à tous de se lever et d'observer une minute de silence en l'honneur de leur collègue décédé, le docteur Momesso. Puis il se saisit du bocal du centre.

— Voici le cerveau de l'homme qui a tué l'un de nos confrères sous vos yeux il y a moins de six heures. Nonobstant les blessures récentes, il semble en parfaite santé, on n'y décèle aucune lésion, et son poids est normal. Mais de cet organe est néanmoins venu l'ordre de trucider non seulement notre collègue, mais aussi l'organiste de notre chapelle, le frère Michel. Et, avant eux, son géniteur et au moins deux prostituées. De ce cerveau est issue la perfide idée de faire accuser un patient d'un meurtre qu'il n'avait pas commis. Les deux internes qui ont pratiqué l'autopsie me signalent aussi que, sur la calotte crânienne, la fossette occipitale était absolument dans les normes, de même que la saillie de l'os malaire et des zygomas.

Magnan désigna les autres organes.

— Par contre, nous avons noté une détérioration majeure du foie et des reins causée par une consommation excessive d'alcool. Ces altérations ne sont pas antérieures à la naissance de l'alcoolique, comme vous le savez. Guillaume Dietrich est l'un des pires criminels que j'aurai vus dans ma carrière, et pourtant je ne crois pas qu'il ait été un criminel-né. Mais l'alcool, notamment l'absinthe, aura altéré gravement sa santé physique et mentale, sans parler d'une enfance très dure pendant laquelle on a abusé de lui de différentes manières.

La démonstration de Magnan toucha en plein centre sa cible. La salle demeura silencieuse en entendant ses conclusions, et c'est sur ce constat accablant, qui portait un dur coup à la théorie de Lombroso, que se termina le deuxième jour du congrès.

Cette longue journée prit fin, comme il était prévu dans le programme du congrès, par un goûter informel qui permit à tous les participants de se rencontrer et d'alléger l'atmosphère. Si la plupart des invités avaient les traits tirés, tous rendirent hommage au téméraire anthropologue qui avait osé contredire Magnan et déclenché le courroux de Dietrich. Entre deux bouchées, je fus présenté à Bertillon et à Galton par Magnan, mais je ne voulus pas m'imposer à eux. Après qu'ils m'eurent posé quelques questions à propos de l'autopsie de Dietrich, je me retirai.

Je sortis de l'asile vers dix heures et flânai le long de la Seine sans me presser. Je sentais affreusement mauvais. J'exsudais la mort. Celle de Dietrich. En arrivant à la hauteur du pont Neuf, je décidai de poursuivre ma marche sur la rive droite et m'y engageai.

Au milieu du pont, j'eus la nausée et je vomis dans la Seine. Penché, l'estomac contracté, je me vidai entre le quai et une péniche. J'entendais Dietrich me narguer. Des passants me regardèrent avec mépris, comme si je n'avais pas le droit d'être malade à cet endroit. Il est vrai qu'il était rare de voir les gens bien mis dégobiller dans la nature. Une fois les derniers jets de bile évacués, je me sentis mieux. Au lieu de rentrer chez moi, je rebroussai chemin et montai finalement jusqu'à la butte Montmartre. La rue Lepic était animée. Musique, chansons et accordéon musette résonnaient des deux côtés de la rue.

Avec discrétion, je me rendis chez madame Luce. Toujours fidèle à son poste à l'entrée de la maison, elle m'avisa que Viviane profitait d'un jour de congé, qu'elle ne l'avait pas vue revenir de notre dernière sortie…

Je rentrai, songeur. Où diable Viviane se trouvait-elle ?

J'aurais eu envie de me lancer dans la Seine tellement j'avais l'impression de sentir mauvais, mais elle n'incitait pas à le faire. J'entrai plutôt dans un bain public pour m'enlever cette odeur persistante.

Quand j'arrivai à mon hôtel, la logeuse me remit une enveloppe en me décochant son habituel regard hostile. Je reconnus l'écriture d'Emma. J'ouvris tout de suite l'enveloppe vert pomme. Emma m'y annonçait simplement qu'elle se remettait bien de ses émotions et souhaitait me voir dans les prochains jours. Je me demandai que penser du fait qu'elle ne mentionnait pas notre échange de regards fortuit à l'Exposition universelle.

Puis la fatigue extrême me jeta dans mon lit, où je fus aspiré par le sommeil. Un sommeil qui fut troublé par des cauchemars et une grande agitation. Dietrich continuait à me tourmenter.

27. Les voix du sang

La nouvelle des deux meurtres et du suicide de Dietrich s'était déversée dans les journaux comme le sang d'une artère sectionnée. Il fallait voir le dessin morbide du *Petit Journal* : l'anthropologue italien, encore debout et gesticulant, était esquissé à la une avec le compas dans l'œil. Une autre illustration montrait Dom Michel affaissé sur les claviers maculés, une autre encore Dietrich en chute libre dans la cage de l'escalier du pavillon des femmes.

Le monde de l'opéra, déjà en crise après l'arrestation du ténor, était de nouveau au bord du chaos, titrait le chroniqueur musical du *Figaro*. Ceux qui avaient louangé Dietrich lors de ses entrevues, puis l'avaient accablé depuis une semaine, profitaient de ses derniers meurtres et de sa fin tragique pour tirer sur lui à boulets rouges : « Criard, excentrique, vicieux, visage à deux faces », voilà ce qu'il était devenu. Quant aux danseuses et aux chanteuses de *Robert, le diable*, elles ne se lassaient pas de le décrire comme un pervers, un dégénéré.

À travers tout ce vacarme journalistique, la réputation du capitaine Michard avait heureusement été lavée par quelques beaux articles où d'anciens soldats lui rendaient hommage. Le commissaire Goron, qui avait été implacable au moment de décréter Michard coupable, n'était cependant pas revenu sur le sujet.

Enfin, la presse, indépendamment des événements, avait produit depuis samedi bon nombre d'articles au sujet du Congrès d'anthropologie criminelle et du patron de l'asile Sainte-Anne. Et, comme d'habitude, Magnan avait eu autant de détracteurs que de supporteurs.

Si j'avais assisté tout le samedi aux dernières communications du congrès, après la messe de dimanche, j'en profitai pour écrire en détail les événements auxquels j'avais été mêlé. Ce récit me servait d'exutoire. J'écrivis ensuite une longue lettre à Emma, dans laquelle je m'expliquais sur la soirée chez Dietrich. Je ne mentionnai pas non plus notre rencontre fortuite. Puis je mis aussitôt le cap vers la butte. Mais Viviane n'était toujours pas revenue chez madame Luce, qui m'assura cependant qu'elle serait là le lendemain. Je voulus savoir où elle était, mais la matrone me fit signe qu'elle ne dirait rien. J'écrivis à Viviane un billet dans lequel je lui expliquais vouloir passer la prendre le lendemain soir pour que nous fassions enfin notre ascension en ballon. Je faillis écrire que je l'aimais, mais je préférais le lui dire de vive voix. Je laissai la missive à Manon, qui était venue me saluer. Je retournai bien lentement à l'asile Sainte-Anne. Les derniers discours d'adieux et les cérémonies de clôture du deuxième Congrès d'anthropologie criminelle me semblaient une façon bien fade de terminer la journée.

28. Les amours incertains

Lourd des journaux du matin, je me présentai à l'amphithéâtre pour la leçon-clinique. Toute trace du congrès avait disparu comme par magie. Magnan, qui semblait frais et dispos, inscrivait au tableau le nom des quatre phases du délire chronique : *incubation, persécution, ambition, démence*. En temps normal, j'aurais été complètement absorbé par l'enseignement qui allait suivre, mais je pensais à Viviane. J'étais inquiet : où était-elle allée ? Et avec qui ? Pendant que Magnan dissertait sur « le caractère obsédant des conceptions erronées » et « leur déséquilibration constante », un diagnostic associé aux persécuteurs-persécutés, je me demandais si Viviane serait revenue à temps pour être au rendez-vous. Tout en prenant mécaniquement mes notes, je regardais l'heure ou par la fenêtre.

Le temps gris ne faisait qu'ajouter à ma peine. J'avais découvert à Paris de quoi nourrir mon esprit et j'avais cru y trouver aussi le remède au mal d'amour. À vingt-sept ans, je vivais difficilement le célibat après toutes ces années de réclusion.

Avec le mot « délire » qui revenait souvent dans la bouche de Magnan ce matin-là, je faisais rimer les verbes « désir » et « assouvir ». Je sentais combien la déception

amoureuse forait sa lame en moi, bouleversant mes
humeurs, me laissant dans l'expectative. J'avais hâte de
revoir Viviane, d'entendre son rire cristallin... Je me
rappelai les paroles de sœur Thérèse qui disait que les
études et l'amour ne faisaient pas un bon couple. Avait-
elle raison ? Le nom de Michard dans la bouche de Magnan
me ramena à ma leçon. Mais un temps seulement...

◆

En fin d'après-midi, je me rendis dans un grand
magasin du XVIe pour me vêtir à neuf et chez un cha-
pelier pour acheter un chapeau melon, et ce, même si
mes ressources s'amenuisaient de jour en jour, signe que
ce fabuleux voyage d'études coûtait cher. Mais ce soir, je
voulais me montrer sous mon plus beau jour. Mes vêtements usés des derniers mois ne feraient pas le voyage
de retour.

Puisque j'avais quelques instants à tuer avant de me
rendre chez madame Luce, je flânai devant une galerie
d'art. J'aurais aimé rapporter un tableau impressionniste
au pays, mais je me heurtais toujours au même problème
financier. J'étais mûr pour le travail bien rémunéré.

Avant de monter l'escalier qui menait à la « maison » de
madame Luce, je regardai à gauche et à droite. En
me voyant, les amies de Viviane me sifflèrent pendant
que j'enlevais mon chapeau :

— C'est qu'il est sapé comme un prince, le beau
Georges... Quand tu veux, mon petit Georgiou... Tu
devrais ouvrir ton cabinet à Montmartre... Tu pourrais
être notre doc et notre marlou en même temps.

— Z'êtes mieux de ne pas piquer à Vivi son docteur
des fous, vous autres, râla madame Luce derrière son
comptoir.

Elle se tourna vers moi, non sans me regarder des
pieds à la tête.

— Elle arrive dans quelques minutes, la môme ! Viens,
je t'amène dans un endroit plus discret pour attendre.

Elle me fit asseoir sur un divan dans un salon que je ne connaissais pas. Les murs étaient recouverts de velours rouge et de grands miroirs ronds. Des fauteuils écarlates bien rembourrés invitaient à la langueur.

— Comme ça, c'est ce soir qu'tu l'amènes au septième ciel ?

— C'est une façon très réaliste de voir les choses, madame Luce.

Elle s'approcha de moi, s'installa dans un fauteuil et se pencha pour m'agripper le bras d'une poigne ferme mais affectueuse.

— Docteur Georges, la p'tite est tiraillée. Elle aimerait partir avec toi, mais elle a peur de se retrouver abandonnée, seule et perdue en Amérique, incapable de revenir en France. Tu comprends ? Ça l'inquiète. Elle est anxieuse, Vivi. Elle pense aussi que tu es fou – c'est son mot – de ne pas lui préférer la pianiste du Manitoba.

Cette déclaration déchaîna une tempête d'émotions dans ma tête. Je plaidai ma cause.

— Oui, mais moi, vous savez, je ne suis pas comme les hommes que Viviane a connus. Je ne suis pas un de ses clients. J'ai seulement voulu l'aider à trouver le véritable assassin de Marie. Et puis on s'est bien entendus, et...

Elle m'enfonça dans la poitrine son long index à l'ongle carmin.

— Si jamais tu finis par apprendre c'qu'elle a vécu avec les hommes, tu vas comprendre, parce que t'es un médecin qui étudie l'esprit des gens. Moi, j'la protège un peu, elle est comme ma p'tite fille. Qu'est-ce que tu sais d'elle, au fait ? Elle se dévoile pas facilement, la Vivi. As-tu cherché à savoir qui elle est ? T'as passé des semaines à creuser le passé de Michard et de Dietrich, tu devrais faire pareil avec Vivi. Elle avait plein de rêves en arrivant ici...

Madame Luce se tut, leva la tête vers le plafond. Ses paroles me laissaient songeur. Qu'y avait-il de si terrible dans le cœur de Viviane pour qu'elle me refuse et me range parmi les bêtes fauves et dangereuses de mon espèce ?

— La voilà, murmura-t-elle en se levant vivement et en m'entraînant vers l'entrée.

Viviane m'apparut dans le grand escalier comme la reine d'un palais. Elle descendait les marches avec majesté. Je me levai. Sa beauté me noua la gorge. Qu'elle était splendide dans sa robe à froufrous rose assortie d'une boucle en satin derrière la taille ! Sa chevelure relevée en chignon la rendait encore plus élancée. L'inclinaison de son cou invitait à la caresse.

En pâmoison, ses copines vinrent l'admirer avec des exclamations : « Vivi, t'es magnifique ! T'es aussi belle qu'la reine des cœurs !... » Manon, qui s'était approchée d'elle, ajouta :

— Cupidon sur son nuage ne devrait pas te manquer dans cette tenue.

Je lui dédiai mon plus beau sourire.

— Il faudrait être timbré pour ne pas craquer pour Vivi ! dit madame Luce.

— Mais c'est déjà fait ! lançai-je.

— Ah non ! Je la garde auprès de moi, répliqua la matrone, déclenchant de grands rires.

Je levai mon coude droit et Viviane vint nouer son bras autour du mien.

— Tu es superbe ! lui murmurai-je dans le creux de l'oreille.

— Toi aussi, avec tes nouveaux habits.

— Alors, prête à monter au ciel, mademoiselle ? dis-je d'une voix forte pour que toutes les filles et madame Luce m'entendent.

— Parée au décollage, capitaine !

Main dans la main, nous sortîmes sous le regard amusé de ses amies.

◆

Comme tous les soirs, il y avait foule autour de la Galerie des Machines et de la tour Eiffel.

Après plusieurs minutes d'attente, le navigateur ouvrit la petite porte de la nacelle pour nous laisser monter. Je sentais Viviane fébrile ; elle écarquillait les yeux comme un enfant à qui est offert un instant merveilleux. Lentement, le navigateur donna du lest, actionna la chaufferette et le ballon s'éleva, déclenchant nos clameurs.

— Georges, tu t'rends compte à quel point c'est fou !

— Moi, comme tu sais, la folie me suit partout !

Elle éclata de rire et me donna un tendre baiser sur la joue.

— Regarde, on voit jusqu'à Meudon ! J'ai habité tout là-bas. La Loire, c'est dans cette direction. T'as vu ? On est plus haut qu'la tour Eiffel. Mon Dieu, Georges, j'ai le vertige. Le Troc est là, et la Galerie des Machines est monstrueuse. Tu t'rends compte qu'il faudra qu'ils la démontent pièce par pièce quand l'Exposition sera terminée ? J'pensais pas que la Seine tournait autant…

Elle s'exclamait à chaque instant. Son enthousiasme et son accent populaire faisaient grimacer les bourgeois qui nous accompagnaient. Je lui rendis son baiser. J'étais heureux, au septième ciel. Le navigateur ouvrit la commande de gaz et la flamme feula tandis que le ballon s'élevait encore plus. Plus on montait en altitude, plus la ville s'étalait au loin. Je sentais la main de Viviane autour de ma taille.

— Ah ben dis donc, Georges ! Regarde, c'est Montfaucon, le canal. J'ai d'la parenté là-bas.

— N'est-ce pas là que se trouve le gibet du *Notre-Dame de Paris* de Victor Hugo ?

— Rassure-toi, il y est plus. Hé, j'vois l'Arc de Triomphe, là-bas. Georges, c'est vertigineux.

Viviane ne savait plus où poser ses yeux. Elle s'appropriait le Paris tant rêvé de son enfance, celui qui s'était avéré une suite de déceptions.

Le dirigeable avançait lentement, comme si le temps s'était arrêté pour nous au-dessus de la ville.

— J't'avais dit que ma maman venait de Meudon ?

— Non, je pensais qu'elle était née à Tours, comme toi. Et ton père ?

Elle hésita, et je sentis que son malaise à en parler était lié à ce que madame Luce n'avait pas osé aborder.

— J'veux pas penser à lui. J'te dirai rien de plus que ce que j't'ai déjà dit à son sujet. Les bateaux à vapeur ont tué son entreprise, mais il nous avait déjà fait beaucoup de mal avant.

Je n'insistai pas.

On traversa la Seine en passant au-dessus du Trocadéro. Je pris la main de Viviane dans la mienne et elle la pressa. Nous volions maintenant beaucoup plus haut que la pointe de la tour de monsieur Eiffel. J'appuyai son dos contre ma poitrine. Mon cœur frappait fort comme les fers d'un étalon alors que j'embrassais du regard la Seine qui, en contrebas, enlaçait Paris comme mes bras Viviane.

— C'est incroyable, Georges, on va traverser un nuage !

Je ris et la serrai encore plus fort dans mes bras.

— Viviane, je ne pensais jamais pouvoir dire un jour à quelqu'un : « Je suis fou de toi. »

Elle s'esclaffa puis appuya sa tête sur mon épaule.

Plus tard, je compterais cette envolée parmi mes plus beaux moments parisiens. J'avais révélé mon amour à Viviane en plein ciel. Mais il me fallut redescendre trop tôt.

29. La tempête

Deux jours plus tard, je reçus une nouvelle lettre d'Emma qui m'invitait à assister à un concert des étudiants du Conservatoire. Dix jours après notre sinistre veillée chez Dietrich, elle se portait bien. Dans un programme consacré à Beethoven, elle interpréterait la sonate 17 en *ré mineur*, dite *La Tempête*. Je souhaitai que ce titre n'annonce pas l'accueil qu'elle me ferait après le concert, car elle tenait à me rencontrer et à ce que je l'accompagne ensuite à une réception au Commissariat du Canada. Je ne l'avais pas revue depuis cette terrible nuit à l'hôpital.

La petite salle du Conservatoire était réputée pour son acoustique. On l'appelait la Stradivarius des salles de concert. Une centaine de spectateurs remplissaient la salle qui avait vu tant de grands compositeurs défiler.

Emma entra avec grâce sur scène, salua les spectateurs, s'installa au clavier. C'était la dernière pianiste de la soirée. Je fus surpris de constater qu'elle jouerait la pièce sans partition. Dès le premier mouvement, elle parut maîtriser chaque note. Je m'attendais à une véritable tempête, mais la pièce s'amorçait dans un calme absolu. S'il y avait tempête, elle était tout intérieure. Emma exécuta le mouvement avec beaucoup d'émotion. Une émotion qui habitait son visage et ses yeux, qu'elle gardait tantôt fermés, tantôt ouverts, fixant le clavier ou loin devant. Elle jouait merveilleusement bien. Je la regardais, impressionné par sa maîtrise. Je n'apercevais aucune blessure apparente, mais elle paraissait cernée et fatiguée.

L'adagio qui suivait fut joué avec fluidité et limpidité. Le troisième mouvement, pour sa part, fut endiablé. Les basses des *fortissimo* frappaient comme le tonnerre. Les vagues semblaient se fracasser sur les récifs. Emma m'avait regardé pendant un instant avant de l'aborder. Je crus que cette section orageuse m'était destinée.

Emma fut chaudement applaudie et revint deux fois pour saluer les spectateurs. Il fallait entendre les commentaires tout autour. Les Parisiens, qui en avaient vu d'autres, avaient admiré tant son jeu que sa beauté. Dans la salle, j'entendais des bribes élogieuses : « Chaque note vivait en intensité… son cristallin… phrasé parfait… éblouissant *legato* tout en coulé… » Un spectateur assis devant moi se tourna pour me dire : « Elle est superbe ! Elle vient du Manitoba, en Amérique, vous savez. »

Je rejoignis Emma dans le foyer du Conservatoire. Elle ne manifesta ni joie ni amertume en me voyant. Je lui fis un chapelet des compliments que j'avais entendus à son sujet.

— Et vous, Georges ? Qu'en avez-vous pensé ?

— Je ne connais rien à la musique, vous le savez bien, mais j'ai été bercé par votre jeu et aussi par l'âme que vous y mettiez.

Plusieurs personnes venaient la féliciter et notre conversation s'en trouvait morcelée. Puis ce fut au tour d'un jeune homme en veston queue-de-pie et à la frange romantique de s'approcher d'elle pour la féliciter. Je remarquai aussitôt qu'Emma s'animait, alors que l'autre y allait de ses observations pleines de finesse. Je n'aurais plus été là que le résultat aurait été le même.

Éconduit de la sorte, je craignis le pire.

◆

La réception qui se déroulait au Commissariat du Canada visait à souligner le départ de monseigneur Fabre pour Rome. Les curés de passage y étaient aussi nombreux que les laïcs. Chacun voulait parler à l'évêque et une foule était agglutinée autour de lui.

Si Emma semblait à l'aise parmi toutes ces soutanes, je m'ennuyais ferme. D'autant que j'avais bien peu échangé avec Emma dans le fiacre qui nous avait amenés rue de Rome. J'en étais à me demander si je ne devais pas m'excuser quand Emma revint vers moi et me pria, avec une mine sérieuse, de la suivre près d'une grande bibliothèque vitrée. Une bonne sœur, sans doute le chaperon de circonstance, l'accompagnait. J'eus droit à des regards sceptiques et réprobateurs de sa part, mais aucunement à des présentations. Je n'en exigeai pas non plus.

— Georges, que comptez-vous faire à partir de maintenant ? me demanda aussitôt Emma.

— Eh bien, terminer mes études ici, à Paris. Puis je retournerai à Montréal en juin prochain pour travailler comme aliéniste à l'asile de Longue Pointe ou comme médecin-expert à la morgue.

— Vous n'êtes pas sans savoir que je vous ai vu avec une jeune femme. Vous sembliez si heureux... Je n'ai pas osé vous déranger tellement vous aviez l'air sur un nuage.

— Je l'ai connue pendant l'enquête que le professeur Magnan et moi menions dans le cadre de l'affaire Daumier.

— Et que fait cette jeune dame dans la vie ?

— Elle est... couturière.

À mon hésitation, le visage d'Emma et celui de la religieuse se plissèrent.

— Couturière ?

— Oui. Mais elle fait de la confection également.

Sans raison, j'eus soudain la crainte qu'Emma m'ait suivi jusqu'à la maison des Lilas. Avait-elle deviné, grâce à ce qu'on appelle le sixième sens féminin, que Viviane n'était pas seulement couturière ?

— Et vous l'aimez, Georges ?

— Je crois que… oui.

— Vous aime-t-elle?

— Oui, elle m'aime.

Son regard se glaça.

— Alors, si vous préférez ce genre de femme, soit!

Puis je vis la commissure de ses lèvres trembler et ses yeux se mouiller.

— Vous m'avez cruellement déçue, reprit-elle d'une voix plus chevrotante.

— Emma…

— N'entrez plus en contact avec moi. Je vous l'interdis, fit-elle en baissant la tête.

Je voulus m'expliquer, mais elle refusa de m'entendre. Elle tourna les talons, le regard haut. Je la suivis pendant quelques pas. Mes dernières excuses frappèrent le mur de son mépris.

Le visage dur de la sœur me toisait avec hostilité. Je n'avais plus qu'à quitter les lieux. Ce soir, j'étais devenu une *persona non grata*.

Les semaines qui suivirent furent parmi les plus heureuses de ma vie. Amour, études et travail se conjuguaient à tous les temps. Je me sentais inspiré tant par la médecine que par Viviane, dont l'atelier de couture attirait déjà quelques clients. Avec l'argent que Magnan m'avait remis pour avoir monté l'exposition d'anthropologie criminelle, j'avais pu acheter à Viviane une machine à coudre et du fil. Plusieurs filles de Montmartre lui commandaient des robes. Elle continuait de voir ses amies du boulevard Clichy, puisque son atelier se trouvait dans un local prêté par madame Luce, mais Viviane m'avait juré ne plus travailler au lupanar. Elle s'était trouvé un petit appartement près de la place Blanche. Elle me fabriquait des chemises en coton indien que mes collègues m'enviaient. Je lui trouvais des clients. Les docteurs Magnan, Bouchereau et Dubuisson – ce dernier était enfin revenu au travail – lui commandèrent des dizaines de chemises. Magnan en offrit une à son ami Charcot, avec les lettres JMC brodées sur la poche de poitrine. Viviane obtint aussi un contrat de Sainte-Anne pour confectionner des vêtements de nuit supplémentaires, et ce, même si l'asile comptait déjà un atelier de couture.

Je célébrai Noël pour la première fois loin de chez nous. Je fus convié chez le docteur Magnan pour le souper de Noël. Son épouse nous servit une spécialité

de Perpignan, leur région natale. J'avais invité Viviane,
qui fit bonne impression. Elle avait fabriqué des écharpes
pour les enfants du couple et parla de son atelier de
couture. Magnan lui promit d'autres contrats et madame
Magnan la trouva charmante. Personne ne la jugea. Mais
je sentais Viviane tellement mal à l'aise dans ce monde
qui n'était pas le sien. Elle écoutait avec attention, riait
de bon cœur, mais ne se dévoilait pas.

Madame Luce, elle, nous invita à célébrer le nouvel an
1890. Ce fut une fête de chansons grivoises et toute en
danses. On me réserva un french cancan endiablé. J'avais
néanmoins cette nostalgie de chez moi : les tourtières,
la messe de Noël sous la neige, la carriole glissant sur la
glace.

L'hiver passa vite, trop vite. J'allai à Heidelberg, en
Allemagne, assister à des conférences sur la médecine
mentale. Je n'avais pas assez de mes journées pour ab-
sorber la connaissance et la beauté du monde. J'aurais
voulu tout faire en même temps. Le soleil de la vie se
couche trop tôt sur sa jeunesse. Ma jeunesse semblait
me dire adieu déjà.

Parfois, j'emmenais Viviane dans les musées. Je l'en-
traînai un jour voir une œuvre qui m'avait beaucoup
touché. Je voulais qu'elle comprenne ce que la médecine
mentale signifiait pour moi. Le tableau que je tenais à
lui montrer ce jour-là était celui de Tony Robert-Fleury
que j'avais déjà admiré au Bureau de l'assistance publique, celui qui immortalisait le grandiose geste de
Philippe Pinel.

Je racontai à Viviane l'histoire de la toile.

— Regarde comme cette œuvre est magnifique ! dis-je
à voix basse. La vue des malades, incapables de marcher
après toutes ces années, aveuglés par la lumière qu'ils
redécouvrent, me renverse par sa véracité, Viviane. Ces
personnages assis, couchés, incrédules face à la libération.
Cette femme qui baise la main de Pinel, encerclé comme
un libérateur. Son enfant à ses côtés qui pourra vivre
une vie normale. Quelques années après, Pinel, nommé

médecin-chef à la Salpêtrière, répéterait le même geste.
Il existe des libérateurs de peuple qui ont reçu plus de
place dans les livres d'histoire, mais Pinel demeure à
mes yeux le grand émancipateur des fous.

— *C'est très beau, Georges!*

— *Quand je vois un tableau comme celui-là, je me*
demande si je serai à la hauteur.

— *Bien sûr que si! Regarde où t'es rendu.*

Elle parut soudainement songeuse.

— *Tu sais, Georges, beaucoup d'membres de ma*
famille ont eu des problèmes avec la maladie mentale.
Plusieurs ont été placés. Et comme on le dit, la dégéné-
rescence, c'est d'famille. T'es bien placé pour le savoir.
Plus t'as d'aliénés dans ta parenté, plus t'as de risques
de l'être. J'ai peur d'me retrouver un jour chez les fous.

— *Voyons, Viviane. Tout ça n'est qu'une loterie. Ça*
ne veut pas dire que tu seras comme ça. Il faut un tas de
facteurs.

— *P't'être bien. Mais ça m'inquiète.*

Je la rassurai du mieux que je pus. Nous nous lais-
sâmes devant l'arrêt de l'omnibus tandis que les pas
ferrés des chevaux cognaient sur la chaussée humide.

30. La déchirure

Depuis une semaine, j'essayais de joindre Viviane. Elle n'était ni à son appartement ni à son atelier chez madame Luce. Ses copines étaient tout aussi inquiètes. Elle avait dû se rendre à Tours pour des raisons familiales, m'avait dit Manon, son amie. Pourtant, elle m'avait confié qu'elle n'avait plus de famille à Tours, avais-je répliqué. Mais qui sait si elle n'avait pas quelques affaires à régler là-bas?

Madame Luce, quant à elle, pensait qu'elle avait hérité. Je me remis à espérer. Viviane avait peut-être même retrouvé son père et voulu lui faire part de mon projet de l'emmener à Montréal, de nous marier, d'avoir des enfants? Mais tout ça n'était que vaines spéculations auxquelles je ne croyais pas vraiment.

Je me rendis chez sa logeuse pour la troisième fois de la semaine. Il faisait une chaleur éreintante en cette fin de mai. Le soleil dardait sur la ville ses rayons aveuglants. Dans le vestibule humide de l'appartement, je repris mon souffle et mes esprits. Je frappai plusieurs fois à la porte de la chambre de Viviane.

La concierge ne l'avait pas vue depuis mon dernier passage. Pour l'inciter à me laisser entrer, je jouai d'une mélodie que je n'aimais guère: la pédanterie.

— Madame, je suis non seulement l'ami de cœur de Viviane, mais docteur à l'asile Sainte-Anne. Et c'est à ce titre que je vous demande de m'ouvrir immédiatement.

Elle me toisa de pied en cap, en se demandant si je n'étais pas un imposteur. Puis elle hocha la tête et décrocha la clé du crochet.

Elle ouvrit la porte de la chambre, et à ma grande consternation je constatai que tous les vêtements et les objets personnels de Viviane avaient disparu. Il ne restait d'elle que son odeur et j'en fus davantage bouleversé. La concierge parut tout aussi surprise.

— Elle avait pourtant payé pour tout le mois !

Je cherchai quelque part un signe, mais ne trouvai rien. Je fouillai dans la corbeille à papier, au cas où Viviane y aurait jeté une lettre explicative qu'elle m'aurait écrite sans l'expédier. Il y avait bien du papier froissé. Je dépliai la feuille, mais n'y vis qu'une liste d'articles de couture à acheter.

Je sortis de la chambre, inquiet pour Viviane et désemparé. Je me rendis à mon logis. J'allai au Dé d'argent, là où elle achetait son matériel de couture. Personne ne l'avait vue depuis deux semaines. En passant devant les ruines de l'abbaye de Cluny, près de mon hôtel, je m'arrêtai, car je savais qu'elle aimait venir nourrir les chats abandonnés qui s'y prélassaient. Mais je ne vis que des félins perchés sur de vieilles pierres et quelques clochards assis alentour.

Pendant un instant, je craignis qu'il ne lui soit arrivé malheur. Était-il possible qu'un fou ait frappé celle que j'aimais ? Puis je me rappelai que Dietrich ne pouvait plus sévir, qu'il ne pouvait exister deux Dietrich en un laps de temps aussi rapproché. La seule thèse plausible à l'approche de notre départ était la crainte de Viviane de partir avec moi.

Trois jours plus tard, lorsque je rentrai à l'Hôtel du Panthéon, la concierge me tendit nonchalamment une lettre. Je reconnus l'écriture de Viviane. Je grimpai à la course dans ma chambre encombrée. Mes malles étaient ouvertes, je les comblais un peu plus chaque jour. Je partais dans deux semaines.

Je décachetai l'enveloppe.

Cher Georges,

Excuse-moi de te faire subir cette épreuve. J'aime pas l'idée de te faire souffrir, mais laisse-moi te dire que je t'aime énormément. Je veux garder intact le merveilleux souvenir de notre ascension en ballon, suspendus aux nuages, la tour Eiffel au bout des doigts et Montfaucon qui tient dans ma main. Jamais je pourrai aller aussi haut en amour. Je connais mon destin. Il est fait d'abdications, de malheurs. Ma ligne de main est remplie de croisées. Je sais que m'engager avec toi serait une grave erreur. Mon père m'a abandonnée, ma mère est morte, et les hommes que j'ai connus m'ont écœurée. On m'a pilé dessus, on m'a humiliée. J'ai vu le pire de l'homme. La vie m'a toujours déçue et je voudrais pas être victime d'un mirage. Je me vois pas errer au Canada et devenir folle. Je suis pas une fille qui sied à un monsieur comme toi, Georges. Tu as de la classe alors que j'en ai point. Tu as de l'éducation. J'en ai pas. Tu es médecin. J'ai été putain. Je pourrai jamais être à l'aise là où tu iras. Ma réputation me suivra. Il faudrait que je cache mon passé, devenir quelqu'un que je suis pas, apprendre à mentir. Mais sache que tu seras toujours dans mes pensées. Tu es un homme bon. Je veux te dire que j'aurai vécu quelques moments parfaits avec toi. Je vais prier sainte Anne pour qu'elle t'accompagne dans ta mission de soigner les malades et pour qu'elle te rende heureux. Il est inutile d'essayer de me retrouver. Je suis partie dans une ville plus ensoleillée. Sans toi, y a plus de soleil à Paris. Je vais tenter d'ouvrir une petite mercerie ici. T'en fais pas pour moi. Je vais me débrouiller. Tu m'as redonné espoir en une vie meilleure. Pour cela, je te serai reconnaissante pour toujours.

Adieu.

Viviane

Mon âme s'effondra, ma carcasse s'inclina. La détresse profonde m'envahissait pour la première fois. Ce mal que je ressentais, cette souffrance morale qui rongeait certaines personnes si puissamment qu'elles en devenaient nos patients, je la vivais à mon tour.

Avec douleur, je sortis pour errer dans les rues. Paris me semblait un tombeau. Sans m'en apercevoir, mes pas m'amenèrent à l'église Saint-Séverin. Je m'agenouillai devant l'autel pour chercher de l'aide auprès de Dieu. Le prêtre à qui j'avais parlé la dernière fois et qui m'avait suggéré d'ouvrir mon cœur à cette fille de la rue n'était pas là. J'aurais voulu me confier à quelqu'un. Ma peine avait besoin d'être pansée. J'avais envie de crier devant la croix. Jamais ne m'étais-je senti aussi seul dans cette ville qui n'était pas la mienne. Qui n'était plus la mienne.

Je ne sais comment je rentrai chez moi et quand je m'endormis. Mais dès le lendemain, alors qu'il me restait encore plusieurs jours à vivre à Paris et que je ne savais comment les vivre sans Viviane, je me persuadai qu'elle me mentait dans sa lettre et qu'elle avait plutôt repris son ancien métier. J'écumai les bordels de Montmartre, arpentai tous les trottoirs de la ville, croyant la voir souvent, ne la retrouvant jamais. Je passais tous les jours à la maison des Lilas, au cas où, mais madame Luce, Manon et ses amies n'avaient jamais de nouvelles fraîches. Je sentais de la pitié dans leur regard et je me détestais de me montrer si vulnérable et perméable à la pitié. Je ne pouvais rien faire contre cette idée fixe.

Mais je finis par renoncer, par comprendre. Viviane ne voulait pas tout abandonner pour me suivre à Montréal. Il fallait me ressaisir. Peut-être avait-elle raison, mais j'aurais aimé qu'elle laisse le temps à notre relation de s'épanouir.

Je rentrerais seul en Amérique.

ÉPILOGUE

Mon année de médecine à Paris s'achevait. J'avais terminé tous mes examens avec succès. Quelques jours avant mon départ, alors que je me promenais dans la grande allée de l'asile Sainte-Anne, je surpris Magnan à nourrir des oiseaux sous les marronniers. Une mésange plongeait de la branche jusque dans sa main pour becqueter quelques grains, en effleurant chaque fois la tête du vieil homme. Un autre oiseau passa à tire-d'aile au-dessus de ma tête pour se poser carrément sur le crâne éclairci de l'aliéniste. Celui-ci, dans sa blouse blanche, semblait en harmonie avec la nature et les hommes, aussi béat au milieu des trilles des oiseaux que parmi les cris des aliénés. Je le saluai.

— Vous soignez aussi les oiseaux, docteur Magnan ?

— Je prends soin de tout ce qui vit, docteur Villeneuve.

Je restai un instant à méditer là-dessus tout en observant le va-et-vient ailé.

— Et vous, Georges, reprit l'aliéniste, avez-vous apprécié votre séjour ?

— Oui, je me suis plu à Paris. J'ai vécu dans une petite chambre, mais mon salon principal a été le Louvre, même si je n'y ai pas été aussi souvent que je l'aurais voulu. Et tous les jours, j'avais rendez-vous avec l'histoire de la médecine qui se faisait sous mes yeux grâce à Charcot, Garnier, Brouardel et... et surtout grâce à vous, docteur Magnan, dis-je avec émotion.

Le vieil homme inclina la tête. L'oiseau qui s'y trouvait toujours voleta vers sa main dans un vif froissement d'ailes, ce qui fit valser la couronne blanche de l'aliéniste.

Il se frotta les mains et me regarda.

— Je vous ai quand même senti un peu fragile, ces derniers jours.

Je n'allais pas lui confier ma déconvenue sentimentale avec une prostituée qui avait refusé de me suivre. Il m'aurait probablement rappelé qu'il valait mieux ne jamais mêler l'amour et le travail. C'était justement ce que sœur Thérèse avait tenté de me faire comprendre sur notre transatlantique alors que nous étions encore entre Liverpool et Le Havre. Sur le plan professionnel, Viviane aurait dû rester ce qu'elle était pour moi à l'origine : un témoin, une source d'information.

Magnan me tendit quelques graines.

— Voulez-vous nourrir mes amis ?

L'homme devant moi était l'un des plus grands aliénistes d'Europe. Il venait du sud de la France. Comme Pinel. Ses avancées médicales faisaient autorité dans de nombreux pays. J'aimais sa douceur et sa modestie, son invincibilité face aux assauts de la pédanterie. À sa façon simple, il me démontrait encore une fois qu'il me considérait, moi, le petit interne d'une province arriérée. Comme il l'avait fait maintes fois en me recommandant aux meilleurs aliénistes, médecins et neurologues parisiens sans émettre aucun doute sur mes compétences. Jamais il n'avait montré de mépris pour ces jeunes médecins qui suivaient ses leçons et qui, pour plusieurs, resteraient dans l'ombre, aliénistes anonymes de l'histoire, appelés à devenir au mieux surintendants de vastes maisons de folie dans lesquelles ils finiraient par succomber...

... Je lui devais tant pour la confiance qu'il avait mise en moi. J'eus donc beaucoup de peine quand j'appris sa mort en 1916, en plein cœur de la guerre. Je venais de perdre mon mentor et ami.

Je le revois encore, le jour de mon départ. Il m'accompagna jusqu'à la grille que j'avais franchie un an plus tôt avec les plus importants aliénistes de la province de Québec. Il me serra la main, m'invita à garder mes liens avec Sainte-Anne et les associations médicales parisiennes, me rappela les racines qui unissaient nos deux patries. Puis, sur un simple sourire, il rebroussa chemin pendant que je franchissais le grillage noir.

Je me retournai pour le voir s'éloigner à travers le quadrillage métallique, la blouse et la chevelure blanches, le dos voûté et le pas difficile. Je savais que, désormais, j'avancerais dans la vie porteur de son héritage.

Moi, le cousin d'Amérique.

Qui rentrait seul à la maison soigner les fous dans sa patrie incertaine.

Remerciements

Mes remerciements à l'équipe des éditions Alire pour nos dix années de fidèle et fructueuse collaboration.

Je tiens à remercier Catherine Lavielle, archiviste à l'Hôpital Sainte-Anne de Paris, pour son assistance lors de mon séjour à Paris.

Merci aux archivistes de la préfecture de police du Ve arrondissement.

Merci aux premiers lecteurs : Valérie St-Martin et Daniel Naud.

Sources

[**L'absinthisme épileptique**] Valentin Magnan, *Rapport sur le service des aliénés du département de la Seine pendant l'année 1889*, Archives de l'asile Sainte-Anne, p. 138-145 ; http://www.musee absinthe.com/absintheHISTOIRE1.html.

[**Asile Sainte-Anne**] (Ferme Ferrus, livres interdits, hydrothérapie, vie d'un jeune interne, fonctionnement de l'asile) Michel Caire, *Contribution à l'histoire de l'Hôpital Sainte-Anne (Paris) : des origines au début du XXᵉ siècle*, thèse de médecine, Paris, Cochin-Port-Royal, 1981, n° 20, 160 p. ; Charles-Auguste Queslel, *Asile d'aliénés de Sainte-Anne à Paris*, Publication Versailles, Bibliothèque médicale Henri Ey.

[**Charcot**] *Comment Freud nous parle-t-il ?* Patrick J. Mahony, Santé mentale au Québec, 1989, XIV, 2, 82-90 ; http://fr.wikipedia.org/wiki/Jean-Martin_Charcot ; André Brouillet, *Une leçon de Charcot à la Salpêtrière*, http://www.baillement.com/lettres/charcot-brouillet.html.

[**Chlorydrate d'hyoscine**] Valentin Magnan, *Préfecture de la Seine, Rapport sur le service des aliénés du département de la Seine pendant l'année 1890*, Archives de l'asile Sainte-Anne.

[**Le congrès d'anthropologie criminelle**] M. G. Tarde, *Le Congrès d'anthropologie criminelle*, Archives de l'asile Sainte-Anne, Archives d'anthropologie criminelle n° 23, 1889, p. 684-689 ; *Actes du deuxième congrès d'anthropologie criminelle*, AASA, 1890 ; *Crime et châtiment*, Jean Clair (dir.), Gallimard, 2009 ; http://fr.wikipedia.org/wiki/Cesare_Lombroso ; Valentin Magnan, *De l'enfance des criminels dans ses rapports avec la prédisposition naturelle au crime*, Actes du deuxième congrès d'anthropologie criminelle.

[**Coupeur de nattes**] Dʳ Valentin Magnan, *Préfecture de la Seine, Rapport sur le service des aliénés du département de la Seine pendant l'année 1890*, Archives de l'asile Sainte-Anne ; Paul Garnier, *La Folie à Paris*, p. 379-385, J.-B. Baillière & fils, 1890.

[**L'entomologie judiciaire**] Pierre Mégnin, *La Faune des cadavres, application de l'entomologie à la médecine légale*, G. Masson, 1894, 214 p. ; http://fr.wikipedia.org/wiki/Jean_Pierre_Mégnin ; Georges Villeneuve et Wyatt Johnston, *Application de l'entomologie à la médecine légale*, Union médicale du Canada, septembre 1897, p. 37.

[**Exposition universelle de 1889 à Paris**] *Recueil des monographies pédagogiques, publiées à l'occasion de l'exposition universelle de 1889*, France, Ministère de l'Éducation nationale, Imprimerie nationale ; http://fr.wikipedia/wiki/exposition_universelle_de_paris ; http://lartnouveau.com/belle_epoque/paris_expo_1889.htm.

[**Paul Garnier**] *Mort et obsèques de Paul Garnier*, discours de Mottet, Brouardel et Ritti, Dupré et Laurent, Archives de la Préfecture de police de Paris ; Paul Garnier, *Internement des aliénés*,

Imprimerie A. Crépin-Leblond, 1896. Archives de la préfecture de police, Paris. [Sur Garnier] *Nouvelle Histoire de la psychiatrie, op.cit.*

[Hôpitaux de Paris] Informations colligées au Musée de l'assistance publique et hôpitaux de Paris lors d'un voyage de recherche ; Michelle Ristich de Groote, *Histoire de la folie*, Paris, Robert Laffont, 1967, p. 214-217.

[Leçon du mardi de Charcot] *Du vigilambulisme hystérique*, Leçon XXIX, dans « Clinique des maladies du système nerveux », années 1889-1890 et 1890-1894, tomes I et II, Au Progrès médical, Veuve Dadé et cie, Paris, 1892-1893.

[Valentin Magnan] M. Mosny, *Le Dr Magnan*, Préfecture de Paris, Bibliothèque Henri Ey, Centre hospitalier Sainte-Anne, 8 p. ; Paul Sérieux, *V. Magnan (1835-1916)* Masson éditeur, 1935 ; Sous la direction de Jacques Postel et Claude Quétel, *Le Centenaire de Valentin Magnan*, éditions Privat, Toulouse, 1983 ; *Nouvelle Histoire de la psychiatrie.* http://psychiatrie.histoire.free.fr/ ; Valentin Magnan, *Leçons cliniques sur les maladies mentales faites à l'asile Sainte-Anne*, Paris, Publication du Progrès médical, 1893, p. 423-435 ; Valentin Magnan, *De la coexistence de plusieurs délires de nature différente chez le même aliéné*, Publication du progrès médical, 1880, 21 p. ; Peter Keating, *La Science du mal*, Boréal, Montréal, 1993, p. 179.

[Médecine légale des aliénés] Georges Villeneuve, *Les Aliénés devant la loi*, Eusèbe Sénécal et cie, Montréal, 1900, 133 p.

[Meurtres dans les journaux de la Belle Époque] Alain Monestier, *Tragédie à la une*, La Belle Époque des assassins, Albin Michel, Paris, 1995, 141 p.

[La morgue de Paris] Victor Balthazard, *Les morgues parisiennes et l'Institut médicolégal*, Paris, (s.e.), 1923, p. 10 ; Jacques Côté, *Wilfrid Derome, expert en homicides*, Boréal, Montréal, 2003, 443 p. ; Léon Gozlan, *La Morgue* (1831) ; http://larevuedesressources.org.

[Opéra *Robert le Diable*] http://fr.wikipedia.org/wiki/Robert_le_Diable_%28op%C3%A9ra%29.

[Suppression de la contrainte] Valentin Magnan, *De l'alitement (clinothérapie)*, Masson et cie.

[Querelle des aliénistes québécois à Paris] *Congrès annuel de médecine mentale de 1889*, p. 248-253, AASA, Paris.

[Suicide par l'enfoncement d'une aiguille dans le cœur] Valentin Magnan, *Préfecture de la Seine, Rapport sur le service des aliénés du département de la Seine pendant l'année 1890*, p. 72-73, Archives de l'asile Sainte-Anne ; Valentin Magnan, *Suicide par blessure du cœur*, Extraits des Comptes rendus de la Société de biologie, séance du 10 mai 1890.

[Sur le Paris de la Belle-Époque] Jérôme Bourgeois, *Paris d'Antan, Paris à travers la carte postale ancienne*, HC Éditions, 2004 ; Jacques Côté, *Wilfrid Derome, expert en homicides*, Boréal, op. cit.

[Georges Villeneuve] L'ensemble des sources sera disponible dans la biographie qui conclura « Les Cahiers noirs de l'aliéniste ».

JACQUES CÔTÉ...

... enseigne la littérature au cégep de Sainte-Foy. En 2000 paraissait *Nébulosité croissante en fin de journée*, un premier roman policier mettant en scène Daniel Duval, un enquêteur de la Sûreté du Québec travaillant dans la région de la Capitale nationale. Le deuxième titre de la série, *Le Rouge idéal*, a paru en 2002 et remportait l'année suivante le prix Arthur-Ellis. Jacques Côté a aussi obtenu en 2003 le Grand Prix La Presse de la biographie avec *Wilfrid Derome, expert en homicides*, paru chez Boréal, le prix Saint-Pacôme du roman policier 2006 pour *La Rive noire*, le prix Arthur-Ellis 2009 et le prix de la Ville de Québec – SILQ pour *Le Chemin des brumes*, quatrième enquête de Daniel Duval. *Dans le quartier des agités*, premier tome des « Cahiers noirs de l'aliéniste », a remporté le prix Arthur-Ellis 2011.

EXTRAIT DU CATALOGUE

Collection « Romans » / « Nouvelles »

Dans le quartier des agités
est le deux cent septième titre publié
par Les Éditions Alire inc.

Il a été achevé d'imprimer
en mars 2014 sur les presses de

MARQUIS
Imprimé au Canada

Imprimé sur Rolland Enviro100, contenant
100% de fibres recyclées postconsommation,
certifié Éco-Logo, Procédé sans chlore, FSC
Recyclé et fabriqué à partir d'énergie biogaz.